ullstein

Sarahs perfektes Leben in Hamburg wird gründlich auf den Kopf gestellt. Nicht genug, dass Freund Tobias für ein halbes Jahr in Kalifornien arbeitet – sie verliert auch ihren geliebten Job als Buchhändlerin. Doch Sarah fackelt nicht lange und beschließt, Tobias in L. A. zu besuchen. Als Filmassistent kann er vielleicht ihr Drehbuch verkaufen. Pustekuchen! Kurz vor dem Abflug erfährt sie, dass er das Skript als sein eigenes ausgibt. Und es mit der Treue nicht so genau nimmt. Geschockt bucht sie um und reist in die Provence zu ihrer alten Schulfreundin Cleo. Das französische Savoir-vivre und die Begegnung mit dem jungen Weinhändler Lucien wecken vergessene Träume. Für Sarah beginnt ein ganz neues Leben, sie hilft Lucien in den Weinbergen und findet zurück zu ihrer Kreativität. Aber kann sie ihr Leben einfach neu erfinden?

HANNAH JULI zog als Kind der Siebzigerjahre an viele Orte der Welt bis nach Monterey in Kalifornien. Gestrandet ist sie mit ihrer Familie samt Katze in Schleswig-Holstein, wo sie neben dem Schreiben auch als freie Lektorin tätig ist. Bei einem Urlaub in den abgeschiedenen Hügeln Südfrankreichs verlor sie ihr Herz an die Provence. Die Begegnung mit einer Frau auf dem bunten Markt in Cotignac weckte die Idee zu diesem Roman. Wenn Hannah Juli sich aussuchen könnte, wo sie leben möchte – es wäre dort.

HANNAH
JULI

# Liebe, lavendelblau

Ein Sommer
in der Provence

Ullstein

Besuchen Sie uns im Internet:
www.ullstein.de

**Wir verpflichten uns zu Nachhaltigkeit**

- Klimaneutrales Produkt
- Papiere aus nachhaltiger Waldwirtschaft
- ullstein.de/nachhaltigkeit

MIX
Papier
FSC FSC® C083411

Originalausgabe im Ullstein Taschenbuch
1. Auflage Juni 2021

Umschlaggestaltung: Sabine Kwauka, München
Titelabbildung: shutterstock / © Naticka (Schleife), shutterstock / © R. Wilairat (Blumen), shutterstock / © iMacron (Vogel)
Satz: Pinkuin Satz und Datentechnik, Berlin
Gesetzt aus der Stempel Garamond
Druck und Bindearbeiten: CPI books GmbH, Leck
ISBN 978-3-548-06440-6

*Für Merit und Julie in Liebe.*

*Folgt immer eurem Herzen –*
*es kennt den Weg.*

# 1

Die Augen noch halb geschlossen, taste ich über das Laken Richtung Wand. Zu der Schräge, gegen die Tobias oft stößt, wenn er bei mir schläft. Was er so gut wie immer tut, obwohl er ein eigenes WG-Zimmer hat.

»Die Wand kann nicht gegen mich gewinnen – ich bin Hulk!«, flachst er dann gerne und robbt enger an mich, sodass ich seinen Atem warm im Nacken spüre und fast aus dem Bett falle. Es ist eben nicht breit genug, doch es passt in genau die kuschelige Wohnung, die ich mir immer gewünscht habe. Eine Dachwohnung in Hamburg-Altona, wo ich seit sechs Jahren lebe. Nirgendwo anders möchte ich sein, hier ist der ideale Ort für mich, der mit Tobias an meiner Seite noch schöner wird.

Aber der Platz neben mir im Bett ist jetzt leer. Wie schon gestern Nacht. Tobias' Duft hängt in dem Kissen. Ich drücke meine Nase hinein, und etwas krallt sich in mein Herz, als würde eine Harke hindurchgehen. Ganz real und ganz organisch. Ich werde ein halbes Jahr das Bett nicht neu beziehen.

Ein halbes Jahr. Ein halbes Jahr ohne dich, hallt es in

meinem Kopf wider. Wie die Worte, mit denen er mich beim Abschied getröstet und zum Lachen gebracht hat.

»Sarah, ich habe beschlossen, dass die Zeit wie im Flug vergehen wird. Und wenn ich zurückkomme, bist du eine gefragte Drehbuchautorin und heiratest einen berühmten Regisseur. Merk dir das!« Er hat sich ironisch an die geschwellte Brust geklopft, und ich schubste ihn spielerisch von mir, nur um ihn sofort wieder an mich zu ziehen.

Seine Worte waren eine maßlose Übertreibung, wie so oft. Genau das, gepaart mit seinem Witz, liebe ich an ihm. Ich beneide ihn geradezu um die Selbstverständlichkeit, mit der er sich und anderen alles zutraut und alles für möglich hält. Dabei hat er gerade erst sein Studium an der Filmhochschule abgeschlossen. Insgeheim glaube ich, dass er es mit diesem verwegenen Optimismus weit bringen kann. Immerhin wird er in Hollywood bei einem Filmprojekt assistieren. Sein Ehrgeiz hat mich angesteckt, sodass ich letztes Jahr einen Onlinekurs für Drehbuchautoren belegt habe. Mein Traum ist, eines Tages einen Roman zu Papier zu bringen. Doch erst einmal habe ich ein Skript für eine romantische Liebeskomödie verfasst. Als Tobias die Zusage für den Job in Kalifornien bekam, habe ich es auf Englisch übersetzt. Er ist überzeugt, meine Idee mithilfe seiner Kontakte in der Branche vermitteln zu können. Trotzdem versuche ich immer, ihn auf den Teppich zurückzuholen, wenn er abzuheben droht. Deshalb ergänzen wir uns perfekt. Er prescht vor. Ich halte ein. Vielleicht, weil mir der Mut fehlt, mich auf allzu Abenteuerliches einzulassen. So begegnen wir uns in der Mitte und haben das richtige Tempo.

Entsprechend gespannt bin ich, was er in den kommenden sechs Monaten erreicht. Am Samstag ist Tobias nach L.A. geflogen, in aller Herrgottsfrühe. Ich sollte ihn nicht zum Flughafen begleiten. »Ich weiß sonst nicht, was ich mache«, sagte er. »Das ertrage ich nicht. Am Ende quetsche ich dich in meinen Koffer, oder ich bleibe hier!«

Der Weckton des Handys reißt mich aus meinen Gedanken, die zehn Minuten Schlummermodus sind verstrichen. Mir bleibt trotzdem genug Zeit, ohne Hetze in den Tag zu starten. Die Buchhandlung öffnet erst um halb zehn.

Ich wühle mich aus dem Bett und tappe über den fensterlosen Flur. Unweigerlich fällt mein Blick auf die tote Ecke, in der noch vor zwei Tagen der gepackte Koffer stand. Natürlich hat Tobias auch die letzte Nacht vor dem Abflug bei mir verbracht, und ich glaube, ich habe nie leidenschaftlicher mit ihm geschlafen. Die Erinnerung daran bringt meinen Puls auf Trab.

In der Küche setze ich Kaffee auf, der schon bald röchelnd in die Glaskanne plätschert. Ich liebe die alte Maschine, deren Plastikverkleidung knapp über dem Durchlaufventil versengt ist. Wie ich die gesamte Miniküche liebe, ich nenne sie gern Kombüse. Sie erinnert mich an meine blecherne Spielküche von früher, die aus der Kinderzeit meiner Mutter stammte und deren verbeulte Ofentür sich nur mit einem schrappenden Geräusch öffnen ließ. Meine echte Küche zeigt immerhin cremefarbene Fronten statt Siebzigerjahre-Orange. Die Schräge habe ich in einem satten Cappuccino-Farbton gestrichen und an die freie Wand einen winzigen Klapptisch gedübelt, über dem Postkarten, Fotos und Erinnerungsstücke hängen. Ein Bild zeigt meine Schwester Mella und mich als Kinder, wir tollen übermütig und halb nackt durch den sommerlichen Garten. Zwei goldblonde Teufelchen. Dieses Foto brauche ich, um mir selbst zu beweisen, dass nicht alles in meiner Kindheit schwierig war, denn es gab Mella an meiner Seite.

Dann die Fotos von Tobias und mir und ein Gruppen-Selfie mit unseren besten Freunden Kim und Florian in unserer Stammkneipe. Daneben blickt mich Cleos Gesicht von der Küchenwand an, mit wachen dunklen Augen. Die noch dunkleren Haarsträhnen berühren ihren Mund, der leicht geöffnet ist, als wollte sie mir etwas sagen. Ich vermisse Cleo. Das Foto muss vor zehn Jahren entstanden sein, kurz vorm Abi. Wir waren uns sehr nahe, bis ihre Familie nach unserem Schulabschluss zurück nach Frankreich zog. Vor drei Jahren hat Cleo mich das letzte Mal besucht. Seitdem hat sie mich immer wieder eingeladen, in die Provence zu kommen, doch bislang habe ich es nicht geschafft. Trotzdem halten wir Kontakt, über Skype und Instagram.

Der Kaffee ist durchgelaufen, und ich nehme meine Tasse mit auf den Balkon. Eigentlich ist er mehr ein Austritt, der Platz reicht gerade für zwei Klappstühle und einen mosaikgefliesten Bistrotisch. Auf seiner Oberfläche bricht sich an diesem klaren Morgen die Maisonne. Ich fröstele in meinem Pyjama, Hamburg ist eben nicht Kalifornien, aber ich setze mich. Unten ruckelt der Berufsverkehr durch die Straßen, Stop-and-go, und ich sehe die Radfahrer zwischen den Autos im Zickzack vorbeiflitzen. Welch unverschämtes Glück ich hatte, nicht nur meine Wohnung in diesem Viertel zu finden, sondern auch eine Arbeit, die fußläufig in wenigen Minuten zu erreichen ist. Bloß einmal zur anderen Straßenseite, ein paar Häuser weiter.

Ich lehne mich zurück und lege meine nackten Füße auf dem anderen Stuhl ab, wackle mit den Zehen, an denen der Nagellack schon wieder abblättert. Die Sonne umfasst mein Gesicht, ich schließe die Augen. Der Duft der Bäckerei unter mir kitzelt meine Nase, ein Gemisch aus warmem Teig und Zimt. Eindeutig Franzbrötchen. Ich werde mir nachher auf dem Weg zur Arbeit eins gönnen. Gemurmel dringt zu mir herauf, eine Tür quietscht. Ein Lastwagen zischt, und es ist fast seltsam, dass ich von hier oben sogar die Schritte der Menschen auf dem Asphalt hören kann. Alles ist in Bewegung, ein fortwährendes Knistern und Treten und Rauschen, das am Abend etwas Beruhigendes haben kann. Jetzt regt es meine Lebensgeister an, zusammen mit dem Kaffee. Ja, es geht mir gut.

Für einen Moment überlege ich, Tobias anzurufen. Aber wir haben ja gestern Abend telefoniert, und bestimmt schläft er schon. In L. A. ist es halb zwölf in der Nacht. Heute – für ihn morgen – ist der erste Drehtag. Verdammt, er ist fort. Doch er wird wiederkommen.

»Und die Zeit bis dahin wird wie im Flug vergehen«, flüstere ich sein Mantra und hebe die Tasse irgendwo in Richtung Himmel. Er spannt sich tröstlich über uns beide, ob hell oder dunkel, nicht mehr als ein gigantisches Segel aus Luft zwischen uns. Nicht mehr, ja – aber leider auch nicht weniger.

# 2

Der Bissen des Franzbrötchens zergeht weich und zuckrig in meinem Mund, lässt die Zunge am Gaumen kleben, während ich über den Bürgersteig Richtung Buchladen schlendere. Ich habe noch zehn Minuten bis Arbeitsbeginn und blicke in ein paar Schaufenster, die mir nichts Neues zeigen. Als ich bei meinem Friseurladen vorbeikomme, fahre ich mir instinktiv mit der freien Hand durchs Haar. Obwohl ich es sorgfältig mit dem Föhn bearbeitet habe, fällt es mir schon wieder wirr über die Schulter. Ich sollte demnächst einen Termin machen.

Dann nähere ich mich der Front der »Büchertruhe«. Das Schaufenster umrahmt eine weiße Holzverkleidung mit dekorativem Muster, der Eingang wird flankiert von zwei grün lackierten Jugendstilsäulen.

Mich empfängt der vertraute Geruch von Papier und Büchern, der irgendwo zwischen Herbstblättern, Druckerschwärze und Leim changiert. Barbara steht hinter dem Tresen und blickt vom Computermonitor auf.

»Hi!«, rufe ich ihr zu.

»Guten Morgen, Sarah!« Ihre Finger steppen über die klackernde Tastatur. »Wie war dein Wochenende?«

»Nicht ganz so schlimm, wie ich dachte.«

Barbara nickt. »Kaffee ist schon durch. Nimm dir erst mal. Ich bin gleich bei dir, dann können wir reden.«

Das ist ungewöhnlich, und ich bin gerührt von ihrer Fürsorge. Normalerweise koche ich den Kaffee, wenn ich morgens in den Laden komme. Ich gehe in unser Hinterzimmer. Hier machen wir Pause oder die Abrechnung, und auf das Hängeregal sortieren wir die von Kunden bestellten Bücher. Heute liegen dort genau zwei, und ich weiß auch, zu wem sie gehören. Zur alten Frau Teschner, die zwar schlecht sieht, sich aber mit einer Lupe behilft. Sie schwelgt gern in kitschigen Liebesromanen, erzählt uns danach ausführlich von ihren Eindrücken und lässt auch die Sexszenen nicht unerwähnt, sofern es welche gab. Meist mit einem Leuchten in den schwachen Augen. Wahrscheinlich wird sie den neuen Lesestoff heute Vormittag abholen.

Ich nehme mir Kaffee, lehne mich mit der Hüfte gegen den Tisch und trinke ein paar Schlucke, als Barbara zu mir kommt. Ihr sonst dynamischer Gang ist heute anders, sie schleicht mehr, als dass sie geht, und ihr Blick richtet sich zaghaft fragend auf mich.

»Du musst dir keine Sorgen um mich machen«, scherze ich. »Der Abschied von Tobias war nicht leicht, aber ich komm schon klar!«

Barbara lässt sich ausatmend auf einem der Stühle nieder. Sie fasst sich an das schmale Seidentuch an ihrem Hals. »Ist er denn gut gelandet?«

»Ja. Der Jetlag macht ihm zu schaffen, sonst ist alles okay, denke ich. Das Apartment ist wohl auch prima, er sagt, es hätte Platz für zwei. Heute geht's los mit dem Dreh.«

»Was genau ist das eigentlich für ein Film, den die da machen?«

»So ein experimenteller Streifen über einen Aussteiger, der sich am Ende das Leben nimmt. Ziemlich starker Tobak.«

»Na, das klingt doch super«, sagt Barbara geistesabwesend und winkt in Richtung des anderen Stuhls. »Setz dich mal.«

Stirnrunzelnd komme ich ihrer Bitte nach. Für einen Moment höre ich lediglich die Wanduhr ticken.

»Sarah …« Barbaras Stimme friert ein.

In meinem Bauch verklumpt das Franzbrötchen.

»Ich muss dir was sagen. Es hat sich schon länger abgezeichnet, aber ich wollte erst warten, bis ich mir ganz sicher bin.«

Also habe ich es mir nicht eingebildet. Barbara belastet etwas. Eine Krankheit? Meine Augen scannen ihre Gestalt diskret nach Anzeichen ab, die mir in den letzten Tagen entgangen sein könnten, weil ich völlig von dem bevorstehenden Abschied von Tobias eingenommen war. Wie blass sie ist, und die dunklen Ringe unter ihren Augen verraten mir, dass sie schlecht geschlafen hat. Ist sie dünner geworden?

»Was ist denn los, Barbara? Was Schlimmes?«, frage ich vorsichtig.

»Wie man's nimmt.« Ihre Anspannung entlädt sich in einem kurzen Schnaufen.

»Bist du krank?« Meine Güte, ich klinge wie ein

kleines Kind, das Angst hat, seine Mutter könnte sterben.

»Nein, nein, keine Sorge, Sarah. Das ist es nicht.«

Gut. Sehr gut. Alles andere lässt sich doch regeln.

»Es betrifft uns beide. Es geht um den Buchladen.«

Mein Herz macht eine Haarnadelkurven-Kehrtwende, die Gedanken scheren aus, stolpern hinterher. Der Laden. Natürlich. Meine Arbeit. Bitte nicht.

»Unser Mietvertrag läuft bis Ende August.« Sie schluckt, und ich kann alle Worte schon hören, die sich in ihrem Mund formen, mein Gehirn nimmt sie vorweg, aber mein Bauch boxt sie beiseite. »Und es sieht leider so aus, dass –«

»Müssen wir umziehen?«, quake ich dazwischen. Ich habe meiner Bauchstimme den Vorrang gegeben, mein dummer Bauch, der alles andere nicht zulassen will, egal, was mein Verstand jetzt schon weiß. All die ruhigen Arbeitstage. Zu ruhig.

Barbaras Blick landet einen Moment auf mir, seltsam durchdringlich. »Nein, Sarah. Ich fürchte, es ist was Endgültiges. Die Mieten sind überall teuer in Hamburg, ein Umzug würde nichts ändern. Ich kann den Laden nicht mehr halten. Es tut mir leid.«

Ich starre sie an und bin stumm, mein Herz pocht bis in den Hals. Bumbum! Das war's.

Barbara berührt sacht meinen Arm. »Glaub mir, ich habe es mir nicht leicht gemacht. Aber den Vertrag zu verlängern wäre purer Selbstmord. Die Zahlen stimmen schon eine ganze Weile nicht mehr. Das hast du ja mitbekommen.«

»Schon«, krächze ich. »Ich dachte nur … Wir haben doch neulich erst das Sortiment erweitert. Mit den Geschenk- und Spielzeugartikeln. Die tollen Notizbücher. Das läuft ganz gut, die Leute stöbern gern hier. Und auch die Kinder!«

»Ja, das tun sie. Aber es sind nicht genug Kunden. Damit kann ich auf Dauer nicht überleben.« Sie lacht leise. »Und Frau Teschner kann uns auch nicht retten, so viele Liebesgeschichten kann sie gar nicht lesen, wie wir verkaufen müssten!«

Mir ist nicht nach Lachen zumute. In mir schnürt sich ein Knoten zusammen, ein kleiner, fieser Wutknoten. »Warum sagst du mir das alles denn erst jetzt?«, schieße ich heraus.

»Das habe ich doch erklärt. Ich wollte mir sicher sein und dich nicht unnötig beunruhigen. Und auch die Hoffnung nicht vorzeitig aufgeben. Außerdem warst du die letzten Tage so beschäftigt wegen deinem Freund. Ich dachte, ich lass dich kurz vor eurem Abschied damit in Ruhe.«

Ich weiß nicht, ob mir diese Nachricht nicht weniger zugesetzt hätte, solange Tobias noch in meiner Nähe war. Nun bin ich allein damit. Trotzdem verstehe ich, dass Barbara nur Rücksicht nehmen wollte.

»Immerhin haben wir erst den Elften«, versucht sie mich zu beschwichtigen. »Ich schicke dir die schriftliche Kündigung demnächst, dann hast du über drei Monate Zeit, dir was Neues zu suchen.«

Was Neues. Ich will nichts Neues! Für einen Moment stieren wir beide vor uns hin, in meinem Kopf rattert ein Güterzug voll wirrer Gedankenfetzen. Eigentlich bin ich auf mein volles Gehalt angewiesen. Aber vielleicht könnte ich meine Mitgliedschaft im Fitnessstudio kündigen, und die Kneipenabende mit unseren Freunden sind sowieso erst mal Geschichte. Kim und Flo sind gerade erst Eltern geworden.

»Und wenn ich, ich meine …« Hilflos wedele ich mit den Händen. »Also, wenn ich reduziere? Du mir weniger Gehalt zahlen musst? Das kriege ich hin, wirklich!«

»Glaub mir, wenn das ein Weg sein könnte, wäre ich damit an dich herangetreten. Trotzdem lieb, dass du das anbietest.«

»Was heißt das alles für die nächste Zeit? Was soll ich tun?«

Barbara atmet auf, sichtlich erleichtert über meinen Richtungswechsel. »Gar nichts. Du kannst eigentlich ab sofort zu Hause bleiben. Ich stelle dich frei. Die Kündigungsfrist bleibt gewahrt, du bekommst dein Gehalt weiter bis einschließlich August.«

»Wie bitte? Ab sofort einfach aufhören?« Ich schnappe nach Luft. »Das möchte ich nicht. Das kann ich nicht!«

»Aber es macht keinen Sinn, wenn du hier deine Zeit absitzt! Kümmer dich darum, eine neue Stelle zu finden. Ich werde dir ein 1-a-Arbeitszeugnis ausstellen. Du warst mir immer eine großartige Stütze.«

Sind das Tränen in ihren Augen?

»Nutz die Zeit für dich, Sarah. Tu dir was Gutes. Das hast du dir verdient.«

»Ich helfe dir, kommt gar nicht infrage«, gebe ich fast trotzig zurück.

»Nein. Du hast auch noch so viel Urlaub übrig. Ich werde allein die Stellung halten, Rabattaktionen machen und so bald wie möglich räumen. Den Rest erledigt eine Firma. Es ist wirklich nicht nötig, dass du weiterhin kommst. Nein.«

Aus Erfahrung weiß ich, dass bei aller Menschlichkeit ein Nein aus Barbaras Mund ein Nein bedeutet. Trotzdem wage ich einen weiteren kläglichen Versuch: »Ich möchte gern mit dir zusammen beenden, was wir so viele Jahre hatten.«

Wenigstens lächelt meine Chefin wieder. »Danke. Für alles, nicht nur dafür. Ich melde mich, wenn ich doch deine Hilfe brauche. Okay?«

Meine Augen brennen. »Und du? Was willst du denn danach machen?«

»Du wirst lachen. Zum ersten Mal in meinem Leben bin ich ziemlich planlos.« Barbara zieht die Schultern hoch. »Vielleicht verreisen. Mit meinem Mann. Dank ihm werde ich ja nicht am Hungertuch nagen. Eventuell kann ich auch in seine Firma einsteigen, bei der Buchhaltung, was weiß ich.«

Ich nicke benommen. In diesem Moment ertönt das Türsignal. Wir blicken uns kurz an, dann steht Barbara auf und bedeutet mir, dass ich sitzen bleiben kann. Das muss ich auch, denn ich bin wie gelähmt.

Es ist Frau Teschners muntere Stimme, die ich vernehme, und sofort löst sich der Knoten in meinem Bauch. Ich lege meine Hände vors Gesicht und kann nicht verhindern, dass die Tränen unter meinen Fingern hinabrollen. Große, kindliche Kummer- und Wuttränen. Und ja, auch Angst schnürt mir die Kehle zu.

# 3

Bis zum Nachmittag tüftele ich wie in Trance im Buchladen herum, dann schickt Barbara mich nach Hause. Es ist kein endgültiger Abschied, den möchte sie mit etwas Besonderem zelebrieren. Und ich werde meine Siebensachen abholen müssen. Trotzdem kostet es mich Überwindung, jetzt zu gehen.

Mein erster Griff, als die Wohnungstür hinter mir zufällt, ist der zum Handy. Ich muss Tobias' Stimme hören, deren Klang keine Katastrophe der Welt ankratzen kann. Das grüne WhatsApp-Symbol zeigt mir Nachrichten an. Eine ist von ihm. Mein Herz fliegt einmal über den Ozean.

*Meine Süße, ich weiß gar nicht, wie ich die ganzen Monate ohne dich und deine brutale Dachschräge schlafen soll. Hab kein Auge zugetan. Mir fehlt dein Duft, dein Lachen, einfach alles. Gleich geht's los mit dem Dreh. Lass uns unbedingt später telefonieren. Kuss, dein Hulk.*

Er hat die Zeilen vor einer Stunde abgeschickt und wird nun am Filmset sein, aber ich pfeife auf später. Ich brauche ihn jetzt.

Meine Schuhe schüttle ich von den Füßen und gehe

schnurstracks ins Wohnzimmer, lasse mich mit dem Telefon an der Wange aufs Sofa plumpsen. Freizeichen, abgeschaltet ist sein Handy also nicht. Trotzdem tutet es ins Leere an meinem Ohr, irgendwann ertönt das Knacken, das das Anspringen der Mailbox ankündigt. Ich höre Tobias' Aufnahme zu, doch so mechanisch entfaltet seine Stimme für mich nicht die gleiche Wirkung. Sie verstärkt nur das Gefühl, unüberbrückbar von ihm getrennt zu sein. Ich schlucke. Wieder ein Knacken, dann kann ich sprechen.

»Tobias, ruf mich bitte so schnell wie möglich an.« Meine Schultern zucken ungewollt nach oben, ein Schluchzer drückt sich aus meiner engen Kehle, ohne dass ich ihn niederkämpfen kann. »Ich hab meinen Job verloren!«

Ich tippe auf den Aus-Button und lasse das Handy neben mir aufs Sofa fallen, ziehe die Knie hoch bis an mein Kinn und umschlinge sie mit meinen Armen. Lange bleibe ich so sitzen, mit nassen Wangen, und fühle mich wie eine winzige Murmel. Die Gedanken in meinem Kopf sausen wild durcheinander. Was soll jetzt werden? Barbara war zuversichtlich, dass ich etwas Neues finde, aber davon bin ich nicht überzeugt. Ich mag meinen Alltag in der Büchertruhe nicht loslassen. Und ich habe Angst, meine vier Wände zu verlieren, dieses Zuhause, mit dem ich mich fest verwachsen fühle.

Irgendwann beschließe ich, das Karussell in meinem Hirn anzuhalten, und zwinge mich ins Fitnessstudio. Vielleicht wird es meinen Kopf klären und mich irgendwie beruhigen. Als ich schließlich in verschwitztem

T-Shirt und Sporthose vom Laufband steige, ist das Gefühl der Unruhe kaum gewichen. Im Gegenteil. Hier trainiere ich normalerweise mit Tobias zusammen, und so mit mir allein fühlt sich das Laufen auf der Stelle sinnlos an. Ich verzichte auf die übliche Runde Krafttraining und gehe zurück in den Umkleideraum, wo ich wieder mein Handy hervorziehe. Kein Anruf von Tobias, er hat meine Nachricht bestimmt noch gar nicht abgehört.

Ohne lange nachzudenken, tippe ich auf die Rufnummer von Kim und Flo. Ihre Tochter ist gerade erst sechs Wochen alt. Nach der Geburt sah sie aus wie ein verschrumpeltes rotes Äffchen. Das Äffchen wurde auf den Namen Frieda getauft, und ich durfte Patin sein. Ich weiß, dass sie viel schreit. Trotzdem hoffe ich, ein offenes Ohr bei unseren Freunden zu finden. Das Alleinsein macht mich gerade verrückt.

Mein Haar ist noch leicht feucht vom Duschen, als ich nach nur zwei S-Bahn-Stationen aus dem Zug steige. Im Hauseingang von Kim und Flo fällt mir Friedas Kinderwagen ins Auge, der einen Teil des Treppenabgangs zum Keller blockiert. Kim empfängt mich in der offenen Tür im zweiten Stock, mit dem Äffchen über ihrer Schulter. Sie ist heute die zweite Frau, die mir gegenübersteht und furchtbar müde aussieht. Ihre rote Mähne hat sie im Nacken zusammengebunden, trotzdem umzwirbeln dicke Strähnen ihre blassen Wangen. Augenblicklich fürchte ich, mit meinem Überfall aufdringlich zu sein. Doch das Lächeln meiner Freundin zeigt mir, dass ich willkommen bin.

»Hi, Sarah! Schön, dass du da bist.« Sie drückt mich mit dem freien Arm kurz an ihre Seite und schließt die Tür hinter mir.

Ich lege meine Hand an den Rücken von Frieda, die sich so verletzlich an ihre Mutter schmiegt, und betrachte das schlafende Mädchen. »Danke, dass ich euch überfallen darf. Ich wusste einfach nicht, wohin mit mir.«

»Na klar, jederzeit.«

Die Luft riecht abgestanden, und ein Berg mit knitteriger Wäsche droht über einem Korb zusammenzustürzen. Die Blumen in der Vase auf dem Couchtisch sind verwelkt, daneben wird ein fast leeres Milchfläschchen von zwei Tellern mit Essensresten flankiert.

»Nur Zeit zum Aufräumen hatte ich nicht mehr«, erklärt Kim das Offensichtliche und zieht ein verflecktes Spucktuch vom Sofa, damit ich mich setzen kann.

»Quatsch«, gebe ich zurück, lasse mich fallen und hangele nach dem Schnuller, der gegen meinen Po pikt. »Als ob du für mich aufräumen müsstest, wir kennen uns ja wohl lang genug.« Ich stelle den Rotwein, den ich mitgebracht habe, auf die einzige freie Stelle, die der Tisch noch bietet. »Hier, ich dachte, wenn es mit dem Stillen sowieso nicht klappt, kannst du dir auch wieder was gönnen.«

»Klasse, danke. Kann ich brauchen.« Sie gleitet vorsichtig neben mich, das Baby weiterhin über der Schulter haltend. »Ich sag dir, das waren Schmerzen. Zum Glück geht langsam die Entzündung weg. Ich hab immer Quarkwickel gemacht.«

»Super.« Ich schiebe die Bilder in meinem Kopf weg,

von Brüsten in Quark-Marinade. »Soll ich dir die Maus mal abnehmen?«

»Besser nicht«, fährt Flo leise dazwischen, der ins Wohnzimmer kommt. Er trägt eine kurze Schlabberhose, seine Augen sind verquollen, und fast habe ich den Eindruck, er würde schielen. »Ich versuch lieber, sie hinzulegen.« Dann legt er einen Arm um mich. »Hi! Willkommen in unserem Rattenloch.«

»Ich find's gemütlich bei euch.«

Er lacht, als hätte ich einen echten Witz gerissen, eindeutig überreizt. Behutsam nimmt er sein Baby aus Kims Armen entgegen und trägt es aus dem Zimmer. In der Tür dreht er sich noch mal zu uns um. »Was macht dein Bonnie over the ocean? Hat er schon 'nen Oscar abgegriffen?«

»Für ihn wäre das eine ernst gemeinte Frage. Nein, er ist gut angekommen. Kann sein, dass er gleich anruft, dann weiß ich mehr.«

Flo zeigt mir einen Daumen hoch und verschwindet.

»Ich hab ihm noch gar nichts von deiner Hiobsbotschaft erzählt«, erklärt Kim. »Die Kleine hatte bis eben eine Schreiattacke.«

»Wenn ich euch mit irgendwas zur Hand gehen kann, Kim, sag das ruhig. Ich hab ja jetzt Zeit.« Der letzte Satz klingt bitterer als beabsichtigt.

»Ich würde nur gern mal wieder schlafen. Damit wär mir schon geholfen.«

»Ich könnte Frieda ein paar Stunden zu mir holen, euch entlasten. Und ihr könnt schlafen, bis der Arzt kommt.«

»Danke. Ich weiß das echt zu schätzen. Aber im Moment ist sie noch zu klein, alles Fremde bringt sie total aus dem Takt. Danach kriege ich sie überdrehter zurück als vorher.« Mit diesen Worten tappt sie zur Vitrine, holt drei Weingläser und schiebt mir den Korkenzieher hin. »Mach auf und erzähl. Warum macht euer Laden dicht? Und wie geht's weiter für dich?«

Es ist bereits halb zwölf, als ich mich aus dem warm gesessenen Sofa erhebe. Kim sieht aus, als würde sie jeden Moment tot umfallen. Statt sie aufzumuntern, hat der Wein sie noch müder gemacht, trotzdem bestand sie darauf, dass ich bleibe, war für mich da und hat mir zugehört. Wir könnten unendlich weiterquatschen, aber ich erkenne, dass das Maß voll ist. Flo hat sich schon vor einer Stunde verabschiedet, er muss morgen früh raus ins Büro, und auch Kim wird, wenn sie Glück hat, spätestens gegen sechs Uhr vom süßen Schreihals geweckt werden.

Nur ich, ich kann ausschlafen. Was für ein beschämender Luxus, eigentlich. Normalerweise eine erbauliche Aussicht. Jetzt blicke ich einem leeren Tag entgegen.

»Danke, dass ich mich ausheulen durfte, Kim.« Im Flur umarme ich sie.

»Natürlich, immer. Was wirst du morgen machen?«

Ich ziehe die Schultern hoch.

»Versuch die Zeit einfach für was Schönes zu nutzen«, schlägt sie vor. »Bist du denn mit deinem Drehbuch fertig?«

»Ja, bin ich. Tobias hat es auf dem Stick dabei, für

den Fall, dass er mir einen Superdeal an Land ziehen kann.« Ich betone Superdeal mit Nachdruck und in die Luft gezeichneten Gänsefüßchen. O-Ton Tobias, der sich noch immer nicht gemeldet hat, was mich langsam kränkt.

»Wie wär's, du fängst mit einem neuen an?«

»Noch ein Drehbuch? Ich weiß nicht.« Lieber würde ich mich an einem Roman versuchen. Doch davon möchte ich jetzt nicht reden. Von meinem still gehegten Traum, den nur meine Schwester kennt. Früher habe ich mir immer Geschichten für sie ausgedacht. Sie halfen uns aus manchen bedrückenden Situationen, in der Fantasie war alles möglich.

Ich trete aus der Tür. »Bis bald, Kim! Schlaf gut!«

»Komm heil nach Hause!« Sie winkt mir hinterher und wartet, bis ich aus ihrem Sichtfeld verschwunden bin, bevor sie die Wohnungstür leise schließt. Meine Schritte hallen fremd durch das verlassene Treppenhaus, und auch auf dem Weg zur S-Bahn ist mir nicht wohl. Aber wenn ich mich nicht einigeln will, muss ich mich künftig daran gewöhnen, allein in der Nacht unterwegs zu sein.

Als würde Tobias spüren, dass ich mich gerade besonders nach ihm sehne, ruft er mich in diesem Augenblick an. Ich tippe erleichtert auf den grünen Hörer und halte mir das Handy ans Ohr.

»Schatz«, flüstere ich.

»Ach, ist das schön, deine Stimme zu hören! Sorry, dass ich mich jetzt erst melde. Ich hatte keine ruhige Minute.«

»Ja klar. Am Set ist bestimmt der Teufel los. Du musst mir alles erzählen.«

»Erst du, das ist ja ein Ding. Was ist denn passiert?«

Noch während ich alles loswerde, was heute vorgefallen ist, spüre ich, was mir gefehlt hat. Tobias bringt nichts aus seinem Schwung. Er steht immer auf dem Standpunkt: Scheiße passiert. Scheiße geht aber auch vorbei. Packen wir's. Ich habe noch nicht einen Moment erlebt, in dem er innehielt, schwarzsah, übellaunig oder geschockt war. Manchmal hat mich das sogar irritiert. Doch je länger wir zusammen sind, und das sind immerhin über zwei Jahre, desto mehr begreife ich, dass es Ausdruck seines unbändigen Willens ist.

Ich bin fertig mit der Zusammenfassung meiner Misere, als die S-Bahn einrollt.

»Bist du am Bahnhof unterwegs?«, fragt Tobias am anderen Ende.

»Nur die S-Bahn. Ich war bei Kim und Flo.«

»Ach so. Dann reden wir, bis du zu Hause bist, vorher legst du nicht auf. Ich bin dein telefonischer Leibwächter.«

»Zu Befehl – Hulk.« Ich kann schon wieder lachen, die S-Bahn setzt sich ruckelnd in Bewegung.

»Also. Das ist alles Mist. Schöner Mist. Aber hey, das kann dich nicht unterkriegen. Du findest was Neues. Vielleicht sogar Besseres. Oder du machst eine eigene Buchhandlung auf.«

Hinter der Scheibe fliegt die Hamburger Nacht an mir vorbei. »Klar. Das lag bestimmt nur an Barbara, dass der Laden nicht lief.«

»Du weißt, wie ich das meine.«

»Es ist auch nicht so, dass ich –«

»Du kannst mehr, als du dir zutraust. Vergiss nicht, du hast noch ein Eisen im Feuer. Dein Drehbuch. Ich weiß schon, wem ich es vor die Nase halten werde. Hier steigen ständig irgendwelche Events und Partys, da treffe ich bald einen Produzenten, Jack Garry. So werden Geschäfte gemacht. Wirst sehen.«

»Erzähl mir mehr von L. A.«

Und während die S-Bahn in Altona einfährt und ich zwei Straßen weiter hinauf in meine Wohnung gehe, nehme ich jedes Wort von Tobias auf. In bunten Farben malt er mir die Stadt aus, die immer in Bewegung sei, in einem unsteten Rhythmus. Und trotzdem seltsam gesichtslos, sagt er, ohne einen ruhenden Kern, ohne Herz. Eher wie ein Diamant, der sein Funkeln sternförmig in alle Richtungen strahlt und dessen Mitte man deshalb kaum spüren könne. Ich lasse mich einlullen von seiner Stimme, während ich mir die Zähne putze. Tobias' Euphorie zeigt, dass er genau dort ist, wo er gerade sein muss. Dieser Gedanke beunruhigt und tröstet mich zugleich, als ich endlich im Bett liege, das Handy noch immer auf laut gestellt neben mir. Und tatsächlich schlafe ich, wenige Momente nachdem wir uns verabschiedet haben, mit einem zuversichtlichen Gefühl ein.

# 4

Es ist seltsam, wenn einem plötzlich so viel Zeit zur Verfügung steht. Ich versuche, auf Kims Rat zu hören und das Beste daraus zu machen. Nun ist die Wohnung blitzsauber, und geschlafen habe ich mehr als genug. Ich könnte jeden Tag Sport machen, aber Superwoman muss ich nicht unbedingt werden. Die Bücher, die auf meinem Nachttisch liegen, sind fast ausgelesen, und beim Friseur war ich inzwischen auch. Um wieder gern in den Spiegel zu schauen, habe ich mir Strähnen färben lassen, die meinem dunkelblonden Haar den Goldglanz aus Kindertagen zurückschenken.

Die letzten Tage habe ich natürlich auch damit zugebracht, Stellenanzeigen zu lesen. Bislang passt nichts auf meine Qualifikation, es scheint, dass es in ganz Hamburg und Umgebung keinen Bedarf an Buchhändlerinnen gibt. Und von hier weg möchte ich möglichst nicht. Sowie ich die schriftliche Kündigung von Barbara habe, werde ich einen Termin beim Amt machen müssen.

Dieses In-der-Luft-Hängen macht mich unruhig. Umso mehr freue ich mich auf ein Wiedersehen mit meiner Schwester Mella. So nenne ich sie, seit ich als Kleinkind zum ersten Mal ihr winziges Babygesicht in der Wiege bestaunte, weil ich ihren Namen Melanie nicht richtig aussprechen konnte. Heute ist Freitag, und sie kommt über das Wochenende nach Pinneberg, ins Haus unserer Eltern. Ich werde das zum Anlass nehmen, dort auch mal wieder vorbeizuschauen.

Am Nachmittag ist es so weit. Pünktlich stoße ich die Eingangspforte zu meinem Elternhaus auf, die schon seit Jahren schief in den Angeln hängt. Mein Blick schweift über den Garten, der eindeutig bessere Tage gesehen hat. Ich muss an das Foto über meinem Küchentisch denken. Der Moment, der darauf festgehalten ist, spielte sich genau hier ab, damals vor blühenden Stockrosen. Mit einem kreisrunden Gummiplanschbecken, das winzig war und uns trotzdem unglaublich glücklich machte. Mit unseren Jauchzern brachten wir sogar Ma zum Lachen, was selten geschah.

An dem roten Klinker hängt noch immer das alte Namensschild. »Hier wohnt Familie Lambertz«. Dabei sind es nur unsere Eltern, die geblieben sind. Ich besuche sie nicht oft, und Mella studiert in Köln.

Sie ist es, die keine drei Sekunden nach dem Klingeln die Tür aufreißt und mir um den Hals fällt. Meine Tasche rutscht mir von der Schulter, und ich lasse sie zu meinen Füßen liegen. Meine kleine Schwester überragt mich um einen halben Kopf. Das honigblonde Haar fällt ihr fast bis zum Po hinab, der knackig ihre langen Beine krönt. Ich bin nicht halb so umwerfend wie sie, sie wird die sexiest Anwältin ever sein.

Mella zieht mich hinter sich her in den Flur und

schließt die Tür. »Endlich bist du da!«, raunt sie mir zu und blickt mit hochgezogenen Brauen vielsagend in Richtung unserer Mutter, die sich in der offen stehenden Küche die Hände trocknet und danach zu uns kommt.

Ma lächelt, das schon. Trotzdem habe ich das Gefühl, dass die Falte, die senkrecht zwischen ihren grauen Augen verläuft, von Mal zu Mal scharfkantiger wird. Eine winzige Schlucht, in die ich emotional hineinfallen könnte, wenn ich mich nicht konzentriere. Mit diesem Gesichtsausdruck hat sie mich bereits als Kind verunsichert, wenn ich ihrer Meinung nach in unnützen Träumereien versunken war.

»Schön, dass du uns auch mal wieder besuchst«, teilt sie mir mit und schafft es damit fabelhaft, mir trotz ihrer Umarmung das Gefühl zu geben, mit einem Fehler behaftet zu sein. Einem hartnäckigen Fleck, den ich selbst mit einem Neunzig-Grad-Programm nicht wegwaschen könnte.

»Geht ruhig schon ins Esszimmer«, fordert sie uns auf. »Steht alles da, ich muss nur noch die Sahne aufschlagen.«

Meine Schwester und ich grinsen uns an, klar, Sahne darf nicht fehlen. An Mas Rücken, den sie uns jetzt zukehrt, zeichnet sich in drei Rollen ab, wohin sich diese Kalorien gesellen werden. Doch das gibt ihr wenigstens eine weiche und verletzliche Seite.

Wir wenden uns dem Esszimmer zu, wo der Tisch in alter Manier gedeckt ist. Natürlich gibt es Obstkuchen. Der Gelatineguss über den Kiwischeiben und den Kirschen aus dem Glas glänzt wie durchsichtiges Plastik. Das alles könnte etwas Fürsorgliches haben, aber die Wiederkehr des immer Gleichen ist eher beklemmend. Davon abgesehen ist es Mas bevorzugte Kuchensorte. Nicht unsere.

»Wo ist denn Papa?«

Mella setzt sich neben mich. »In seinem Arbeitszimmer. Wo sonst?«

»Natürlich.«

Pa hat unsere Mutter immer schalten und walten lassen. Er ist zufrieden, sofern er seine Ruhe hat und sich nicht mit zu viel menschlichen Belangen herumplagen muss. Nicht mal wenn es Streit gab, und den hatten wir oft mit Ma, mischte er sich ein. Weder für sie noch für uns ergriff er Partei, höchstens tätschelte er einen von uns tröstend – je nachdem, wer es in seinen Augen nötiger hatte, beruhigt zu werden, damit die gleichförmige Routine möglichst schnell wieder einkehrte.

Das Geräusch des Handrührgeräts aus der Küche holt mich in die Gegenwart zurück. »Wie geht's dir, Mella? Was macht das Examen?«

»Hör bloß auf.« Sie pult lustlos ein Stückchen Rührteig vom Rand ab. »Frag mich nicht, was mich geritten hat, Jura zu studieren. Ohne den Rep-Kurs wäre ich total aufgeschmissen.«

»Rep-Kurs?«

»Repetition. Wiederholungskurs. Soll uns für die Prüfungen fit machen.«

»Ach so. Und wann genau geht's los mit den Klausuren?«

Sie stöhnt. »Montag in zwei Wochen. Ich hab Megaschiss.«

»Das schaffst du!« Ich drücke ihre Hand. Das Rührgerät nebenan ist verstummt, etwas klappert.

»Da bin ich mir nicht so sicher. Manchmal wünschte ich, ich hätte einen Beruf wie du. Du bist auch den ganzen Tag von Büchern umgeben, aber von schönen. Nicht so furztrockenen wie ich.«

Jetzt ist es an mir, aufzustöhnen. »Das hat leider fürs Erste Pause.«

»Wie, Pause?«

»Der Buchladen macht zu. Ich bin arbeitslos.«

Ma steht wie angewurzelt mitsamt der Sahneschüssel in der Tür. »Du bist was?«

»Barbara schließt. Ich muss mich nach einer neuen Stelle umsehen.«

»Oh nein!« Mella legt die Finger vor den Mund. »Wo du doch so gern da gearbeitet hast. Der coole Laden. Wie schade.«

Nun erst setzt sich Ma wieder in Bewegung und stellt die Schüssel auf den Tisch. »Das kann ja wohl nicht wahr sein!«

»Ist es aber«, erwidere ich trocken.

»Und wie soll das jetzt weitergehen?« Ma setzt sich mir gegenüber und funkelt mich empört über die Tischplatte hinweg an, als hätte ich das alles zu verantworten. »Jens!«, ruft sie übergangslos Richtung Flur. »Komm endlich mal. Deine Tochter ist arbeitslos!«

So wie früher, wenn ich etwas ausgefressen hatte, bin ich jetzt nur noch seine Tochter. Als Nächstes müsste eigentlich kommen, wie ich angemessen zu bestrafen sei, und mein Vater wird sagen: »Doris, da weiß ich nu auch nix zu zu sagen.« Ich lache kurz auf und reibe mir die Stirn.

»Hattet ihr zu wenig Kundschaft?«, fragt Mella leise.

Ma beginnt, den Obstkuchen aufzuschneiden.

»Es gab Stammkunden«, antworte ich, während ich mir Kaffee nehme. »Trotzdem reichte der Umsatz nicht. Allein die Ladenmiete verschlingt Unsummen.«

»Das ist eben Hamburg!«, triumphiert Ma, die von Anfang an dagegen war, dass ich in die Stadt ziehe. Wenn es nach ihr gegangen wäre, hätte ich mir auf dem Land etwas gesucht oder wäre von meinem Elternhaus zur Arbeit gependelt, bis ich mindestens vierzig gewesen wäre. »So funktioniert der Wettbewerb, wer sich nicht anstrengt, kommt unter die Räder«, fügt sie mit Nachdruck hinzu und kippt ebenso entschlossen ein Stück Kuchen auf Mellas Teller.

»Als hätte Sarahs Chefin sich nicht genug angestrengt!« Meine Schwester tippt sich an die Stirn. »Das ist doch Blödsinn, Mutti.«

Ich weiß ihre Verteidigungsrede zu schätzen. Genauso weiß ich, wie sinnlos jeder Versuch ist, auf einer vernünftigen Ebene auf Mas unbedachte Äußerungen einzugehen. Sie schiebt mir den befüllten Teller hin, und ich popele mit der Kuchengabel die Kiwistücke heraus. Davon bekomme ich Pusteln im Mund.

»Lässt du dich auch mal blicken?«, höre ich Mas Stimme.

Pa ist so leise hereingeschlichen, dass ich ihn erst jetzt

wahrnehme. Seit unserem letzten Treffen ist er noch grauer geworden. Ich stehe auf, seine Umarmung ist kraftlos und trotzdem tröstlich. Er nickt mir irgendwie entschuldigend zu. Manchmal kann ich es kaum fassen, dass meine Eltern nur fünf Jahre älter sind als die tatkräftige Barbara. Zwischen ihnen liegen Welten.

Mella muss er schon vor meiner Ankunft begrüßt haben, denn er setzt sich und lässt sich von Ma Kaffee einschenken.

»Arbeitslos, was? Ja, ja, das ist doch alles Mist heute.« Das war's, was er zu meiner Situation beizutragen hat. Seine wenigen Worte sind mir trotzdem lieber als Mas vermeintliche Lebensweisheiten.

»Wir können dich nicht unterstützen, falls du deshalb heute gekommen bist«, schießt ihre nächste Rakete in meine Richtung, während sie sich einen extragroßen Klecks Sahne auf den Kuchen klatscht.

Mir bleibt der Bissen fast im Hals stecken. »Jetzt hör mal, Mama. Ich brauche und möchte kein Geld von euch. Bis einschließlich August bekomme ich noch Gehalt, macht euch also keine Sorgen.«

»Aber du hast keine Ahnung, was danach wird!«

»Entweder habe ich bis September etwas Neues, oder ich kriege Arbeitslosengeld. Vielleicht kann ich mich fortbilden. Jedenfalls werde ich nicht untergehen.« Auch wenn es sich anders anfühlt, besonders in diesem Augenblick.

»Dem Staat auf der Tasche liegen willst du ja wohl nicht!«, rügt sie mich. »Da kriegt man doch zu viel, wenn man die ganzen Faulenzer in der Glotze sieht. Möchtest du etwa zu denen gehören?«

Ich lege meine Gabel beiseite und muss verschnaufen. Pa kaut die ganze Zeit und schaut nur ab und an von seinem Teller auf, als würde er beiläufig ein Tennisspiel im Fernsehen verfolgen.

Mella schenkt unserer Mutter einfach keine Beachtung mehr. »Du findest ganz bestimmt was Neues, Sarah! Bis September ist ja noch Zeit.«

»Ja. Vielleicht sogar zu viel Zeit. Ich brauche schon jetzt nicht mehr im Laden arbeiten.«

»Auch das noch!« Ma schüttelt den Kopf. »Dann hängst du ja nur rum, das kann doch nicht gut sein.«

»Ich habe mir das nicht ausgesucht.«

»Nachher wirst du noch depressiv!« In Mas Gesicht zeichnet sich etwas wie echte Sorge ab. Immerhin.

Mella sieht mich nachdenklich an. »Und wenn du erst mal verreist? Danach sieht die Welt bestimmt schon anders aus.«

»Wohin denn?«

»Keine Ahnung, irgendwohin.«

»Alleine?«

»Warum nicht, oder mit Tobias?«

Der Stein, den ich seit meiner Ankunft fast vergessen hatte, rollt zurück auf mein Herz. »Der ist doch in Kalifornien.«

Mella schlägt sich auf die Stirn. »Ach stimmt! Tut mir leid, das hatte ich gar nicht mehr auf dem Zettel.«

»Musst du auch nicht. Du hast genug eigenen Stress.«

Jetzt schaltet sich Ma wieder ein. »Der macht was aus sich. Nehmt euch mal ein Beispiel!« Sie nickt zufrieden und nimmt sich ein zweites Stück Kuchen.

Mein Magen krampft sich zusammen. Als würde Mella nichts aus sich machen. Oder meint sie nur mich?

»Tobias Hofmann, der neue Hollywoodstar! Dieser kleine Wichtigtuer.« Unsere Köpfe drehen sich überrascht in Pas Richtung. Er kichert und setzt die Kaffeetasse an seine Lippen, die bedenklich hin und her kippt.

Seine Bemerkung versetzt mir bei aller Situationskomik einen Stich.

»Zumindest traut er sich was!«, verteidigt Ma meinen Freund.

»Ach was!« Pa winkt heftig ab.

Mir wird bewusst, dass Tobias es auf irgendeine magische Weise geschafft hat, meine Mutter für sich einzunehmen. Wenigstens dieser Teil meines Lebens gefällt ihr, und das, wo sie seine beiden Vorgänger vehement ablehnte. Meinen ersten Freund, weil ich ihrer Meinung nach mit sechzehn viel zu jung war. Und der zweite war für Ma ein Affront, denn er liebte Reggae und trug lange Rastalocken, die er im Nacken zusammenband. Das konnte für Ma nur bedeuten, dass er den ganzen Tag kiffte.

»Das heißt, er kann nicht mal für dich da sein«, sagt Mella mitfühlend.

»Tobias?«, frage ich, für einen Moment verwirrt. »Ja. Wenigstens telefonieren wir jeden Tag. Aber natürlich fehlt er mir schrecklich.«

»Warum fliegst du denn nicht einfach zu ihm?«

»Nach Kalifornien?«

»Ja!« Mella strahlt mich an, als hätte sie den Jackpot geknackt.

In meiner Brust zieht sich etwas zusammen. Die Idee ist mir tatsächlich nicht in den Sinn gekommen. Vielleicht weil ich die letzten Tage zu sehr mit Zukunftsfragen beschäftigt war und damit, überhaupt erst mal diesen Schock zu verdauen.

»Das wäre doch purer Wahnsinn!« Tadelnd schüttelt Ma den Kopf, vertieft die Minischlucht zwischen ihren Augen um eine weitere Nuance. »Und viel zu teuer. Sie muss sich um eine Arbeit kümmern, nicht in der Weltgeschichte herumfliegen.«

Einerseits muss ich ihr recht geben. Andererseits …

»Nee, so teuer, wie man denkt, sind die Flüge oft gar nicht.« Mella zieht ihr Handy aus der Hosentasche und tippt darauf herum.

»Eigentlich ein schöner Gedanke«, sinniere ich. »Aber ich weiß nicht, ob ich jetzt die Ruhe dafür hätte.«

»Tadaa! Hier zum Beispiel: ein Flug in zwei Wochen, nach L. A., Last minute, für 502,09 Euro.«

»Nur der Hinflug!«, gebe ich zu bedenken.

»Nein, hin und rück. Mit einem Zwischenstopp in Frankfurt.«

»Echt?« Ich staune. Tobias hat zwar auch einen günstigen Flug genommen, trotzdem hat er über 800 Euro gezahlt. War aber nicht last minute.

»500 Euro sind ja wohl kein Pappenstiel«, gibt Ma ihre Einschätzung zum Besten.

Ich nicke schuldbewusst. »Stimmt.«

»Dafür würdest du Kalifornien sehen. Und wann hättest du so schnell wieder Gelegenheit dazu? Überleg mal. Los Angeles, San Francisco, der Highway 1!«

Mellas Blick verliert sich schwärmerisch im Nirgendwo. »Ich meine, für eine Woche lohnt sich das kaum, da muss man schon mehrere Wochen verbringen. Die Zeit hast du doch nun.«

»Ach Melanie, du bringst Sarah auf ganz falsche Gedanken!«, warnt Ma. Aber es ist zu spät.

»Ich könnte bei Tobias im Apartment wohnen.«

»Also keine Kosten für die Unterkunft!«, vollendet Mella stolz meinen Gedanken, der sich in immer weiteren Kreisen wie der Lichtstrahl einer Taschenlampe durch meine Seele windet. Eine Wechselspannung aus Freude und Zögern und Freude.

# 5

Mitten in der Nacht werde ich von den Harfentönen einer eingehenden WhatsApp geweckt. Das Handy liegt noch immer auf meiner Bettdecke, ich bin über der Suche nach weiteren günstigen Flügen eingeschlafen. Ich blinzele auf das Display, dessen Licht mir beinah schmerzhaft in die Augen sticht, und stelle es dunkler ein. Die Nachricht kommt von Tobias. Er hatte einen anstrengenden Tag und fühlt sich einsam in dem großen Apartment. Es hat sogar zwei Schlafzimmer. Er schreibt, den unbewohnten Raum nebenan fände er unheimlich, jeden Moment fürchte er, dass Jeff Goldblum als Fliege aus dem Hinterhalt auf ihn niederschwirren könnte.

Ich muss kichern. *Ich hätte gar nichts dagegen, wenn Jeff Goldblum auf mich niederschwirrt*, schreibe ich mit einem Lach-Smiley. Dann lege ich das Handy beiseite. Ganz kurz. Um nachzudenken.

Der Flug für knapp über 500 Euro, den Mella so rasch herausgefischt hatte, ist momentan der preiswerteste. Trotzdem kein Pappenstiel, wie Ma so schön sagte. Aber ich hätte ja tatsächlich keine Kosten für die Unterkunft, würde nur ab und zu einkaufen gehen. Das müsste ich hier genauso. Natürlich würde auch Geld für Besichtigungen und öffentliche Verkehrsmittel draufgehen. Doch das wär's schon. Ich bin hin- und hergerissen zwischen meiner Sehnsucht, gepaart mit Abenteuerlust, und dem mangelnden Mut, alles liegen zu lassen, bevor ich überhaupt weiß, wie es mit meinem Leben weitergeht. Vielleicht könnte eine Reise mir neue Impulse geben? Nach dem Abi war ich für ein Jahr als Au-pair-Mädchen in der Nähe von New York. Nun könnte ich die Westküste sehen. Und Tobias bei der Arbeit erleben, ein Filmset besuchen. Die Menschen kennenlernen, mit denen er zu tun hat und von denen er mir so viel erzählt.

Wieder Harfenklänge. *Na hör mal! Seit wann stehst du auf Fliegen? Und wieso schläfst du nicht? How I wish you were here!*

Das Pink-Floyd-Zitat aus unserem Lieblingssong ist genau das richtige Stichwort.

Ich wälze die Gedanken hin und her. 500 Euro. Meine Wohnung für längere Zeit zurücklassen, für die ich eine beträchtliche Miete zahle. Allerdings – ich könnte die Wohnung untervermieten! Genau wie Tobias es mit seinem WG-Zimmer getan hat. Vorübergehend, für, sagen wir, einen Monat. Das hätte den angenehmen Nebeneffekt, dass sich jemand um meine Blumen kümmern und hier die Stellung halten würde.

Noch einmal ertönt der Harfenklang. *Ich hoffe, ich träume nachher von dir!*

Meine Finger fliegen über das Display. *Du wirst bald nicht mehr träumen müssen! Ich komme zu dir. Ich …*

Dann halte ich inne. Nein. Viel besser – ich werde ihn überraschen! Klammheimlich in L. A. landen und von dort irgendwie zu seinem Apartment kommen, die Adresse habe ich ja. Wenn alle Stricke reißen, nehme ich mir ein Taxi. Und dann werde ich vor Tobias' Tür stehen und einen unvergesslichen Moment mit ihm erleben. Wenn sein Mund aufklappt, weil er seinen Sinnen nicht traut. Bei der Vorstellung muss ich breit grinsen.

Ich lösche die angefangene Nachricht und bemühe mich um ein virtuelles Pokerface: *Mach dir einen entspannten Abend, ich hoffe, Goldblum lässt dich nachher schlafen.*

Es vergehen nur ein paar Sekunden. *Hauptsache, er schnarcht nicht!*

Ich lache leise, als ich aufstehe, obwohl es erst fünf Uhr morgens ist. An Schlaf ist für mich nicht mehr zu denken. Es fühlt sich an, als hätte ich etwas Verbotenes vor. Die Aufregung in meinem Bauch tanzt Polka, als ich zur Couch ins Wohnzimmer tapse und meinen Laptop auf den Schoß nehme.

Eine Stunde später sind meine Füße kalt. Dafür habe ich mein Flugticket, was mich einige Nerven gekostet hat. Doch ich wollte gleich Nägel mit Köpfen machen, bevor mir jemand das Angebot wegschnappt. Jetzt liegt der Ausdruck meines Tickets fix und fertig vor mir, und ich kann es kaum glauben. Ich habe es getan. Vielmehr, ich werde es tun. HAM 12:00 – LAX 16:50. Am Samstag, den 30.5. Zahlen, die meine Fantasie in die Höhe treiben wie einen Heißluftballon. Ein nahezu Vierzehn-Stunden-Flug, über Frankfurt. Zu Tobias.

Meine Wohnung habe ich auch gleich annonciert. Bilder hatte ich genug auf meinem Handy, denn ich habe sämtliche Ecken schon zigmal mit wechselnder Deko fotografiert. Zur Not könnte ich Bloggerin auf Instagram für schickes Wohnen werden, schießt es mir ironisch durch den Kopf. Influencerin. Vielleicht sollte ich das dem Arbeitsamt vorschlagen.

Nach einer Dusche checke ich immer wieder meine E-Mails in der Hoffnung, Rückmeldung von einem potenziellen Mieter zu erhalten. Und tatsächlich. Keine zwei Stunden später ertönt das erhoffte Pling auf meinem Handy, kurz darauf zwei weitere Nachrichten. Drei Anfragen! Die erste von einem Geschäftsmann, den ich erst mal zurückstelle. Außerdem schreibt mich ein Pärchen aus Niederbayern an, das eine Städtereise nach Hamburg plant. Die beiden würden absolut infrage kommen, wenn nicht die dritte E-Mail eingetrudelt wäre, deren Ton auf Anhieb am sympathischsten ist. Sie stammt von einer Frau namens Julia Winkler, die in diesem Sommer für eine neue Arbeit in einem Architekturbüro von Hannover nach Hamburg ziehen muss. Die Zeit der Untermiete könnte sie für eine Wohnungssuche nutzen. Für mich ist damit klar, wem ich meine vier Wände anvertrauen möchte. Als wir am nächsten Tag skypen, wirkt die Frau vertrauenerweckend und scheint etwa in meinem Alter zu sein. Sie wird am Tag meines Abflugs hier ankommen, und ich werde meinen Ersatzschlüssel bei Barbara im Buchladen für sie hinterlegen. Der Hausbesitzer hat mir wie erwartet sein Okay gegeben.

Endlich kann ich loslegen und meinen Urlaub vorbereiten. Vor allem muss ich einen Einreiseantrag in die USA stellen. Zum Glück habe ich den nötigen elektronischen Pass. Ich kaufe einen neuen Bikini und ein gelbes Sommerkleid aus Krinkelstoff, ein Paar Sandalen und flugtaugliche kleine Tuben für Shampoo und Duschgel. Zu Hause putze ich die Fenster und räume in meinen Schubladen und Schränken auf, denn Frau Winkler soll keine bösen Überraschungen erleben.

Dann flattert die schriftliche Kündigung von Barbara in meinen Briefkasten. Hätte ich nicht die Reise geplant, würde mich der Stein im Magen herunterziehen. Aber so schaffe ich es beinah, mein Bauchweh zu ignorieren, und rufe sofort bei der Agentur für Arbeit an, um mich arbeitssuchend zu melden. Nun ist es offiziell. Wir vereinbaren einen Beratungstermin für die Zeit nach meiner Rückkehr. Nach diesem Telefonat schiebe ich das Thema weit weg in den hintersten Winkel meines Kopfes.

Das große Ereignis rückt immer näher, und es fällt mir schwer, mich bei Tobias nicht zu verplappern. Mella hat gejubelt, als ich ihr von meinen Plänen erzählt habe. Meinen Eltern sage ich besser nichts, auf die Diskussionen habe ich keine Lust. Ich werde sie erst benachrichtigen, wenn ich in Kalifornien gelandet bin und den nötigen Sicherheitsabstand gewonnen habe.

Zwei Tage vor dem Abflug gehe ich mit gemischten Gefühlen zur Büchertruhe, den Ersatzschlüssel für meine Wohnung in der Tasche.

Aus dem Schaufenster blickt mir nun ein Plakat entgegen, das die angekündigten Aktionen anpreist. Fünfzig Prozent Rabatt auf alle Spielzeug- und Dekoartikel, dreißig Prozent auf die Schreibwaren. Kurz schließe ich die Augen, um auszublenden, was so gnadenlos öffentlich vom Untergang des Ladens kündet.

Dann atme ich durch und trete ein. Barbara kommt auf mich zu, umarmt mich stumm. Für ein paar Sekunden halten wir uns gegenseitig.

Sie sieht mich tapfer an. »Ich habe dir eine Kiste hingestellt, da kannst du deine Sachen reintun.«

»Danke. Viel ist es ja nicht.«

Ich mache mich daran, einige Tassen, ein Deo und andere unbedeutende Dinge zusammenzupacken, die sich im Laufe der Jahre von mir angesammelt haben. Barbara geht derweil ihrer Arbeit nach, und wir sprechen wenig. Zu drückend ist die Situation, zu endgültig, wie mir erst in diesen Minuten mit letzter Konsequenz bewusst wird. Wir schleichen umeinander herum wie ein Ehepaar, das auseinandergeht. Dazu passt der Moment, als ich Barbara den Schlüssel zu meiner Wohnung überreiche – fast so, als würde ich ihr den ihren zurückgeben. Sie nimmt ihn mit einem »Alles klar« entgegen.

»Die Frau, die kommen wird, heißt Winkler«, erkläre ich. »Sie bleibt für vier Wochen. Wenn sie wieder abreist, wirft sie den Schlüssel in meinen Briefkasten. Einen Tag später bin ich zurück.«

»Okay. Sie kann sich gern an mich wenden, wenn es zwischendrin mal Fragen oder ein Problem gibt.«

»Danke! Wie läuft es mit den Aktionen an?« Die

Frage erübrigt sich eigentlich. Seit ich im Laden angekommen bin, ist kein einziger Kunde über die Schwelle getreten.

»So lala. Wie du siehst, rennen sie nicht gerade die Bude ein. Vielleicht muss es sich erst rumsprechen.«

»Hast du es Frau Teschner schon erzählt?«

»Nein. Ich habe mich noch nicht getraut. Sie wird sehr böse mit uns sein.«

»Das wird sie!«, stimme ich zu, und wir lachen.

Dann legt Barbara beide Hände aneinander. »Wenn du zurück bist und die Sache hier endlich vorbei ist, werden wir beide mal einen schönen Abend verbringen. Was hältst du vom Tina-Turner-Musical?«

»Eine tolle Idee. Sehr gerne.«

»Es soll mein Dankeschön an dich sein, für die wunderbare Arbeit, die du geleistet hast.«

Mein Sichtfeld verschwimmt gegen meinen Willen. Ich möchte ihr auch zum Abschied ein Geschenk machen. Bestimmt finde ich in Kalifornien etwas für sie.

Sie muss meine nassen Augen bemerken, denn sie zieht mich noch einmal an sich. »Und jetzt geh. Ich wünsch dir eine fabelhafte Zeit in Kalifornien. Grüß deinen Tobias von mir, und komm heil wieder.«

# 6

Mit Herzklopfen sitze ich in der S1, die mich zum Flughafen Hamburg bringen wird. Eigentlich hatte ich gedacht, die Abflugzeit um zwölf Uhr wäre komfortabel. Ist sie aber nicht, wenn man sich vier Stunden vorher auf den Weg macht und die Nacht zuvor vor lauter Aufregung kaum schlafen konnte. Neben der Sorge, ob alles reibungslos verlaufen wird, ist da vor allem eine irre Vorfreude und Ungeduld, endlich den ersehnten Moment zu erleben und in Tobias' ungläubiges Gesicht zu schauen.

Der große Trolley in Metalliclila steht zu meinen Füßen, ich halte ihn am Griff fest, damit er mir in den Kurven nicht ausschert. Mit der anderen Hand presse ich meine Tasche vor den Bauch, in dem es kribbelt wie damals vor meiner Einschulung. Erst vor drei Wochen ist Tobias denselben Weg alleine angetreten. Mit Sicherheit war er dabei nicht halb so nervös wie ich.

Ich starre aus dem Fenster. Draußen wütet ein echtes Hamburger Schietwetter – wie anders wird es in Kalifornien sein! Wenn ich dort angekommen bin, werde ich mit dem Bus zur Metrostation fahren und von dort in den Stadtteil gelangen, in dem Tobias lebt. Ich habe alles vorher recherchiert. Bis ich bei seiner Wohnung bin, wird es früh am Abend sein. Entweder ist er zu Hause, was ich mir sehr erhoffe, oder ich setze mich in ein Lokal in der Nähe, von dem er mir neulich vorgeschwärmt hat. Von dort kann ich ihm eine Nachricht schicken, in der ich mich ganz unschuldig erkundige, wann er heute nach Hause kommt und Zeit zum Telefonieren hat. Und dann brauche ich nur noch pünktlich vor seiner Tür warten. Meine Mundwinkel ziehen sich vergnügt in die Höhe. Was für ein Abenteuer!

Ich bin gedanklich so vertieft in meinen ausgeklügelten Plan, dass ich die Durchsagen ignoriere, die in regelmäßigen Abständen ertönen. Schließlich kann ich den Flughafen nicht verfehlen, er ist Endstation. Deshalb wundere ich mich, als in Ohlsdorf ein Ruckeln durch den Waggon geht und er sich in eine andere Richtung bewegt. Ratlos sehe ich mich um. Niemand hat eine Reisetasche bei sich. Möchte außer mir keiner zum Flughafen? Oder wollen die alle nur jemanden abholen?

Dann höre ich die Ankündigung: »Nächster Halt: Kornweg.«

Das kann nicht wahr sein!

»Entschuldigung, äh …« Ich lache leicht hysterisch dem Jugendlichen zu, der mir gegenübersitzt und schon die ganze Zeit auf sein Handy stiert.

Er durchbohrt mich mit einem Blick unter langen Ponysträhnen.

»Wir sind noch auf der Strecke zum Flughafen, oder?« Ich fange an zu schwitzen.

»Nö.« Mehr sagt er nicht und wendet sich wieder dem Display zu.

»Das verstehe ich nicht, ich meine – wir sitzen doch in der S1?«

»Jo.«

Angestrengt denke ich nach.

Ein älterer Mann auf der anderen Seite nimmt meine Not wahr. »Da hättste inne vorderen Waggons sitzen müssn, min Deern. Die hinteren drei wern abgehängt und fahrn ab nach Poppenbüddel.«

Super. Meine Reise hat noch nicht richtig begonnen, und schon geht alles schief. Ich will nicht abgehängt werden. Ich will nach L. A. Und nicht nach Poppenbüttel.

»Danke. So was Blödes!«

Wahrscheinlich werde ich blass, denn mein Mitfahrer meint, mich ermutigen zu müssen. »Na, nu mach dir nich inne Büx, Lüttchen. Mussu torückfahrn. Hasse denn jenuch Tied?«

Ich nicke tapfer. Klar hab ich noch Zeit. Trotzdem. Wie soll das erst in L. A. werden? Angenommen, ich steige dort in den falschen Bus. Wo lande ich dann?

Als die S-Bahn endlich wieder anhält, rufe ich dem Mann ein »Tschüss« zu und steige aus. Es vergehen nur ein paar Minuten, bis ich am gegenüberliegenden Gleis zurückfahren kann. Diesmal achte ich darauf, im richtigen Waggon zu landen, und tatsächlich sitzt ein paar Reihen weiter eine andere junge Frau mit einem grauen Koffer. Sie lächelt mir zu, als wären wir Verschworene. Ich werde mich erst mal an ihre Fersen heften.

Sie steigt mit mir am Flughafen aus, und sofort entdecke ich einen Wegweiser Richtung Terminal. Endlich komme ich an. Beim Check-in am Terminal ist die Hölle los. Zum Glück habe ich schon online eingecheckt. Also direkt zum Self-bag-drop. Das Ding, das den Trolley einziehen wird, sieht futuristisch aus. Ich hieve mein lila Monster auf das Laufband. Natürlich hat es mehr Gewicht als zugelassen, ich konnte mich beim Packen nicht beherrschen. Seufzend stecke ich meine Kreditkarte in den Schlitz. Bald schiebt sich mir der Bag-check entgegen, ich fummle den Aufkleber auseinander und schlinge ihn um den Griff. Endlich gleitet der Trolley davon, auf Wiedersehen in L. A.!

Das wäre erledigt. Vor den Schleusen des Sicherheitschecks winden sich endlose Schlangen. Noch knapp zwei Stunden bis zum Abflug. Keine Eile also, mich schon in das Getümmel zu werfen, vielleicht hat es sich später etwas gelichtet. Ich entdecke einen Trinkwasserspender, fülle einen der bereitgestellten Pappbecher und lasse mich auf einem Wartesitz nieder. Das Gewusel um mich her macht mich kirre, aber das klare Wasser rinnt wohltuend durch meine Kehle.

Ich verschnaufe einen Augenblick und ziehe mein Handy hervor. Cleo hat ein wunderschönes Foto auf Insta gepostet, einen Sonnenaufgang hinter Zypressen auf provenzalischen Hügeln, und dazu geschrieben: *Living where your heart belongs.* Ach, Cleo. Ich tippe zweimal auf das Foto, das leere Herzchen links darunter füllt sich rot. Außerdem kommentiere ich: *Miss u!*, und scrolle weiter abwärts, checke die neusten Posts der anderen. Dann tippe ich auf die Facebook-App. Der Newsfeed ödet mich an, viele teilen nur irgendwelche Inhalte, die ich schon hundertmal gesehen habe. Und wen interessiert es, dass Klara S. heute Morgen mit einem Kratzen im Hals aufgewacht ist? Dazu ein leidendes Emoji mit Fieberthermometer im Mund.

Ich verdrehe die Augen und hebe kurz den Kopf. Noch immer staut es sich vor dem Security-Check. Also warte ich länger, gehe auf Tobias' Seite. Bestimmt gibt es da Spannenderes zu entdecken. Sein vertrautes Profilfoto lässt meine Vorfreude auf ihn wachsen. Das blonde Haar, das ihm schräg über die Stirn hängt. Sein selbstbewusstes Lächeln. Die meisten Posts auf seiner Timeline habe ich schon gelesen. Doch jetzt ist ein neuer da. Erst vor einer Stunde wurde Tobias auf einem Foto markiert. Er sitzt zusammen mit einer kleinen Gruppe von Männern und Frauen, die ich noch nie gesehen habe, auf der Polsterbank irgendeines Klubs. Sie haben die Arme einander um die Schultern gelegt, vor ihnen ein Sammelsurium an bunten Cocktails. Das Bild ist bestimmt auf einer dieser Partys entstanden, von denen Tobias mir erzählt hat. Gepostet von einem Mann namens Garry. Jack Garry. Der Name kommt mir bekannt vor. Ich glaube, es ist der aufstrebende Produzent, den Tobias mal erwähnt hat. Dem er mein Drehbuch anpreisen wollte.

Dieser Jack hat auch einen Kommentar zu dem Foto geschrieben. Und ehe ich richtig begreife, was ich da lese, setzt mein Atem aus.

*What a night! And Toby, we have to talk. Congrats,*

*the script you wrote is awesome. You're one of the best Newcomers, let's rock this stuff.*

Mir ist, als hätte jemand das Hirn aus meinem Kopf gepustet, das nun wie eine Seifenblase in der Luft zerplatzt. Gleichzeitig wummert es in meinem Schädel, als wäre eine Baseballkeule darauf niedergesaust. Was zur Hölle hat das zu bedeuten? Das Skript, um das es da geht, kann doch nur mein eigenes sein. Meins. *Meins, verdammt noch mal!* Und dieser Typ scheint begeistert zu sein. Jedoch nicht von mir. Von Tobias. Dem super Newcomer. The script *you* wrote.

Ich kann es nicht glauben. Starre ins Leere, das sich mehr und mehr zu einem Tunnel verengt, von dessen Wänden mein Herzschlag widerhallt. Mein Mund fühlt sich plötzlich wieder staubtrocken an. Ich hangele nach dem Pappbecher, den ich zu meinen Füßen abgestellt hatte, und trinke den Rest Wasser aus. Erst mal einen klaren Gedanken fassen. Das kann nicht sein. Das ist ein Missverständnis. So was tut Tobias nicht.

Vorsichtig nehme ich das Handy vom Schoß auf. Ich traue mich kaum, erneut auf das Display zu blinzeln, und habe die absurde Hoffnung, dass ich mich verlesen habe. Aber nein. Es steht da. Schwarz auf weiß. Noch hat Tobias nicht darauf reagiert, auch sonst gibt es keinen Kommentar zu dem Bild. Wahrscheinlich, weil alle markierten Personen, einschließlich Tobias, nach diesem Zusammentreffen in ihre Betten gefallen sind und es noch nicht gesehen haben. Hätte er es sonst sofort gelöscht? Damit ich es nicht mitbekomme?

Wut schnürt mir die Kehle zu. Selbst wenn es ein

Missverständnis ist, hat Tobias nicht deutlich genug gemacht, von wem das Drehbuch stammt. Und das ist ein dreistes Versäumnis. Hatte ich nicht einen Copyright-Vermerk mit meinem Namen in der Fußzeile des Manuskripts eingefügt? Bei der deutschen Version bin ich mir sicher. Bei der englischen Übersetzung nicht. So oder so wäre es ein Leichtes für Tobias gewesen, meinen Namen zu löschen. Das kann er doch nicht allen Ernstes getan haben?

In L.A. ist es gerade halb zwei, aber es hilft nichts. Ich muss sofort Gewissheit haben und ihn damit konfrontieren. Mit diesem Fausthieb im Magen möchte ich nicht in den Flieger steigen. Das muss erst mal aus der Welt. Bestimmt wird es eine Erklärung geben.

Am anderen Ende tutet es eine grausame Weile. Fast habe ich die Befürchtung, dass gleich die Mailbox anspringen wird. Ich weiß aber, dass Tobias sein Handy nachts nicht auf stumm stellt. Und tatsächlich, nach dem sechsten Klingeln meldet sich seine verschlafene Stimme.

»Hm? Sarah?«

»Ich muss was mit dir klären. Jetzt sofort.«

»Was'n? Is' was passiert?« Er stöhnt leise, ist noch gar nicht richtig bei sich.

»Hast du schon den Facebook-Post gesehen?«

»Facebook? Nee. Was soll denn da –«

»Von Jack Garry. Er gratuliert dir zu *deinem* Drehbuch. Welchem Drehbuch? Erklär mir das bitte mal!«

»Hm? Ich weiß gar nicht … What the fuck?«

Meine Wutschraube dreht sich wieder höher. Stellt er sich blöd? Und warum flüstert er die ganze Zeit?

»Er lobt dich als tollen Newcomer in den Himmel, Tobias. Für ein Drehbuch, das du nicht geschrieben hast. Sondern ich!«

Am anderen Ende bleibt es stumm.

»Wie kann das denn sein? Hast du ihm nicht gesagt, von wem das Skript ist?«

»Na ja.« Tobias räuspert sich.

Räuspern ist das ganz falsche Signal. Ich kann förmlich sehen, wie er sich am Hinterkopf kratzt, und balle mit meiner freien Hand eine Faust.

»Vielleicht nicht deutlich genug. Es ist ja auch erst mal gar nicht wichtig.«

Ich schnappe nach Luft. »Nicht – wichtig?«

»Sarah, jetzt beruhig dich doch mal. Was machst du mitten in der Nacht für eine Welle wegen 'nem blöden Facebook-Post?«

»Das ist nicht nur ein blöder Post. Das ist ein Schlag ins Gesicht für mich!«

Vor mir auf einem der Sitze des Terminals wartet ein Mann, der mich verwirrt mustert. Demonstrativ drehe ich mich weg.

Tobias schnalzt mit der Zunge. »Warte! Ich hab den Laptop am Bett und guck mir das an.«

Seine Decke raschelt, bald darauf höre ich es klackern, für eine Weile sagen wir nichts.

»Siehst du, was er geschrieben hat?«, hake ich ungeduldig nach.

»Na ja – sieh es mal so. Er ist interessiert! Das ist doch super, warum freust du dich nicht einfach?«

»Du verstehst es wirklich nicht, oder? Weil er davon

ausgeht, dass es dein Drehbuch ist. Und ich mich frage, wie er darauf kommt.«

Tobias schnauft leise, als hätte er es mit einer Verrückten zu tun. »Baby, irgendwie war es ja auch eine Gemeinschaftsproduktion. Ohne mich hättest du das Ding nicht mal angefangen. Sieh es als unseren Erfolg als Dream-Team. Wir kriegen es vielleicht tatsächlich verkauft. Und natürlich wird auch dein Name ins Spiel kommen, gar keine Frage. Was denkst du denn von mir?«

Ins Spiel kommen? Gemeinschaftsproduktion? Die Worte holpern durch mein Hirn wie eine ausrangierte Lok auf unwegsamen Gleisen, und zwar in die ganz falsche Richtung. Tobias hat keine einzige Zeile zu dem Drehbuch beigetragen. Er hat mich motiviert, ja, und mich bei handwerklichen Fragen unterstützt. Mehr aber nicht.

Bevor ich etwas erwidern kann, höre ich seine Bettdecke erneut rascheln. Dann ein Flüstern. Irritiert versuche ich auszumachen, was am anderen Ende vor sich geht, denn es knackt in der Leitung. Trotzdem erkenne ich, dass es nicht Tobias' Stimme ist, die da raunt. Sondern die einer Frau. Ihr Tonfall klingt zärtlich und leicht heiser, als wäre sie eben erst wach geworden. Es fällt eindeutig das Wort Darling, gefolgt von einem verführerischen Gurren. Dann unverständliche Wortfetzen, die abrupt enden, als hätte Tobias sie zum Schweigen gebracht.

Darling.

Darling.

Meine Hand krallt sich um das Handy. Ich höre das Wort immer wieder in meinem Kopf, ein endloses Echo, das den Satz *The script you wrote* komplett an den Rand wirft.

Darling.

»Wer zur Hölle ist bei dir?!«, krähe ich in den Hörer.

»Sarah, du bist …« Tobias' Stimme hat zum ersten Mal normale Lautstärke erreicht. »Hör mal, wir reden morgen weiter. Du stehst total neben dir. Außerdem ist die Verbindung ganz schlecht, wo bist du überhaupt? Ich bin hundemüde. Ich erklär dir noch alles in Ruhe. Ich –«

Bäm! Mein Finger ist auf den roten Button gesaust. Ich, ich, ich! Kein weiteres Wort mehr will ich von ihm hören. Es hätte nur ein »Es ist nicht das, wonach es aussieht« – oder eher »Wonach es sich anhört« – von ihm gefehlt, und ich wäre an die Decke gegangen. Diese hohe Decke hier in der Hamburger Flughafenhalle. Wo ich nach wie vor sitze wie der letzte Idiot. Eine Idiotin. Die ihrem selbstgerechten Freund hinterherreisen wollte, um ihn mit irgendeiner Tussi im Bett vorzufinden. Vielleicht würde Tobias sich sogar freuen und einladend auf die noch freie Seite des Lakens klopfen. *Was machst du für eine Welle? Wo liegt das Problem?*

Mein Handy klingelt. Natürlich Tobias, der unser Gespräch wohl doch nicht auf diese Weise enden lassen wollte. Ich drücke ihn weg. Die Geräusche um mich herum saugen sich fort von mir, ich schwimme in einer tauben Blase, als würde ich unter Wasser sinken. Der Mann vor mir schaut mich weiterhin an und kann sich offensichtlich keinen Reim darauf machen, welche Szene sich gerade vor ihm abgespielt hat. Sozusagen frei Haus, ganz ohne Eintritt.

Ich muss sofort hier raus. Das Hämmern in meinem Kopf wird unerträglich, ich brauche Luft. Stopfe mein Handy in die Tasche und wanke Richtung Ausgang durch die Glastür. Der Windstoß, der mich vor dem Betonbau erfasst, weht gnädig über meine erhitzten Wangen. Den Benzingeruch und Gestank von Urin kann er jedoch nicht forttragen.

Was um alles in der Welt soll ich jetzt machen? Auf gar keinen Fall nach Kalifornien fliegen. Das würde mich restlos demütigen. Im Grunde muss ich dankbar sein, dass mich die Wirklichkeit nicht erst auf der anderen Seite des Ozeans eingeholt hat. Ich möchte nach Hause. In meine geliebte Wohnung. In mein Bett, das ich für Julia Winkler frisch bezogen habe.

Aber genau das geht nicht. Wegen Julia Winkler. Zu zweit wohnen können wir nicht, ich mag nicht mit Julia Winkler in meinem Bett kuscheln. Wie mit Tobias. Was ich nie wieder tun werde.

Der Schmerz durchfährt mich wie ein Schwert, plötzlich und unerwartet, mit scharfer Schneide. Teilt mich einmal mittig, vom Scheitel bis zur Sohle. Nie wieder? Kann das sein, einfach so, von einer Sekunde zur anderen? Dass sich alles zerschlägt, was uns miteinander verbunden hat? Ich halte atemlos inne, suche nach einem Funken Hoffnung, dass nicht so schnell alles verloren sein kann. Doch es sind gleich zwei große Fehler, die Tobias begangen hat. Vielleicht könnte ich ihm einen davon verzeihen. Welchen eher, weiß ich nicht. Aber beide?

Meine Zeit mit Tobias – vorbei?

Ich presse die Hände auf mein Gesicht.

Jemand berührt mich am Arm, und ich zucke zusammen. Eine grauhaarige Frau betrachtet mich mitleidig. »Ist alles in Ordnung mit Ihnen?«

Ich schaue verkrampft auf. »Es geht schon. Danke!«

Sie tätschelt mich kurz und humpelt davon.

Nein! Nichts ist in Ordnung. Ich habe keinen Job. Keine Wohnung. Und keinen Tobias mehr! Und dann fällt mir noch etwas ein. Auch keinen Koffer. Der schwebt vermutlich gerade gemütlich per Transportband aufwärts in den Laderaum des Flugzeugs.

Das Adrenalin galoppiert durch meine Adern. Ich muss den Flug stornieren. Sofort. Und hoffen, dass der Trolley noch nicht verladen wurde.

Wenigstens ist am Schalter weitaus weniger los als vor einer halben Stunde. Eine halbe Stunde, in der mein halbes Leben über Bord geworfen wurde. Genauso fühlt es sich an. Tobias war mein halbes Leben. Meine Arbeit, Wohnung, Freunde und alles Übrige die andere Hälfte. Und von der fehlt auch etliches.

Während ich ungeduldig in der Schlange warte, hallt in meinem Kopf die Frage wider, was ich tun soll. Wohin ich gehen kann, wenn die Stornierung über die Bühne gegangen ist. Zu meinen Eltern will ich auf keinen Fall. Das ist zu keiner Zeit auf Dauer eine Option. Am liebsten würde ich zu Mella nach Köln fahren, ich könnte am Hauptbahnhof ein Ticket kaufen und in den

ICE steigen. Aber sie steckt mitten in den Examensvorbereitungen. Da kann ich nicht ihren Lernrhythmus durcheinanderwirbeln und ihr die Konzentration nehmen. Kim und Flo haben kaum Platz in ihrer Wohnung und genug Stress mit Frieda. Es war selbstlos genug von ihnen, dass ich mich neulich Nacht bei ihnen ausheulen durfte, es wäre mehr als egoistisch, mich dort breitzumachen.

Ich werde erst mal in ein Hotel gehen müssen, irgendwo in der Stadt wird schon ein freies Zimmer zu finden sein. Wenn ich das Geld für den Flug erstattet bekomme, könnte ich zumindest ein paar Nächte davon bezahlen.

Wenn sich nur mein Puls beruhigen würde! Ich blicke nach vorn zum Schalter. Ein Mann im Streifenhemd organisiert dort den Check-in. Noch zwei Wartende sind vor mir dran. Auf der großen Anzeigetafel steht inzwischen auch mein Flug nach L. A. Von dem ich mir so viel erhofft hatte. Alles dahin. Der Flug schiebt sich eine Reihe höher, eine neue Anzeige rückt von unten auf. Und plötzlich ist die Lösung da.

Sie leuchtet mir in die Augen, als würde mich der Heilige Gral blenden. Diesen Flug will ich. Unbedingt, zu jedem Preis. Und wenn ich dafür das Streifenhörnchen am Schalter bestechen muss. Hauptsache, weg von hier.

Ich möchte nicht in irgendein Hotel in Hamburg.

Ich möchte nach Nizza fliegen.

Ich möchte zu Cleo.

# 7

Die Kraft, mit der das Flugzeug beschleunigt und sich schließlich von der Erdoberfläche trennt, wirft eine schwappende Welle durch meinen Magen. Ich halte mich an der Armstütze rechts neben mir fest und drücke den Nacken nach hinten gegen den Sitz. Es könnte ein schönes Gefühl sein. Aber mein Herz will weinen. Ich bin erschöpft und möchte mich nur noch in den Bauch dieses Fliegers kuscheln. Eine Hand haben, die meinen Kopf streichelt.

Es hat mich Kraft gekostet, das Streifenhörnchen am Schalter über meine Situation aufzuklären, und vermutlich hat dieser Mann meinen irren Redeschwall bloß zur Hälfte kapiert. Zumindest hat er begriffen, dass ich verzweifelt meinen Flug stornieren und stattdessen nach Nizza fliegen wollte. Und dass er nach Möglichkeit dafür sorgen musste, meinen Koffer nicht ohne mich nach L. A. reisen zu lassen. Sondern in diesen Flieger umzuleiten.

Er versuchte mich zu beruhigen. »Machen Sie sich keine Sorgen. Wenn ein Koffer im Laderaum landet und der Passagier den Flug nicht antritt, wird das Gepäckstück vor dem Abflug wieder herausgeholt. Aus Sicherheitsgründen.«

Aha.

»Und Sie haben Glück, dass der Flug nach Nizza auch mit Lufthansa ist. Das wird schon klappen. Dumm gelaufen ist das Ganze natürlich trotzdem«, setzte er etwas strenger hinzu. »Es könnte für Verzögerungen sorgen.«

Dumm gelaufen? Ich muss ihm einen Furcht einflößenden Blick zugeworfen haben, denn er fügte eilfertig nach: »Wir tun unser Bestes.«

Eine ganze Weile bin ich im Ungewissen geblieben, ob sich überhaupt ein freier Platz für mich ergeben würde. Zu meinem Glück ist es Alltag, dass Passagiere nicht erscheinen und gebuchte Tickets nicht genutzt werden. Also konnte ich noch mit in diesen Flieger rutschen, Last minute im wörtlichen Sinn. Nach Frankreich, zu Cleo. Meine beste Freundin aus Schultagen ist meine Rettung.

Sie wird mich in zwei Stunden am Ausgang erwarten. Es tat gut, vorhin ihre Stimme zu hören, diesen singenden Tonfall mit dem bezaubernden französischen Akzent. Ihre Verblüffung war groß, als ich darum bat, gleich heute in die Provence kommen zu können. Noch größer war ihre Freude. »Oui, oui! C'est génial!« So war es schon früher: Wenn sie emotional wird, schwenkt sie in ihre Muttersprache um. Oder genauer genommen, ihre Vatersprache, denn er, Pierre, kam aus Frankreich, und ihre Mutter Margrit ist Deutsche.

Ich habe ihr bislang keine Details zu dem Grund meiner überfallartigen Reise erzählt, dazu werden wir Zeit haben, wenn wir zusammen im Auto sitzen. Ich deutete nur an, dass etwas Unvorhergesehenes geschehen sei und ich dankbar wäre, sie besuchen zu können. Natürlich erwarte ich so spontan keinesfalls, längerfristig bei ihr zu wohnen. Ich hoffe darauf, eine Unterkunft in ihrer Nähe zu finden.

Der anrollende Servierwagen im Mittelgang wirft mich aus meinen Gedanken.

»Möchten Sie Kaffee, Tee oder Saft?«, fragt mich die Stewardess, die ein Halstuch und darüber ein mit staubigem Make-up und rotem Lippenstift maskiertes Gesicht trägt.

»Haben Sie Cognac?«, schießt es aus mir heraus. Ich weiß nicht, warum ich ausgerechnet dieses Getränk ordern möchte, ich hasse Cognac. Doch ich brauche irgendetwas, das meine Nerven beruhigt.

Sie schüttelt bedauernd den Kopf, den gebe es nur auf längeren Flügen, aber einen Sekt, Bier oder Wein könne sie mir gegen Aufpreis ausschenken.

Diese Frau versteht mich. Dankbar nehme ich den Sekt entgegen und trinke ihn nach dem Bezahlen ex. Dann klebt mein Blick nur noch leer auf dem Gang vor mir. Irgendwann fallen mir die Augen zu.

Eine sanfte Hand an meiner Schulter weckt mich. Ich blinzle mühsam. Tobias?

»Würden Sie sich bitte anschnallen? Wir landen gleich.« Die Stewardess von eben schaut mich freundlich an, ihr Lippenstift sitzt immer noch wie tätowiert.

Das Bild von Tobias vor meinem geistigen Auge zerschellt in tausend Teilchen.

»Natürlich.« Benommen folge ich ihrer Bitte. Ich habe tatsächlich fast den gesamten Flug verschlafen. Mein Kreislauf ist im Eimer. Aber gleich werde ich mich nicht mehr so alleine fühlen, denn Cleo erwartet mich. Bei aller Traurigkeit und Verwirrung regt sich auch Freude in mir.

Ich beuge mich ein wenig vor und versuche, einen Blick durch das Fenster zwei Sitze links von mir zu erhaschen. Doch ich bin zu weit davon entfernt. Da ist nur ein Stück Himmel, durch den sich der Flieger nun hinabsenkt.

Instinktiv geht mein Puls schneller und hämmert den letzten Rest Schläfrigkeit aus meinem Körper, als das Flugzeug auf der Landebahn aufsetzt, noch einmal einen kleinen Hüpfer in die Luft macht, um sich kurz darauf endgültig mit dem Erdboden zu verbinden.

Endlich stehen wir. Mit wackeligen Knien erhebe ich mich und klaube meine Tasche aus dem Ablagefach. Eine Weile geht es nicht vorwärts, doch irgendwann setzt sich die Schlange durch den Gang in Bewegung. Draußen empfängt mich warme Luft, die sich ganz anders auf den Wangen anfühlt als der Wind vorhin in Hamburg. Wir werden in Bussen Richtung Flughafenhalle gekarrt. Ich schaue kurz auf mein Handy. Keine Nachricht von Tobias. Dafür eine von Barbara. Sie schreibt, mit der Schlüsselübergabe habe alles gut geklappt und ich solle die Zeit in L. A. genießen. Ich tippe nur *Ich danke dir!* mit einem Kusssmiley. Dann schalte ich das Handy auf stumm. Ich werde sie und auch die anderen darüber aufklären müssen, dass ich nicht in Kalifornien, sondern in der Provence bin, aber das hat erst mal Zeit.

Nach dem Ausstieg aus dem Bus klemme ich mich blind an meine Mitreisenden und verlasse mich darauf, dass sie den Weg zur Gepäckausgabe finden. Bald stehe ich mit ihnen am Förderband. Nur noch wenige Minuten trennen mich von Cleo.

Doch keine der Reisetaschen, die an mir vorüberziehen, gehört mir. Sie wandern nach und nach in fremde Hände, ein Mitpassagier nach dem anderen entfernt sich mit lärmenden Kofferrollen, bis ich allein vor dem leeren Laufband stehe. Das ist derart sinnbildlich, dass es mir wieder Tränen in die Augen treibt.

Die Sache ist klar: Das Streifenhörnchen hat versagt. Und ich weiß, dass es wenig Sinn macht, jetzt mit meinem miesen Französisch und orientierungslos alle Schalter in Bewegung zu setzen, um meinen Koffer verloren zu melden. Vermutlich fliegt er gerade durch den Orbit Richtung L. A. Ich möchte nur noch zu meiner Freundin, die sich wahrscheinlich schon wundert, wo ich bleibe. Alles, was veranlasst werden muss, kann ich auch online oder telefonisch erledigen.

Ich stolpere hinter dem letzten Mann her, der vorhin seine Tasche entgegengenommen hat und dessen Rücken ich gerade noch sehen kann. *Lass mich nicht allein!*, schreit irgendein hilfloses Kind in mir. Und endlich. Um eine Ecke noch, dann blicken mir Cleos Kastanienaugen entgegen. Ihre herzförmigen Lippen öffnen sich zu einem Jauchzen, sie winkt mir wild zu.

Ich beschleunige meinen Schritt, laufe ihr entgegen und falle in ihre Arme. Cleo küsst mich links und rechts. Ich kann nicht verhindern, dass mir Tränen über die Wangen fließen, und meine geliebte Freundin hört nicht auf, mich zu drücken und heftig hin und her zu schaukeln. Vor Freude, und natürlich hält sie meine Heulerei auch für Freudentränen. Das sind sie zum Teil sogar, jetzt, wo ich bei ihr angekommen bin. Ich bin erleichtert und gleichzeitig vollkommen durch den Wind.

Sie lässt mich schließlich doch los, schaut mir ins Gesicht, um mich sofort wieder an sich zu ziehen. »Ich kann es nicht glauben! Du bist wirklich hier!«

Ihr weicher Akzent, der aus jedem Ch ein Sch zaubert, ist wie Balsam auf meiner Seele. Ich streichle über Cleos Arm, die perfekte olivfarbene Haut, um die ich sie schon früher beneidet habe. »Ich kann es auch nicht glauben.«

»Was ist geschehen? Du musst mir alles erzählen. Hast du kein Gepäck?«

»Ach, Cleo. Das ist eine lange Geschichte. Bring mich erst mal weg von hier, bitte.«

Eine Viertelstunde später sind wir unterwegs in Cleos feuerrotem Peugeot Richtung Cannes. Ich rede ununterbrochen, sodass ich kaum einen Eindruck von der Umgebung bekomme, dabei befinde ich mich an einem der berühmtesten Küstenlandstriche der Welt. Aber die Côte d'Azur muss warten, von der linker Hand nur ab und zu ein blauer Fleck jenseits der Straße aufleuchtet. Dass ich meinen Job verloren habe, erwähne ich zuerst, schon allein diese Neuigkeit bestürzt Cleo. Dabei kommt das Schlimmste ja noch, schließlich hat die Geschichte mit Tobias alles andere verdrängt, und ich kann gar nicht aufhören, meinem Zorn Luft zu verschaffen. Meine Freundin hört mir staunend zu, zwischendrin schüttelt sie den Kopf und ruft »Incroyable!« oder »Quel enfoiré!«. Dass sie Tobias derart beschimpft, bestätigt mir, keinesfalls überreagiert zu haben. Es war die richtige Entscheidung, meinen Stolz zu bewahren, statt ihm hinterherzufliegen. Zumal er es tatsächlich fertiggebracht hat, nur diesen einen müden Rückruf kurz nach unserem Telefonat zu versuchen. Seitdem Funkstille. *Er* braucht ja seinen Schlaf. *Er* muss schließlich fit sein.

Während ich die ganze Geschichte loswerde, schraubt sich meine Wut in schwindelerregende Höhen, und Cleo schwingt mit, als säßen wir gemeinsam auf einer riesigen Schaukel. Das ist der Unterschied zwischen uns Norddeutschen und Menschen mit südländischem Temperament – Kim in Hamburg hätte versucht, mich irgendwie zu beruhigen. Mich getätschelt und einen Tee in ihrer Küche gekocht. Eine Frau wie Cleo bläst stattdessen kräftig mit ins Horn, und das tut in diesem Moment ungeheuer gut.

»Du musst dem Mistkerl die Leviten lesen! Das geht so nicht! Merde!« Sie schlägt einmal kräftig aufs Lenkrad, sodass wir einen kleinen Schlenker fahren. Zum Glück haben wir inzwischen die kurvigen Serpentinen hinter uns gelassen, die von der Côte d'Azur fort über den bergigen Teil des Landes in Richtung Hinterland führen.

»Glaub mir, Cleo, das werde ich auch nicht auf sich

beruhen lassen. Ich muss nur erst mal einen klaren Kopf bekommen und dann entscheiden, wie ich damit umgehen soll.«

»Du schreibst diesem … wie heißt er?«

»Tobias?«

»Non, non. Diesem Regisseur.«

»Produzenten. Du meinst Garry?«

»Exactement. Du schreibst diesem Garry, dass das Buch von dir ist. Et voilà, c'est comme ça!«

»Das wäre eine Möglichkeit. Oder Tobias muss selbst mit der Wahrheit herausrücken. Wie er das auch immer anstellen will. Eine Urheberrechtsverletzung kann ihn seinen Ruf kosten.«

»Voilà! Besser kann es gar nicht kommen! Er kriegt, was er verdient hat. Dieser Darling. Arsch-loch!« Synchron mit den letzten beiden Silben haut sie auf die Hupe.

Ich kann nicht anders, als aufzulachen. Ist er das? Ein Arschloch? War ich in den Jahren zu geblendet von seiner mitreißenden Art? In meinem Kopf wetzen sich die Gedanken, meine Schläfen pochen. Pa hatte ihn neulich als Wichtigtuer bezeichnet. Hatte er damit recht, und ich war zu naiv, es zu bemerken?

Cleo legt ihre rechte Hand auf meine linke und drückt sie kurz. Für eine Weile sagen wir beide nichts, und ich versuche, die provenzalische Landschaft in mich aufzunehmen, deren Zauber ich erst vor einigen Stunden auf dem Insta-Foto von Cleo bewundert habe. Nicht ahnend, dass ich das alles am selben Tag live und in Farbe erleben würde. In natura ist es noch viel schöner. Beinah unbeschreiblich. Weinhügel heben sich in sanften Wellen dem rötlich schimmernden Nachmittagslicht entgegen, ich erkenne über der ockerfarbenen Erde winzige Blüten an den Trieben der Weinstöcke. Olivenhaine wechseln sich ab mit flacheren Feldern, Tellerpinien strecken ihre Zweigbüschel dem blauen Himmel entgegen, den nur wenige weiße Wölkchen zieren. Hier und da blicken kleine Ortschaften mit steingrauen Hausfassaden und antik anmutenden Mauern von den Hügeln hinab, umgeben von Mandelbäumen.

Diese Eindrücke besänftigen nach und nach meinen Puls.

»Danke, Cleo«, sage ich schließlich.

»Ich freue mich so, dass du da bist. Auch wenn es ein beschissener Anlass ist.«

»Weißt du eine Unterkunft für mich? Und vor allem, wo kriege ich auf die Schnelle ein paar Klamotten her? Keine Ahnung, wie lange es dauert, bis ich meinen Koffer wiederhabe.«

»Die kann ich dir leihen.«

»Aber ich habe nicht mal einen Slip bei mir!«, weise ich Cleos Angebot zurück. »Oder eine Zahnbürste. Willst du mir die auch leihen?« Zum Glück habe ich wenigstens die Pille in meinem Handgepäck dabei. Obwohl es kaum mehr Anlass gibt, sie zu nehmen. Ich seufze bitter.

Cleo kichert, und ich muss mich kurz besinnen, worüber. Die geliehene Zahnbürste. »Na gut. So was kriegen wir im Supermarkt in Cotignac. Und du schläfst bei mir, das ist doch klar. Vorher müssen wir noch in mein Restaurant. Du kannst dort was essen, während ich ein paar Dinge regle. Mein Koch ist grandios!« Cleo legt den rechten Daumen und Zeigefinger zu einem kleinen Kreis zusammen und wirft die Hand in die Luft.

Essen. Ich habe tatsächlich seit vielen Stunden keinen Bissen zu mir genommen, Hunger habe ich trotzdem nicht. Nur Durst.

»Maman wird auch dort sein«, fährt meine Freundin fort. »Ich habe ihr erzählt, dass du kommst. Sie ist ganz aus dem Häuschen!«

Margrit. Cleos Mutter. Ich habe lange nicht mehr an sie gedacht, dabei war sie für mich in den letzten Schuljahren eine Art Ersatzmama geworden. Wenn ich mal nach der Schule mit zu Cleo kam und wir gemeinsam aßen, bekam ich eine Ahnung davon, wie familiäre Gespräche verlaufen können, nämlich liebevoll und warmherzig. Manchmal auch hitzig, wenn wir über etwas diskutierten. Margrit interessierte sich für unsere Gedankenwelt und unser Leben, nahm Anteil an allem, was uns junge Dinger bewegte. Wie albern es rückblickend auch manchmal war, sie urteilte nie. Sie unterrichtete mit Leidenschaft Französisch an einem Gymnasium im Nachbarort, war mittags meist schon zu Hause und eine hervorragende Köchin. Ihren Mann Pierre hatte sie während des Studiums an der Sorbonne kennengelernt. Erst als Cleo zwölf Jahre alt war, zog die Familie nach Norddeutschland, weil Margrit dort eine Anstellung als Lehrerin fand. Pierre hatte daraufhin seine Heimat und seine Gastronomie für sie zurückgelassen, ohne mit der Wimper zu zucken, wie Margrit damals gern erzählte. Nach Cleos Abi siedelte die Familie zurück in die Provence, wo Pierre ein neues Restaurant eröffnete – denn Margrit war unerwartet schwer erkrankt und berufsunfähig. Multiple Sklerose.

»Wie geht es ihr?«, flüstere ich.

Cleos in malerische Bögen gezupfte Augenbrauen ziehen sich nach oben. »Nicht sehr gut. Erst recht nicht seit Papas Tod. Aber du kennst sie. Sie lässt sich nicht so leicht unterkriegen.«

Pierre ist vor drei Jahren an einem Herzinfarkt gestorben. Das war in dem Jahr, als Cleo mich das letzte Mal in Deutschland besucht hat. Ich erinnere mich daran, wie deutlich ihr der Schock noch ins Gesicht geschrieben stand. Ein unsichtbarer Riss, der ihre sonst so harmonischen Gesichtszüge verschoben hatte. Ein Ausdruck von Angst lag in ihren Augen, in Anbetracht der Verantwortung für ihre Mutter und das Restaurant, die plötzlich auf ihren Schultern lastete. Diese Angst ist inzwischen von ihr gewichen, wie mir ein Seitenblick auf meine Freundin bestätigt, die sich wieder voll auf die Straße konzentriert. Sie sieht zufrieden aus und glüht von innen. Ich kenne sie. Sicher hat sie jemanden kennengelernt und wird es mir erzählen, sobald ich mich etwas beruhigt habe.

Wie beschämend klein mein Problem eigentlich gegen all das ist, was mir in Bezug auf sie und ihre Familie in den Sinn tröpfelt, den mein Selbstmitleid vernebelt hat.

Nach anderthalb Stunden kommen wir endlich in Cotignac an. Ich habe nicht gewusst, dass die Strecke von Nizza bis hierher so lange dauert und hätte niemals

Cleos Chauffeurdienst angenommen, wenn ich das geahnt hätte. Das sage ich ihr auch, doch sie zeigt mir einen Vogel, stößt »Arrête de déconner!« aus – *Lass den Blödsinn!* –, während sie den Wagen auf einen Parkplatz lenkt. Der Ort ist hübsch, nicht allzu groß, mit schmalen Gassen und einem momentan verschlafenen Marktplatz, den im Spalier stehende, hohe Platanen beschatten. Ich halte Ausschau nach dem Supermarkt, den Cleo erwähnt hat, entdecke jedoch keinen. Es macht mich nervös, so ohne alles dazustehen. Nicht mit leichtem Gepäck, sondern mit gar keinem. Nicht mal Kosmetik oder eine Bürste habe ich dabei und will gar nicht wissen, wie ich inzwischen aussehe. Ich sehne mich nach einer Dusche. Meinem Pyjama. Und eigentlich … ja, eigentlich nach meinem Sofa, trotz der Idylle hier. Aber auf meiner Couch sitzt wahrscheinlich gerade Julia Winkler, mit hochgelegten Füßen, und knabbert aus der Keksdose, die ich ihr neben einem Willkommenssekt hingestellt habe.

Cleo geht mit mir zu einem der Restaurants am Marktplatz, und ich erkenne das nostalgische Schild mit dem Namen *La maison violette* sowie die rustikale, einladende Fassade mit den Fensterläden in Zartlila. Das Vermächtnis von Cleos Vater, das ich schon auf Bildern bewundern konnte. Vor dem Haus, das Wand an Wand mit anderen Lokalen steht, sind Tische mit Stühlen aufgebaut, sie werden von großen Sonnenschirmen überdacht.

Wir treten ein. Gäste sind keine anwesend, offiziell ist noch geschlossen. Die Tische zieren weiße und schräg darübergelegte lila-weiß karierte Decken. Darauf stehen Windlichter verteilt, große Pfeffer- und Salzmühlen und Lavendelsträußchen. Servietten in Hellviolett sind kunstvoll zwischen edlem Besteck gefaltet. Es duftet nach Knoblauch und Rosmarin, obwohl niemand etwas zu essen bestellt haben kann. Ich bilde mir ein, sogar frisches Baguette zu riechen, und mein Magen knurrt nun doch laut und vernehmlich.

Cleo lacht. »Gut, dass mein Koch schon da ist!«

Ein Klappern ertönt aus der Küche.

»Das sieht total einladend und gemütlich aus!«, bewundere ich das Ambiente.

Meine Freundin zieht mich weiter um die Ecke, wo ein zweiter Gastraum mit einer Getränketheke sichtbar wird. Und dort, in einer Nische, blickt mir völlig überraschend ein grünes Augenpaar entgegen. So vertraut, dass ich wieder heulen möchte. Denn die Falten um diese Augen sind tief geworden, das Gesicht, zu dem sie gehören, mager. Und sie sitzt in einem Rollstuhl, die schmalen Hände im Schoß gefaltet. Margrit.

Darauf war ich nicht gefasst. Cleo hat mir nie erzählt, dass ihre Mutter inzwischen einen Rollstuhl braucht. Vielleicht habe ich mich zu selten nach ihr erkundigt, und nun begreife ich, wie gedankenlos das war.

Margrit lächelt. Genauso sanft, genauso wach, wie sie auch damals immer in die Welt geschaut hat. Ihre Arme heben sich mir entgegen, ich erkenne das zarte Vogeltattoo, das sie schon früher auf ihrem rechten Handrücken trug, und fliege zu Margrit, mitten in ihre Umarmung auf halber Höhe hinein.

»Mein Kindchen«, sagt sie. Ganz so, als wäre ich das wirklich. Ihr Kind.

Ihr Oberkörper fühlt sich zerbrechlich an, sodass ich mich kaum traue, ihn fester zu umschließen. Dafür drückt Margrit mich umso inniger. Ihr silbriges Haar, das sie locker nach hinten gesteckt trägt, legt sich weich an meine Wange. Lange Ohrringe baumeln von ihren beinah ebenso langen Ohrläppchen herab und berühren meinen Hals. Und von ihrer Haut strömt ein dezenter Vanilleduft.

»Es ist so schön, dich wiederzusehen«, flüstere ich ihr in gebeugter Haltung zu und kneife die Tränen weg.

Margrit legt ihre Hände um mein Gesicht, betrachtet es prüfend. »Es geht dir nicht gut. Wer zur Hölle hat das angerichtet?«

Ich unterdrücke den Impuls, »Dito« zu erwidern. Obwohl ich weiß, dass Margrit herzlich darüber lachen würde, denn sie besaß schon immer einen unschlagbaren Galgenhumor. Trotzdem käme es mir taktlos vor.

»Maman, das Gleiche könnte Sarah dich fragen!«, scheint Cleo meine Gedanken zu lesen.

Wir lachen alle drei, und die ängstliche Spannung löst sich, die mich beim Anblick des klobigen Rollstuhls ergriffen hat.

»Ich bin 'ne olle Schabracke. Da kommt's nicht mehr drauf an. Aber Sarah ist zu jung, um so desaströs auszusehen!« Margrits Jadeaugen blitzen.

»Ach, ich habe euch schrecklich vermisst!«, sage ich, und mit einem hörbaren Ausatmen lasse ich mich auf den Stuhl neben ihr plumpsen.

# 8

Die beiden leer gegessenen Teller vor uns beweisen, wie unwiderstehlich das Menü war, mit dem Cleos Koch Margrit und mich verwöhnt hat. Er heißt Maurice, ist etwa Anfang vierzig und hat die Haare kurz rasiert, sodass sich eine Kochmütze erübrigt. Dafür trägt er eine Schürze um die Hüften und jongliert geschickt mit dem Geschirr, das er von unserem Tisch wegträgt, denn Cleos Kellnerin ist noch nicht da. Mit ein paar Brocken meiner stümperhaften Französischkenntnisse aus Schultagen mache ich Maurice ein Kompliment für seine Kochkunst. Er lächelt charmant, »Merci!«, und schon ist er durch die Schwingtür Richtung Küche verschwunden.

Tatsächlich habe ich lange nicht mehr dermaßen gut gespeist – provenzalisches Lammgulasch mit Paprikagemüse und Rosmarinkartoffeln, vorweg knuspriges Baguette mit einer hausgemachten Auberginenpaste. Beim Essen habe ich Margrit von Tobias' doppeltem Verrat erzählt, und sie bestärkt mich darin, mich wehren zu müssen. Zumindest, was das Drehbuch angehe. Seine Untreue solle mich dagegen nicht scheren, weil er gezeigt habe, dass er mich nicht verdient habe und jeder weitere Gedanke daran zu viel der Ehre sei. Margrit versäumt nicht, zu betonen, dass unter anderen Vorzeichen Untreue nicht unbedingt ein Trennungsgrund sein müsse. Da sei sie sehr französisch und die Deutschen manchmal viel zu deutsch, quel gâchis – *was für eine Verschwendung*! Aber wenn der Mann oder die Frau den Schmerz nicht wert seien, dann ça y est, adieu!

Ich schaue benommen auf den Vogel an ihrem Handrücken, der mit jeder ihrer entschlossenen Gesten hin und her zu flattern scheint. Sicher hat sie recht. Und doch gehen mir so viele Fragen durch den Kopf. Wie es möglich ist, dass er mich schon nach der kurzen Trennungszeit betrügt. Ob Tobias den Schmerz wirklich nicht wert ist, und wieso ich mich dann dermaßen in ihm täuschen konnte. Und last, but not least, wer diese Frau ist, die meinem Freund nachts die Einsamkeit nimmt. Bestimmt irgendeine Filmtussi. Trotzdem will ich meinen Stolz bewahren und nicht wie ein eifersüchtiges Häuflein Elend bei Tobias nachbohren.

Dabei fühle ich mich genauso. Mutlos und klein. Meine Müdigkeit macht das nicht unbedingt besser. Hoffentlich kann Cleo mich bald in ihre Wohnung mitnehmen. Mein Bedürfnis, mich zurückzuziehen, wächst, so heilsam die Stunden mit Margrit und Cleo auch sind. Ich habe das Gefühl, eine tagelange Wüstenwanderung ohne Pause hinter mich gebracht zu haben. Verstohlen schiele ich in Cleos Richtung, die mit zwei Schälchen in den Händen zu uns kommt. Bislang hatte sie zu viel zu tun, um sich zu uns zu setzen, jetzt lässt sie sich auf den Stuhl neben mich fallen und schiebt Margrit und mir gratinierte Erdbeeren vor die Nase, die vorzüglich duften.

»Du mästest mich!«, protestiere ich.

»Keine Widerrede, die haben wir neu auf die Karte gesetzt! Ihr seid die Testesser.«

»Und du probierst nichts?«

»Ich warte noch die Weinlieferung ab.« Sie schaut auf ihre Uhr, die sie zusammen mit einem zierlichen Armband in Roségold an ihrem Handgelenk trägt. An dem Schmuckstück hängt ein Herzchen mit einer winzigen Gravur und einem schimmernden Stein. Wusste ich es doch. Cleo ist verliebt.

»Wo Lucien wieder bleibt«, fährt sie fort. »Jeden Moment erwarten wir die ersten Gäste, da will ich keine Kisten reingetragen bekommen.«

»Lucien?« Vielleicht ist er der Grund für das innere Glühen, das ich an ihr wahrnehme.

»Monsieur Vèbre. Er beliefert unser Restaurant schon seit Jahren. Selten pünktlich, aber der Wein – erstklassig. Du wirst ihn probieren.«

Ich lehne mich zurück und hebe mein Glas. »Ich bin mit meiner Cola völlig zufrieden.«

In diesem Moment ertönt ein raues »Salut!« im Raum. Synchron bewegen wir die Köpfe in Richtung der Theke, an die mit zügigen Schritten ein schlanker Mann herantritt, eine Sackkarre mit Holzkisten vor sich herschiebend. Er streicht sich das dunkle Haar aus dem Gesicht, das wellig seinen Kopf umschwirrt. Kurz streift mich sein Blick, dann heftet er sich an Cleo, die bereits aufgestanden ist und dem Weinhändler entgegengeht. Seine Züge hellen sich keine Spur auf.

»Bonjour, Lucien, tu es en retard.« Sie klingt streng. *Du bist spät dran.* Tough. Cleo ist ganz Geschäftsfrau.

Nein, dieser Mann ist es gewiss nicht, der sie zum Leuchten bringt und ihr das Schmuckstück schenkte. Er brummt nur etwas Unverständliches, hebt eine Hand und tupft die Stirn mit dem Ärmel seines dunkelblauen Hemdes ab, das er bis zum Ellbogen hochgekrempelt hat. Cleo geht voraus Richtung Küche, er folgt ihr mit der klappernden Karre. »Domaine de Vèbre«, lese ich den Schriftzug auf den Weinkisten, bevor die beiden hinter der Tür verschwinden.

Ich nehme ein paar Löffel vom köstlichen Nachtisch, reibe mir über die Augen und gähne.

»Cleo wird bestimmt gleich mit dir in ihre Wohnung fahren, dann kannst du dich ausruhen«, sagt Margrit einfühlsam.

»Es tut mir leid, dass ich sie so überfalle, wo sie doch genug zu tun hat.«

Margrit lässt ihren Löffel los, der sogleich in die Erdbeeren sinkt. »Bist du verrückt? Cleo ist überglücklich! Sie hat schon lange darauf gehofft, dass du sie mal besuchst.«

»Ich weiß. Trotzdem möchte ich sie nicht vier Wochen belagern. So lange werde ich wohl in der Provence bleiben. Eher kann ich nicht zurück, meine Wohnung ist untervermietet.«

Margrit klatscht in die Hände. »Das ist doch wunderbar! Die Zeit hier wird dir guttun.«

»Ja, bestimmt, trotzdem möchte ich Cleo nicht ewig auf die Pelle rücken.« Und ich habe das Bedürfnis, allein zu sein. Aber das sage ich nicht laut, es würde undankbar klingen. »Kennst du eine Pension oder ein Gästezimmer, in dem ich unterkommen könnte?«

Nachdenklich sieht sie mich an. »Verstehe. Ich werde mal sehen, ob mir etwas einfällt.«

Schweigend essen wir die Erdbeeren weiter, und ich glaube, ich werde mich künftig nur noch rollend fortbewegen können. Wie die Sackkarre, die gerade leer aus der Küchentür geschoben wird, von diesem Lucien Vèbre. Vor der Theke füllt er einen Zettel aus, bestimmt einen Lieferschein. Cleo tritt zu ihm. Beide beugen sich einen Moment über das Papier und murmeln.

»Ich habe eine Idee!« Margrit schnippt mit einem Daumen in Richtung der beiden.

»Ich komme gleich, Maman«, ruft Cleo ihr zu.

»Non, non. Je veux parler avec Lucien!«

Ich wende ihr verwundert den Kopf zu.

»Lass mich mal machen«, sagt sie und streicht über meine Hand.

Lucien schaut in unsere Richtung, seine Brauen ziehen sich zusammen. Cleo unterschreibt, dann reißt er einen Durchschlag vom Papier und legt ihn auf den Tresen, bevor er sich mit ihr unserem Tisch nähert.

»Oui, Madame?« Mit unbewegter Miene erwartet er Margrits Anliegen.

»Avez-vous encore votre maison d'hôtes?«

Ich verstehe nur, dass sie ihn nach irgendeinem Haus fragt. Vielleicht vermietet er Zimmer?

»Notre petite amie cherche un pied à terre«, fügt Margrit hinzu und zeigt auf mich. *Unsere Freundin hier sucht eine Bleibe.*

Sein Blick wandert zu mir und hat etwas Unergründliches, das mich verunsichert. Natürlich. Ich sehe vermutlich genauso furchtbar aus, wie ich mich fühle. Sogar desaströs, wie Margrit so hübsch feststellte.

»Maman, non, elle restera avec moi!« Cleo.

Sofort gibt Margrit Worte zurück. Meine Freundin denkt einen Moment nach, um dann wieder etwas zu erwidern, während Lucien einstimmt und gestikuliert. Ich begreife kein Wort, bin jedoch aufnahmefähig genug, zu erkennen, dass Margrits Anfrage nicht auf Begeisterung bei ihm stößt.

Meine Wangen beginnen zu glühen, das Ganze ist mir peinlich, und ich komme mir unmündig vor, wie hier ohne mein Zutun über meinen Verbleib verhandelt wird. Ich sollte versuchen, mein Anliegen selbst zu formulieren. Auf Englisch.

»Well, it's okay, I'll find another room!«, werfe ich also dazwischen, aber der Satz ist wie ein Ball, den keiner auffängt, er hüpft ungesehen zwischen dem dreistimmigen französischen Wortschwall hindurch.

Ich lache leicht verzweifelt, was immerhin bewirkt, dass Lucien mich wieder ansieht.

»No problem, thank you«, versuche ich es erneut. »I'll find a hotelroom somewhere around here.«

»So schnell findest du in dieser Gegend kein freies Zimmer, Sarah«, sagt Cleo auf Deutsch. »Jedenfalls nicht für vier Wochen. Wir stehen kurz vor der Saison.«

Ich schlucke. Mein Überfall war wohl doch eine Schnapsidee. Jetzt sitze ich hier, ein verkörpertes Problem, das nicht mal dieser Winzer in seiner Nähe haben will. Ohne Gepäck und mit einem Gesicht, das ganz bestimmt einer Restaurierung bedarf. Wahrscheinlich müffele ich sogar nach den schweißtreibenden Stunden seit meinem Aufbruch. War das wirklich erst heute Morgen?

Lucien betrachtet mich noch immer schweigend. Dieser ernste Mann verwirrt mich. Vielleicht, weil seine Augen einen tiefblauen Kontrast zu dem mokkafarbenen Haar bilden. Und etwas in ihnen aufglimmt, das ich in diesem Moment so schnell nicht fassen kann. Eine stumme Frage, zugleich eine unbestimmte Abwehr.

»Alors«, sagt er endlich. »Je verrai ce que je peux faire.« Damit nickt er uns zu und rauscht mit wippenden Haaren davon, schnappt sich seine Karre vor der Theke und verschwindet aus dem Gastraum, als wären zehn Pferde hinter ihm her.

Perplex blicke ich Cleo und Margrit an.

Meine Freundin rollt mit den Augen. »Dieser Sturkopf!«

»Aber ein hübscher, oder?«, ergänzt ihre Mutter vergnügt. »Und immerhin will er schauen, was er tun kann. Wenn du Glück hast, Sarah, kannst du in sein Gästehäuschen. Das liegt mitten in den Weinbergen, da könntest du wunderbar wohnen. Vor einigen Jahren hat eine Freundin von mir da Urlaub gemacht.«

»Ich versteh gar nicht, was sein Problem ist«, schimpft Cleo weiter.

»Das hat er doch gesagt.«

»Und was ist das für ein Problem?«, hake ich nach. »Ich habe kein Wort verstanden.«

»Er hat es länger nicht vermietet und da ein paar Dinge zwischengelagert«, erklärt mir Margrit. »Er müsste erst Platz schaffen und die Putzfrau durchschicken.«

»Ach so.« Das müsste sich eigentlich regeln lassen. Aber er schien kein Interesse an einer Vermietung zu haben. Noch immer spüre ich seinen durchdringenden Blick auf mir.

Cleo zuckt mit den Schultern. »Was soll's. Ich finde es sowieso schöner, wenn du bei mir wohnst, Sarah. Komm, ich bring dich in meine Wohnung, damit du dich ausruhen kannst. Nachher fahre ich noch mal allein hierher.«

Erleichtert seufze ich auf. »Danke!« Ich zeige auf die leeren Erdbeerschälchen. »Die waren übrigens total lecker. Was bekommt ihr für das Essen?«

»Arrête de déconner!«, rügt mich Cleo schon zum zweiten Mal heute.

Dennoch lasse ich es mir nicht nehmen, wenigstens ein Trinkgeld für Maurice auf dem Tisch zu hinterlassen.

# 9

Margrits Wohnung liegt direkt über dem Restaurant im ersten Stockwerk. Der Rollstuhl bleibt unten im hinteren Flur des Hauses zurück. Noch kann sie sich mit wackeligen Beinen langsam Stufe für Stufe hinaufbewegen. Cleo stützt sie dabei, und ich frage mich, wie ihre Mutter es aushält, für jeden Schritt außerhalb ihrer Wohnung auf Hilfe angewiesen zu sein. Gerade sie war immer so selbstständig, so beweglich, so stark.

An ihrer Wohnungstür angekommen, greift sie sich einen Gehwagen, der dort vorsorglich platziert ist. Dann winkt sie fröhlich mit der Hand, dass wir uns verdrücken können. Wir verabschieden uns *à bientôt.* Cleo und ich machen uns auf in Richtung Auto. Sie erklärt mir, dass sie ihr Elternhaus nach Pierres Tod verkaufen mussten. Die naheliegendste Lösung für ihre Mutter sei damals gewesen, über dem Restaurant unterzukommen. Denn so kann Cleo während der Arbeit immer in ihrer Nähe sein. Auf Dauer müssten sie jedoch das Treppenhaus und auch die Wohnräume für Margrit behindertengerecht gestalten.

»Sie kann nur mit Rollator ein paar Schritte gehen,

und Treppensteigen wird irgendwann gar nicht mehr möglich sein.« Cleo seufzt. »Am meisten macht ihr zu schaffen, dass sie berufsunfähig ist. Du weißt ja, wie sehr sie es geliebt hat, Lehrerin zu sein.«

»Ja, ich erinnere mich gut. Seit wann ist es so schlimm?« Als ich Margrit zuletzt sah, hatte sie Anfangssymptome. Kribbelnde und taube Beine, manchmal Sehstörungen.

Cleo senkt den Blick auf die Straße. »Als sie oben einzog, ging es noch wesentlich besser. Danach war es ein schleichender Prozess.«

»Es tut mir leid. Ich hätte mich mehr nach ihr erkundigen müssen. Mich bei ihr melden sollen.«

Ich ernte nur ein Händewedeln von Cleo. »Mais non. Das hätte nichts geändert. Im Gegenteil. Sie hasst es, wenn man sie nach ihrer Krankheit fragt. Sie ist der Überzeugung, ihr einfach keinen Raum geben zu dürfen.«

Wenig später sitzen wir im Wagen, und Cleo fährt den Supermarkt an. In aller Hast greife ich nach Zahnbürste, Duschgel und Shampoo, während meine Freundin auf mich wartet. In einer Grabbelkiste finde ich sogar ein Pack mit sieben bunten Baumwollunterhosen, zu denen die Bezeichnung Slip nicht passt, eher sind es Schlüpper. Um das Grauen perfekt zu machen, stehen die sieben Wochentage auf Französisch darauf gedruckt. Es müssen Unterhosen für Kinder sein, in der größten Größe könnten sie mir trotzdem eben noch passen. Und da niemand mich in nächster Zeit in Unterwäsche sehen wird, kann mir das egal sein. In meinem

Hals bildet sich ein Kloß, der sich erst auflöst, als wir eine Viertelstunde danach endlich in Cleos Wohnung ankommen.

Sie ist noch kleiner als meine, aber ebenso gemütlich. Über die Fliesen verteilen sich moderne Teppiche, die Wände sind in warmen Farben gehalten, Zimmerpflanzen drängen sich entlang der Fensterbänke. Im Flur hängt ein goldgerahmter Spiegel, zum ersten Mal seit Stunden sehe ich mein Gesicht. Und damit das ganze Ausmaß des Desasters. Die Mascara hat graue Schlieren auf der Haut hinterlassen, die sich um ein paar hysteriebedingte Rötungen schlängeln. Meine Augen sind verquollen, und das Haar hängt mir struppig vom Kopf. Ich sehe aus wie jemand, der sich gleich vor den nächsten Zug werfen möchte. Kein Wunder, dass dieser Lucien es mit der Angst zu tun bekommen hat.

Ich lasse mich auf Cleos Einladung hin auf ihrer Couch nieder und schäme mich, nicht mal ein Mitbringsel für meine Freundin dabeizuhaben. Hätte ich diesen Besuch von langer Hand geplant, wäre ich nicht mit leeren Händen gekommen. Doch irgendetwas auf die Schnelle aus dem Supermarkt abzugreifen, hätte ich schäbig gefunden. Ich werde bestimmt eine Gelegenheit finden, ihr in Ruhe ein Geschenk zum Dank auszusuchen.

»Das Sofa kann man ausziehen«, erklärt sie und lächelt mich an. »Du kannst so viele Nächte hierbleiben, wie du möchtest. Wenn du trotzdem lieber allein sein willst, hake ich morgen bei Lucien nach.«

»Es ist wunderbar hier, Cleo. Aber vier Wochen sind zu lang, das will ich dir nicht zumuten. Frag ihn bitte noch mal. Es ist mir auch völlig egal, ob da geputzt ist oder nicht oder ob irgendwelche Kisten herumstehen. Umso günstiger kann ich da vielleicht unterkommen.«

»Mach dir ums Geld keine Sorgen, das verhandele ich. Wir sind seit Jahren Geschäftspartner, da wäscht eine Hand die andere. Er wird schon nicht viel dafür verlangen.«

Normalerweise würde ich mich dagegen verwahren, im Moment ist es mir nur recht. Cleo verschwindet in ihrem Schlafzimmer und kommt eine kurze Zeit später mit Bettzeug und einigen Klamotten über dem Arm wieder heraus.

»Probier einfach was an. Die Hosen sind dir vielleicht zu lang, aber du kannst sie ja umkrempeln.«

»Mach ich. Hab tausend Dank für alles. Ich kümmere mich erst mal um meinen Koffer. Und dann brauche ich dringend eine Dusche.«

Ich ziehe mein Handy hervor und schaue aufs Display. Eine Geste, die mir eigentlich in Fleisch und Blut übergegangen ist, die ich mir aber in den vergangenen Stunden verkniffen habe. Also doch. Tobias hat es inzwischen wieder versucht. Und mir außerdem eine WhatsApp geschickt. *Du verstehst alles ganz falsch, ruf mich mal an!*

Klar, jetzt hat er ja ausgeschlafen. Und ich glaube nicht, irgendetwas falsch verstanden zu haben. Oder habe ich mich doch in etwas verrannt? Zweifel bohren sich durch meine Schutzmauer. Trotzdem werde ich einen Teufel tun und klein beigeben.

Stattdessen rufe ich beim Hamburger Flughafen an. Tatsächlich genügt eine formelle Verlustmeldung, die ich online ausfüllen kann. Außerdem wird die Fluggesellschaft für die Unkosten aufkommen, die für mich entstehen. Ich werde also alle Quittungen aufbewahren, auch die aus dem Supermarkt von heute. Das kommt meiner ungewissen finanziellen Situation entgegen.

Wenn mein Koffer gefunden und nach Nizza geleitet werden kann, hätte ich ihn in einigen Tagen zurück, stellt mir die Frau am anderen Ende in Aussicht. Wahrscheinlich sei er gar nicht mit in die USA geflogen, sondern in Hamburg verblieben. Besonders auf diesen Strecken sei man sehr wachsam mit herrenlosen Koffern. Ja, denke ich, das hat mir Streifenhörnchen auch schon gesagt.

Ich bedanke mich bei der Flughafenmitarbeiterin, tippe auf den roten Hörer und wage es mit klopfendem Herzen, noch einmal den Facebook-Account von Tobias zu checken. Das Partyfoto mit dem Kommentar von diesem Garry taucht nicht mehr auf, Tobias muss es in seiner Chronik verborgen haben. Denkt er, damit wäre die Sache erledigt? Außerdem wird es anderswo noch sichtbar sein, der Produzent hatte ja mehrere Personen markiert. Ich gebe den Namen Jack Garry in die Suchleiste ein und finde bald den passenden Account mit dem Zusatz Film producer. Genau. Dort prangt der Post nach wie vor. Öffentlich, wie auch auf den Seiten der anderen Markierten. Natürlich, Tobias konnte Garry schlecht bitten, das Ganze zu löschen, ohne sein Gesicht zu verlieren. Ich vergrößere das Bild. Ob eine der Frauen auf dem Foto diejenige ist, die in dieser Nacht bei Tobias war? Es sind attraktive Blondinen, die sich um ihn scharen, natürlich gertenschlank, mit perfekt geglätteten Haaren und tadellosem Make-up. Mein Herz krampft sich zusammen, für einen Moment droht mir die Luft wegzubleiben. Ich lege das Handy weg. Mir fehlt eine Strategie, wie ich all dem begegnen kann.

Unter der Dusche in Cleos Bad atme ich ein wenig auf. Den Rest des Abends verharre ich vor dem Fernseher auf dem Sofa, das ich mir zum Schlafen hergerichtet habe, nur mit einem grasgrünen Supermarkt-Baumwollschlüpfer und einem T-Shirt von Cleo bekleidet. Bevor sie wieder ins Restaurant fuhr, hat sie mir Knabberzeug und eine Flasche Wein samt Glas hingestellt, mit den nachdrücklichen Worten: »Glaub mir, das ist die beste Medizin!« Sie ist rührend fürsorglich, trotzdem möchte ich heute lieber keinen Alkohol mehr trinken, sonst falle ich in ein noch tieferes Loch. Der Netflix-Streifen streamt an mir vorüber, ohne dass ich auch nur einen Fetzen des Inhalts mitbekomme. Immerhin sinke ich irgendwann in ein gnädiges, traumloses Koma.

Beim gemeinsamen Frühstück am nächsten Tag verkündet meine Freundin, dass Lucien mir das Gästehaus bereits morgen zur Verfügung stellen kann. Ungläubig reiße ich die Augen auf. Seinem Widerstand nach zu urteilen, hätte ich nicht so schnell damit gerechnet. Cleo muss wohl irgendwelche unsichtbaren Hebel in Bewegung gesetzt haben.

Erleichtert tunke ich mein Croissant in die türkisfarbene Kaffeeschale. »Danke! Wie hast du das geschafft?«

»Ich habe ja gesagt, jahrelange Geschäftsbeziehungen.« Sie zwinkert verschmitzt.

»Apropos Beziehungen, Cleo. Ich sehe was, was du nicht siehst, und das ist«, ich deute auf ihr Armband, »eine neue Liebe?«

Cleo lacht herzlich auf. Als wir uns mit zwölf Jahren kennenlernten, haben wir dieses Spiel zu gern gespielt. Am lustigsten war es, als ich das Braun ihrer Iris meinte und sie einfach nicht darauf kam, was sie schrecklich wütend machte. »Ich hätte dir schon von ihm erzählt«, sagt sie jetzt, und ihre Augenfarbe schimmert so magisch wie damals. »Aber ich wollte damit warten, wegen deines Kummers.«

»Quatsch. Ich möchte alles wissen. Wie heißt er?« Ich gebe einen Tupfen Himbeermarmelade auf mein Croissant.

»Nicolas!«

»Ein schöner Name.«

»Du wirst ihn bald kennenlernen. Lass uns nächste Woche einen Ausflug zusammen machen. Das wird dich auf andere Gedanken bringen. Es gibt weiter nördlich einen herrlichen See, den Lac de Sainte-Croix. Da können wir baden.«

Ich denke mit Bedauern an den Bikini, den ich mir in Hamburg gekauft hatte und der bestimmt noch immer genau dort festhängt. »Total gerne. Aber erst brauche ich Schwimmsachen. Woher kennst du Nicolas? Was macht er?«

»Ich habe ihn bei einem Festival im Ort kennengelernt. Er ist Musiker und spielt in einem Orchester.«

»Spannend. Welches Instrument?«

»Bassklarinette. Also ganz klassisch. In seiner Freizeit singt er dafür in einer Rockband und spielt E-Gitarre.«

»Wow, nicht schlecht! Und wie lange seid ihr schon zusammen?«

»Erst drei Wochen. Noch ganz frisch.«

»Ich habe es dir gleich angesehen. Muss ein toller Typ sein.«

»Ja, das ist er.« Sie nimmt genießerisch einen Schluck Café au Lait. Dann leckt sie sich den Schaum von den Lippen und schaut mich beinah schuldbewusst an. »Und was machen wir jetzt mit Tobias?«

Meine Schultern ziehen sich nach oben. »Ich werde ihm eine Mail schreiben. Ihn auffordern, das Ganze richtigzustellen. Wenn er das nicht macht, muss ich den nächsten Schritt gehen.«

Cleo lässt ihr Croissant sinken. »Du meinst …?«

Ich nicke. »Dann soll das ein Anwalt regeln.« Mella fällt mir ein. Sie wird mir einen guten Kontakt nennen und mich zu dem Thema beraten können. Ich werde mich demnächst bei ihr melden. Auch, um ihr alles Gute für die Prüfungen zu wünschen. Und ihr zu sagen, wo ich bin.

Meine Freundin hebt die Faust in die Höhe. »Genau so machen wir es!«

»Aber ich brauche ein bisschen Zeit. Ich muss mir erst eine Rüstung zulegen, bevor ich in die Schlacht reite.« Alles fühlt sich noch wund an. Und ich habe Angst, voreilig zu handeln.

»Non!« Cleos Stirn kräuselt sich. Manchmal kann sie so unnachgiebig wie ihre Mutter sein. Gleichzeitig genauso wohlwollend. »Du wartest nicht damit. Es wird erst besser, wenn du dich wehrst. Da ist mein Laptop. Setz dich daran.«

»Ich weiß nicht, wie ich es formulieren soll. Auf seine Anrufe und Nachrichten hab ich auch noch nicht reagiert. Ist das nicht erst mal deutlich genug?«

»Das nützt dir nichts! Dieser Garry will dein Manuskript. Geh und sorge dafür, dass er weiß, von wem es ist, und zwar fissa, fissa!« Sie wackelt entschlossen mit dem halben Croissant in der Luft herum, ein Klecks Marmelade fällt auf die Tischplatte.

Ich trinke kleinlaut den Rest meines Kaffees aus. Und weiß, dass sie recht hat.

Kurz darauf sitze ich an ihrem Rechner. Ich tippe, lösche, tippe, verwerfe. Irgendwann lege ich mutlos die Hände vor mein Gesicht, stütze die Ellenbogen auf.

Cleo tritt von hinten an mich heran und legt eine Hand auf meine Schulter. »Ich würde es knapp formulieren. Klipp und klar.«

Ich blicke wieder auf den Monitor und atme tief ein. Setze meine Finger an die Tastatur, tippe.

*An: to.hofmann@yahoo.com*

*Von: sarah.lambertz@gmx.net*

*Betreff: Urheberschaft Drehbuch »To a Special Someone«*

*Tobias,*
*im Moment kann und möchte ich noch nicht mit dir telefonieren. Du kannst dir denken, warum. Ich habe gehört, dass eine Frau bei dir war, nachts, in deinem Schlafzimmer. Mir ist egal, wer sie ist. Mir reicht zu wissen, wie sie dich nennt. Und du gibst mein Drehbuch als dein eigenes aus. Beides zusammen hat mich wie ein Schlag getroffen. Es ist mehr, als ich dir mal eben so verzeihen kann. Ich weiß nicht, wie ich dir jemals wieder vertrauen soll.*
*Ich erwarte von dir, dass du die wahre Urheberschaft des Filmskripts »To a Special Someone« öffentlich richtigstellst. Ansonsten würde ich nicht davor zurückschrecken, rechtliche Schritte einzuleiten.*
*Bitte erspare mir und uns das. Und gib mir Zeit nachzudenken. Ich brauche Abstand.*
*Sarah*

Meine Freundin liest. »Meinst du nicht, das ist fast zu freundlich? Ganz ehrlich? Ich würde Schluss machen.«

Ich brauche eine Weile, um auf ihre klaren Worte zu antworten. »Das werde ich wohl auch. Aber ich kann das so schnell noch nicht.«

Es sind Jahre. Die schönen Jahre mit ihm, die mich

nun schwer wie Blei davon abhalten. Und es verbleibt ein winziger Hoffnungsfunke, dass es doch für alles eine glaubwürdige Erklärung gibt. Dass ich vielleicht falschliege. An seiner Reaktion werde ich es merken.

Sie nickt. »Das verstehe ich.«

Mit zitternden Fingern schicke ich die Mail ab. Es fühlt sich an, wie über einen Abgrund zu springen und nicht zu wissen, ob ich heil auf der anderen Seite landen werde. Ich stehe auf, drehe mich zu Cleo um und lege meinen Kopf an ihre Schulter.

## 10

Am nächsten Tag packe ich die wenigen Dinge, die hier mir gehören, in einem Beutel zusammen. Plus einige geborgte Kleidungsstücke von Cleo. Damit komme ich zunächst aus. Eine Jeans von ihr habe ich bereits an, sie sitzt an der Taille etwas eng und ist zu lang, aber egal. Ich habe sie an den Knöcheln hochgekrempelt.

Bevor meine Freundin ins Restaurant muss, bringt sie mich zu meiner neuen Bleibe, auf die ich ziemlich gespannt bin. Unterwegs halten wir wieder beim Supermarkt. Diesmal kommt Cleo mit hinein und hilft mir, Lebensmittel für die nächste Zeit zusammenzusuchen. Vor allem brauche ich Getränke. Obwohl wir erst den 1. Juni haben, sind die Temperaturen deutlich sommerlicher als in Hamburg. Ständig bin ich durstig.

Wenig später verlassen wir den Ort mit dem Peugeot, und es geht hinein in die hügelige Landschaft. Dann biegt Cleo scharf rechts in eine Feldstraße ein, die steil bergauf und an halb hinter Hecken verborgenen Häusern vorbeiführt. Wahrscheinlich Ferienhäuser. Manchmal blitzt Poolwasser blau zwischen Sichtlücken auf, ein Ball fliegt hinter einem Gebüsch in die Höhe. Wir passieren auch Grundstücke, die verwahrlost und verlassen wirken.

Eine ältere Frau in einem Leinenkleid kommt uns entgegen und bedeutet Cleo mit einer Handbewegung, langsamer zu fahren. Im selben Moment läuft ein heller Hund orientierungslos vor das Auto. Cleo macht eine Vollbremsung, ich schreie auf, wir stoßen nach vorn. Der Schreck fährt mir in die Glieder, doch dem Tier ist nichts geschehen, es trottet ungerührt weiter. Die Frau lächelt, macht eine beschwichtigende Geste, die uns zeigt, dass alles in Ordnung ist. Vorsichtig fahren wir weiter. Der Feldweg wird so eng, dass wir ein echtes Problem hätten, käme uns ein anderer Wagen entgegen. Bald sehe ich nur noch Olivenhaine und Weinstöcke und dann einen Zaun, in den ein hohes Tor eingelassen ist. Die schmiedeeisernen Flügeltüren stehen offen.

»Domaine de Vèbre« ist auf einem Schild zu lesen. Derselbe geschwungene Schriftzug wie auf den Weinkisten neulich, von einer gezeichneten Weinrebe umrankt. Wir sind also da und fahren auf einen von Zypressen gesäumten Kiesweg ein. Neugierig recke ich mein Gesicht durch das geöffnete Fenster. Dann schiebt es sich in mein Sichtfeld – ein dreistöckiges Gehöft aus terrakottafarbenem Naturstein, mit dunkelrot lackierten Fensterläden und einigen Nebengebäuden. Außerdem steht etwa fünfzig Meter weiter ein Bungalow, durch Oleanderbüsche und einen Mandelbaum vom Rest des Grundstücks abgeschirmt. Durch das Blattwerk lugen auch dort weinrote Fensterläden hervor. Das Gästehaus? Mein Herz schlägt schneller.

Wir steigen aus, unsere Schritte knirschen auf dem Kies. Überall zirpen Zikaden. Ein wolkenloser Lapislazuli-Himmel spannt sich über die Szenerie, öffnet meinen Blick in die Weite. Ich drehe mich einmal um die eigene Achse. Wir können meilenweit über die Landschaft sehen. Silbrige Olivenbäume, Zypressen und Wein, wohin das Auge reicht. Und mittendrin das hübsche Anwesen. Dieser Ort ist ein Traum. Das ist mehr, als ich mir ersehnt habe, geschweige denn leisten könnte.

Ich zupfe Cleo am Ärmel. »Du, das muss total teuer sein, sich hier einzumieten. So viel Geld habe ich nicht!«

»Ich habe doch gesagt, dass du dir darüber keine Gedanken machen musst. Er vermietet es sowieso kaum noch und nimmt nur einen Freundschaftspreis.«

»Das ist trotzdem –«

»Lass uns Lucien suchen, er soll uns alles zeigen. Wer weiß, wie es drinnen aussieht, also bleib cool und mach nicht Pipi!« Mit diesen Worten geht Cleo zielsicher auf das Hauptgebäude zu.

Ich dagegen habe weiche Knie, als wir uns den Treppenstufen zum Eingang nähern. Die Einkäufe und meine Sachen lassen wir erst mal im Auto. Zu klingeln ist nicht nötig, der Franzose muss uns gesehen haben, denn er öffnet schon die Tür und kommt uns entgegen. Freundlich wirkt er noch immer nicht. Aber auch nicht mehr so grimmig wie neulich. Er trägt ein knitteriges T-Shirt, knielange Jeans und Flipflops an den braun gebrannten, schmalen Füßen.

»Salut, Lucien«, ruft Cleo ihm zu.

»Salut, Mesdames.« Kurz nickt er in unsere Richtung und geht schnurstracks voraus in Richtung des kleinen Bungalows, von dem ich bereits vermutet habe, dass es sich um das Gästehaus handelt. Luciens Schlappen lassen den Kies unter den Sohlen nur so wirbeln, und ich fühle mich ein bisschen wie ein Entenkind, das mit seiner Schwester brav hinter Papa Erpel herwatschelt. Dabei mag dieser Mann höchstens fünf Jahre älter sein als wir, ich schätze ihn auf Anfang bis Mitte dreißig.

Cleo versucht, ein paar Worte mit ihm zu wechseln, die ich nicht verstehe, doch Luciens Antworten fallen knapp aus. Er will alles so schnell wie möglich hinter sich bringen, so viel ist klar.

Schon stehen wir vor dem Häuschen. An der Seitenwand lehnt ein Fahrrad mit einem Einkaufskorb, das ich benutzen darf, wie mein Vermieter erklärt. Das ist sehr praktisch, denn sonst würde ich regelrecht in diesen Hügeln festsitzen und wäre für jeden kleinen Gang auf Cleo angewiesen. Links und rechts vom Eingang ragen hochstämmige Kugelbuchsbäume aus großen Steintöpfen empor. Zwei Säulen stützen dahinter eine überdachte Terrasse, die zu einer breiten Glastür führt. Der Schlüssel steckt von außen, Lucien zeigt mit einem Nuscheln darauf, bevor er die Flipflops von den Füßen streift und als Erster eintritt. Ich möchte meine Sneakers höflicherweise auch ausziehen, doch er hält mich davon ab und winkt uns weiter. Wir folgen ihm durch die Tür und stehen mitten in der angenehm kühlen, abgedunkelten Küche, denn die Fensterläden sind geschlossen. Sie ist rot-weiß gefliest, mit einem Steingutwaschbecken und Gasherd ausgestattet, auch ein runder Esstisch steht hier mit vier Stühlen. Lucien zeigt auf den Gashahn und hält ein Feuerzeug in die Höhe, um mich anzuweisen, wie ich den Herd in Gang setzen kann. Dabei brabbelt er irgendwas auf Französisch. Ich antworte nur mit »Ah oui« und »Oui, merci«. Lucien tippt auf eine zerfledderte Mappe, in der alles Wichtige zusammengefasst ist, auch das WLAN-Passwort und andere Infos.

Ein offener Durchgang führt von der Küche ins Wohnzimmer. Dort lädt eine anthrazitfarbene Sitzecke mit bunten Kissen übersät zum Ausruhen ein. Hier kann ich mich wohlfühlen. Die Reinigungskraft scheint auch gute Dienste geleistet zu haben, und was immer in diesen Räumen gelagert wurde, ist inzwischen verschwunden.

Nebenan gibt es ein Schlafzimmer mit einem Kingsizebett und direktem Zugang zu einem großen Bad mit ebenerdiger Dusche. Wow! So modern, wie es aussieht, scheint es vor Kurzem erst renoviert worden zu sein. Warum vermietet dieser Winzer das alles nur noch selten? Ich drehe mich überrascht zu Cleo um, die mir aufmunternd zulächelt.

»Schön, oder?«, sagt sie.

»Mehr als das!« Ich trete kurz ans Fenster und schaue hinaus. Ist das etwa …?

Lucien winkt uns weiter durch eine verglaste Hintertür, die aus dem Schlafzimmer heraus auf eine Sonnenterrasse mit Gartenmöbeln führt. Von hier ist es wieder sichtbar, ich habe mich nicht getäuscht: Wasser, das glitzernd die Sonne reflektiert. Ein Pool, halb eingerahmt von Lavendelstauden und Oleanderbüschen mit weißen und rosa Blüten. Sicher das private Bassin des Vermieters und nicht zur Mitnutzung bestimmt?

Cleo nimmt meine Frage vorweg, und Lucien wedelt zweimal mit der Hand in der Luft: »Mais oui, oui!«

Also doch? Wir folgen ihm ein paar Meter über Trittsteine in Richtung Wasser, die Lucien – noch immer barfuß – zurücklegt. Er macht eine ausladende Geste, die auch zwei Liegestühle einschließt. »La piscine est à votre disposition.«

Ich darf den Pool nutzen und kann mein Glück kaum fassen. »C'est très belle … beau? I mean, wonderful. Merci beaucoup!«, radebreche ich und hoffe, er versteht, was ich meine.

Jetzt lächelt er sogar, wenn auch nur beiläufig. Ich glaube, zum ersten Mal. Er sollte das öfter tun, es steht ihm gut und zaubert ein unerwartetes Grübchen in seine rechte Wange. Wahrscheinlich amüsiert er sich über mein holpriges Französisch und mein ebenso merkwürdiges Outfit, denn sein Blick gleitet kaum merklich über meine alles andere als maßgeschneiderte Hose.

Er erklärt irgendetwas, das wohl mit der Pflege des Pools zu tun hat, und gestikuliert herum. Ich erschließe nur, dass er sich darum regelmäßig kümmern wird, also kann ich es getrost vergessen. Ein langstieliger Kescher liegt abseits am Boden, damit kann ich Insekten aus dem Wasser fischen, in dem gerade einige Tierchen verzweifelt um ihr Leben kämpfen. Den Impuls einer spontanen Rettungsaktion unterdrücke ich, denn mein Vermieter hat es weiterhin eilig.

Zurück im Haus, liest er den Strom- und Wasserzähler ab und notiert die Zahlen. Das ist für mich der richtige Moment, über Geld zu sprechen. Er erklärt mir, hundert Euro die Woche würden reichen, außerdem würde er noch die Nebenkosten – sein Kugelschreiber klopft gegen das Papier – vor meiner Abreise abrechnen. Hundert Euro nur? Das ist der Preis, den er für diese Unterkunft locker pro Tag verlangen könnte. Ich schaue unsicher zu Cleo, die mir vergnügt zublinzelt. Was auch immer die beiden da für einen Deal laufen haben, es ist mir in meiner Situation egal und ein Glück für mich. Überschwänglich bedanke ich mich und gebe ihm die Hand, er drückt sie überrascht. Mir fällt auf, dass er bislang nicht einmal meinen Namen kennt, zumindest nicht offiziell durch mich. Bestimmt hat Cleo ihn mal genannt, trotzdem möchte ich so höflich sein, das Versäumte nachzuholen.

»Je m'appelle Sarah«, unterstreiche ich feierlich unseren Handschlag und lächele ihn an. »Sarah Lambertz.«

Luciens blauer Blick hüpft zwei Sekunden in meinen, nur um sich wieder zu verflüchtigen. Wie ein Fisch, der aus den Wellen hervorspringt und schnell zurück ins Wasser taucht.

»Lucien. Et au revoir.« Damit lässt er meine Hand los, und schon ist er aus der Tür, ohne sich noch einmal umzudrehen.

Cleo und ich schauen uns an und hören dem raschen Flipflop seiner Schlappen nach, das immer leiser wird.

»Hat er eigentlich Angst vor Menschen?«, wundere ich mich.

Meine Freundin kichert. »Mais non. Lucien ist, sagen wir, speziell. Und er liebt seine Ruhe.«

Speziell. Okay. Und ruheliebend. Das kann mir nur recht sein. Denn Ruhe, oh ja, die brauche ich auch.

# 11

Cleo hilft mir, meine Einkäufe ins Haus zu bringen. Ich sortiere alles ein und trage die Tasche mit den Leihgaben meiner Freundin ins Schlafzimmer. Die nächsten Tage bin ich gut versorgt.

Wir setzen uns gemeinsam an den Tisch auf der schattigen Eingangsterrasse, trinken Cidre mit Eiswürfeln, die im Tiefkühlfach bereitlagen. Dazu essen wir ein frühes Abendbrot aus Baguette, würzigem Käse und herrlich aromatischen Flaschentomaten. Leider muss Cleo danach aufbrechen, die Pflicht ruft.

»Melde dich, wenn du mich brauchst. Und lass mich wissen, wenn Tobias geantwortet hat«, sagt sie während unserer Umarmung. »Ansonsten versuch dich zu erholen. Ich freu mich auf unseren Ausflug zum See!«

Sie winkt mir zum Abschied, dann rollt ihr Auto vom Kiesweg. Ein plötzlicher Zweifel krallt sich in meine Brust, ob die freiwillig gewählte Einsamkeit die richtige Entscheidung war. Meine Kehle schnürt sich zu. Ich schlucke dagegen an und atme tief durch. Doch, es ist besser so. Es gibt zu viele Dinge, über die ich mir klar werden muss.

Als ich mich umdrehe, um zurück ins Haus zu gehen, sehe ich die Frau im Leinenkleid wieder, die uns auf dem Hinweg begegnet ist. Sie und der Hund gehören also hierher, denn sie spaziert mit ihm in Richtung Wohngebäude. Der Mischling trottet sehr langsam und sichtlich ermüdet. Wer sie wohl sein mag? Luciens Frau eher nicht, sie ist locker fünfundzwanzig Jahre älter. Vielleicht eine Angestellte.

Zurück in meinem Bungalow, logge ich mich mit dem Handy ins WLAN ein. Tobias hat sich nicht mehr gerührt, und das verunsichert mich gegen meinen Willen. Wahrscheinlich sucht er fieberhaft nach einer Lösung, die ihn nicht seinen Ruf in der Branche kosten wird. Oder bin ich in meiner Wut doch übers Ziel hinausgeschossen? Hätte ich mir erst einmal in Ruhe seine Version der Geschichte anhören müssen? Wieder regt sich eine irrationale Hoffnung. Trotzdem verbiete ich es mir, schwach zu werden und ihn anzurufen.

Also lege ich das Handy beiseite und wasche das benutzte Geschirr ab. Von Hand, denn eine Spülmaschine gibt es nicht. Diese nostalgische Tätigkeit beruhigt mich irgendwie.

Dann sende ich eine WhatsApp an Mella. Heute Morgen habe ich ihr eine Sprachnachricht geschickt und alles Gute zu ihrer ersten Prüfung gewünscht. Jetzt erkundige ich mich, wie es gelaufen ist. Sie antwortet umgehend: *Ich glaub, ganz gut. Muss aber nix heißen, bibber! Bin total platt, drück mir weiter die Daumen! Wie geht's dir in L.A.? Schick mal Fotos!*

Ich seufze. Tatsächlich habe ich es noch nicht fertiggebracht, ihr zu sagen, was passiert ist. Und tippe: *Hab eine große Krise mit Tobias und die Reise storniert. Bin spontan in die Provence zu Cleo geflogen. Ich erklär dir bald alles. Küsschen!*

Postwendend erhalte ich eine Kette von ratlosen, entsetzten und fragenden Emojis.

*Ich ruf dich morgen an, okay?*, schreibe ich.

*Unbedingt!! Bin immer für dich da!*

Das weiß ich und schicke ihr ein großes pochendes Herz.

Auch Barbara informiere ich knapp über meinen geänderten Aufenthaltsort, ohne viel zu erklären. Es wäre komisch, ihr gar nichts zu sagen, weil sie ja davon ausgeht, dass ich in Amerika bin. Sie reagiert ahnungsvoll, dennoch mit professioneller Distanz.

Unseren Familienchat lasse ich erst mal außen vor. Ich sehe mich noch nicht in der Verfassung, mich mit Ma auseinanderzusetzen.

Den Rest des Abends verbringe ich tatenlos mit Grübeleien und leere den restlichen Cidre in der Hoffnung, dass er meinen stechenden Gedanken die Schärfe nimmt. Doch dafür ist der Alkoholgehalt zu gering. Ich suche nach Anhaltspunkten in der Vergangenheit, die mich in Bezug auf Tobias hätten vorwarnen können, und dieses Abtasten von Erinnerungen ist unsagbar schmerzlich. Ist er am Ende nur ein Egoist, wenn auch ein charmanter? Ein Blender, der die Zeit mit mir zwar genossen hat, dem es letztlich aber meist um sich selbst geht? Ich schließe die Augen und wage es nicht, eine Antwort darauf zuzulassen.

Meine erste Nacht im Gästehaus verläuft entsprechend unruhig. Ich wälze mich auf dem ungewohnt harten Bett hin und her, lausche den fremden Geräuschen und lüfte das Laken, das als Bettdecke dient. Das geöffnete Fenster lässt nur einen müden Lufthauch ins Zimmer, mir ist zu warm. Immer wieder nicke ich kurz ein, um mit einem Schrecken aus dem Dämmerschlaf aufzutauchen, jedes Mal erneut für einen Moment orientierungslos, wo ich mich befinde.

Nach quälend langen Stunden färben sich die Wände mit einem zarten Orangeton. Die Sonne geht auf. Ein Blick aufs Handy verrät mir, dass es sechs Uhr morgens ist. Stöhnend schwinge ich die Beine aus dem Bett. So früh bin ich in Hamburg selten freiwillig aufgestanden, aber in diesem Bett hält mich nichts mehr. Vielleicht wird es den Effekt haben, dass ich heute Abend richtig müde bin und besser schlafen kann. Ich blinzle durchs Fenster. Der Mandelbaum hebt sich wie auf einem Gemälde vor dem geröteten Himmel ab. Dann öffne ich die Tür, die auf die hintere Terrasse Richtung Pool führt, und drücke die Läden dahinter auf. Gestern Abend hatte ich sie vorsorglich geschlossen. Irgendwie war mir unwohl bei der Vorstellung, dass jemand nachts von außen durch die Glasfronten schauen könnte.

Ich gehe nach draußen, inhaliere die Morgenluft, die den Duft von Kräutern über die Ebenen trägt. Die Zikaden haben ihren Chor wieder aufgenommen. Das Wasser des Pools blitzt verlockend zwischen den Oleanderbüschen hervor. Es wäre ein Traum, durch das erfrischende Nass zu gleiten, während die Sonne sich am

Horizont immer höher hinaufschiebt. Zögerlich schaue ich an Cleos T-Shirt und meinen nackten Beinen hinunter. Ich habe nur diese schrecklichen Supermarktschlüpfer, doch wo ist schon der große Unterschied zu einem Bikinihöschen? Und es ist so früh am Morgen, dass wohl kaum jemand hier auftauchen und mich sehen wird. Kurz entschlossen gehe ich ins Haus und ziehe einen frischen Slip in Rapsgelb mit der Aufschrift *»Mardi«* an. Tatsächlich ist heute Dienstag, und ich muss grinsen.

Oben ohne zu schwimmen traue ich mich nicht, deshalb zücke ich aus dem Klamottenstapel von Cleo ein rotes Top mit einem tanzenden Glitzer-Snoopy und tausche es gegen das T-Shirt aus. Das Top sitzt zu eng, reicht aber für den Zweck. Öffentlich würde ich es sowieso kaum tragen, auch wenn das Cleo beleidigt, denn sie war schon immer völlig vernarrt in die Peanuts. Ihre Lieblingsfigur ist die zickige kleine Lucy, und früher habe ich sie gern damit aufgezogen, dass sie ihr irgendwie ähnlich sieht.

Ich schnappe mir ein Handtuch aus dem Bad und marschiere barfuß über die Steinplatten zum Wasser. Die Lavendelzweige, an deren Enden die Knospen kurz vor der Blüte stehen, neigen sich über den Wegrand und kitzeln meine Waden. Weiße Lupinen und dicke Agavenarme ragen dahinter empor. Außerdem recken ovale Kakteen ihre Ohren in verschiedene Richtungen, als wollten sie dem Hahn lauschen, dessen Rufe von irgendeinem Hof heiser herüberschallen. Wie anders der Morgen hier beginnt als in Hamburg!

An der Leiter, die hinab in den Pool führt, tauche ich meine Zehen ins Wasser, das sofort sanfte Wellen ausschickt. Kalt. Am besten nicht lange zögern. Mutig steige ich ins Nasse, meine Füße erreichen den Boden, ich schnappe nach Luft. Dann stoße ich mich ab und schwimme, und das ist so belebend und befreiend, dass ich aufjauchzen muss. Ich drehe mich auf den Rücken, lasse mich willenlos an der Wasseroberfläche treiben und schaue zum schimmernden Himmel. Dieser Moment gehört nur mir allein.

Es ist taghell, als ich mich triefend aus dem Wasser ziehe und mir das Handtuch um die Schultern lege. Meine schnellen Trippelschritte werfen ein Tropfenmuster auf die groben Fliesen aus Naturstein. Als ich mich hinter dem Heckendurchgang nach rechts zum Gästehaus wenden möchte, stoße ich um ein Haar mit jemandem zusammen, kreische leise auf und zucke zurück. Lucien. Er wirkt genauso erschrocken wie ich.

»Pardon!«, ruft er aus und kann wohl gar nicht verhindern, dass sein Blick auf meine groteske Aufmachung fällt, um sich höflicherweise sofort auf mein Gesicht zu flüchten.

Ich spüre die Röte in meine Wangen schießen. Möglichst unauffällig ziehe ich das Handtuch vor die Brust, wo der Glitzer-Snoopy tanzelt, und lasse die Zipfel vor meinen knallgelben Baumwollschlüpfer baumeln.

»Pas de problème!«, raune ich und mache mich von dannen, weg aus seinem Sichtfeld. Meine Güte, wie peinlich! Ich hätte damit rechnen müssen, dass Lucien um diese Zeit an den Pool kommt, um ihn zu reinigen. Die Südländer nutzen doch oft den kühlen Morgen für ihre Arbeiten. Er muss mich für mehr als seltsam halten, dass ich in Unterhose schwimme. Und zwar in *so einer*! Als litte ich unter Geschmacksverirrung und legte auch keinen Wert darauf, mir einen Bikini zuzulegen. Aber das sollte mir eigentlich egal sein.

Nach einer Dusche setze ich mich mit Kaffee und Toast auf die Terrasse. Ich blättere in Prospekten, die ich neben einer Landkarte und leeren Papierbögen in einer Schublade gefunden habe. Tipps für Sehenswürdigkeiten in der Gegend, Infos zu Veranstaltungen und Restaurants in Cotignac. Cleos *La maison violette* ist auch mit einem Foto darin aufgeführt. Es gibt einen Wasserfall in der Nähe, zu dem man hinwandern kann, und ein altes Kloster, genannt Abbaye du Thoronet. Ich werde viel Zeit haben, mich mit all diesen Orten vertraut zu machen, und tatsächlich kommt zum ersten Mal ein gewisses Urlaubsgefühl in mir auf. In Cotignac soll heute Markttag sein. Ich habe keine Ahnung, wie lange ich mit dem Fahrrad bis dorthin brauche, aber der Gedanke ist verlockend. Vielleicht finde ich einen Bikini. Wer weiß, wie lange mein Koffer noch unterwegs ist, und Cleo möchte mit mir an diesen See fahren. Außerdem will ich nach der beschämenden Begegnung von eben auf keinen Fall ein weiteres Mal in Wochentagsunterhose zum Pool gehen.

Eine halbe Stunde später schwinge ich mich auf das Fahrrad. Für den Fall, dass meine Internetverbindung versagt, habe ich als Orientierungshilfe die Landkarte eingesteckt. Doch eigentlich kann ich mein Ziel kaum verfehlen – bis zur Hauptstraße führt nur dieser eine Feldweg, der uns auch heraufgebracht hat.

Also fahre ich beherzt durch das Tor des Weinguts hinaus und in sanften Kurven bergab. Ich kann mich mehr oder weniger rollen lassen und den warmen Wind im Gesicht genießen. Der Rückweg wird beschwerlicher sein, vor allem auf dem Steilweg. Insgesamt vergehen nur gute zehn Minuten, bis ich an der Hauptstraße angekommen bin. Ich passiere den Supermarkt und lande schließlich am Marktplatz, der in diesen Stunden kaum wiederzuerkennen ist. Unter den Platanen drängt sich ein Stand an den anderen. Große Sonnenschirme schützen die bunten Waren, an denen viele Menschen entlangwandern. Das Rad schließe ich an einem Laternenpfahl auf dem Parkplatz an.

Mit meiner Tasche über der Schulter schlendere ich los, lasse mich von den Menschentrauben und dem Stimmengewirr mitziehen. Die Stände reichen bis in diese Straße hinein, die auf den Cours Gambetta, den eigentlichen Marktplatz, führt. Zuerst fällt mir ein Tisch mit verschieden eingelegten grünen und schwarzen Oliven auf. Von ihnen möchte ich mir nachher welche abfüllen lassen. Die Düfte, die mich umschweben, sind in ihrer Vielfalt geradezu berauschend. Ich rieche Thymian und Rosmarin, Knoblauch und Käse, und ein Stand mit Salamiwürsten verströmt einen Hauch von Trüffelaroma und Walnuss. Es gibt auch Kleidung und Kosmetik, Seifen in verschiedensten Farb- und Duftrichtungen, einen wunderschönen Blumenstand mit

Hortensien. Außerdem Hüte und Tischdecken, die kunstvoll mit Ornamenten und Blütenmotiven bestickt sind. Und ich sehe jede Menge farbenfrohe Basttaschen, von denen ich eine in Knallpink mit Verzierungen in die Höhe hebe. Ich stelle sie zurück. Wie von selbst gleitet meine Hand über ein sommerliches Blumenkleid in provenzalischem Stil. In Hamburg würde kaum jemand so eines tragen, doch hier sehe ich viele Frauen, die sich mit beneidenswert natürlicher Eleganz darin bewegen. Vor einem Spiegel dreht sich gerade eine Französin. Die Händlerin berührt das Kleid und macht ihr irgendein Kompliment. Wie sie darin aufblüht, diese Frau, ich kann den Blick kaum von ihr abwenden und möchte ihr am liebsten zurufen: Kauf es!

Dann entdecke ich endlich einen Stand mit Badesachen. Hier kann ich zwar keinen Bikini anprobieren, aber ich kenne ja meine Größe und lasse es darauf ankommen. Schlimmer als in meiner Kluft von heute früh werde ich kaum darin aussehen. Ich suche mir einen schwarzen aus, kaufe eine Sonnenbrille und Flipflops dazu, die ich sofort anziehe. Endlich brauche ich nicht länger in meinen Sneakers herumzulaufen, die ich einfach mit den Schnürsenkeln am Gurt meiner großen Tasche festbinde.

Cleos Restaurant ist leider noch geschlossen. Ich könnte Margrit besuchen, sicher würde sie sich freuen. Trotzdem mag ich sie nicht ohne Vorwarnung überfallen und vertage es.

Nah bei einem Brunnen fällt mir handgenähte Babykleidung ins Auge. Niedliche Zweiteiler mit Pumphosen. Ich muss sofort an Frieda denken und kann nicht anders, als zuzugreifen. Kim wird Augen machen. Der Händler nimmt dankend das Geld entgegen. Außerdem erstehe ich eine Kosmetiktasche mit dem Aufdruck *Forever Peanuts* und eine Lavendel-Handcreme für Cleo.

Mir selbst gönne ich auf dem Rückweg eine duftende Cavaillon-Melone aus der Region und ein paar von den Oliven, die ich zu Anfang gesehen hatte. Die Beschriftungen auf den Tafeln verstehe ich nur halb, ich darf probieren und entscheide mich für eine grüne, von Kräutern durchtränkte und eine schwarz glänzende Sorte.

Schließlich verfrachte ich meine Tasche mit den Schätzen in den Fahrradkorb und sause los. Während meine Beine auf der Rückfahrt zum Gut Vèbre ordentlich strampeln müssen, wird mir bewusst, dass die vielen neuen Eindrücke die Gedanken an Tobias verdrängt haben. Es verwundert und erleichtert mich zugleich. Sogar die Sorgen über meine berufliche Zukunft habe ich ganz vergessen. All die Dinge, die in Deutschland auf mich warten, rückt die provenzalische Sonne in ein anderes Licht. Ein überraschend gutes Gefühl. Mella hat recht behalten, mir zu einer Reise zu raten, auch wenn es mich nun ganz woandershin verschlagen hat. Das Leben lässt sich eben nicht planen.

Als ich die Terrasse zum Gästehaus betrete, erreicht mich eine Mail mit dem vertrauten Pling. Mein Puls schnellt nach oben, ich zücke das Handy und sehe seinen Namen fett unterlegt im Posteingang. *Tobias Hofmann. AW: Urheberschaft Drehbuch »To a Special Someone«*, darunter die ersten Worte: *Liebe Sarah, ich habe lange …* Ich traue mich nicht sofort, die ganze Nachricht zu öffnen, und lege das Handy hastig auf den Gartentisch, als hätte ich mich daran verbrannt. Den Inhalt meiner Tasche breite ich daneben aus, die reinste Übersprunghandlung, und stelle meine Sneakers draußen vor die Tür. Dann gehe ich ins Haus und gieße mir ein kaltes Wasser aus dem Kühlschrank ein. Trinke es ex und gieße ein zweites nach. Ich nehme es mit nach draußen und setze mich an den Tisch.

Wie betäubt betrachte ich die Einkäufe. Sonnenbrille. Der Bikini. Ein Babyanzug und eine Melone … Es hat keinen Sinn. Ich muss mich dem stellen, was Tobias zu sagen hat.

Meine Hand zittert, als ich auf die Mail tippe.

# 12

*Liebe Sarah,*
*ich habe lange überlegt, wie ich auf deine Nachricht reagieren soll. Mir ist echt die Spucke weggeblieben.*

Ich hebe den Kopf. Nee, oder? *Ihm* ist also die Spucke weggeblieben?

*Aber gut, das Ganze muss vielleicht komisch rüberkommen.*

Komisch?

*Okay. Die Sache mit dem Drehbuch ist blöd gelaufen. Wir hatten alle 'nen anstrengenden Drehtag hinter uns und einen im Tee. Da kann es schon sein, dass es untergegangen ist, dass das Drehbuch von dir stammt. Aber ich bleibe dabei, erst mal ist das egal! Dass er es gut findet und unter Vertrag nehmen will, das zählt und ist doch der Hammer, oder etwa nicht?*

Nach dem Motto: Sei mal dankbar. Ich kann es nicht glauben. Tobias kommt von seinem Pferd gar nicht mehr runter. Und es kratzt ihn überhaupt nicht, wie es mir dabei geht.

*Ich möchte da jetzt echt nicht eventuelle Verhandlungen gefährden und so ein Fass aufmachen. Nachher macht er noch einen Rückzieher! Das willst du auch nicht, oder? Dass du beteiligt bist, kann ich dann beizeiten einbringen, okay?*

Beteiligt?! Beizeiten einbringen? Mein Herz ballert zornig in der Brust herum. Wann wäre es denn für ihn so weit?

*Was die Frau angeht, die du gehört hast: Das war Monica, unsere Praktikantin. Sie hätte nach der Party ganz alleine durch die halbe Stadt gemusst, da hab ich ihr eben angeboten, bei mir zu pennen.*

Bitte nicht. Eine Praktikantin, und sie heißt auch noch Monica! Das ist dermaßen abgeschmackt, dass ich es mir nicht besser für ein Drehbuch ausdenken könnte. Wie selbstlos von ihm, ihr Unterkunft zu gewähren. Und sie konnte wohl auch nicht alleine im Nebenzimmer schlafen. Ich lache schrill. Mein Puls erreicht schwindelerregende Höhen.

*Ich bin sicher, dass du das alles jetzt besser verstehst, und hoffe, nicht Bekanntschaft mit deinem Anwalt machen zu müssen! Wer auch immer das sein soll. Bitte sei also wieder gut.*

*Noch immer und immer dein Hulk*

Sei wieder brav und gib Pfötchen. Ich werfe das Handy von mir. Es landet mit einem Scheppern auf dem Tisch und rutscht zwischen die beiden Tüten mit den Oliven vom Markt. Tobias nimmt mich überhaupt nicht ernst und hat keine Eile, die Urheberschaft klarzustellen! Abgesehen davon, dass mir seine Monica-Story gehörig gegen den Strich geht – denn die wichtigste Erklärung hat er ausgelassen: weshalb sie eindeutig in seinem Bett lag. Und dabei zärtlich »Darling« schnurrte. Die verständige kleine Sarah wird das aber alles schon begreifen, und er ist so gnädig und bleibt trotz meines hysterischen Anfalls für immer mein. Oder lese ich alles falsch? Ich nehme das Handy auf und lasse seine Zeilen noch einmal auf mich wirken, versuche, mich zu beruhigen. Nein. Mein Ärger trügt nicht. Tobias ist nur auf sich bedacht. Kein Wort der Entschuldigung, kein Wort des Bedauerns. Kein Wort über uns. Und er traut mir wohl nicht im Mindesten zu, dass ich Ernst machen und ihn verklagen könnte.

Das alles macht mich zornig und hilflos zugleich, sodass ich aufstehen und mich bewegen muss. Ich verlasse die Terrasse und gehe ein paar Schritte. Mein Bein streift etwas unerwartet Warmes, Weiches, ich höre ein seltsames Quieken und schrecke zusammen. Es ist der Hund, den ich überhaupt nicht bemerkt habe, so leise muss er sich genähert haben. Beschwichtigend beuge ich mich zu dem Tier hinab und möchte es streicheln, doch es reagiert kaum auf meine hingehaltene Hand und lockenden Worte.

Plötzlich höre ich Schritte hinter mir, richte mich auf und drehe mich um. Lucien. Er begegnet mir heute zum zweiten Mal, das ist ziemlich häufig für jemanden, der eigentlich nur seine Ruhe haben will. Wenigstens stehe ich nicht wieder in Unterhose und nassem Snoopy-Shirt vor ihm.

»Bonjour«, sage ich unsicher.

Er wäre nicht Lucien, wenn er lächeln würde, aber wenigstens begrüßt er mich mit einem offenen »Salut«. Und er meint sich für den Hund entschuldigen zu müssen, den er schon gesucht habe. Ich versuche seine Worte zu verstehen und setze sinngemäß zusammen, dass das Tier alt und taub ist, auch nicht mehr gut sehen kann. Jetzt begreife ich sein orientierungsloses Verhalten. Lucien fügt hinzu, er hoffe, dass es mich nicht störe, wenn der Hund frei auf dem Grundstück laufe.

So viel Höflichkeit hätte ich dem Mann gar nicht zugetraut. Ich versichere ihm, Tiere gernzuhaben, und streichle die Hündin demonstrativ, die sich das gefallen lässt und mich aus zimtfarbenen Augen trübe ansieht.

»Comment appelle elle?« Ich ahne, dass ich gerade einen unmöglichen französischen Satz konstruiert habe. Und wozu brauche ich überhaupt ihren Namen, wenn ich den gehörlosen Hund nicht mal damit rufen oder ansprechen kann?

Aber Lucien scheint mich zu verstehen. »Anouk.«

»Jolie«, erwidere ich, das heißt hübsch, soviel ich weiß.

Lucien lässt das Grübchen in seiner Wange erscheinen, und etwas daran rührt mich. Er ist kantig und einzelgängerisch, aber ich fange an, ihn zu mögen.

Dann verdüstert sich sein Blick. Instinktiv schaue ich in dieselbe Richtung. Er starrt auf den Babyanzug. Die Einkäufe auf dem Tisch. Was macht ihn daran grimmig? Die Unordnung? Das ginge ihn doch überhaupt nichts an. Trotzdem erkläre ich kurz auf Englisch, dass ich auf dem Markt war. Und mir Oliven und eine Melone mitgebracht hätte. Oh mein Gott! Unweigerlich muss ich an »Dirty Dancing« denken. *Ich habe eine Wassermelone getragen!* Aber anstatt meinen blödsinnigen Redeschwall zu stoppen, plappere ich weiter. Ich hätte auch einen Bikini gebraucht, denn mein Koffer sei nicht nach Nizza mitgekommen. Immerhin kann ich damit eine indirekte Erklärung abliefern, warum ich mich in seltsamen Outfits bewege, und die Peinlichkeit von heute Morgen abmildern.

»I hope my suitcase will be here soon!«, schließe ich meinen Bericht. Ich bin ganz außer Atem und verstehe nicht, was mich dermaßen nervös macht.

Immerhin hat sich Luciens Miene wieder entspannt. »C'est vraiment la poisse.« *So ein Pech.*

Er versteht mich also. Mehr sagt er nicht dazu. Ich erwarte, ihn nun gewohnt zügig von dannen ziehen zu sehen. Stattdessen bleibt er stumm vor mir stehen und scheint über etwas nachzudenken. Seine Brauen bilden ein flaches V.

Erneut versuche ich, die Stille zu überbrücken, und

frage, ob er mir sagen könne, wie ich am besten zum Flughafen komme, wenn es so weit ist. »Avec le train?«, schwenke ich ins Französische. *Mit dem Zug?*

Noch immer schaut mich das V von seiner Stirn an. Dann macht Lucien einen tiefen Atemzug, als müsste er sich überwinden. »Wenn dein Koffer bald ankommt, kannst du mit mir fahren. Ich muss am Freitag geschäftlich nach Monaco, und Nizza liegt auf dem Weg.«

Wie vom Donner gerührt, blicke ich ihn an. Er spricht Deutsch. Mit einem ähnlich weichen Akzent wie Cleo. Warum hat er mich denn herumstottern lassen?

»Wow«, presse ich hervor. »Ich wusste nicht, dass du so gut Deutsch kannst!«

Er nickt beinah schuldbewusst.

Jetzt nachzubohren, woher, käme mir neugierig vor, weil er keine Anstalten macht, mehr darüber zu erzählen. »Okay«, sage ich also. »Das ist ein nettes Angebot, wäre toll, wenn es klappt!«

Wieder nickt Lucien, hebt eine Hand und geht davon. Anouk wackelt schwerfällig hinter ihm her. Ich sehe dem seltsamen Gespann nach, dann wende ich mich zur Terrasse und räume endlich meine Einkäufe ins Haus. Erst dabei kommt mir Tobias' ärgerliche Mail wieder in den Sinn. Ich werde noch heute darauf antworten und dafür sorgen, dass er mich endlich ernst nimmt. Doch vorher rufe ich Mella an.

# 13

Die Stimme meiner Schwester am Telefon zu hören tröstet mich. Worte können nicht ausdrücken, was sie mir bedeutet, das wird mir beinah schmerzlich bewusst. Ich erzähle ihr alles, was sich die letzten Tage mit Tobias zugetragen hat. Sie hört mir beinah reaktionslos zu, ich deute es als eine Mischung aus Konzentration und Bestürzung.

»Meine Drohung ist total an ihm abgeprallt, Mella. Er nimmt mich überhaupt nicht für voll, vielleicht hat er das noch nie getan. Ich war nur Mittel zum Zweck. Er ist sich überhaupt keiner Schuld bewusst!«, schließe ich meinen Bericht und merke selbst, wie jämmerlich das klingt.

»Puh«, sagt meine Schwester nach einer Pause. »Das ist echt heftig! Gut, dass du gleich deutlich darauf reagiert hast. Was genau hast du in deiner Mail geschrieben?«

»Dass ich rechtliche Schritte einleiten werde, wenn er die Urheberschaft nicht richtigstellt.«

»Hast du ihm eine Frist gesetzt?«

»Ich glaube nicht, nein.« So durcheinander, wie ich

war, ist mir dieser Gedanke gar nicht gekommen. Aus Mella spricht die Juristin, und ich bin dankbar für ihre sachliche Betrachtungsweise.

»Das solltest du als Nächstes tun. Und zwar eine knappe Frist, sagen wir zwei Tage. Dieser Produzent muss so bald wie möglich die Wahrheit erfahren.«

»Und dann?«

»Na ja, wenn Tobias deiner Forderung nachkommt, ist diese Sache zumindest abgehakt. Trotzdem bleibt ja bestehen, dass er dich und dein Skript für seine Karriere ausnutzen wollte. An deiner Stelle könnte ich mich nicht mehr auf so einen Mann einlassen. Von der Monica-Geschichte mal ganz abgesehen.«

»Ich weiß«, quetsche ich tapfer hervor. Auch ich kann mir das kaum noch vorstellen. Dennoch zögere ich, einfach einen Cut zu machen. Es fällt mir furchtbar schwer, die Zeit mit Tobias loszulassen. Wir hatten schon vom Heiraten geredet!

»Und wenn er es nicht tut?«, füge ich nach. »Es richtigstellen, meine ich?«

»Dann übergibst du wie angedroht die Sache einem Anwalt. Bis dahin dokumentierst du alles mit Datum und Uhrzeit. Mach einen Screenshot von dem Post. Und ich schau mal, wen ich dir in dem Bereich empfehlen kann.«

»Danke. Hoffentlich wird es nicht so weit kommen, das wäre …« Ich schaffe es nicht, weiterzusprechen, und fange stattdessen an zu heulen.

»Ach, Sis.« Mellas Stimme hört sich hilflos an. »Es tut mir leid. Meine Güte, erst gibt er dein Skript für seins aus, und dann holt er sich noch die nächstbeste Bitch ins Bett. Das hätte ich ihm alles nie zugetraut.«

»Ich auch nicht«, schluchze ich und krame nach einem Taschentuch. »Vielleicht war ich einfach verblendet. Denk daran, was Papa sagte.«

»Was denn?«

»Tobias sei ein Wichtigtuer, weißt du nicht mehr? Beim Kuchenessen neulich.«

Ein Schnauben ertönt am anderen Ende. »Stimmt. Gut möglich, dass Papa mit seiner stillen Art Menschen manchmal besser einschätzen kann.«

»Warte mal kurz.« Ich lege das Handy in den Schoß und schnäuze mich, während die Gedanken weiterpurzeln. Mein Vertrauen in Tobias ist zerstört. Und er verhält sich völlig ungerührt. Unerschütterlich, diese Eigenschaft, die ich vorher an ihm als Stärke bewundert habe. Sicher, er weiß nichts davon, dass ich geplant hatte, zu ihm zu fliegen, und den Flug kopflos storniert habe. Trotzdem müsste ihn die Situation irgendwie mitnehmen, verdammt!

»Ich würde dich jetzt so gern umarmen«, sagt Mella tröstend, als ich den Hörer mit einem verschnupften »Da bin ich wieder« ans Ohr halte. »Aber sag mal«, überlegt sie weiter, »was genau stand in dem Facebook-Kommentar? Geht der Drehbuchtitel daraus hervor?«

»Hm …« Angestrengt versuche ich, mich an den Wortlaut zu erinnern. »Eigentlich nicht. Garry schrieb nur *the script you wrote.*«

»Ach so. Dann ist die Sache rein rechtlich gesehen

natürlich schlecht anfechtbar, zumindest zum aktuellen Zeitpunkt.«

Mutlos stöhne ich auf.

»Du schießt jetzt trotzdem laut und drohend in die Luft. Vielleicht bekommt Tobias Muffensausen, und die Sache erledigt sich von selbst. Richtig ernst wird es sowieso erst, wenn er das Skript wirklich unter seinem Namen verkaufen sollte.«

»Stimmt.«

»Und du versuch das Beste aus der Situation zu machen und dich trotz allem zu erholen, okay?«

»Okay.«

»Wie ist es überhaupt in der Provence, erzähl mal. Wo genau bist du?«

Mella möchte mich von meiner Traurigkeit ablenken. Und ich folge dankbar ihrer Frage wie einem Wegweiser aus dem Dschungel und beginne zu erzählen. Von Cotignac mit seinen schmalen Gassen und dem bunten Markttreiben heute. Von Cleo, ihrem Restaurant und Margrit. Mella kennt beide noch von früher. Sogar von Lucien und Anouk berichte ich und meiner traumhaften Unterkunft, davon, wie gut es mir heute tat, schwimmen zu gehen. Das Sprechen über das Leben hier, es hilft wirklich. Mella hört zu, stößt manchmal ein »Oh, das klingt ja herrlich!« und »Da wäre ich jetzt auch gern!« aus. Fast kommt es mir vor wie früher, wenn ich ihr Geschichten erzählte. Sie entführten uns bis ans Ende der Welt, während unsere Mutter im Stockwerk unter uns Papa wegen irgendwelcher Lappalien eine Szene machte.

Daran muss ich gerade denken. Mit dem Unterschied, dass diese Geschichte hier real ist.

Später mache ich mit dem Handy den empfohlenen Screenshot und schreibe eine Antwort an Tobias. Es fällt mir diesmal leichter. Ich fasse mich betont kurz und setze ihm sachlich eine Frist von zwei Tagen. Wenn er das nicht zum Anlass nimmt, zu begreifen, wie ernst mir alles ist, weiß ich auch nicht. Auf die Sache mit Monica gehe ich nicht ein, alle Beziehungsangelegenheiten lasse ich in der Mail außen vor. Ich mag das bewusst nicht vermengen, falls ich alles eines Tages doch einem Anwalt vorlegen muss.

Trotz der Aufregung kann ich in der Nacht darauf besser schlafen. Am Morgen freue ich mich auf Cleo, die mich zu unserem Ausflug abholen wird. Endlich werde ich auch Nicolas kennenlernen, eine Freundin von ihnen kommt ebenfalls mit. Ich packe eine Schwimmtasche mit einem Handtuch und ein bisschen Verpflegung. Den neuen Bikini, der mir wie erhofft gut passt, trage ich schon unter den Klamotten.

Dann höre ich das Auto heranfahren. Schnell schlüpfe ich in meine Flipflops, schnappe meine Tasche und verriegle die Tür von außen. Cleo steigt aus und umarmt mich. Ich schiele Richtung Beifahrersitz, sehe jedoch nur einen Schemen und eine Männerhand, die mir zuwinkt.

»Hast du schon Antwort von Tobias?«, fragt meine Freundin mich leise.

»Das schon, aber unternommen hat er noch nichts. Ich habe ihm eine Frist gesetzt«, kläre ich sie kurz auf.

»Gut so!«

»Ich hab was für dich«, sage ich geheimnisvoll und überreiche ihr die kleine Peanutstasche, in die ich die Handcreme und ein paar Süßigkeiten gesteckt habe.

»Oh wie süß!«, kreischt Cleo auf. »Merci!« Sie küsst mich, zieht die Creme hervor und riecht daran. »Wunderbar.«

»Habe ich auf dem Markt gefunden.«

»Du warst dort?«

Ich nicke und klettere hinten ins Auto, wo mir eine junge Französin mit lockigen Haaren und klimpernden Armreifen neugierig entgegenschaut. Sie trägt einen kurzen Rock, aus dem wohlgeformte Beine hervorragen, die in einem perfekten Bronzeton schimmern.

»Salut, je suis Florence«, sagt sie mit heller Stimme.

»Je suis Sarah!«

Der Mann vorne neben Cleo, die auf dem Fahrersitz Platz nimmt, dreht sich zu mir um und lächelt. Seine braunen Augen mustern mich offen, ein Dreitagebart umrahmt das kantig geschnittene Gesicht. Nicolas. Er sagt etwas auf Französisch, das für mich sinngemäß klingt wie »Schön, dich mal kennenzulernen«.

Kurz überlege ich, was »Ich freue mich auch!« heißt, doch es will mir nicht einfallen. Der Satz »Je suis heureuse« kommt mir in den Sinn, aber das bedeutet »Ich bin glücklich« und wäre reichlich übertrieben, davon abgesehen unzutreffend. Also lasse ich nur meinen Blick sprechen und nicke ihm freundlich zu. Cleo sieht ihn voller Verliebtheit an, dann mich, und ich kann den Stolz in ihrem Gesicht lesen.

Endlich geht es los. Ich bin froh über die Ablenkung und habe das dringende Bedürfnis, an etwas anderes als Tobias zu denken. Während der Fahrt halten wir so gut es geht Small Talk miteinander, manchmal übersetzt Cleo für mich, manchmal schwenken wir ins Englische. Florence ist ein paar Jahre jünger und studiert BWL in Paris. Die Semesterferien haben schon begonnen, und während dieser Zeit arbeitet sie als Kellnerin in Cleos Restaurant, um sich ihr Leben in Paris zu finanzieren. Sie und meine Freundin sind zusammen in derselben Straße aufgewachsen, bevor Cleos Familie nach Deutschland zog.

Ich umreiße mit umständlichen Worten, dass ich aus Hamburg und von Beruf Buchhändlerin bin, und Florence antwortet: »Quel beau metier!«

Cleo wendet mir mit einfühlsamer, sprechender Miene den Kopf zu, ohne ein Wort zu sagen, und mir wird das Herz wieder schwer. Ja, ein schöner Job, der mir unendlich fehlt.

Nicolas ist zurückhaltend, hört aber interessiert zu. Ab und an nimmt er Cleos rechte Hand, sein Daumen streicht liebevoll über ihre Haut. Eine still vertraute Geste, deren Anblick mich wehmütig macht. Ich schaue aus dem Fenster und sehe die Landschaft mit ihren grünen und gelben Hügeln an mir vorübergleiten. Wir bewegen uns Richtung Norden und sind eine knappe Stunde unterwegs, bis Cleo nach links aus dem Fenster zeigt.

»Guck, Sarah, da kannst du ihn schon sehen!«

Ich neige mich ein Stück zur Seite, Florence drückt

sich nach hinten gegen den Sitz, um mir die Sicht freizugeben, und tippt gegen ihr Fenster: »Là-bas!«

Mein Blick folgt ihrem Fingerzeig: Wild bewachsene Felsen, die ein riesiges Areal von türkis leuchtendem Wasser vom Rest der Landschaft abschirmen.

»Wow!«, stoße ich aus. »Das sieht ja aus wie in der Karibik!«

»Ja, oder?«, bestätigt Cleo. »Es ist ein Stausee am Ausgang der Verdonschlucht. Da suchen wir uns jetzt ein stilles Plätzchen.«

Ich kann mir kaum vorstellen, dass es an dem gigantischen See da unten ruhig zugeht. Doch Cleo scheint genau zu wissen, wo sie mit uns hinmöchte, und biegt in einen kleinen Schotterweg ein. Ein Schild mit der Aufschrift »Vers la plage« weist den Weg. Es geht ein Stück abwärts, dann parkt Cleo den Wagen unter einem Baum. Cleo, Florence und Nicolas holen ihre Sachen aus dem Kofferraum, und zu meinem Erstaunen schultert Cleos Freund auch eine Gitarrentasche. Wir spazieren hinab zum See, der an dieser Stelle eine versteckte Bucht bildet. Hier verteilen sich tatsächlich nur wenige Badegäste am Ufer. Eine dreiköpfige Familie mit einem kleinen Kind, weiter hinten zwei ältere Frauen. Vielleicht wird nachher mehr los sein. Oder es liegt daran, dass Mittwoch ist und die meisten Menschen um diese Zeit arbeiten. Wie gut, dass Cleo vormittags meistens freihat.

»Ist das schön hier!«, rufe ich aus.

Die türkisblauen Wellen spiegeln das Sonnenlicht in tausend kleinen Flecken, die wie glänzende Diamanten auf der Oberfläche tanzen.

Cleo nickt. »Vor allem nicht so überlaufen wie an der Schlucht. Da kann man mit Booten durchfahren, auch toll, aber zum Schwimmen ist es hier schöner.«

Wir schlendern zu einem knorrigen Baum mit schmalen Blättern und breiten unsere Handtücher im Schatten der hängenden Zweige aus. Der See vor uns glitzert derart verlockend, dass es mich nicht lange am Ufer hält. Schnell befreie ich mich von Shorts und T-Shirt und laufe bis zur Wasserkante. Cleo folgt mir. Der See ist blitzsauber, ich kann bis auf den Grund sehen. Zusammen waten wir hinein, spritzen uns gegenseitig nass und lassen uns johlend fallen. Das Wasser ist weniger kühl, als ich befürchtet hatte. Wir schwimmen los bis zur anderen Uferseite der schmalen Bucht und wieder zurück.

Später sitzen wir zusammen unter dem Baum. Wir essen belegte Baguettes, die Florence mitgebracht hat. Ich habe Melonenspalten in einer Plastikdose und Gummibärchen dabei und stelle beides in unsere Mitte. Das Obst schmeckt herrlich süß, der Saft rinnt mir aus dem Mundwinkel. Nicolas packt seine Gitarre aus und zupft ein paar Takte an den Saiten, dabei sieht er ganz in sich versunken aus. Ich erkenne die Melodie des Songs »Fix you« von Coldplay. Dann beginnt er zu singen. Seine Stimme klingt tief und rau, sodass mir unvermittelt ein wohliger Schauer über den Rücken fährt. Ich verstehe gut, was Cleo an diesem Mann findet. Das Kind der kleinen Familie reckt den Hals in die Höhe, kommt ein paar Schritte in unsere Nähe getapst und lässt sich mit seinem Windelpo selbstvergessen vor uns in den Sand plumpsen, lauscht der Musik mit offenem Mund.

Die Töne verweben sich mit der lauen Luft, ergreifen mich im Innern, tragen mich davon. Ich lehne mich im Sitzen zurück, die Hände gegen den Boden gestützt, schließe die Augen. Cleo legt den Arm um meine Schulter, und mich erfasst ein tiefes Gefühl von Geborgenheit, durchmischt mit der Trauer des Loslassen-Müssens.

Auf dem Rückweg im Auto checke ich nervös meinen Posteingang. Kein Wort von Tobias.

Dafür habe ich Nachricht vom Flughafen. Mein Koffer ist in Nizza eingetroffen und abholbereit! Ich atme erleichtert auf. Obwohl ich in den letzten Tagen gemerkt habe, wie wenig ich eigentlich zum Leben brauche, bin ich froh, meine eigenen Sachen wiederzubekommen – neben den Kleidern auch meinen Laptop, Bücher, all diese Dinge, die ich vor meiner Abreise in den Trolley gestopft hatte, als wollte ich auswandern.

»Mein Koffer ist da!«

»Oh, sehr gut! Hm.« Cleo schürzt die Lippen. »Ich muss mal schauen, wann ich mit dir hinfahren kann, die nächsten Tage steht ziemlich viel an. Du kannst dir sonst auch meinen Wagen leihen.«

Ich denke an Lucien und sein Angebot, mich mitzunehmen. Das ist mir lieber, als selbst zu fahren. Meine Fahrpraxis ist über die Jahre in Hamburg ein bisschen eingerostet, weil ich da wunderbar ohne Auto auskomme.

»Lucien muss sowieso in die Richtung«, beantworte ich Cleos Vorschlag. »Er sagte, er nimmt mich mit.«

»Im Ernst? Das hat er dir angeboten?«

»Ja. Wieso nicht?«

»So kenne ich ihn gar nicht. Er muss dich wirklich mögen.« Sie grinst verschmitzt.

»Was weiß ich, wir haben kaum miteinander gesprochen. Aber ich finde ihn gar nicht so verkehrt.«

»Ist er auch nicht. Er redet nur nie mehr als nötig und umgibt sich nicht gern mit vielen Menschen.«

»Besser als Typen, die unheimlich viel Wind machen, ohne dass was dahintersteckt.« Habe ich das gerade gesagt? Und dabei an Tobias gedacht?

»Stimmt«, sagt Cleo und setzt den Blinker.

»Wusstest du, dass er sehr gut Deutsch spricht?«

»Echt? Nee. Das überrascht mich jetzt.«

»Mich auch.« Ich muss lächeln. »Denn trotzdem hat er mich die ganze Zeit Französisch oder Englisch herumstottern lassen.«

Cleo lacht auf. »Das passt zu ihm. Wie zu den Franzosen allgemein. Die lassen andere gern zappeln, statt einfach Englisch mit ihnen zu sprechen. Diese kleinen, arroganten Charmeure.« Sie wendet den Kopf zu Nicolas, wiederholt den letzten Satz auf Französisch und endet mit einem gespielt süßlichen »N'est-ce pas, mon chéri?«. *Nicht wahr, Liebling, das seid ihr doch?*

Ihr Freund antwortet mit einem Scherz. Sie lacht wieder und boxt ihn in die Seite.

Mir kommt eine Idee. »Sag mal, Cleo, meinst du, deine Mutter hat noch Bücher, mit denen ich mein Französisch auffrischen könnte? Wenigstens die nötigsten Brocken. Ich meine, ich muss mich die nächsten Wochen ja irgendwie mit den arroganten Charmeuren herumschlagen.«

»Ganz sicher! Sie würde dir bestimmt sogar ein bisschen Unterricht geben, wenn du das möchtest.«

»Perfekter Plan!«

# 14

Bevor Cleo mich zu meiner Unterkunft bringt, machen wir also noch einen Abstecher zu Margrit. Florence setzen wir vorher am Haus ihrer Eltern ab, sie verabschiedet mich mit zwei Luftküsschen links und rechts. Diese Geste ist hier alltäglich, trotzdem rührt sie mich.

Cleo zeigt mir vom Auto aus das Haus, in dem sie aufgewachsen ist, nur wenige Meter von Florence' Elternhaus entfernt. Es sieht typisch provenzalisch aus, mit hellblauen Fensterläden und jeder Menge Blumen in Töpfen, die sich kunterbunt an der Fassade entlangreihen. Sie erklärt mir, dass inzwischen eine Familie mit zwei Kindern darin lebe. Obwohl sie dabei lächelt, kann ich ihre Lippen wehmütig zittern sehen. Dann fahren wir weiter ins Zentrum Cotignacs, das mir schon beinah vertraut vorkommt.

Margrit stützt sich auf ihren Rollator und grinst von einem Ohr zum anderen, als wir zu dritt an ihrer Wohnungstür stehen. »Habt ihr jungen Leute nichts Besseres zu tun, als eine alte Hexe zu besuchen?«

»Doch, wir waren am Stausee, Maman. Aber jetzt ist uns langweilig.« Cleo grinst frech.

Ihre Mutter tappt mitsamt Gehwagen ein paar wackelige Schritte voraus durch einen engen Flur in ihr Wohnzimmer, bedeutet uns, Platz zu nehmen.

»Wie hat dir der See gefallen?«, fragt Margrit mich und setzt sich langsam neben ihre Tochter aufs Sofa, die ihr helfend einen Arm reicht.

»Er ist wunderbar.«

»Ja, das ist er. Möchtet ihr was trinken? Ich hätte schottischen Whisky da. Einen richtig guten!« Margrits Augen funkeln.

»Maman, es ist nicht mal Nachmittag!«

Ich muss lachen.

»Dann hol wenigstens Cidre aus dem Kühlschrank, Schätzchen, und ein paar Gläser«, wendet sich Cleos Mutter an Nicolas, der verständnislos blinzelt. Cleo übersetzt ihm. Bereitwillig steht er auf und verschwindet Richtung Küche. Er ist eindeutig nicht zum ersten Mal hier. So war es immer bei Margrit, sie heißt jeden willkommen. Früher durfte ich den Tisch mit decken und mich frei durch Cleos Zuhause bewegen, als wäre es mein eigenes.

Unauffällig schaue ich mich um. Das Zimmer ist geschmackvoll eingerichtet. Der Sessel, auf dem ich sitze, ist mir sogar noch bekannt, und die alte Anrichte erkenne ich auch wieder.

»Sarah würde sich freuen, wenn du ihr Französisch ein bisschen aufpeppen könntest«, sagt Cleo.

Es erübrigt sich für mich, zu ergänzen, das gelte natürlich nur, wenn sie Lust und Zeit dafür habe, denn Margrits erfreutes Gesicht spricht Bände.

»Aber natürlich! Wie viele Jahre hattest du denn Unterricht, Kind?«

»Fünf. Nur habe ich bei dem Fach auf Durchzug geschaltet.« Lachend hebe ich die Hände. »Zumindest ist wenig hängen geblieben. Es fällt mir unheimlich schwer, euch zu verstehen, wenn ihr erst mal richtig loslegt.«

Margrit nickt. »Ja, ja, das erging mir genauso am Anfang, als ich nach Frankreich kam. Das war niederschmetternd, schließlich wollte ich die Sprache studieren und dachte, sie bereits perfekt zu beherrschen!«

Nicolas kommt zurück, er hält mit einer Hand geschickt vier Gläser am Stil, in der anderen eine Flasche Cidre, an der Tropfen entlangperlen. Er schenkt uns das kühle Getränk ein, und wir stoßen an. Eine gute Stunde verbringen wir bei Margrit, bis sie erschöpft ist und ankündigt, ein Nachmittagsschläfchen halten zu müssen. Vor dem Abschied lenkt sie sich ihren Weg in Richtung Bücherregal. Dabei stößt sie gegen die Anrichte, ein Rad des Gehwagens verhakt sich unter der Kante.

»Merde!«, flucht Margrit ungeduldig.

Ich befreie das Gefährt und helfe ihr, seine Richtung zu korrigieren. Alles ist hier zu winklig für sie. Es fällt mir schwer, mir auszumalen, wie Margrit sich täglich durch diese Räume bewegt. Geschweige denn, wie es sein muss, wenn sie eines Tages komplett auf den Rollstuhl angewiesen sein sollte.

Schließlich zeigt sie auf das untere Regalfach. »Schau mal, da müsste irgendwo ein Grammatikbuch sein, mit Vokabeln. Nimm dir das mit. Und dann kommst du mich bald wieder besuchen, ich übe mit dir.«

Ich finde das Buch und nehme es an mich. »Vielen Dank, Margrit! Ich freue mich darauf.«

Tatsächlich bin ich froh, eine Art Hausaufgabe zu haben, fast wie zu Schulzeiten. Ich werde mich gleich auf die Terrasse setzen und mich den Rest des Tages damit beschäftigen. Hauptsache, ich schaue nicht alle paar Minuten aufs Handy.

Mitten in der Nacht weckt mich ein Geräusch. Das Fenster steht offen und wirft blasses Mondlicht ins Zimmer. Ich lausche, höre erst nichts mehr. Dann ein Schaben.

Mein Herz pocht, ich horche angestrengt. Das Geräusch kommt von draußen. Eindeutig schleichende Schritte im Kies. Direkt vor meinem Schlafzimmer!

Mein Atem wird so flach, dass ich mich aufsetzen muss, sonst fürchte ich zu ersticken. Eine ganze Weile verharre ich, starr vor Schrecken. Die Läden vor der Terrassentür habe ich zum Glück verschlossen. Wer zur Hölle bewegt sich vor dem Haus? In der Dunkelheit ist doch niemand in den Weinbergen unterwegs!

Ich hangle nach dem Schalter der Nachttischlampe, bekomme das Kabel zu fassen. Taste daran entlang und knipse das Licht an. Wer immer da draußen ist, soll merken, dass ich wach bin. Allerdings traue ich mich nicht, ans Fenster zu gehen und hinauszusehen. Stattdessen huste ich laut und vernehmlich – jeder Einbrecher macht einen Bogen, wenn er merkt, dass die Bewohner anwesend sind. Oder etwa nicht? Nur, wer mit solchen Absichten sucht sich denn diesen Bungalow aus, statt in dem großen Anwesen von Lucien nach Schätzen zu suchen?

Die Tritte sind verstummt. Bis ich sie erneut höre. Oder ist das Anouk? Nein, dafür klingen sie zu schwer, und Lucien wird den altersschwachen Hund bestimmt nicht mitten in der Nacht hinauslassen. Die Schritte kommen näher, langsam und unheimlich. Ich nehme nun doch meinen ganzen Mut zusammen, schleiche ans Fenster und werfe es in Windeseile zu. Obwohl ich konzentriert hinausgaffe, kann ich nichts erkennen. Mein Puls rast. Schnell gehe ich quer durch die Küche, mein Handy umkralle ich mit der Hand, um im Fall der Fälle die Polizei verständigen zu können – aber wie lautet überhaupt der französische Notruf? Mit der anderen Hand prüfe ich, ob ich die Vordertür von innen verriegelt habe. Ja, sie ist abgeschlossen, und der Schlüssel steckt innen. Obwohl das nicht mal nötig wäre, denn der Türknauf lässt sich hier wie auch am hinteren Ausgang nicht ohne Schlüssel von außen öffnen.

Ich gieße mir ein Glas Wasser ein und sinke damit auf den Küchenstuhl. Mein Handy zeigt, dass es kurz nach fünf ist. Außerdem, dass ich eine WhatsApp habe. Bevor ich sie lese, bleibe ich eine Weile in Habtachtstellung, doch draußen ist alles ruhig. Wer auch immer sich dort bewegt hat, ist fort.

Ich beruhige mich allmählich. Trinke noch einen Schluck und öffne schließlich die Nachricht. Tobias. Auch das noch. Hatte sich mein Herzschlag eben erst normalisiert, schnellt er nun wieder in die Höhe.

*Ich habe die Sache geklärt. Du kannst es bei Face-*

*book sehen. Trotzdem verstehe ich nicht, warum du so stur bist. Es darf dich nicht wundern, wenn Jack jetzt Abstand von allem nimmt. Aber okay, ich habe mein Bestes gegeben. Können wir endlich wieder normal miteinander reden? Tobi.*

Ich bin also stur. Er schreibt, als hätte *ich* einen Fehler begangen, nicht er, der gerade mal nicht Hulk, sondern Tobi heißt. Schließlich hat er ja nur das Beste für mich gewollt. Daran kann ich nicht mehr glauben und kaum ausdrücken, wie ich seine Haltung finde. Dafür spricht mein Magen nach diesen beiden Aufregern am frühen Morgen eine deutliche Sprache. Ich schlucke gegen den bitteren Geschmack in meinem Mund an. Tobias dreht den Spieß einfach um. Auf diese Weise lassen sich Menschen manipulieren, bis sie ihren eigenen Empfindungen nicht mehr trauen. Das wird mir schlagartig klar.

Dann lese ich den aktuellen Post auf Tobias' Facebook-Seite. Auf Englisch steht dort zu lesen, ihm sei zu Ohren gekommen, man würde ihm das Drehbuch mit dem Titel »To a Special Someone« zuschreiben. Dies sei ein Missverständnis, das leider in die Öffentlichkeit geraten sei, und hiermit möchte er klarstellen, dass das Buch eine Frau namens Sarah Lambertz aus Deutschland verfasst habe. Er würde sie nur als ihr Agent vertreten.

Aha. Mein Agent also. Da hat er sich gut aus der Affäre gezogen. Es zuckt mir in den Fingern, den Text zu kommentieren. Doch ich halte mich zurück. Ich habe nicht unbedingt das Bedürfnis, Tobias zu schaden.

Trotz allem, was passiert ist. Immerhin hat er es endlich richtiggestellt.

Stattdessen schreibe ich ihm persönlich über WhatsApp zurück. *Ich erinnere mich gar nicht, einen Agenten beauftragt zu haben. Aber belassen wir es dabei.*

Tobias in Kalifornien ist wach, ich sehe es an den beiden blauen Häkchen, die sofort erscheinen.

*Sind wir also wieder gut? Dein Hulk braucht dich!*

Ich stöhne auf. Er möchte die Sache schnellstmöglich wegbügeln und zur Tagesordnung übergehen. Wenn ich es recht bedenke, war das eigentlich schon immer so nach einem Streit mit ihm. Mir wird bewusst, wie wenig konfliktbereit er eigentlich ist. Alles soll möglichst easy sein. Wenn ich das mal anders empfand, war ich eine Spaßverderberin. Doch diesmal möchte ich nicht mehr so tun, als wäre alles wieder in Ordnung. Ich nehme ihm auch die Verharmlosung der Geschichte mit Monica nicht ab – dazu wirkte ihr Geturtel zu vertraut. Bestimmt hat er mir die Hälfte verschwiegen.

Also antworte ich: *Es hat sich nichts daran geändert, dass ich Abstand möchte. Bin gerade im Urlaub und brauche Zeit für mich. Vielleicht kannst du mich ja verstehen.*

*Im Urlaub, wo denn??*, kommt postwendend zurück.

Etwas klumpt in meinem Magen zusammen. Ein Widerwille, der mich in seiner Heftigkeit überrascht. Ich sollte lernen, auf mein Bauchgefühl zu hören. *Es spielt doch keine Rolle, wo ich bin. Ich melde mich, wenn ich eine Entscheidung getroffen habe. Bis dann!*

Keine paar Sekunden später klingelt das Telefon in

meiner Hand. Tobias scheint mich langsam ernst zu nehmen, aber ich möchte nicht mit ihm reden. Nicht aus Trotz, sondern weil er mich einlullen würde, bis ich am Ende wieder klein beigebe. Außerdem ärgert mich, dass er meinen Wunsch nach Abstand ignoriert. Ich drücke ihn weg. Mehr noch. Ich blockiere ihn. Und zwar auf allen Kanälen.

Stumm bleibe ich sitzen, bis sich draußen der Morgen mit dem heiseren Krähen des Hahns irgendwo in den Hügeln ankündigt.

## 15

Am Freitag klingle ich morgens um sechs an Luciens Haustür. Das haben wir gestern verabredet, als ich ihn auf dem Grundstück abfing. Bei dieser Begegnung war er wieder so kurz angebunden, dass ich nicht deuten konnte, ob er sich auf meine Begleitung freut oder sein Angebot vielleicht bereut. Doch ich versuche, mir darüber keine weiteren Gedanken zu machen.

Ich muss gähnen, das ist eindeutig nicht meine Zeit. Irgendein Fluch will, dass ich hier in der Provence ständig früh aus dem Bett getrieben werde. Der Himmel leuchtet dafür in einem munteren Schweinchenrosa, wie um mir triumphierend vorzuführen, was ich sonst im Schlaf verpassen würde.

Die Tür geht auf, und zu meiner Überraschung steht die Dame vor mir, die ich schon am Tag meiner Ankunft mit dem Hund gesehen hatte. Auch jetzt hat sie Anouk an ihrer Seite, die ein paar zögerliche Schritte auf mich zu macht.

»Bonjour, je suis Sarah, je …« Ich suche nach den richtigen Worten.

»Salut – Hélène«, stellt sie sich vor. »Lucien arrive

bientôt!« Sie weiß also, worum es geht, und er wird gleich da sein.

»Okay!« Ich weise mit der Hand zum Vorplatz, um ihr zu verstehen zu geben, dass ich dort warten werde.

Die Frau, die Hélène heißt, nickt. Kurz streichle ich Anouk, danach gehe ich die Treppe vorm Eingang wieder hinab, der sich halb schließt und fünf Minuten danach wieder öffnet. Lucien läuft mit leichten Schritten die Stufen herab. Diesmal trägt er ein graues Hemd und eine lange Hose mit Halbschuhen. Klar, ein Geschäftstermin, da wären Flipflops unangebracht.

»Salut«, raunt er mir zu und eilt mit mir zu seinem Auto, einem weißen Kastenwagen, der schon bessere Tage gesehen hat. Auf der Schiebetür an der Seite lugt unter einer Staubschicht das Weingutlogo hervor.

Ich klettere auf den Beifahrersitz und stoße gegen eine Pizzaschachtel. Daneben kullern leere Plastikflaschen herum. Das Durcheinander belustigt mich. Für Tobias wäre das ein absolutes No-Go, sein Auto muss immer wie geleckt aussehen.

»Pardon«, sagt Lucien betreten und greift vom Fahrersitz aus vorsichtig um meine Füße herum, um mich von dem Müll zu befreien. Ich lehne mich zurück, ein dezenter Hauch seines Aftershaves umweht mich. Es riecht angenehm und leicht herb.

»Pas de problème!« Auch wenn er Deutsch kann, will ich nicht so ignorant sein, nur in meiner Sprache mit ihm zu reden. Und ein Problem ist es wirklich nicht, ich finde es sogar witzig, wie er jetzt alles einfach nach hinten wirft. Eine saubere Lösung sozusagen.

Lucien startet den Diesel, wir holpern über den Kiesweg. Routiniert steuert er mit der linken Hand die enge Kurve zum Tor hinaus, die rechte liegt auf der Gangschaltung. Dunkle Härchen schimmern auf seiner sonnenverwöhnten Haut.

Ich deute aus dem Fenster. »Die Tonnen an der Straße, kann ich da meinen Müll entsorgen?«

Lucien nickt bloß. Was für eine blöde Frage. Außerdem habe ich die Behälter längst dafür benutzt. Nervös streiche ich mir eine Haarsträhne hinters Ohr – werden wir uns nun die ganze Zeit anschweigen?

Aber er hält das Gespräch in Gang, wenn auch nur mit der Standardfrage, ob ich mich in meiner Unterkunft wohlfühle.

»Très!«, antworte ich eifrig. Wirklich sehr. Bis auf die unheimlichen nächtlichen Geräusche. »Mais dans la nuit …« Ich überlege kurz und schwenke ins Deutsche um. »Also, neulich Nacht, das war komisch. Da habe ich draußen Schritte gehört.«

Ich blicke ihn von der Seite an, um seinen Gesichtsausdruck zu deuten. Auf einmal wird mir unbehaglich. Was, wenn er es war? Nervös nestle ich an meinem Ohrstecker, der einzige Schmuck, der mit mir nach Frankreich gekommen ist, weil ich ihn immer trage.

»Sangliers«, lautet Luciens knappe wie unverständliche Antwort.

»Sangli-was?«

»Wilde Schweine!«

Ich stutze. Wen beschimpft er denn so? Endlich begreife ich und lache ein bisschen zu schrill. »Wildschweine! Ach so! Da bin ich gar nicht draufgekommen. Es klang, als wäre es ein Mensch. Sind sie gefährlich?«

»Nur wenn sie Junge haben. Oder wenn man sie nachts überrascht. Da rechnen sie nicht mit dem Menschen. Ansonsten sind sie nicht aggressiv. Trotzdem ist es besser, ihnen nicht zu nahe zu kommen.« Luciens Akzent erinnert mich so an Cleos Art zu sprechen, dass seine Stimme für mich etwas Vertrautes hat.

»Dann werde ich mich im Haus verschanzen, wenn ich wieder welche höre«, schlussfolgere ich.

»Es gibt viele wilde, ähm, Wildschweine in dieser Gegend. Richten Schaden an für die Bauern.«

»Sind deshalb einige Gebiete eingezäunt?«

»Unter anderem, ja. Um die Ernte vor Tieren zu schützen. Aber Wildschweine hält fast nichts auf. Sie drücken Zäune ohne Probleme weg. Und sie können ziemlich gut springen.«

»Echt? Das wusste ich nicht.«

Ich schaue durch das Seitenfenster. Wir lassen die Gegend rund um Cotignac hinter uns und bewegen uns stetig in Richtung Küste. Der Himmel umarmt die Silhouetten der Hügel mittlerweile in einem seidigen Babyblau, und die Pinien sehen aus, als würden sie sich nach ihm recken.

»Bist du zum ersten Mal in Frankreich?«, fragt Lucien, als hätte er meine Andacht über die Landschaft wahrgenommen.

»Ich war schon in Paris, als Schülerin. Hier noch nie. Ich wollte eigentlich eher mal kommen und Cleo besuchen. Aber es hat sich nie ergeben.«

Lucien nickt.

»Wir kennen uns aus der Schulzeit«, füge ich hinzu.

»Ah oui, sie hat früher in Deutschland gelebt, n'est-ce pas?«

»Genau.« Das ist der passende Moment, ihn danach zu fragen, welche Beziehung er zu Deutschland hat. Denn er muss eine haben, so perfekt, wie er die Sprache beherrscht. »Und woher kannst du so gut Deutsch? Warst du auch mal dort?«

»Ja. Ein Jahr. Ich mag euer Land.«

»In einem Jahr hast du die Sprache dermaßen perfekt gelernt?«, hake ich verwundert nach.

Lucien schüttelt den Kopf. »Ich hatte eine deutsche Großmutter. Sie hat uns oft besucht und viel mit uns gesprochen. Außerdem hatte ich Deutsch in der Schule. Danach bin ich als Au-pair nach Berlin gegangen.«

Überrascht reiße ich die Augen auf. »Als Au-pair?«

Er lacht herausfordernd. »Mais oui, pourquoi pas?«

Ja, warum nicht? Meine Zähne bohren sich in die Unterlippe, ich fühle mich ertappt.

»Ich mochte schon immer gern Kinder. Und ich wollte damals mal raus aus der Heimat. Auf die Weise konnte ich auch meiner Großmutter nah sein. Sie war …« Seine Finger umklammern das Lenkrad fester. »Sie war mir wichtig.«

»Das finde ich toll«, antworte ich und meine seine fürsorgliche Ader. Bislang ist mir noch kein Mann begegnet, der ein Au-pair-Junge war. Eigentlich schade, wo doch die Geschlechterrollen zum Glück nicht mehr so festgefahren sind.

»Ich war auch mal als Au-pair im Ausland«, füge ich hinzu. »In der Nähe von New York.«

Verstohlen schaue ich Lucien von der Seite an. Er nickt höflich, doch seine Miene hat sich verdunkelt. Vielleicht denkt er an seine Oma. Er sagt nichts mehr und starrt auf die Straße. Als hätte er zu viel von sich preisgegeben. Dabei gefällt es mir, was er von sich zeigt.

Zuerst erledigen wir die Mission auf dem Flughafen in Nizza, die zum Glück unkompliziert vonstattengeht. Es ist, als hätte ich ein Stück Zuhause wieder, als ich endlich meinen lila Trolley in Empfang nehmen kann. Lucien schiebt das Gepäck für mich in den Laderaum seines Wagens, und ich bedanke mich. Überhaupt finde ich es rücksichtsvoll von ihm, mich in die Halle begleitet zu haben. Ich hatte eigentlich damit gerechnet, dass er mich hier nur hinauswirft und später wieder einsammelt. Aber sein Plan ist, mich mit nach Monaco zu nehmen.

Lucien startet den Motor. »Nizza ist … alors, Nizza eben. Eine Großstadt. Hektisch. Monaco ist was Besonderes. Wenn du möchtest, kannst du zur Fürstenresidenz in die Altstadt raufgehen oder den Bus dahin nehmen. Oder du spazierst die Promenade lang, dann kommst du zum berühmten Casino.«

»Danke, Altstadt klingt gut!« Ich lehne mich im Sitz zurück und lasse mich erwartungsvoll weiterschaukeln. Den Übergang nach Monaco bemerke ich nicht, die kurvigen Straßen, die teilweise durch Tunnel führen, sind verwirrend und unübersichtlich. Nichts deutet darauf hin, dass wir Frankreich verlassen haben. Manchmal kann ich rechter Hand einen Fetzen Meer erhaschen.

Irgendwann hält Lucien am Straßenrand und weist mit der Hand einen Anstieg hinauf: »Ich lass dich hier raus. Wenn du da hochgehst, kommst du zum historischen Stadtteil und zum Palast. Oben gibt es ein Parkhaus, da können wir uns treffen, ich schätze in zwei Stunden. Am besten gibst du mir deine Handynummer.«

Wir zücken unsere Handys und speichern gegenseitig unsere Nummern. Irgendetwas daran schickt mir ein Kribbeln über die Haut.

Als ich seinen Wagen davonfahren sehe, wird mir ein bisschen mulmig, so auf mich allein gestellt in dieser wildfremden Umgebung. Obwohl sich natürlich viele Menschen hier bewegen. Ich umfasse den Schultergurt meiner Tasche fester und sehe mich um. Ja, das alles ist fremd, aber auch wunderschön. Unterhalb der Straße erstreckt sich das Meer in Azurblau, die Promenade wird von Palmen und riesigen Sukkulenten gesäumt und verschwindet hinter einer Kurve. Obwohl alles dicht gedrängt wirkt, hat der Ort etwas sehr Mondänes. Ich wende meinen Blick aufwärts zum Felsen, auf dem der Fürstenpalast der Grimaldis thront. Eine Reihe von Touristen mit Rucksäcken bewegt sich in die Richtung, in die Lucien gezeigt hat. Ich beschließe, ihnen zu folgen, vorbei an den Polizisten, die an dem Straßenaufgang für Sicherheit sorgen und mit entschlossenen Gesten unerwünschte Autos wegwinken.

Der Anstieg ist steil, zum Glück habe ich eine kleine Flasche Wasser dabei. Die Mühe lohnt sich. Im alten

Stadtkern geht alles ruhiger zu. Kein Straßenverkehr, nur enge Gassen und Souvenirshops. An einer Ecke links von einem Laden voller Nippes ist ein Foto von Gracia Patricia alias Grace Kelly ausgestellt. Darauf spaziert sie mit ihrer Tochter und einem kleinen Hund genau diesen Weg entlang. Unweigerlich muss ich an Tobias und seine Schwärmerei für diese bemerkenswerte Schauspielerin denken. Besonders Hitchcocks »Das Fenster zum Hof« liebt er. Wir haben den Film bestimmt dreimal zusammen gesehen.

Verdammt, ich will nicht an ihn denken. Ich atme tief gegen den Druck in meiner Brust an und schlendere weiter. Bald stehe ich auf dem mit Pinien bewachsenen Vorplatz des Palastes. Prächtig, ohne Frage, doch der graue Anbau rechter Hand wirkt ein bisschen wie eine Burg aus Legosteinen. Was mich begeistert, ist die Aussicht, die sich von hier oben bietet. Das Blau des Himmels wetteifert mit den Farben des Mittelmeers, die Häuser schmiegen sich in geschwungenen Reihen an die felsige Berglandschaft. Ich betrachte den Hafen, in dem Boote und mehrere Jachten vor Anker liegen. Die Bucht wird von modernen, mehrstöckigen Bauten eingefasst, sicher Hotels und sündhaft teure Apartments.

Einige Touristen lassen sich an der Mauer vor diesem Panorama fotografieren, und ich mache auch ein Selfie mit dem Meer im Rücken. Mein Lächeln sieht echt aus. Dieser Ausflug tut mir gut.

Dann folge ich einem Schild, das den Weg zur Kathedrale weist. Ein Mann kontrolliert am Eingang, ob die Menschen nicht zu freizügig gekleidet sind, und verwehrt einer Frau in Shorts den Eintritt. Ich denke mir, wenn es wirklich einen lieben Gott gibt, hat er bestimmt kein Problem mit hübschen Frauenbeinen. Immerhin werde ich freundlich eingelassen und genieße die kühle Stille, die mich hier empfängt. Auf einem Rundweg hinter dem Altar liegt unter einer großen Steinplatte Fürst Rainier neben Gracia Patricia begraben. Ihr zu Ehren hat man weiße Rosen aufgestellt.

Die restliche Zeit lasse ich mich weitertreiben, kaufe mir ein Eis, das meinen Hunger nur bedingt stillt, und ruhe mich auf einer Bank aus. Zum Glück meldet sich Lucien eher als angekündigt, denn meine Unternehmungslust schwächelt bereits. Er beschreibt mir, wo er mich abholen kann, und irgendwie ist es beruhigend, seine Stimme an meinem Ohr zu hören, die fröhlicher klingt als heute Morgen.

Ich bin erleichtert, als ich wenig später seinen Wagen heranrollen sehe. Lucien hält direkt vor meinen Füßen, und ich brauche mich nur noch in den Sitz plumpsen lassen.

Sein Hemd hat er wieder an den Ärmeln hochgekrempelt, die nackten Unterarme ruhen auf dem Lenkrad. Leicht amüsiert sieht er mich an und wendet den Wagen. »Müde?«

Ich nicke. »Du hattest recht, Monaco ist was Besonderes.«

Dann erzähle ich ihm von meinen Eindrücken, und er reicht mir völlig unvorbereitet ein mit Käse und Tomaten belegtes Baguette, das er unterwegs gekauft haben muss.

»Oh, danke schön!«

»Ich dachte, du hast bestimmt auch Hunger«, sagt er verlegen, packt mit einer Hand sein eigenes Baguette aus. »Um essen zu gehen, fehlt mir leider die Zeit. Sonst hätte ich dich eingeladen.«

»Nein, eher würde ich dich einladen. Um mich für den Chauffeurdienst zu bedanken.« Ich lächle ihn an, und er fängt meinen Blick auf. Das Grübchen in seiner Wange wird wieder sichtbar, aber er sagt nichts. Ich hätte bei unseren ersten Begegnungen nicht gedacht, dass sich hinter diesem verschrobenen Kerl ein so aufmerksamer Mensch verbirgt.

»Wie war denn dein Termin?«, halte ich das Gespräch am Laufen und nehme einen Bissen.

»Gut. Ich habe ab sofort einen neuen Kunden in Monaco. Ein richtig nobles Hotel.«

Daher wohl die Erleichterung in seiner Stimme. Lucien lenkt den Wagen lässig durch den Ort. Mich würden die belebten Straßen nervös machen, die Verkehrsregeln scheinen viele hier eher als Empfehlung zu betrachten.

»Fahren wir also direkt zurück nach Cotignac?«, frage ich.

»Ich muss. Heute früh hat sich eine Arbeitskraft bei mir krankgemeldet.« Seufzend tritt er das Gaspedal tiefer durch, wir lassen die winklige Stadt hinter uns. »Da kann ich nicht auch noch fehlen.«

»Was genau habt ihr um diese Zeit eigentlich im Weinberg zu tun? Ich meine, die Trauben sind ja noch lange nicht reif.«

»Ja, die Reben haben gerade erst geblüht. Aber wir

müssen zum Beispiel den Boden sauber halten, damit nichts wächst, was da nicht hingehört. Und Geiztriebe ausbrechen, Fruchtansätze entfernen und so weiter. Damit die Pflanze sich optimal entfalten kann.«

»Ach so.«

»Jedenfalls haben wir das ganze Jahr über alle Hände voll zu tun.«

»Du pflegst die Weinstöcke selbst?«

»Bien sûr. Zusammen mit ein paar Helfern. Wenn da jemand wegfällt, wird es eng. Aber es ist die Arbeit, die mir die liebste ist. So was wie heute, diese Werbetermine, verhandeln, Verträge machen und so weiter, das liegt mir eigentlich nicht so. Meistens übernimmt das mein Bruder Antoine.«

»Stelle ich mir schön vor, in der Natur zu arbeiten. Wenn auch hart, oder?«

»Ich bin es gewohnt«, antwortet Lucien schlicht.

Bald sind wir auf der spärlich befahrenen Strecke Richtung Hinterland. Der Blick auf die einsame Landschaft entspannt mich. Ich lehne den Kopf zurück.

In diesem Moment passiert es. Mit einem merkwürdig verhallenden, stumpfen Laut ruckelt der Wagen auf, wir schlingern leicht. Sofort kralle ich mich an den Griff der Seitentür, mein Atem stockt. Lucien hält mit beiden Händen das Lenkrad fest. Statt abrupt zu bremsen, lässt er das rumpelnde Auto langsam zur Seite ausrollen. Das Geräusch, das dabei entsteht, ist alarmierend. Ich begreife nicht gleich, was geschehen ist. Dann rieche ich es. Verbranntes Gummi.

# 16

Lucien flucht. »Merde!«

Der Geruch von Rauch lässt mein Herz heftig schlagen. Wie im Reflex reiße ich die Autotür auf und springe hinaus, entferne mich ein paar Meter weit vom Wagen. Erst aus sicherer Distanz schaue ich zurück. Der linke Hinterreifen. Er qualmt und ist platt wie eine Flunder.

Lucien ist ebenfalls ausgestiegen und beugt sich hinunter, gefasster als ich, um den Schaden ins Visier zu nehmen. Das V über seinen Augen ist allerdings schwindelerregend steil.

Mit einer Mischung aus Bestürzung und Bedauern schaut er mich an. »Keine Sorge, es ist nur der Reifen.«

Das sehe ich, trotzdem wackeln meine Knie noch immer, als ich mich Lucien nähere.

»Alles okay?«

»Ja.« Mein Mund fühlt sich trocken an.

»So ein Mist!« Lucien legt eine Hand in den Nacken, zieht die Schultern hoch. »Ich weiß gar nicht, wie das passieren konnte. Wahrscheinlich ein Nagel oder Schlagloch. Ich hätte die Reifen auch längst erneuern müssen.«

Meine Gedanken rattern. Es ist nichts zu hören außer dem ewigen, monotonen Singen der Zikaden. Immerhin normalisiert sich mein Atem mit ihrem Rhythmus. Es ist bloß eine Autopanne, und wir sind unverletzt.

Ich suche nach einer Lösung. »Hast du einen Ersatzreifen?«

Lucien ist plötzlich wie versteinert, als hätte der Schreck nur Zeit gebraucht, um zu ihm vorzudringen. »Schon. Ja.«

Ich wundere mich, dass er keine Anstalten macht, Taten folgen zu lassen. Mit ernster Miene starrt er vor sich hin. Hat er einen Schock? Vorsichtig berühre ich ihn am Arm. Die Härchen kitzeln meine Handfläche. »Geht es dir gut?«

Er schaut überrascht auf. »Oui.«

»Also, sollen wir mal loslegen?«

Statt einer Antwort fischt Lucien eine Flasche Wasser aus den Untiefen seines Wagens und reicht sie mir. Klar, wir sollten den Reifen ohnehin erst mal abkühlen lassen. Dankbar nehme ich ein paar Schlucke und gebe das Getränk Lucien zurück, der sich auf den Sitz mit den Beinen nach draußen gesetzt hat und nun durstig die Flasche ansetzt. Danach wischt er sich den Mund mit dem Handrücken ab.

Abwartend sehe ich ihn an.

»Das Problem ist ...« Er räuspert sich. »So was hab ich noch nie gemacht. Ich überlege, wen ich am besten anrufe.«

Trotz der blöden Situation muss ich grinsen. »Du brauchst niemanden anrufen. Ich weiß, wie das geht.«

Seine Augen werden rund. So muss ich ausgesehen haben, als er mir sagte, dass er ein Au-pair-Junge war. »Kennst du dich mit Autos aus?«

»Nicht besonders. Aber ich war öfter dabei, wenn mein Fr…« Ich schlucke. »Ein Freund von mir wechselt seine Sommer- und Winterreifen selbst, da habe ich manchmal geholfen.«

»Das ist ja super! Sag mir, was ich machen muss.« Erwartungsvoll heftet er den Blick auf mich, bereit, meine Anweisungen auszuführen.

»Also, äh …« Ich zeige mit dem Daumen Richtung Kofferraum. »Erst mal wär's gut, wenn wir das Ersatzrad hätten. Und das Zubehör.«

Mit einem schiefen Lächeln steht Lucien auf. »Ja, klar.«

Er öffnet den hinteren Teil des Wagens. Um an den Ersatzreifen zu gelangen, muss er einige Kisten ausladen. Ich packe mit an. Dann greife ich mir das Warndreieck und wandere geschätzte hundert Meter ab, um es an den Straßenrand zu stellen. Die Sonne brennt mir ungnädig auf den Kopf.

Als ich zurückkomme, hebt Lucien zwei Warnwesten in die Höhe. Wir hüllen uns darin ein und taxieren uns unsicher. Zwei Quadrate in Neongelb. Er hievt den Reifen aus dem Wagen, ich sortiere die Werkzeuge. Interessiert beobachtet er mein Tun und fragt mich nach den deutschen Bezeichnungen.

»Das heißt Radkreuz«, verkündige ich und halte das Teil in die Höhe. »Hier ist der Wagenheber, und das ist ein Drehmomentschlüssel.«

Lucien nickt fasziniert. »Dräh-momon-schlüs-säll.«

Er sagt das so unbeholfen und sieht dabei so andächtig aus, dass ich mich beherrschen muss, nicht loszukichern.

»Solche Wörter kann es nur in Deutschland geben«, sagt er nach einer Pause und lacht herzlich.

Überrascht falle ich mit ein. Das dunkle Timbre seines Lachens kitzelt in meinem Bauch und hat eine unverschämt ansteckende Wirkung auf mich. Bestimmt sind es die Nachwirkungen des Schreckens, dass wir überdreht sind. Es tut gut, die Spannung loszuwerden.

»Ist die Handbremse angezogen?«, frage ich, nachdem wir uns beruhigt haben. »Und schau bitte nach, ob der erste Gang eingelegt ist.«

Lucien verschwindet kurz im Wagen, derweil nehme ich die Radkappe des defekten Reifens ab. Der Gestank ist noch immer unangenehm, aber das Gummi ist inzwischen abgekühlt. Ich löse leicht die Radmuttern. Dann suche ich die Stelle, wo der Wagenheber angesetzt werden muss, und zeige sie Lucien, der daraufhin mit ein paar Handgriffen den Wagen aufbockt.

In diesem Moment nähert sich von der anderen Straßenseite ein Auto, verlangsamt das Tempo und kommt auf unserer Höhe zum Stehen. Der Fahrer lässt seine Scheibe herabsirren und ruft etwas auf Französisch. Lucien wehrt höflich mit den Händen ab. »Non merci. Cette femme çait quoi faire!«

*Diese Frau weiß, was zu tun ist.* In seiner Stimme schwingt Respekt mit, dabei betreibe ich hier weiß Gott kein Hexenwerk. Dass ihn das Thema Auto nicht die Bohne interessiert, macht ihn mir allerdings sympathisch.

Der andere hebt den Daumen, winkt und fährt davon. Es berührt mich, dass Lucien kein Problem damit hat, sich alles von mir erklären zu lassen. Tobias hätte diese Situation in seinem männlichen Stolz kaum zulassen können.

Tobias. Immer diese Gedanken an ihn, die sich in meinen Kopf schleichen, was auch um mich herum geschieht.

Ich versuche, mich zu konzentrieren, und löse die Radmuttern vollständig. Lucien hilft mir, den Reifen abzunehmen, und legt ihn zu Boden. Er rollt den Ersatz heran, gemeinsam drücken wir das neue Rad auf. Dann drehe ich die Schrauben nacheinander über Kreuz per Hand hinein und senke den Wagen wieder ab.

Ich reiche Lucien den *Drähmomonschlüssäll.* »Jetzt nur noch festziehen, und das war's!«

Während Lucien die Schrauben tiefer eindreht, treten die Adern an seinen Unterarmen hervor, und die Muskeln spielen unter seiner Haut. Ein Schweißtropfen rinnt ihm den Nacken hinab und verschwindet unter dem Hemdkragen.

Fertig. Lucien steht auf. Zufrieden sehen wir uns an.

»Ein Glück«, sagt er, »dass ich dich heute dabeihatte! Merci beaucoup.« Das Blau in seinen Augen funkelt wie Wasserperlen in der Sonne, über seine Wange zieht sich ein schwarzer Streifen, als hätte er Indianer gespielt. Ich widerstehe dem Impuls, die Kriegsbemalung sanft fortzuwischen.

Seine Worte hallen wohlig in mir nach, als wir längst wieder im Auto sitzen und unseren Weg fortsetzen.

Lucien sendet eine kurze Sprachnachricht an seinen Bruder, warum er später kommt. »Sie wundern sich sonst, wo ich bleibe«, erklärt er mir anschließend. »Ausgerechnet jetzt, wo eine Helferin krank ist.«

Mir kommt ein Gedanke. »Wie lange fällt sie eigentlich aus? Nur heute?«

»Eine Woche mindestens, sagt sie.«

»Und wenn du mir zeigst, was gemacht werden muss? Ich meine, ich kenne mich damit überhaupt nicht aus. Aber es würde mich interessieren, mal dabei zu sein.«

Lucien wendet mir erstaunt das Gesicht zu. »Im Ernst?«

Ich hebe die Hände in die Luft. »Warum nicht? Wenn du mir das zutraust?«

»Absolument! Aber du machst hier Urlaub und hattest schon genug Aufregung.«

Urlaub. Ja und nein. Doch ich werde nicht darauf eingehen, was mich letzten Endes hierher verschlagen hat. »Also«, beginne ich, »einen Versuch wäre es wert. Wenn ich mich doof anstelle, kannst du mich ja vom Feld jagen. Sieh es als meinen Dank fürs Fahren heute.«

»Non! Du hast schon viel getan.« Lucien schüttelt energisch den Kopf, und ich fürchte schon, dass er meine Unterstützung ablehnt. »Merci beaucoup, aber wenn du mithilfst, werde ich dich auch angemessen dafür bezahlen.«

»Okay, Deal!«, schlage ich sofort ein. Seine Antwort macht mich froh. Die Arbeit wird mich beschäftigen und ablenken. Eine wunderbare Lösung, denn außerdem kann ich dadurch meinen Aufenthalt noch besser finanzieren.

Den Rest der Fahrt verbringen wir weitestgehend stumm, was meiner Schläfrigkeit geschuldet ist. Immer wieder fallen mir die Augen zu, und Lucien ist sensibel genug, es zu bemerken. Eine Stille schwingt zwischen uns, die neu ist und ganz und gar nicht unbehaglich. Das Erlebnis von eben hat uns einander nähergebracht. Es ist ein Schweigen, mit dem ich mich wohlfühle.

Als wir mittags am Weingut ankommen, richte ich mich benommen auf und steige aus. Der Wechsel vom klimatisierten Wagen in die Wärme draußen haut mich im ersten Moment um. Hoffentlich erwartet Lucien nicht, dass ich sofort mit ihm an die Arbeit gehe.

Er holt meinen Trolley aus dem Auto und stellt ihn vor mir ab. Seine Augen mustern mich wieder, mit diesem Flackern, das ich vorhin schon wahrgenommen habe. Dann tippt er auf seine Wange. Dorthin, wo der schwarze Streifen ist, von dem er nichts weiß. »Ich glaube, du hast einen Sonnenbrand«, sagt er. »Du solltest einen Hut aufsetzen, wenn du mit in die Weinberge kommst.«

»Oh. Ich habe gar keinen dabei.«

»Dann gebe ich dir einen.«

»Das wäre lieb. Danke!«

»Morgen?«, fragt er beinah schüchtern.

Ich könnte ihn umarmen und nicke erleichtert. »Demain.«

Lucien lächelt.

*Morgen.*

# 17

Meine Entschlossenheit vom Vortag bröckelt, als mein Handywecker mich samstagmorgens um halb sieben aus dem Tiefschlaf reißt. Zu gerne würde ich mich umdrehen und weiterschlummern, doch der Morgen kriecht hell und unerbittlich ins Zimmer. Lucien hat mir keine Zeit angegeben, wann ich zum Helfen kommen soll. Wohl um mir den Freiraum und das »Urlaubsgefühl« nicht zu nehmen. Aber ich weiß, dass die Arbeit im Weinberg früh beginnt, und möchte keine Extrawurst.

Ich schwinge die Beine aus dem knarrenden Kingsizebett, die Fliesen unter meinen Füßen fühlen sich kühl an. Den Trolley habe ich gestern nach einer ausgiebigen Dusche ausgepackt und meine Sachen im Schrank verstaut. Ein Luxus, jetzt die vielen eigenen Kleidungsstücke durchzusehen. Ich entscheide mich für meine knielange Jeans und ein schlichtes, dunkles Top. Nach einem raschen Frühstück binde ich mein Haar im Nacken zusammen, stecke Wasser und einen Müsliriegel ein. Dann betrachte ich die vier Schuhpaare, die an der Wand neben dem Ausgang stehen. Sneakers, Flipflops,

Pumps – und die Sandalen, die ich für meine Zeit in Kalifornien gekauft hatte. Ich blocke den Anflug von Schmerz ab. Besser festes Schuhwerk für den Weinberg, also meine Sneakers.

Mit dem Schlüssel in der Hand trete ich nach draußen. Die Luft haucht mir ihre Morgenfrische ins Gesicht, die frühe Sonne blendet mich. Von ferne höre ich Stimmen, und irgendwo brummt ein Gefährt. Lucien und seine Helfer sind also wie erwartet auch schon auf den Beinen.

Der Kies knirscht unter meinen Schuhen, als ich mich in die Richtung bewege, aus der die Geräusche kommen. Ein Traktor nähert sich, doch meine Erwartung, Lucien am Steuer zu sehen, zerschlägt sich. Stattdessen hebt ein weißhaariger Mann in Unterhemd und zerbeulter Hose stumm die Hand zum Gruß. Seine Stirn wird von einem ausgefransten Strohhut beschattet. Trotzdem sind die nackten Schultern und sein Gesicht sonnengegerbt, die Haut wellt sich in groben Falten. Er sieht aus wie das Klischee eines südländischen Landwirtes, der zu viele Stunden seines Lebens dem gnadenlosen UV-Licht ausgesetzt war. Beim Schreiben war ich darauf bedacht, mit Klischees zu brechen, aber die Realität hält sie an jeder Straßenecke bereit. Das Drehbuch. Ob dieser Jack Garry nach dem ganzen Hin und Her das Interesse daran verloren hat? Statt zu grübeln, winke ich zu dem braun versengten Mann hinauf.

»Salut! Est-ce que c'est Lucien là-bas?«, rufe ich gegen das Motorengeräusch an und weise in die Landschaft.

Er nickt grinsend, entblößt dabei eine schmale Lücke

zwischen den Schneidezähnen. Mit ledrigen Fingern winkt er in Richtung des Weinhangs zu meiner Linken und rumpelt weiter.

Dort, wohin er gezeigt hat, sehe ich Farben durch die Vegetation blitzen – ein Grüppchen von Menschen. Lucien kann ich nicht sofort ausmachen. Erst als ich zwischen den parallel angelegten Weinstockreihen hindurchgehe, entdecke ich ihn etwa fünfzig Meter vor mir. Er wirkt konzentriert, während er die Weinblätter behutsam mit den Händen untersucht. Dabei redet er mit vier Mitarbeitern, drei sehr jungen Männern und einer Frau, und gibt ihnen wohl Anweisungen. Ich muss an den gestrigen Tag mit ihm denken und lächle. Als ich bei ihm bin, hellt sich sein Gesicht auf: »Salut und willkommen!«

»Bonjour«, sage ich ein bisschen förmlich und winke den Helfern zu, die im Begriff sind, sich zu zerstreuen. »Je suis Sarah.«

Die Franzosen grüßen herzlich zurück. Lucien erklärt ihnen kurz, dass ich die neue Helferin sei. Anscheinend hat er mich schon angekündigt, denn sie nicken verstehend, bevor sie sich endgültig in andere Reihen verteilen und von den Weinstöcken verschluckt werden. Trotz ihrer Freundlichkeit macht mich die Situation nervös. Was, wenn ich mich gleich dumm anstelle? Schließlich habe ich keine Ahnung von Weinpflege. Was zur Hölle hab ich mir dabei gedacht?

»Schön, dass du da bist, Sarah«, sagt Lucien jetzt, wie um mir die Zweifel zu nehmen. Ich mag es, wie er meinen Namen ausspricht, mit einem zu scharfen »S« und einem in die Länge gezogenen »a« am Ende. »Hast du uns also gefunden.«

»Ja. Der Mann auf dem Traktor hat mir den Weg gezeigt.«

»Das ist Pépin. Gärtner, Hausmeister und Mann für alles.«

»Alles klar. Also, was soll ich machen? Ich bin bereit!« In Wirklichkeit habe ich Muffensausen.

Lucien kneift prompt in gewohnter Manier die Brauen zusammen. »Mais non. Bist du nicht.«

Ehe ich begreife, was er meint, geht er einige Schritte von mir weg und zieht aus einem am Boden stehenden Plastikbehälter einen Strohhut. Es ist ein nostalgischer Florentiner mit einer schwarzen Bordüre, und ich frage mich, wo er so schnell dieses hübsche Teil für mich aufgetrieben hat. Lucien macht ein paar Schritte auf mich zu und drückt ihn mir sachte auf den Schopf, betrachtet mich kurz. Ein Anflug von Wehmut zieht durch sein Gesicht, den ich nicht recht deuten kann. Ich lächle unsicher.

»Jetzt bist du fertig.«

Ich taste nach der ungewohnten Kopfbedeckung. »Merci beaucoup!«

»Eine Helferin mit Sonnenstich kann ich hier nicht brauchen«, antwortet er schlicht. Er selbst trägt keinen Hut, das ist wohl auch unnötig. Sein dichtes Haar ersetzt jeden Schutz. »Deine Schuhe sind gut. Der Boden ist voller Geröll. Pass auf, dass du an steileren Stellen nicht ausrutschst.«

»Okay.«

»Alors.« Sein Körper strafft sich. »Im Moment sorgen wir dafür, dass die Weinstöcke richtig wachsen und gesund bleiben. Dafür müssen wir zuerst Geiztriebe ausbrechen. Nicht alle, nur die langen. So wie der hier.« Er umfasst einen dünnen biegsamen Zweig, der weiter als andere absteht. »Du erkennst einen Geiztrieb daran, dass er zwischen den Blattachseln herauswächst.« Sein Finger berührt die Wurzelstelle, ich beuge mich näher hin, um alles genau in Augenschein zu nehmen. Lucien bricht den Zweig mit einem leisen Knacken ab und wirft ihn in einen der großen Behälter.

»Dann sorgen wir dafür, dass die Trauben genug Luft haben.« Beinah zärtlich zieht er auf seiner Handinnenfläche eine Rebe hinter Blättern hervor. Sie hebt sich tiefgrün von seiner bronzenen Haut ab.

»Wie winzig die Früchte sind!«, rufe ich aus.

»Ja, die Befruchtung hat gerade erst stattgefunden. Zum Glück hatten wir keinen Regen. Das kann uns in dieser Phase Probleme machen.«

»Was ist das eigentlich für eine Beerensorte?«

»Grenache«, antwortet Lucien. »Eine rote Traube, aus der wir mit anderen Sorten Roséwein herstellen.« Vorsichtig lässt er die Rebe los. »Wichtig ist, wie gesagt, dass sie genug Luft hat, um sich gesund zu entwickeln. Deshalb nimmst du ein paar von den Blättern raus, die um die Beeren wachsen.« Er zupft einige Weinblätter ab, lässt sie in den Bottich rieseln. »Wenn du Laub mit braunen Stellen siehst, auch gleich weg damit.«

»Okay.«

»Wenn wir nicht gut auslichten, können sich Krankheiten bilden. Pilze zum Beispiel.« Lucien rupft und rupft. Dann führt er einige hängenden Triebe nach oben. »Die verbliebenen losen Zweige werden durch das Drahtgeflecht gezogen.« Er streckt sich und macht mir vor, wie ich sie aufbinden muss. »Die obersten Spitzen kneifst du ab. Sonst wachsen sie endlos, wir wollen aber eine gleichmäßige Laubwand. Das nennt man Gipfeln. Stellenweise macht Pépin das mit der Maschine. Hier ist es dafür zu unwegsam.«

Ich nicke. »Hmhm.«

»Außerdem mag ich es auch, mit den Händen zu arbeiten. Die Berührung mit dem, wovon ich lebe.«

Aufmerksam betrachte ich Luciens Gesicht, auf dem sich ein Ausdruck von Andacht abzeichnet. Ein schöner Gedanke – unmittelbarer Kontakt mit dem, wovon wir leben. Ich blicke an dem Weinstock hinauf, der sich stolz vor uns in die Höhe reckt. Betaste voller Respekt die festen, großen Blätter.

Lucien tritt einen Schritt hinter mich. »Willst du es mal versuchen?«

»Okay.« Zögerlich beginne ich, die nächste Pflanze nach Geiztrieben zu untersuchen. Umfasse einen Zweig, schaue Lucien fragend an.

Er nickt bestätigend.

Ich breche den Trieb am Ansatz aus, wie er es mir gezeigt hat, finde weitere. Dann entferne ich das Laub, das um die Trauben herumwächst. Binde einen Hauptzweig an den beiden oberen Drähten auf, kappe die Spitze.

Er hebt den Daumen. »Genau so!«, ermutigt er mich. »Du bist ein Naturtalent.« Lächelnd bewegt er sich von mir weg in eine andere Reihe. Schade, dass er schon geht.

Ich finde mich allein vor dem fremdartigen Gewächs wieder, das mir Achtung einflößt, so simpel alles aus Luciens Mund klingen mag. Was, wenn ich falsche Triebe auslichte? Oder zu wenig und Luciens Ernte damit ruiniere? Vor meinem geistigen Auge erscheint ein ganzes Meer von pilzverseuchten Pflanzen und frustrierten Franzosen, die vor leeren Gläsern sitzend nach Wein jammern.

Lucien muss mich beobachten, denn er ruft mir zu: »Vas-y, n'aie pas peur!« *Trau dich, hab keine Angst!* »Wenn du unsicher bist, frag mich einfach.«

»Mach ich.«

Ich atme durch und beginne. In den ersten Weinstöcken wühle ich unentschlossen herum, aus Angst, zu viel oder das Falsche wegzunehmen. Doch nach und nach werde ich sicherer, und der Bottich am Boden füllt sich mit immer mehr Grünzeug. Mit jedem Weinstock finde ich die überflüssigen Triebe schneller.

Einmal tritt Lucien zu mir heran und nickt anerkennend.

»Es sieht aus, als hättest du nie was anderes getan!« Dann zeigt er mir, wo ich den Behälter ausleeren kann, wenn er voll ist.

Tatsächlich entwickelt sich eine Art Routine, ein gewisser Rhythmus bei meinen Handgriffen. Die Zweige und Blätter gleiten bald wie von allein durch meine Finger, die irgendwann ein regelrechter Grünspan überzieht, und mit der Zeit scheint es mir, als würden sie mit dem Weinlaub verwachsen. Der Geruch von staubiger Erde dringt durch meine Nase, verbindet sich irgendwo mit meinem Inneren, und alles, was mich bedrückt, sinkt wie durch einen Brunnen von mir weg. Ich bücke mich, strecke mich und versuche den Blick in die Weite zu vermeiden, denn dann wird mir die Menge an tagelanger Arbeit bewusst, die uns allen noch bevorsteht. Ein Weinstock nach dem anderen, so wie einen Schritt vor den anderen setzen.

Wenn ich durstig bin, trinke ich Wasser, widme mich danach wieder den Sträuchern. Nicht einmal beim Sport zu Hause in Hamburg hatte ich das Gefühl, meine Gedanken derart leer zu fegen. Das Stroh auf meinem Kopf beginnt zu jucken, aber wenn ich den Hut abnehme, brennt die Hitze unbarmherzig auf meinen Schädel.

Zwischendrin legen wir eine gemeinsame Pause auf einer Mauer am Rand des Hanges ein, dicht am Haus von Lucien. Er verteilt kühle Getränke und Baguettes, und wir können uns aus einer großen Schale mit Obst und an anderen Snacks bedienen. Meinen krümeligen Müsliriegel brauche ich nicht, beste Verpflegung der Mitarbeiter ist hier selbstverständlich. Auch Kaffee in einer riesigen Thermoskanne steht bereit, doch dafür ist es mir inzwischen zu heiß. Obwohl ich mich heute Morgen eingecremt habe, kribbeln meine Arme von der Sonne. Ihre Strahlen kitzeln sanft auf der Haut wie die Beinchen eines Marienkäfers.

Pépin taucht auf und kaut hungrig, spricht im Unterschied zu den anderen wenig. Immerhin schaut er mich neugierig an. Seine Augen funkeln im Licht wie Bernsteine, und eine Welle stiller Sympathie schwappt zwischen uns. Sein Unterhemd ist schmutzig, und dennoch strahlt dieser alte Mann für mich eine unerhörte Würde aus.

So gut es geht, versuche ich den Gesprächen der anderen zu folgen, doch die Franzosen reden so schnell, dass mir im Nu der Kopf schwirrt. Mein Hilfe suchender Blick trifft Lucien, der ihn wortlos erwidert. Obwohl er abgearbeitet aussieht, wirkt er, als könnte er es kaum erwarten, sich wieder ins Grüne zu verdrücken. Anouk läuft benommen und wackelig zwischen den Helfern herum, macht einen Abstecher zu mir und stupst mich mit ihrer rosa Nase an. Ich kraule sie ausgiebig hinter den Ohren, bis ich mich zurücklehne und meine Sicht über die unbeschreibliche Landschaft gleiten lasse, die von den nimmermüden Zikadengesängen untermalt wird.

Lucien erhebt sich, um wieder an die Arbeit zu gehen. Ich folge ihm als Erste, spaziere hinter ihm her. Er bemerkt es und wartet auf mich. Das restliche Stück schlendern wir gemeinsam, einvernehmlich schweigend, bis ich in »meiner« Reihe stehe. Bevor ich weitermache, fische ich mein Handy hervor, an das ich die vergangenen Stunden keinen Gedanken mehr verschwendet habe. Keine Nachrichten. Natürlich, ich habe Tobias ja blockiert. Das soll kein Dauerzustand werden, und irgendwann muss ich mich der Situation stellen. Aber im Moment tut mir die Ablenkung gut.

Ich mache ein Selfie vor den Weinstöcken, dann ein Foto von den bezaubernden kleinen Beeren in meiner

Handfläche. Beide Bilder lade ich mit den Hashtags *France, Domainedevèbre* und *Nofilter* auf Instagram hoch.

Die anderen Helfer sind auch wieder in ihren Reihen, und ich mache mich wie sie erneut ans Werk. Die Arbeit mit den Händen, sie schenkt mir eine unbekannte meditative Ruhe. Als würde ich die alte Sarah hinter mir lassen, wenn ich zwischen den Reben verschwinde, und eine andere werden. Eine, die immer in mir gewohnt hat, von der ich vorher nur nichts wusste.

# 18

Wir arbeiten an diesem Samstag bis zum Mittag im Weinberg, dann entlässt uns Lucien ins Wochenende. Beim Abschied möchte ich ihm den Hut zurückgeben, doch er lehnt ab.

»Non, non. Behalt ihn. Du wirst ihn ja noch öfter brauchen.«

»Okay. Danke schön!«

»Ich habe dir zu danken.« Lucien hebt beide Hände in die Luft. »Du solltest den Wein auch mal probieren, für den du so fleißig arbeitest.«

»Stimmt. Cleo hat mir schon davon vorgeschwärmt. Wo kann ich ihn denn kaufen?«

»Du brauchst ihn nicht kaufen. Komm doch mal ins Kontor. Dann führe ich dich ein bisschen herum, und du kannst einen Schluck probieren.«

»Kontor?«

»So nennen wir es immer noch. Früher war da das Büro, dann wurde es verlegt und aus dem Raum eine Probierstube gemacht. Inzwischen ist sie meist geschlossen, aber wenn du mir vorher Bescheid gibst, könnten wir uns da treffen.«

Die Idee klingt verlockend. »Gerne!«

Er fasst sich in den Nacken und lässt das Grübchen in seiner Wange aufscheinen. »Alors, bis bald!«

»À bientôt!«, verabschiede ich mich.

Die Aussicht, mit Lucien eine Weinprobe zu machen, beschwingt meine Schritte. Kurz darauf trete ich mit einem Seufzer in meinen Bungalow, streife die Sneakers von meinen Füßen und lasse die verspannten Schultern kreisen. Die Arbeit hat Spaß gemacht, doch sie ist eine Knochenarbeit, die ich nicht gewohnt bin. Zumindest werden wohl andere Muskeln gefordert als im Fitnessstudio. Kurz entschlossen ziehe ich meinen Bikini an und drehe einige wohltuende Runden im Pool. Danach lasse ich mich zufrieden aufs Sofa fallen und lege die Beine hoch, in der Hand eine kalte Cola, die ich rasch leere. Ich rücke mir die Kissen im Nacken zurecht. Meine Muskeln kribbeln, und das Blut strömt spürbar durch meine Waden. Das Brennen in den Füßen lässt nach.

Mein Blick schweift durch den Raum. In diesem Moment könnte ich mir vorstellen, ewig hierzubleiben. Ich habe endlich alles bei mir, was ich zum Wohlfühlen brauche. Bücher, meinen Laptop, bequeme Kleidung. Kosmetik. Auf dem Couchtisch liegt das französische Lehrbuch, ich ziehe es zu mir heran und blättere darin. Morgen bin ich mit Margrit zum Lernen verabredet. Doch lange kann ich mich nicht konzentrieren.

Mein Insta-Post hat schon über fünfzig Herzchen bekommen. Ich scrolle durch die Kommentare. *Schicker Hut! – Sieht traumhaft aus, wünsche dir eine schöne Zeit. – Ich liebe Frankreich!* Dann springen mir ein nachdenkliches Emoji und ein rotes Fragezeichen von Kim ins Auge. Verdammt, ja. Sie und Flo haben keinen Schimmer, dass ich gar nicht in Kalifornien bin. Unsere Freunde habe ich über all die Ereignisse vernachlässigt. Ich öffne meine WhatsApp-Nachrichten. Kim ist mir bereits zuvorgekommen. *Hey, Sarah, haben wir was verpasst? Was machst du denn plötzlich in Frankreich?*

Oje! Die Sache mit Tobias wird die beiden bestürzen. Wahrscheinlich werden sie versuchen, zwischen uns zu vermitteln, denn unsere Freundschaft basiert nun mal auf vier Pfeilern, und die heißen Kim, Florian, Tobias, Sarah. Und es ist verdammt schwer, eine neue Balance zu finden, wenn ein Paar von zweien auseinandergeht.

*Auseinandergeht.* Das habe ich eben wirklich gedacht. Dabei mag ich das noch gar nicht zulassen. Wir haben bislang ja nicht mal miteinander geredet. Ich schließe die Augen, massiere meine Schläfen. Bis vor wenigen Minuten ging es mir blendend. Kaum denke ich an Tobias, geht meine Laune in den Keller. Wie konnte es nur so weit kommen?

*Ich konnte nicht nach Kalifornien. Mit Tobias ist gerade alles schwierig, ich brauche Abstand*, beginne ich. Ja, das ist gut. Nicht zu wertend und keine Details. Ich mag ihn nicht vor unseren gemeinsamen Freunden in die Pfanne hauen. Kim und Flo müssten sich dann auf irgendeine Seite schlagen, das möchte ich ihnen ersparen. *Bin spontan zu Cleo in die Provence geflogen*, fahre ich fort. *Hoffe, euch geht's gut. Ich weiß nicht, ob Tobias und ich das wieder hinbekommen. Aber macht euch keine Sorgen um mich. Ich wohne auf einem tollen Weingut und helfe bei der Arbeit. Fühlt euch gedrückt – einen Extrakuss an Frieda! Wenn ich in drei Wochen zurückkomme, hab ich was Schönes für sie im Gepäck.*

Ich gehe auf Senden und lehne mich zurück. Kims Antwort kommt prompt. *Was macht ihr denn für Sachen? Natürlich kriegt ihr das wieder hin, ihr gehört doch zusammen! Ruf mich an, wenn du reden möchtest. Drück dich!*

Ich bin ihr ehrlich dankbar und schicke drei Kusssmileys zurück. Mehr nicht. Wie soll ich ihr erklären, dass ich das Vertrauen in Tobias verloren habe, ohne ihn bloßzustellen? Es ist besser, mit Mella oder Cleo zu reden, wenn mir danach ist. Sie haben kaum eine Verbindung zu ihm, und ich brauche bei ihnen kein Blatt vor den Mund zu nehmen.

Nachts schlafe ich wie ein Murmeltier und wache an diesem Sonntagmorgen erst spät auf. Danach bin ich ausgeruht wie lange nicht mehr. Ich gönne mir ein ausgiebiges Frühstück mit Rührei auf der Terrasse, kröne meinen Toast mit einer leckeren Fleischpâté, die ich im Supermarkt entdeckt hatte. Nach dem Schwimmen liege ich mit einem Buch faul im Liegestuhl. Zwischendrin informiere ich endlich auch meine Eltern im Familienchat, dass ich Urlaub in der Provence bei Cleo mache. Zu erklären brauche ich nichts, denn von meiner ursprünglich geplanten Reise nach Kalifornien wissen sie ja gar nichts. Es vergeht einige Zeit, bis ich wie erwartet Mas aufgebrachte Antwort erhalte: *Urlaub, jetzt?! Du musst dich um eine Arbeit kümmern!!!* Ich seufze und tippe nur: *Macht euch keine Sorgen. Habe sogar einen Ferienjob. Lieben Gruß, Sarah.* Mella schaltet sich mit einem *Ich denk an dich, Küsschen* dazu, dann lege ich das Handy weg und brate weiter in der Sonne.

Am Nachmittag fahre ich mit Margrits Lehrbuch im Fahrradkorb hinab in den Ort, der am Sonntag eine unwirkliche Ruhe ausstrahlt. Das Restaurant ist noch geschlossen, aber am Hintereingang finde ich die Klingel zu Margrits Wohnung. Oben empfängt mich Cleos Mama mit gewohnter Herzlichkeit, und aus der Küche duftet es pikant. Ich wage nicht zu fragen, was Margrit da Leckeres gekocht hat, denn vielleicht ist es gar nicht für mich bestimmt.

Bei einem Glas Limonade widmen wir uns der französischen Grammatik. Wie schon in der Schule will sie mir einfach nicht in den Kopf. Margrit zeigt eine Engelsgeduld, fragt mich immer wieder dieselben unregelmäßigen Verben ab. Danach bittet sie mich, Texte auf Französisch vorzulesen, und feilt an meiner Aussprache.

Schließlich klatscht sie in die Hände. »Genug für heute, Kindchen! Ich hab uns eine Quiche vorbereitet. Wer arbeitet, muss auch essen.«

Wie konnte ich daran zweifeln, dass Margrit mich verwöhnen würde? »Das riecht schon die ganze Zeit unverschämt gut!«

Schnell helfe ich, Teller und Gabeln zu decken, damit Margrit nicht mit dem Rollator einen umständlichen Slalom bewältigen muss. Ihre Quiche schmeckt genauso wunderbar, wie sie riecht. Die Mischung aus Kräutern und Käse, grünem Spargel, Pilzen und Paprika ist in

Kombination mit dem zarten Teig ein Gedicht. Ich esse, bis ich fast platze.

»Die provenzalische Küche ist total lecker«, resümiere ich.

»Stimmt. Aber die deutsche ist auch nicht zu verachten. Was gäbe ich zum Beispiel für ein simples Vollkornbrot.«

»Wie auch immer, eure Delikatessen werden aus mir noch eine Tonne machen. Guck mal!« Ich kneife gespielt gequält in die Rolle an meinem Bauch.

»Unsinn!« Margrit schüttelt streng den Kopf. »Das Leben ist viel zu kurz, um sich über so was Gedanken zu machen. Die hübschesten Mädchen glauben, dass irgendwas an ihnen nicht in Ordnung sei. Schau dich an – da gibt es nichts zu beklagen!«

»Lieb von dir, Margrit.«

»Ich bin nicht lieb«, rügt sie mich erneut und sieht tatsächlich beinah böse aus, wie um jeden Zweifel an ihren Worten zu nehmen. »Ich sage nur die Wahrheit!«

»Du bist so aufbauend. Und ermutigend. Das warst du immer für mich.«

Ihr Blick wird wieder mild. Liebevoll tätschelt sie meine Finger. »Ich weiß. Wie geht es denn deinen Eltern?«

Sie spürt also genau, was ich andeuten will. Bei Margrit habe ich mich früher schon geborgen und angenommen gefühlt. Ein Zustand, den ich bis heute zu Hause vergeblich suche. Ma hat mir immer das Gefühl gegeben, dass Dinge, die ich mir vornehme, zum Scheitern verurteilt sind. Weil ich als Kind lieber Löcher in die Luft gestarrt oder gelesen habe, statt ihr zur Hand zu gehen. »Träumerin«, das war aus ihrem Mund ein Schimpfwort. Nie hatte ich die Gewissheit, einfach zu genügen. Margrit hat das all die Jahre bestimmt gemerkt, ohne es auszusprechen. Stattdessen war sie für mich da.

Ich erzähle ihr von meinen Eltern und meinem Leben in Hamburg. Davon, dass mir meine ungewisse Zukunft Sorge macht. Nicht nur, was meinen Beruf, sondern auch, was Tobias angeht.

Margrit hört aufmerksam zu. Beim Stichwort Tobias macht sie eine energische Handbewegung nach hinten über ihre Schulter. »Weg damit!«

Obwohl das eine harte Formulierung ist, bringt sie mich mit ihrer derben Geste zum Lachen. Als gälte es, Abfall zu entsorgen. Ich weiß nicht, warum sie sich ihrer Sache so sicher ist. Sie kennt Tobias gar nicht. Aber etwas an ihrer kompromisslosen Art lässt kaum Zweifel daran zu, dass sie recht hat.

»Und was deine berufliche Zukunft angeht«, fährt sie unbeirrt fort. »Sieh es als Chance, dich zu verändern. Zu wachsen! Natürlich, im Moment ist alles ungewiss. Das ist immer beängstigend. Andererseits liegt darin auch eine große Freiheit. Statt dich zu sorgen, solltest du dich fragen: Wohin will ich?«

»Aber ich war mit meiner Arbeit sehr zufrieden.« Ich kann nicht verhindern, dass sich meine Unterlippe wie im Trotz leicht hervorschiebt.

»Veränderungen wünschen wir uns selten. Wir sind viel zu bequem, um freiwillig etwas zu riskieren. Meistens werden wir zu unserem Glück gezwungen. Sag mir: Hast du einen Traum? Was wolltest du schon immer mal machen?« Mit diesen Worten lehnt sie sich lächelnd zurück und heftet ihren jadegrünen Blick erwartungsvoll auf mich.

»Hm.« Unschlüssig zucke ich mit den Schultern.

»Wo liegen deine Talente?«

»Na ja …« Ein Räuspern quält sich durch meine Kehle. »Vielleicht kann ich schreiben. Immerhin habe ich das Drehbuch verfasst. Und früher habe ich gern Gedichte gekritzelt.«

»Voilà!« Margrit lässt das Vogeltattoo auf ihrer Hand herumsausen. »Da hast du es.«

»Das waren allerdings eher Jugendsünden«, betone ich lachend. »Und so ein Drehbuch … Ich weiß nicht, ob ich mir das noch mal antun möchte.«

»Alles, was du gut machen möchtest, ist Arbeit.«

»Natürlich. Doch dann wäre mir eigentlich ein Roman lieber. Ich wollte tatsächlich schon immer mal einen schreiben.«

»Also schreibst du jetzt einen Roman!« Margrit strahlt, als wäre es das Leichteste von der Welt und ich nur zu verbohrt gewesen, des Rätsels Lösung zu erkennen.

»Wie kannst du mir so blind dazu raten?«, tadle ich sie im Spaß. »Du kannst ja gar nicht wissen, ob ich nicht eine furchtbare Stümperin bin!«

Sie lehnt sich wieder nach vorn und setzt eine eindringliche Miene auf. »Weil ich dich kenne, seit du zwölf Jahre alt warst. Und in deinen Augen etwas schlummert, von dem ich ganz sicher weiß, dass es ein Künstlerblick ist.«

Ihre Worte berühren mich. Obwohl sie naiv klingen oder gerade deshalb.

»Und meinst du allen Ernstes«, fährt sie fort, »dass ein Produzent aus Hollywood Interesse an deinem Drehbuch zeigen würde, wenn du kein Talent hättest?«

Da hat sie recht. Mir wird klar, dass ich mich bislang gar nicht richtig über diese Bestätigung freuen konnte. Mein Kummer hat all das überschattet.

»Stimmt«, erwidere ich zögerlich. »Ein Roman schreibt sich allerdings ganz anders. Davon abgesehen wäre das wahrscheinlich nichts, womit ich jemals Geld verdienen könnte. Höchstens eine Spielerei.«

»Das ist kein Argument. Das ganze Leben ist ein Spiel. Tu, was dich glücklich macht! Probier es wenigstens aus. Jetzt hast du Zeit dafür.«

»Ich denke darüber nach.«

»Sarah, was hast du zu verlieren?« Sie betont meinen Namen, als würde sie mich irgendwo aus einer finsteren Ecke herausrufen. »Außer eines Tages zu bereuen, dass du es nie versucht hast? Wenn es dein Wunsch ist – fang damit an, und zwar noch heute!«

Ihre Hartnäckigkeit ärgert mich zwar ein bisschen, lässt mein Herz aber auch freudig im Stakkato klopfen. Margrit kann anstrengend sein. Das hatte ich glatt vergessen. Sie ist so schrecklich stur und leidenschaftlich. Auf eine geradezu provozierende und doch unwiderstehliche Weise.

»Nur – eine Bedingung habe ich«, sagt sie jetzt fröhlich.

Ich hebe ermattet eine Augenbraue. »Die wäre?«

»Wenn dein Roman fertig ist, will ich im Nachwort erwähnt werden.«

Wir lachen, und Margrit schenkt uns Orangina nach. Den Whisky wird sie mir bestimmt später anbieten.

# 19

Nach dem Besuch bei Margrit muss ich alles daransetzen, rechtzeitig vor einem herannahenden Unwetter in meinem Haus anzukommen. Während ich mit dem Rad die Hügel zum Gut hinaufstrample, verdichten sich düstere Wolken am Himmel. Ein harscher Wind pustet mir den Rock bis unter das Kinn. Ich klemme ihn zwischen meine Schenkel und trete schneller in die Pedale.

Kaum erreiche ich den Hof, höre ich das erste dumpfe Grollen. Ich lehne das Fahrrad gegen die Hauswand, trete auf die überdachte Terrasse am Eingang und halte meine Nase in die ungewohnt bewegte Luft. Mein Badehandtuch hängt noch über dem Geländer, das die Terrasse einfasst, und bauscht sich sanft. Ich ziehe es zu mir heran und falte es zusammen. Die kleinen Blätter der Buchsbäume zittern. Dann fällt der Regen, plötzlich und heftig, und schließt mein Häuschen ein in einen Wald aus Wasserströmen. Vom Vordach lösen sich einzelne, dicke Tropfen, untermalen die Monotonie des Rauschens mit einem schwerfälligen Plätschern.

Ich fröstele, gehe ins Haus und ziehe mir eine Strickjacke über. Darin eingehüllt, stelle ich mich in die offene

Tür und lausche dem Donner, am Horizont blitzt es immer wieder auf. Was bedeutet dieser Wettereinbruch für die Weinreben? Hoffentlich ist die Wässerung hilfreich, nun, wo die Beeren zu wachsen beginnen. Unwillkürlich muss ich lächeln, ertappe mich bei einem Gefühl der Freude, nächste Woche mit der Arbeit weiterzumachen. Und bin verblüfft. Mein altes Leben ist weit weg, wird nie wieder so sein wie bisher. Aber dieser Moment umhüllt mich wie ein schützender Wattebausch und hält die Wehmut von mir fern.

Ich ziehe mein Handy aus der Tasche, lasse das Display aufleuchten. Mein Daumen scrollt nach dem Kontakt »Tobias«, streicht über seinen Namen. Verharrt. Sein Foto. Die Nummer. Margrits Worte kommen mir in den Sinn, die heftige Wegwerfbewegung, die sie über ihre Schulter machte. Ihr kompromissloser Gesichtsausdruck. Und ich belasse es bei der Blockierung, versenke das Telefon wieder. Ich brauche Zeit. Und wie viel ich davon benötige, bestimme ich allein.

Zurück im Haus, ziehe ich meinen Laptop aus der Schutzhülle und lege ihn auf den Küchentisch. Die Terrassentür lasse ich offen, genieße den Lufthauch und die Regengeräusche. *Also schreibst du jetzt einen Roman! Und zwar noch heute!*, hallt es in meinem Kopf.

Das Donnern draußen rollt näher heran. Es macht mir keine Angst, im Gegenteil. Ich verbinde schöne Erinnerungen damit. Mella und ich am Abend eines Sommertages. Wir sollten schon schlafen, obwohl es draußen noch hell war. Meine Schwester war heimlich zu mir herübergehuscht, weil ein Gewitter tobte. Durchs

Kinderzimmerfenster bestaunten wir die schweren Tropfen, welche die blauen Glockenblumen zum Nicken brachten. Und dann dachte ich mir mit Mella unter der Bettdecke die Geschichte von einem zornigen Wichtel aus, der in einer Blüte wohnt. Nach einem Unwetter macht er sich in den Himmel auf, um sich bei den unhöflichen Wolken zu beschweren, die seine Wohnstube mit Wasser fluten. Meine Schwester kicherte über den skurrilen kleinen Mann, und ich erzählte mehr über ihn. Bis Ma kam, mindestens so zornig wie der Wichtel, und uns ein für alle Mal auseinanderscheuchte. Jede in ihr eigenes Bett, damit endlich Ruhe einkehrte. Alles, was mit inneren Welten zu tun hatte, hielt sie für sinnlose Fantastereien. Dabei halfen sie uns, die Leerstellen, die ihre mangelnde Einfühlung in uns hinterließ, mit Farben zu füllen.

Vielleicht hat Margrit heute den Finger in die Wunde gelegt. Und mich damit, mehr als mir lieb ist, herausgefordert. Doch sie hat recht. Ich sollte es tatsächlich versuchen. Meine Zweifel vergessen. Tun, was mir guttut. Egal ob es nützlich ist oder Geld einbringt. Nun, wo Ma mit ihrer Strenge nicht mehr alles beiseitefegen kann, bin nur ich selbst mir im Weg.

Vor einiger Zeit habe ich mal eine Romanidee notiert. Und sie dann für das Drehbuch weit nach hinten geschoben. Irgendwo habe ich sogar ein paar Seiten damit gefüllt. Nur, wo habe ich die Datei abgelegt? Ich tippe Ordner an, suche weiter. Aber nichts. Ich habe meinem stillen Traum derart wenig Bedeutung beigemessen, dass ich ihm nicht mal auf dem Laptop einen auffindbaren

Platz zugewiesen habe. Vielleicht habe ich die Datei sogar gelöscht. Egal. Ich kann jederzeit etwas Neues beginnen. Das geht allerdings nicht sofort und nicht so einfach, wie Margrit sich das vorstellt. Also klappe ich den Computer zu. Nehme stattdessen ein paar Papierbögen, kaue auf meinem Stift herum. Eine Idee wäre ein Anfang. Natürlich geschieht in meinem Kopf – nichts. So funktioniert es einfach nicht. Und wenn ich wenigstens ein Gedicht schreibe?

Mutlos lasse ich den Stift auf den Tisch kullern und schließe die Augen. Doch dann, versunken in die Rhythmen des Regens, formen sich Worte in meinem Kopf. Sie sind nicht fertig, sie sind nichts Besonderes. Trotzdem lasse ich zu, dass ein paar Verse auf das Papier klecksen.

Aufgefangene Gedanken. Nicht mehr.

Aber auch nicht weniger.

*Wasserfall*

Dein Himmel wirft Regen ab,
wie Bäume im Herbst
Blatt um Blatt.

Zerschnittenes Meer,
salzlose Tränen
von irgendwoher.

Mein Herz,
nimmersatt,
trinkt sie leer.

# 20

Die nächsten Tage wiegen mich wie der Pendelschlag einer Standuhr. Ein Wechselspiel aus Arbeit an den Rebstöcken und entspannten Stunden, in denen ich schwimme, im Liegestuhl ausruhe oder mich weiter an Gedichten versuche. Es sind nur Fingerübungen, als müsste ich mein Hirn für ein größeres Schreibprojekt ölen. Wie meine Haut, bevor ich mich der Sonne hingebe.

Mit jeder Stunde im Weinberg fällt mir der Job leichter. Es ist befriedigend, mich vorzuarbeiten und danach zu überblicken, was ich geschafft habe. Meist ist Lucien in meiner Nähe, und ich genieße seine Gegenwart. Am Donnerstag komme ich auf seine Einladung für eine Weinverkostung zurück. Er und ich verabreden, uns nachher im ehemaligen Kontor zu treffen. Cleo darf ich gern mitbringen. Sie möchte mich am Abend besuchen – und witzelte, eine Weinprobe sei die perfekte Entschuldigung, dem Restaurant mal den Rücken zu kehren.

Als meine Freundin später mit dem Wagen vorfährt und ich ihr entgegengehe, kommt es mir vor, als hätte ich sie lange nicht gesehen. Dabei war unser Ausflug zum See erst letzte Woche. Sie steigt aus und winkt. Der dunkle Pagenschnitt schwingt mit jedem Schritt um ihr feines Gesicht, ihr Lächeln fliegt mir entgegen. Ich kenne die tollste Frau Frankreichs. Wir umarmen uns.

Fröhlich hakt sie sich bei mir unter. »Du hast Farbe bekommen!«

Ich halte meinen leicht getönten Arm gegen ihre tief gebräunte Haut. »Na, im Vergleich zu dir bin ich käseweiß!«

»Ich würde dir sofort was von meiner Farbe abgeben, wenn ich dafür deine blonden Haare haben könnte.«

»Das macht nur die viele Sonne hier. Obwohl ich bei der Arbeit einen Hut trage. Hat Lucien mir geschenkt.« Ich zwinkere.

Verblüfft schüttelt sie den Kopf. »Dieser Mann überrascht mich immer wieder. Gehen wir gleich rüber?«

»Einverstanden.«

Zusammen schlendern wir zu der roten Holztür mit dem Schild »Weinkontor«. Ein Raum mit gewölbter Decke empfängt uns, die rohen Natursteinwände werden von gedimmten Lichtstrahlern beleuchtet. Vor einer dunklen Holztheke stehen Barhocker, Flaschen sind in einem Regal aufgereiht. Auf schwarzen Tafeln sind mit weißer Schrift verschiedene Weinsorten und Preise aufgelistet. Weinfässer gruppieren sich als Tische an der gegenüberliegenden Wand. Das alles wirkt edel, nur der Geruch von Staub hängt in der Luft, und die zugehörigen Stühle sind in einer Ecke übereinandergestapelt, die Wände kahl. Sinnbild dafür, dass das Kontor selten geöffnet hat.

Ich rufe fragend Luciens Namen, nichts geschieht.

Cleo schnalzt mit der Zunge. »Tss, so kenne ich ihn.«

»Er hat bestimmt mitgekriegt, dass du gekommen bist, und ist gleich hier.«

»Oui, oui, Mesdames!« Lucien tritt durch eine Tür hinter der Theke ein. »Bin schon da. Bonsoir.«

Mein Herz wird leicht. Wie vertraut er mir in der kurzen Zeit, die wir uns kennen, bereits geworden ist.

»Salut! Was kannst du uns denn Schönes anbieten?«, kommt Cleo direkt zur Sache. »Eine Sorte, die ich noch nicht kenne?« Mit diesen Worten schiebt sie sich auf einen Barhocker.

Ich bleibe unschlüssig stehen, dachte eigentlich, Lucien würde uns erst mal herumführen. Zum Beispiel ins Weinlager. Doch Lucien nickt und weist mir den Platz neben Cleo zu. »Setz dich doch.«

Ich sehe zu, wie er eine gekühlte Flasche aus dem Kühlschrank zaubert. Sein volles Haar rutscht ihm in die Stirn, er streicht es nach hinten, nur damit es gleich wieder zurückfallen kann. Mit einer routinierten Bewegung entkorkt er den Wein und lässt ihn in drei kleine Gläser plätschern, die er aus dem Regal gezogen hat.

»A votre santé!« Er hebt sein Glas, in dem der Wein in einem zarten Roséton schimmert.

Cleo und ich trinken. Lucien belässt seinen Schluck einen Moment im Mund, zieht die Lippen nach vorn.

Er schmeckt wunderbar. Leicht und irgendwie nach Erdbeere, doch keinesfalls süß. Mir fehlen die Fachbegriffe, die Aromen korrekt zu benennen, deshalb sage ich einfach: »Très bien!«, *sehr gut*, und hoffe, den Wein damit ausreichend zu würdigen. Er ist mit nichts vergleichbar, was ich zu Hause in Hamburg ab und zu trinke. Ohnehin meist billigen Rotwein von Feinkost Albrecht.

Luciens schluckt den Wein erst jetzt und schaut fragend zu Cleo.

»Superbe! Ich habe dir nicht zu viel versprochen, oder, Sarah? Diese Weine sind der Hammer!« Sie zieht die Flasche zu sich heran, studiert das Etikett und tippt darauf. »Davon mit der nächsten Lieferung bitte drei Kisten.«

Lucien nickt erfreut.

»Ich nehme nachher auch gern was davon mit«, sage ich leiser.

Er lächelt mich an.

Die Eingangstür des Kontors geht auf, Cleo und ich wenden unsere Köpfe. Ein Mann kommt in Begleitung einer Frau herein, beide etwa in unserem Alter. Er wirft uns ein verspieltes Grinsen zu und zwinkert in Luciens Richtung. »Oh, tu n'est pas seul, hein?«

*Du bist nicht allein, was?*

»C'est mon frère«, erklärt Lucien. Sein Bruder also. »Antoine und seine Frau Estelle.«

Ich strecke meine Hand aus. »Sarah.«

Estelle nimmt sie entgegen und nickt freundlich. Eine zierliche blonde Frau, die feinen Haare zu einer lässigen Hochsteckfrisur gebunden. Dann begrüßt sie Cleo.

Antoine drückt auch meine Hand, fragt mich etwas auf Französisch.

Ich blinzle unsicher zu Lucien.

»Er fragt, ob du die Deutsche bist, die spontan als Arbeitskraft eingesprungen ist.«

»Oui, c'est moi«, erwidere ich lachend.

Antoine spendet mir symbolisch Beifall und wirft mir zwei dankbare Kusshände zu. An der Art, wie er und Cleo sich begrüßen, merke ich, dass sie sich kennen. Er und Estelle setzen sich zu uns, Antoine zieht die Flasche heran und gießt schwungvoll zwei Gläser für sich und seine Frau ein.

Da ist eine Ähnlichkeit zwischen ihm und Lucien, die nicht konkret fassbar ist. Ein gemeinsamer Zug um die Augen und Wangen, allerdings wirkt Antoine weniger ernst. Unbeschwerter und direkter. Wie eine gröbere Version seines Bruders, trotzdem genauso sympathisch. Seine Statur ist im Unterschied zu Luciens bärenhaft, die Haare kürzer geschnitten, die Lippen schmaler. Sein Deutsch, mit dem er mir nun entgegenkommt, ist fragmentarisch, wir unterhalten uns in einer Mischung aus deutschen Brocken, Englisch und Französisch. Das gelingt mit Antoine mühelos, sodass ich es bald nicht mehr wahrnehme. Er gestikuliert bei jedem Wort und tippt ungeduldig auf unsere Gläser, die wir seiner Meinung nach nicht schnell genug leeren.

Lucien schenkt allen nach, inzwischen hat er die Theke umrundet und sich auf unsere Seite gesetzt. Unsere Stühle bilden einen krummen Halbkreis, die Gläser halten wir locker in den Händen. Er ist, wie auch Estelle, eher zurückhaltend und lässt meist Antoine reden. Trotzdem scheint er das Beisammensein zu genießen, schaut von einem zum anderen. Antoine und seine Frau, erfahre ich, leben nicht mit auf dem Gut, sondern in einem Haus, das ebenfalls in den Bergen nicht weit von hier gelegen ist. Den Betrieb leiten die Brüder gemeinsam. Das hatte Lucien mir auch schon erzählt. Sie verteilen die Aufgaben nach ihren jeweiligen Stärken, berichtet Antoine. Er sei gern unterwegs und gut im Verhandeln, während sein großer Bruder die Abnehmer in der Nähe beliefere und sich ansonsten lieber im Grünzeug verstecke. Mit diesen Worten stupst er Lucien liebevoll gegen die Schulter und lacht schallend. Eine Weile reden sie unter sich, es gibt wohl Geschäftliches zu besprechen. Cleo und ich nutzen den Moment, uns über die vergangenen Tage zu unterhalten. Ich bringe meine Freundin auf Stand, dass ich den Kontakt zu Tobias vorläufig abgebrochen hätte und mir das sehr guttäte. Cleo bestärkt mich und klopft mir ermutigend auf den Oberschenkel.

Nach dem zweiten Glas wird mir warm, und ich lasse Cleo und Antoine über irgendwelche politischen Entwicklungen der Region fachsimpeln. Ich sehe mich noch einmal in dem Raum um. Vor allem die Steinwände in Kombination mit dem indirekten Licht lassen ihn gemütlich wirken.

»Gefällt es dir hier?«, höre ich Luciens Stimme, die trotz des Gewirrs um uns herum mein Ohr erreicht.

Ich fange seinen Blick auf. »Oh ja! Ich mag die rustikalen Wände. Schlicht und schön.«

»Merci.«

»Warum habt ihr meistens geschlossen? Das ist doch ein toller Ort hier, um Kunden anzulocken.«

Er hält seine Nase einen Tick zu lange ins Glas, trinkt. War meine Frage taktlos?

Sein Kehlkopf bewegt sich beim Schlucken auf und ab. »Ich musste … ich wollte vor einem Jahr ein bisschen kürzertreten. Nur für kleine Weinproben mache ich hier manchmal noch auf. Und für Menschen wie euch.«

Überrascht sehe ich ihn an. Es spricht viel Achtung aus ihm, obwohl wir uns kaum kennen. »Danke, ich weiß das zu schätzen!«

Antoine, Cleo und nun auch Estelle diskutieren noch immer angeregt über irgendetwas, das sich mir nicht erschließt. Luciens Bruder nickt heftig, während er sich ein weiteres Glas einschenkt. Dann schüttelt er energisch den Kopf über ein anderes Wort, das Cleo fallen lässt, und setzt zu einem neuen Wortschwall an. Sein Temperament ist mir sympathisch. Eigentlich bin ich davon ausgegangen, bei einer Weinverkostung würde nur genippt, vielleicht sogar ausgespuckt. Doch dieses Zusammentreffen entwickelt sich eher zu einem spontanen privaten Umtrunk.

»Möchtest du mehr sehen?«, fragt Lucien mich. »Ich könnte dir zum Beispiel zeigen, wo wir die Trauben pressen und den Most gären.«

»Ja, gerne!« Ich stelle mein Glas auf der Theke ab, rutsche wie Lucien vom Hocker. Kurz erkläre ich Cleo, bald zurück zu sein. Sie nickt beiläufig, um gleich weiterzudiskutieren. Ihre Wangen sind leicht gerötet. Estelle betrachtet mich mit einem nachdenklichen, aber wohlgesinnten Blick.

Mein Gesicht fühlt sich heiß an, und es ist eine Wohltat, mit Lucien durch die Tür hinter der Theke ins Kühle zu schlüpfen. Eine gewundene Treppe mit schmiedeeisernem Lauf führt in Richtung Keller. Zuerst bleiben wir jedoch im Erdgeschoss. Lucien geht mit mir in eine kleine Halle und zeigt mir verschiedene Maschinen, wobei er erzählt, was nach der Ernte alles mit den Trauben geschieht. Während wir uns der großen Presse nähern, erklärt er, dass die Beeren nur kurz in der Maische lagern. Deshalb würde der Wein seine helle Farbe erhalten und sich nicht so dunkel färben wie Rotwein. Die Presse sieht ein bisschen aus wie ein überdimensionierter metallener Sarg auf Füßen, und Rohre versenken sich von dort in die Tiefe.

»Von hier fließt der Most direkt nach unten in die Tanks.« Er fährt mit den Händen ein Stück die Leitungen entlang.

»Wie praktisch!« Ich hatte mir, wenn auch nicht ganz ernsthaft, einen nostalgischen Holzbottich vorgestellt, in dem Franzosen barfüßig herumtreten. Natürlich völlig antiquiert.

»Wenn sie im Herbst in Betrieb ist, muss sie jeden Abend gereinigt werden. Wegen der Schalenreste.«

»Hmhm.«

»Ich zeig dir mal den Keller.«

Wir verlassen die Halle und folgen der Treppe ins Untergeschoss. Dort stehen mehrere Metalltanks beieinander. Lucien klopft dagegen, was einen Höllenlärm macht, weil sie zurzeit leer sind. Er erzählt mir etwas zur Gärung, Filterung und Lagerung, die bei Roséwein nicht lange dauert, da man ihn jung trinkt. Stolz zeichnet sich in seinem Gesicht ab, er glüht geradezu von innen. Ich bewundere, dass er mit Leib und Seele Winzer ist und seine Bestimmung gefunden hat.

Im Stillen frage ich mich wieder: Was ist die meine? Vielleicht wirklich das Schreiben? Und plötzlich fühle ich mich klein, denn ich kenne die Antwort noch immer nicht.

Lucien reagiert verlegen auf mein Schweigen. Anscheinend hat er gemerkt, dass meine Gedanken abgeschweift sind. »Habe ich zu viel geredet?«

»Überhaupt nicht! Einen schönen Beruf hast du.«

Er sieht mir prüfend ins Gesicht. »Und du? Was machst du eigentlich beruflich in Deutschland?«

»Ich bin Buchhändlerin. Normalerweise.«

»Normalerweise?«

Für einen Moment zögere ich. »Der Laden, für den ich gearbeitet habe, musste schließen. Das ist der Grund, weshalb ich so lange hier sein kann.«

»Oh. Ich verstehe. Das ist schade. Und du weißt noch nicht, wie es weitergeht?«

»Genau.« Mehr ist dazu nicht zu sagen.

»Du magst also Bücher«, stellt er fest. »Die kommen bei mir gleich an zweiter Stelle.«

»Du liest auch gern?«, frage ich, um die Traurigkeit zu verbannen, die von mir Besitz ergreifen will. Vielleicht liegt das auch am Wein, der durch meine Blutbahnen strömt.

»Mais oui! Das habe ich von meiner Großmutter. Sie hat mir die Liebe zu Büchern vererbt.« Er lacht wehmütig. »Seit sie mir *Der kleine Häwelmann* vorgelesen hatte, war ich infiziert.«

»Theodor Storm. Oh ja. Eine schöne Geschichte.«

Lucien zeigt immer mehr Seiten von sich, mit denen ich nicht gerechnet hätte. Ich lächle ihn an, spüre aber, dass mein Mund schief hängt wie ein untergehendes Schiff. Gerade jetzt vermisse ich meine Arbeit schrecklich. Die Kinderhände, die neugierig nach den Bilderbüchern greifen.

Lucien scheint zu spüren, was in mir vorgeht. »Du findest bestimmt eine neue Stelle! Ich bin überzeugt, dass am Ende immer alles einen Sinn hat.«

Dabei wirkt er selbst oft grüblerisch. Was ihn wohl so beschäftigt? Unsere Blicke halten einander fest, fragend und vorsichtig. Hat er meine Zukunftsangst so gut durchschaut?

»Ich hoffe es«, antworte ich nur.

»Bestimmt!« Er strafft die Schultern. »Sollen wir wieder nach oben gehen? Ich habe einen anderen Wein, den du auch probieren solltest.«

»Gerne. Ich bin gespannt.«

Im Kontor ist es ruhiger geworden, als Lucien und ich zurückkehren. Für einen Moment schauen die drei uns an, die Gläser in ihren Händen sind leer. Lucien löst sein Versprechen ein und öffnet eine neue Flasche mit einem dunkel getönten Roséwein. Er schmeckt kräftiger, doch ich bevorzuge die erste, hellere Sorte. Cleo und Estelle nippen nur, denn sie müssen noch Auto fahren. Enthusiastisch erläutert Lucien mir, wie die unterschiedlichen Aromen zustande kommen, und ich habe das deutliche Gefühl, dass er mich ablenken und aus meinem Tief herausholen möchte. Wofür ich ihm dankbar bin, denn sein Plan geht schnell auf.

Antoine beobachtet ihn beim Sprechen und sieht amüsiert aus. Er macht eine flüsternde Bemerkung in Cleos Richtung, die ich trotzdem höre und sinngemäß mit »So gut ist mein Bruder selten drauf!« übersetze.

Estelle stupst ihren Mann am Arm und rügt ihn leise. »Tais-toi, il a ses raisons!« *Sei still, er hat seine Gründe.*

Lucien hat es nicht mitbekommen, er ist ganz in seinem Element. Kurz irritiert mich, was Estelle damit gemeint haben könnte, dann höre ich ihm weiter zu. Der Wein und Luciens Stimme lullen mich ein. Eine Weichheit liegt in seinen Augen, die mich wärmt. Es ist, als redete er nur mit mir. Ich habe mich lange nicht mehr so wohlgefühlt wie an diesem Abend.

Als Cleo unerwartet verkündet, langsam nach Hause zu müssen, bin ich überrascht, denn ich habe jedes Zeitgefühl verloren. Die Uhr an der Wand zeigt, dass es schon elf ist. Jetzt hatten wir gar keine Gelegenheit mehr, uns allein zu sprechen. Wir bedanken uns bei Lucien für den schönen Abend, er schiebt zwei Weinflaschen in eine Papiertüte und reicht sie mir. Als ich zahlen will, winkt er heftig ab.

Wir verabschieden uns auch von Estelle und Antoine, die kurz darauf vom Grundstück fahren. Cleo und ich stehen noch einen Moment an ihrem Wagen beisammen.

»Ihr versteht euch gut, Lucien und du«, bemerkt sie.

»Das stimmt. Dabei war er am Anfang ziemlich verschlossen.«

»Ja, er ist regelrecht aufgetaut.«

Dann fällt mir etwas ein. »Hast du gehört, was Estelle zu ihrem Mann gesagt hat?«

»Was denn?«

»Lucien habe seine Gründe, komisch zu sein, oder so ähnlich.«

»Ach so, das.« Cleo zuckt mit den Schultern. »Keine Ahnung, was genau sie damit meinte. Es gibt ein paar Gerüchte. Demnach hätte eigentlich eher seine Freundin Gründe, komisch zu sein. Nicht er.«

»Lucien hat eine Freundin?«

Ich weiß nicht, was mich daran verblüfft. Das ist ja naheliegend. Er ist ein attraktiver und interessanter Mann. Vielleicht doch die Frau, die mir neulich die Tür öffnete – diese Hélène? Dem Altersunterschied nach könnte sie eher seine Mutter sein.

»Er hatte eine.« Cleo senkt die Stimme. »Und sie haben ein Kind.«

»Echt?« Ich ziehe die Stirn kraus. Lucien ist Vater? »Und wieso habe ich hier noch nie eins gesehen?«

»Das ist es ja. Er soll seine Freundin mitsamt dem Baby vor die Tür gesetzt haben.«

»Oh!«

»Na ja, so wird es zumindest herumgetratscht. Auf jeden Fall ist die Freundin mit dem Kind ausgezogen. Keine Ahnung, was da los war. So nett Lucien manchmal ist«, Cleo wirft eine Hand in die Luft, »vielleicht kann er auch anders.«

»Wie alt ist denn das Kind?«

»Als sie sich trennten, vielleicht ein paar Monate. Ist aber schon eine Weile her. Seitdem soll er es nicht mehr besucht oder bei sich gehabt haben. Dabei kann so ein Zwerg doch nichts dafür, wenn die Eltern sich trennen, n'est-ce pas? Deshalb muss man sich trotzdem um sein Kind kümmern.«

»Ja. Natürlich.«

»Aber im Grunde geht uns das nichts an. Sein Wein bleibt erstklassig!« Cleo lacht.

Ich halte die Tüte mit den Flaschen hoch. »Ja, den werde ich genießen.«

»Hat er dir alles gezeigt?«

»Hat er. War interessant.«

Cleo nickt und gähnt. »Okay, Süße. Ich bin durch für heute. Lass uns bald wieder zusammen was machen, ja?«

»Auf jeden Fall!«

Wir umarmen uns, dann steigt sie ins Auto und fährt langsam den von Solarleuchten gesäumten Kiesweg hinunter. Ich schaue ihr nach, bis die Rücklichter von den Zypressen verschluckt werden.

Der nächtliche Himmel über mir ist sternenklar. Sie erscheinen mir vielzähliger und näher als in Hamburg. Ein Mückenschwarm wirbelt vorbei. Ich wende mich Richtung Gästehaus und inhaliere tief die laue Luft. Meine Schritte sind beinah lautlos, als ich spontan einen Abstecher über die Wiese mache, um einen Blick in das Tal zu werfen. An den Häusern, die sich in der Ferne aneinanderschmiegen, scheint aus einigen Fenstern noch heimeliges Licht. Und über alldem schwebt der abnehmende Halbmond. Was für ein friedvolles Panorama. Wie aus einem Bilderbuch. Ich setze mich auf einen Baumstumpf und stelle die Weintüte zu meinen Füßen ab. Es geht mir eigenartig nahe, was Cleo mir eben erzählt hat. Ob Lucien wirklich so ein schwieriger Mensch ist? Dass er sich angeblich nicht um sein Kind kümmert, kann ich gar nicht mit dem Bild vereinen, das ich von ihm habe.

So in meine Gedanken vertieft, verharre ich eine ganze Weile. Auf einmal höre ich von irgendwo Schritte im Dickicht. Sie klingen dumpf und langsam. Das befremdliche Schnauben macht mir unmissverständlich klar, dass es kein Mensch ist, der sich in dieser Nacht herumtreibt. Ganz in meiner Nähe.

Eine düstere Ahnung lässt mich erschauern. Ich stiere angestrengt und mit hämmerndem Herzen in die finsteren Umrisse der Bäume. Aus der Dunkelheit starrt ein Augenpaar zurück, in dem sich das Licht des Anwesens hinter mir reflektiert.

Vor mir steht ein Wildschwein. Ausgewachsen. Mächtig. Und völlig reglos.

# 21

Nicht bewegen! Das ist das Erste, was mir durch den Kopf schießt. Ruhe bewahren und verharren.

Wie das riesige Wildschwein, das noch immer fünf Meter vor mir am Gehölzrand steht und mich fixiert. Mein Po klebt bleischwer am Baumstumpf, mein Puls rennt dafür umso schneller. Im Magen klumpt die Angst, wird größer, rollt sich bis in den Hals hinauf, der mir eng wird. Verdammt, was soll ich bloß tun?

Auf jeden Fall vermeiden, dem Tier in die Augen zu sehen. Das sagt man zumindest bei Hunden. Sie könnten es als Drohung empfinden, gilt das auch für Wildschweine?

Doch ich kann nicht einfach hier sitzen bleiben, woanders hinsehen und hoffen, dass sich das Tier von alleine trollt. Irgendwas muss ich tun. So schnell wie möglich weglaufen? Aber was, wenn es hinter mir hergaloppiert? Habe ich dann eine Chance? Ich habe keine Ahnung, wie flink diese Tiere sein können. Lucien hatte nur davon gesprochen, dass sie gut springen können.

Warum habe ich ihn neulich im Auto nicht gefragt, wie man sich verhalten sollte, wenn sie einem begegnen? Was hatte er erzählt? Dass sie meistens friedlich seien, lediglich wenn sie Junge hätten oder mitten in der Nacht auf Menschen träfen, mit denen sie nicht gerechnet hätten, dann …

Es ist Nacht. Und ich bin ein Mensch.

Lucien. Er ist der Einzige, der gerade in meiner Nähe ist, nur wie soll ich ihn erreichen? Wenn ich nach ihm rufe, könnte es das Tier erschrecken und aggressiv machen.

Mein Handy. Langsam, ganz langsam fasse ich in meine Hosentasche, ziehe das Telefon hervor. Damit keine Lichtreflexe das Schwein verstören, verstecke ich das Display hinter meiner Hand, während ich Luciens Nummer mit zitternden Fingern heraussuche. Anzurufen traue ich mich nicht, dazu müsste ich sprechen, und wer weiß, was das mit dem Tier macht. Ich schreibe eine Nachricht an Lucien, mache in der Hast Tippfehler, aber er wird die Botschaft hoffentlich verstehen. Sofern er überhaupt noch wach ist und die Nachricht liest.

*SOS, bin uf Wiese mit Wildschwein. Was mach ih jetz?*

Mit klopfendem Herzen schicke ich den Hilferuf ab, seufze leise auf, als kurz darauf zwei blaue Haken erscheinen. Gott sei Dank! Er ist wach!

Doch ich sehe nicht, dass er zurückschreibt, stattdessen geht er offline. Lass mich bitte nicht hängen!

Das Tier macht zwei Schritte in meine Richtung, und ich halte den Atem an. Ein Schnauben fährt durch seine Nüstern. Mein Körper ist zum Zerreißen gespannt, mein Kopf droht zu platzen. Intuitiv ducke ich mich ein wenig. Vielleicht kann ich damit dem Schwein signalisieren, dass ich keine Gefahr bin.

In dem Moment höre ich den Kies hinter mir knirschen. Ich traue mich kaum, mich umzudrehen, blicke verkrampft über die Schulter. Lucien! Die Erleichterung hebt mich für einen kurzen Moment wie eine Welle aus dem Meer der Angst.

Lucien hebt den Zeigefinger an die Lippen, bedeutet mir, zu bleiben, wo ich bin, und schleicht in meine Richtung.

Das Wildschwein fixiert Lucien, geht einige Schritte, senkt den Kopf. Ich werte das als kein gutes Zeichen. Schon fühle ich Luciens Hand, die mich am Arm berührt. Eine Erlösung. In Zeitlupentempo erhebe ich mich und lasse mich in seine Richtung ziehen. Er sagt französische Worte, leise und beruhigend, mit tiefer Stimme. Mir ist nicht klar, ob seine Worte mir oder dem Tier gelten, doch sie verfehlen zumindest bei mir nicht ihre Wirkung. Immer weiter zieht er mich, bis ich halb hinter ihm bin.

Das Wildschwein grunzt, stampft auf, aber es greift nicht an. Eher scheint es zu sagen: Wehe, ihr kreuzt diese Linie hier, weg mit euch!

Lucien schützt mich. Hält beide Arme leicht ausgestellt vor mich, während er weiter besänftigend spricht. Ich verstehe keins der Worte, mit denen er das Tier zu beschwören versucht. Langsam tritt er einen Schritt zurück, weg von dem Wildschwein. So schleichen wir rückwärts, ich immer dicht hinter Lucien, mit gleichmäßigen Bewegungen, bis wir die zwei Stufen zu meiner Eingangsterrasse erreichen. Umfangen vom Metallgeländer, fühle ich mich halbwegs in Sicherheit, aber mein Herzschlag beruhigt sich nicht so schnell. Ich ziehe meinen Schlüssel hervor, um mit Lucien ins Haus flüchten zu können, falls das Vieh uns hinterherläuft. Bislang hat es sich nicht mehr vom Fleck wegbewegt. Der düstere Schemen des Wildschweins ist nach wie vor zu erahnen.

»Meine Güte«, flüstere ich. »Warum verschwindet es nicht endlich?«

Lucien sagt nichts. Er hält sein Gesicht konzentriert Richtung Waldrand gewandt. Stumm. Ich tue es ihm gleich, stelle mich neben ihn und schaue unverwandt nach dem Tier, während der Nachtwind um unsere Arme streicht. Was für eine seltsame Situation.

Endlich nehme ich eine Bewegung wahr. Wir hören Tritte. Dann wird der Schatten von den Bäumen verschluckt.

Hastig taste ich nach dem Lichtschalter an der Außenwand, um die Veranda zu beleuchten. Erlöst seufze ich auf. Lucien kneift in der plötzlichen Helligkeit die Augen zusammen.

»Danke, dass du so schnell da warst.« Die nachklingende Aufregung lässt meine Worte flattern. »Ich wusste nicht, was ich machen soll!«

»Du hast alles richtig gemacht«, antwortet er. »Ruhig bleiben. Normalerweise tun sie nichts.«

»Ich hatte keine Ahnung, ob es vielleicht Junge irgendwo hat. Und angreift. Aus Angst oder …« Meine Stimme verebbt. Noch immer geht ein Zittern durch meinen Körper. Lucien bemerkt es, denn er tritt zu mir heran, legt zaghaft eine Hand an meine Schulter.

Ich schlucke. Seine leise Berührung erreicht mich nur am Rande, so benommen fühle ich mich, obwohl die Gefahr vorüber ist. Die ganze Szene hat etwas in mir aufgewühlt.

Erst werde ich kaum gewahr, dass Lucien mich in seine Arme zieht. Einfach so. Er umschließt mich mit starkem Halt. Einen Moment stehen wir nur da. Erstaunt lausche ich seinem Herzschlag. Und das genügt. Der Druck weicht langsam von mir. Die Spannung fällt ab. Mein Atem beruhigt sich Zug um Zug. Ich lasse mich los. Alles. Eine Träne wird so schwer, dass mein Lid sie nicht mehr halten kann. Ich wehre mich nicht. Sie setzt ihren Weg bedächtig über meine Wange fort, bis der Stoff über Luciens Haut sie aufsaugt.

Vielleicht kann er das Nass spüren. Doch er regt sich nicht. Hält mich nur fest.

Ganz still.

Und ganz selbstverständlich.

# 22

Seit vergangenem Donnerstag betrachte ich Lucien als einen Freund. Kaum zu glauben, dass es möglich ist, derartig rasch Vertrauen zu entwickeln. Aber er hat mich an jenem Abend in mehrfacher Hinsicht aufgefangen. Wortwörtlich, in seinen Armen. Wir haben noch eine Weile zusammengestanden, uns dann verlegen voneinander verabschiedet. Ich gab ihm ein »Merci«, und er nickte stumm. Dass er nicht nachbohrte, was mich zum Weinen brachte, rechne ich ihm hoch an.

Wahrscheinlich glaubt er, es seien nur die Nerven mit mir durchgegangen. Doch da war mehr. Die Angst vor dem Wildschwein hatte hervorgespült, was ich seit meiner Reise hierher wie einen Felsblock mit mir herumtrage. Der ganze Kummer hat sich in dieser einen schweren Träne verdichtet. Es war das Gefühl, weder vor noch zurück zu können, das dieses Tier mir vor Augen führte. Ein Spiegel meiner Sorge um die Zukunft, die mich starr macht.

Die Blockierung von Tobias habe ich aufgehoben und ihm geschrieben, dass ich bereit für ein Gespräch sei. Es nützt nichts, wir haben Dinge zu klären. Unabhängig davon, ob es danach mit uns weitergeht. Wahrscheinlich eher nicht. Von Tobias kam nicht mehr als ein *Okay* zurück. Seitdem Funkstille. Ob er es vorher vergeblich versucht und nun beleidigt aufgegeben hat? Aber spräche das nicht auch eine deutliche Sprache?

Seitdem sind ein paar Tage vergangen, wir haben Dienstag. Ich war bei Margrit und habe auch Cleo und Nicolas wiedergesehen. Sie nahmen mich mit auf einen Ausflug nach Gordes. Ein bezauberndes altes Bergdorf, wo wir uns das Chateau ansahen und unter den Terrakottadächern der Häuser durch die Gassen flanierten. Für kommenden Samstag habe ich alle drei zum Grillen eingeladen, um mich zu revanchieren.

Noch immer helfe ich im Weinberg aus. Ab nächster Woche wird die Arbeitskraft, die ich vertrete, wieder zurück sein. Lucien sagt, ich könne gern weiterhin kommen, er scheint meine Unterstützung zu schätzen. Doch auch wenn ich das Geld gut brauchen könnte, möchte ich den Job nicht verlängern. Denn etwas ist in dieser Abgeschiedenheit mit mir geschehen. Ich habe endlich mit dem Roman begonnen. In den letzten zwei Wochen hier werde ich mir Zeit für das Schreiben nehmen.

Die Idee dazu kam mir vor einigen Nächten, als ich meine Erlebnisse in der Provence Revue passieren ließ. Ich dachte an die Fahrt mit Lucien nach Monaco. Unsere Panne, die das Eis zwischen uns gebrochen hatte. An sein unerhört ansteckendes Lachen. Und daran, dass all das nicht passiert wäre, wenn mein Trolley nicht irrgelaufen wäre. Schon hatte ich das Stichwort. Was geschieht eigentlich mit Koffern, die verloren gehen und niemals abgeholt werden? Vor ein paar Jahren habe ich eine Sendung gesehen, in der vergessene Koffer für das Publikum versteigert wurden. Danach erst wurde das Geheimnis gelüftet, was sich in ihnen verbarg. Damals habe ich mich gefragt: Wem gehörte die Tasche? Was erzählt der Inhalt über den Besitzer? Was mag geschehen sein, dass der- oder diejenige nie mehr nach dem Eigentum forschte? Es vielleicht nicht einmal vermisste oder nicht abholen konnte.

Die Geschichten von Fremden. Unterschiedlichste Schicksale und Begebenheiten, die ich zu einem Episodenroman zusammenführen möchte. Vielleicht haben alle Episoden ein Leitmotiv. Vielleicht sind alle Figuren miteinander verknüpft, ohne es zu wissen. Durch ein Gefühl, eine Gemeinsamkeit oder einen wiederkehrenden Gegenstand. Oder einen Gedanken. Ein Wort.

Das Ganze ist längst nicht ausgereift, aber es hat mir die nötige Inspiration gegeben. Inzwischen sind es schon zwanzig Seiten. Es ist, als hätte sich ein Ventil geöffnet.

Gerade habe ich eine weitere Seite geschrieben. Ich sitze auf meiner Terrasse vor dem Laptop. Neben mir ein Glas Cola und einige Papierbögen, die mit Notizen für den Roman und ein paar Gedichten bekritzelt sind. Es ist spät am Nachmittag, und die Sonne steht tief. Ich höre Pépin die letzten Arbeiten des Tages auf dem Grundstück verrichten, und eben verlässt eine füllige Frau mit Gummihandschuhen und einem Eimer Luciens Haus. Sicher die Reinigungskraft.

In diesem Moment wirbelt ein Windstoß einen meiner Notizzettel durch die Lüfte. Schnell stelle ich mein

Glas auf den Reststapel, bevor alles weggeweht wird. Ich versuche, den Zettel zu schnappen, der ausreißen will und immer weitergetragen wird. So schnell komme ich kaum hinterher.

Die Frau mit dem Putzeimer bemerkt mich und schaut überrascht dem merkwürdigen Papierflieger nach. Sie ruft mir etwas Unverständliches zu, ich versuche mich ihr zu erklären und will weiterlaufen. Doch ich habe den Zettel in dem kurzen Moment schon aus den Augen verloren. Schade!

Unbeirrt plappert die Frau auf mich ein, aber ich kann nur die Schultern hochziehen und lächle verlegen. Dann höre ich Schritte. Pépin kommt auf uns zu und hebt eine staubige Papiertüte in die Höhe, die mir bekannt vorkommt. Es ist eine von jenen, mit denen Lucien seine Weinflaschen verpackt, die hatte er mir gegeben, als …

»Regarde ce que j'ai trouvé!«, ruft Pépin der Angestellten zu, *schau mal, was ich gefunden habe!* Das Letzte, was ich verstehe, ist: »Le vin n'est pas si mal que ça!« Sein Lachen rollt von tief unten im Stakkato über seine Lippen. Er hat wohl gewitzelt, dass der Wein so schlecht nun auch nicht sei, dass man ihn in die Büsche werfen müsste.

Verdammt! Die Flaschen hatte ich völlig vergessen. Ich hatte sie vor der Begegnung mit dem Wildschwein ins Gras gestellt und dort stehen gelassen.

Also stammle ich: »C'est moi.« Mist, das ist falsch, es heißt: *Das bin ich.*

Pépin scheint trotzdem zu begreifen, er zeigt grinsend seine Zahnlücke und überreicht mir die Tüte ohne Zögern. Danach reden die beiden durcheinander, und ich gebe es auf, den Sinn zu erfassen. Stattdessen halte ich die Tüte hoch, sage brav: »Merci beaucoup«, und wende mich zum Gehen.

»Elle ne comprend rien, mais elle est sympa!«, ruft Pépin der Frau zu, und sie lachen einmütig.

Tatsächlich habe ich *das* durchaus kapiert und muss ebenfalls grinsen. *Sie versteht nichts, aber sie ist sympathisch!* Vielleicht zeigen die Lehrstunden mit Margrit doch schon ein bisschen Wirkung.

Zurück auf meiner Terrasse, versenke ich mich wieder ins Manuskript, neben mir ein Teller mit aufgeschnittenem Obst. Eine Hummel summt mit pummeliger Schwere um mich herum, die Lavendelzweige wippen im warmen Wind. Mittlerweile sind sie aufgeblüht und verströmen einen betörenden Duft. Ich vergesse die Zeit und merke erst, als die beginnende Abendröte den Himmel färbt, wie lange ich schon geschrieben habe. Erschöpft, aber zufrieden lehne ich mich zurück. Eben will ich meinen Kram zusammenraffen, als ich das Schlappen von Flipflops vernehme.

Ich habe mich nicht getäuscht. Es ist Lucien, in der Hand den zerknitterten Papierbogen, und mein Herz macht einen frechen Hüpfer. Unter beinah knielangen Jeansshorts schauen seine braunen, schlanken Beine hervor.

»Du hast den Zettel gefunden«, sage ich und stehe auf.

»Er gehört also dir?«

Ich weiß nicht recht, ob ich das Ganze unangenehm finden soll, habe ich doch keine Ahnung, welche meiner wirren Zeilen er da in die Höhe hält.

Er scheint meine Verlegenheit zu spüren, denn er gibt mir das Blatt mit einer entschuldigenden Geste zurück. »Es tut mir leid. Natürlich habe ich draufgeschaut, ich dachte, es könnte eine Rechnung von mir sein oder ein Lieferschein.«

»Klar! Vielen Dank fürs Bringen!«

Sein Blick streift den Tisch mit den anderen Notizen und dem aufgeklappten Laptop. »Du bist also nicht nur Buchhändlerin, sondern auch Schriftstellerin?«

Ich schüttle den Kopf. »Nein. So würde ich es nicht bezeichnen.«

»Aber du schreibst doch, n'est-ce pas?«

»Na ja«, winde ich mich, »was man so schreiben nennt.«

»Also bist du eine Schriftstellerin.« Lucien stellt das mit einer arglosen Bestimmtheit fest und bringt mich damit zum Lachen.

»Vielleicht.«

»Alors«, sagt er und zeigt auf das Papier in meiner Hand. »Wenn ich das sagen darf: Ich finde es sehr schön.«

»Oh!« Verstohlen schaue ich auf die Zeilen. Es ist das Regengedicht. Das erste, das ich hier geschrieben habe.

»Es klingt poetisch. Und wehmütig.«

Lucien macht mich erneut verlegen, ich weiß nicht, was ich antworten soll. »Merci.«

»Ich habe mir gleich gedacht, dass es deins ist.« Für

einen Moment taucht sein Blick tief in mich hinein. Es ist, als würde er in mir lesen.

»Das macht mir Mut«, sage ich. »Ich möchte den restlichen Urlaub nutzen, um zu schreiben. Zu Hause bin ich viel schneller abgelenkt.«

»Wann genau fliegst du denn zurück?«

»Am letzten Juniwochenende, denke ich. Ich hoffe auf einen Last-minute-Flug, auf den Tag genau kommt es nicht an. Wenn ich nichts kriege, fliege ich später oder fahre mit dem Zug.«

»Mit dem Zug ist es eine kleine Weltreise«, gibt er zu bedenken.

»Das macht nichts.«

»Da fällt mir ein: Wenn du so lange noch da bist, solltest du wissen, dass ich nächste Woche ein paar Tage wegmuss. Von Dienstag bis Freitag. Geschäftlich.«

»Alles klar.«

»Sollte es ein Problem geben, hast du ja meine Nummer.«

»Okay.«

»Oder du wendest dich an Pépin. Der schwirrt immer irgendwo hier herum. Er versorgt auch Anouk in der Zeit. Falls er es nicht wieder vergisst.« Lucien lacht.

»Wieso, ist er nicht zuverlässig?«

»Sagen wir so: Bei allem, was mit Gärtnern oder Arbeiten am Haus zu tun hat, ist Pépin der Beste. Aber er ist ein Eigenbrötler. Mit Tieren hat er's nicht so.«

»Ach so. Na ja, ich könnte mich auch um sie kümmern. Würde mir Spaß machen.«

»Wirklich?« Lucien wirkt überrascht, dann lächelt

er dankbar. »Auf die Idee bin ich gar nicht gekommen. Das wäre toll. Ich hätte ein viel besseres Gefühl dabei.«

»Mache ich gern.«

»Sie muss auch nicht unbedingt ausgeführt werden. Neuerdings kann sie nicht mehr so viel laufen, und ich habe eine Hundeklappe. Zweimal am Tag füttern reicht. Wäre das okay?«

»Na klar!«

»Prima. Dann würde ich dir den Schlüssel bringen, bevor ich fahre.«

Ich nicke zustimmend. Eine kurze Pause entsteht, und auf einmal komme ich mir unhöflich vor, Lucien nicht auf meine Terrasse zu bitten. »Möchtest du dich setzen?«, frage ich.

Lucien zögert erst. »Aber ich möchte dich nicht stören bei deiner Arbeit.«

»Ich war schon fertig für heute.« Demonstrativ klappe ich den Laptop zu, schaffe Platz auf dem Tisch, während Lucien sich setzt.

»Deinen Wein habe ich auch noch da«, fahre ich fort. »Pépin hat ihn vorhin gefunden, ich habe ihn gleich kalt gestellt. Möchtest du ein Glas?«

Verwirrt schaut Lucien mich an. »Gefunden? Wo?«

Ich kichere. »Hinten bei den Bäumen. Ich habe die Flaschen bei unserer Flucht vor dem Wildschwein auf der Wiese vergessen.«

»Du verlierst allerhand in diesen Bergen, n'est-ce pas?«, neckt er mich.

Lachend zucke ich mit den Schultern.

»Alors, dann lass uns testen, ob der Wein die Hitze überstanden hat.«

Ich bringe den Laptop und die Papiere ins Haus und hole den Wein nach draußen. Es ist schon gegen neun, die Sonne breitet ihr feuerrotes Kleid immer farbintensiver über den Hügeln aus. Ich entzünde eine flache Kerze, die nach Zitrus duftet. Angeblich soll das die Mücken fernhalten. Lucien sieht mir still zu, wie ich den Wein entkorke und einschenke. Dann setze ich mich zu ihm.

»Merci.« Er hebt sein Glas, in dem der Roséwein die Strahlen der Abendsonne glitzernd zurückwirft.

Ich proste ihm zu, der Tropfen schmeckt wunderbar weich. Die Hitze konnte ihm während seiner unfreiwilligen Lagerung im Gras nichts anhaben. Wir wenden die Köpfe dem Sonnenuntergang zu. Luciens Gesicht schimmert in dem feierlichen Licht.

»Ihr habt es unfassbar schön hier«, murmle ich.

»Ja. Das ist wahr. Inzwischen möchte ich nirgendwo anders mehr sein.«

Ich schaue ihn prüfend an und schlage die Beine übereinander. »War das mal anders? Damals nach der Schule, oder?«

Er nickt. Dann fragt er mich, was ich schon alles von der Gegend gesehen hätte.

»Allzu viel ist es nicht«, gebe ich zu. »Mit Cleo war ich am Lac de Sainte-Croix und neulich in Gordes. Ansonsten nur das, was ich mit dem Fahrrad erreichen kann. Ich habe von einem Wasserfall und einem Kloster gelesen. Beides möchte ich mir mal ansehen.«

»Oh, das Kloster liebe ich. Ein stiller Ort. Seid ihr auf dem See durch die Schlucht gefahren?«

Ich schüttle den Kopf.

»Aber das musst du! Es ist grandios!«

»Ja, das sagte Cleo auch. Es war ihr, glaube ich, bloß zu überlaufen.«

Nun reckt Lucien einen Finger in die Luft. »Ich weiß, wann man dort hinmuss. Am späten Nachmittag, eine Stunde, bevor der Bootsverleih schließt. Um die Zeit paddeln nur noch wenige hinaus.«

»Merke ich mir.« Ich nehme einen weiteren Schluck.

»Seid ihr von da auch in die Lavendelfelder gefahren?«

Entschuldigend hebe ich die Hände. »Non!«

Lucien setzt eine strenge Miene auf, doch ein Mundwinkel zuckt amüsiert. »Du musst sie aber sehen!«

»Stimmt.«

»Mehr noch: Du musst sie hören.«

Meine Brauen ziehen sich nach oben. »Hören?«

»Mais oui!« Er nimmt sein Glas, trinkt. »Ein Lavendelfeld hörst du.«

Ich stelle mir vor, dass es sanft im Wind knistert. Geheimnisvoll, und herrlich duftend.

»Du hast kein Auto hier, n'est-ce pas?«

»Ja, das ist das Problem. Cleo unternimmt gern was mit mir, nur hat sie natürlich viel zu tun. Ich bin aber auch gerne einfach hier, in dieser Idylle.«

»Das verstehe ich. Trotzdem, ein Urlaub in der Provence ohne Lavendelfeld, das geht nicht.«

Ich muss lachen. »Was passiert denn, wenn ich es nicht sehe? Oder höre?«

Lucien lehnt sich zu mir, und sein Atem streift mich sachte. »Du wirst dein Leben lang das Schönste vermissen.«

Seine Worte schicken mir eine wohlige Gänsehaut über die Haut. Mein Augenmerk springt rasch von ihm fort in die Landschaft.

»Ich fahre dich hin«, höre ich ihn sagen.

»Aber das kann ich nicht schon wieder annehmen!«, wehre ich mich halbherzig.

Er lächelt nur. »Du hast mir bei der Arbeit geholfen, jetzt versorgst du noch den Hund. Da darf ich mich wohl mit einem Ausflug revanchieren.«

Ich lächle zurück.

»Und vorher machen wir eine Bootsfahrt durch die Verdonschlucht.«

Mein Widerstand erlischt wie das letzte Sonnenlicht hinter den Bergen. »Okay. Ich freue mich.«

»Freitagnachmittag? Als krönenden Abschluss deiner Mithilfe?«

»In Ordnung!«

Wir heben unsere Gläser empor, in denen sich jetzt die flackernde Kerze spiegelt, und trinken sie schweigend aus.

Später am Abend suche ich nach einem günstigen Rückflug. Vertage es dann doch, die Angebote sind noch zu teuer. Ich hoffe, kurz vor der Abreise mehr Glück zu haben, und kreise den 29. Juni als Datum ein, plus minus einen Tag.

Dass Tobias sich nach wie vor nicht rührt, geht mir

dermaßen gegen den Strich, dass ich ihm nun doch eine weitere WhatsApp schreibe. *Ich habe viel über uns nachgedacht und weiß nicht, ob unsere Beziehung noch eine Chance hat. Wir sollten reden. Melde dich bitte.*

Ich warte eine geraume Weile ab, schaue auch im Bett immer wieder aufs Handy. Er liest es erst nach einer halben Stunde. *Ja, machen wir bald*, lautet seine knappe Antwort. Mehr schreibt er nicht. Es trifft mich mehr, als mir lieb ist, wie wenig er sich bemüht. Ich spiele kein Spiel mit ihm, glaubt er das etwa? Und hat er so wenig Angst, mich zu verlieren? Enttäuscht gehe ich off. Dann eben nicht. Besser, ich schlafe jetzt.

Als ich die Augen schließe, kommt mir der vergangene Abend mit Lucien in den Sinn. Sofort wird mir leichter ums Herz. Er möchte am Freitag mit mir diesen Ausflug machen. Bei dem Gedanken daran schwappt eine Welle aus Vorfreude durch meine Brust.

# 23

Die Fahrt in Luciens Auto Richtung See vergeht wie im Flug. Wir reden unentwegt, die Stimmung ist ausgelassen. Ich freue mich, als ich das blitzende Türkis des Sees unterhalb der Felsen wiederentdecke. Vergnügt schaue ich aus dem Fenster, registriere, wie anders ich mich heute fühle als an jenem Tag, der mich zum ersten Mal hierhin führte.

Diesmal geht es ein Stück weiter in Richtung Nordost, wo eine Brücke hoch über der Schlucht thront und Menschen in das tief unter ihnen glitzernde Wasser hinabblicken. Lucien steuert den Wagen kurz vorher links zum See hinab, wo wir auf einem sandigen Parkplatz eine enge Lücke finden. Wir steigen aus, ich klemme mir mein Handtuch zusammengerollt unter den Arm. Heute trage ich das gelbe Krinkelkleid mit den schmalen Trägern, das ich mir vor meiner Abreise gekauft hatte. Mit perlmuttschimmernden Nägeln schauen meine Zehen aus den Sandalen hervor. Ich habe sie extra frisch lackiert.

Lucien blickt mich mit einem Lächeln an, sagt aber nichts. Sein Top hängt lässig über den knappen Shorts.

Er öffnet den Kofferraum und holt einen vielversprechenden Korb daraus hervor. Offensichtlich hat er etwas zu trinken und zu essen eingepackt.

Die Spätnachmittagssonne scheint mir ins Gesicht, während wir ein paar Schritte zum Ufer des Sees laufen, direkt bis zur Anlegestelle, wo Tretboote vermietet werden. Von hier erfasse ich die eigentliche Weite des Sees. Beim Schwimmen neulich hatten wir in einer kleineren Bucht haltgemacht, der Eindruck ist nun ein ganz anderer.

Die Schlange vor den Booten ist überschaubar, und Lucien hält den Daumen hoch: »Was habe ich gesagt? Das ist die perfekte Zeit. Normalerweise kannst du hier ewig warten.«

»Perfekt!«, bestätige ich und möchte mich am liebsten bei ihm unterhaken. An seiner Seite fühle ich mich unbefangen und schwerelos.

Nach den nötigen Formalitäten steigt Lucien vor mir auf das nächste Boot, das frei wird, und stellt den Korb ab. Er reicht mir die Hand, und ich klettere hinterher. Seine Haut fühlt sich warm an und trocken. Sanft schaukeln wir hin und her, als wir uns nach vorne setzen. Das Boot hat ein kleines Liegedeck, und über eine Leiter am Heck kann man ins Wasser steigen.

Wellen wirbeln glucksend unter uns auf, als wir beide in die Pedale treten. Nach rechts in Richtung Schlucht, zu deren beiden Seiten sich die grün bewachsenen gigantischen Felsen zum Himmel emporwölben. Trotzdem wird die Schneise bis auf einige schattige Stellen von der Sonne beschienen. Wenige andere Boote und

Kanus schippern in gebührendem Abstand vorbei, die meisten sind auf dem Rückweg. Ein paar Mutige sind vom Boot aus in die Wellen geglitten und tauchen bei den Wasserfällen umher, die hier und da herabtosen.

Lucien zeigt stumm die Felswand zu unserer Rechten hinauf. Erst begreife ich nicht, was er meint, doch dann sehe ich es mit Schaudern. Zwei Adrenalinjunkies mit Kletterausrüstung hangeln sich in schwindelerregender Höhe am Gestein entlang. Lucien lacht, während unsere Füße immer weiter und weiter treten, im gleichen kreisenden Rhythmus. Ich lege den Kopf zurück, blicke in den Himmel und genieße den wunderbaren Moment.

Irgendwann steuert Lucien das Boot an eine Stelle, wo das Wasser hellgrün und einladend leuchtet. Er deutet hinab. »Schwimmen?«

»Hier? Jetzt?«, frage ich ungläubig.

Er lacht wieder, »Mais oui!«, und zieht schon sein Shirt über den Kopf, lässt es neben sich gleiten. Die Shorts streift er auch ab und steht vorsichtig auf.

Verstohlen blinzle ich zu ihm hinüber. Wow! Muskulös, trotzdem feingliedrig, dazu diese Bräune – er sieht umwerfend aus.

Nun streckt er mir seinen Arm entgegen, auf dem sich die Adern deutlich abheben. »Du nicht?«

»Wie ist das Wasser denn?« Zwar komme ich mir gerade blöd vor, aber in dieser Schlucht ist es bestimmt sehr kalt. Und – wie tief mag es hier sein?

»Probier es aus!«, sagt er grinsend.

»Okaaayy«, antworte ich zaghaft.

***Contract between Sarah Lambertz and …*** Mein Blick huscht weiter. Vertragsgegenstand: ***To a Special Someone.*** Mein Drehbuch. Tobias hat es verkauft.

Ungläubig starre ich ihn an, und er lacht triumphierend.

»Na, was sagst du?« Voller Erwartung funkelt er mich an.

»Du hast es wirklich getan!«, stottere ich.

»Verkauft ist es erst, wenn du unterschreibst.«

Ich schüttle fassungslos den Kopf. »Das kann ich nicht glauben!«

»Warte, bis du die Summe siehst. Blättere weiter!«

Meine Hände zittern, als ich die englischen Worte überfliege. Mein Kopf schwirrt von all den Paragrafen. Dann springt mir das Honorar ins Auge. Dreißigtausend Dollar.

Ich fasse mir an den Mund. Das ist … das kann doch nicht …

Tobias sieht mich nur an. Zufrieden. Und ich kann nicht anders. Seine Freude, sein Stolz sind aufrichtig. Und berechtigt.

Ich juble, lehne mich zu ihm hin und umarme ihn. Kein vernünftiger Satz kommt über meine Lippen, ich bin zu überwältigt. Spüre Tobias' Hände, die mir über den Rücken reiben. Er versenkt seine Nase in meinem Haar, riecht daran. »Du hast mir gefehlt!«, flüstert er.

Verdammt! Ja, er hat mir auch gefehlt. In den letzten Wochen allerdings immer weniger. Diese plötzliche Nähe geht mir bei aller Freude zu schnell. Wir haben viel zu klären.

Lucien zögert nicht, sondern springt vom Boot, taucht wieder empor und hechelt prustend. Sein Haar sieht triefnass beinah schwarz aus, er streift es sich aus der tropfenden Stirn. »Vas-y!«, ruft er mir zu. *Nur zu!*

Ich lasse meine Hand ins Wasser gleiten. Oh! Doch ich möchte nicht, dass er mich für eine Zimperliese hält. Also lege ich Sandalen und Kleid ab und stehe in dem Bikini da, den ich mir in Hamburg gekauft hatte. Er ist weiß mit blauen Blumenranken. Verspielte Kordeln halten Vorder- und Rückseite von Oberteil und Slip zusammen.

Luciens Gesicht kann nicht verbergen, dass ihm gefällt, was er sieht. Vorsichtig setze ich mich an den hinteren Bootsrand, lasse die Beine ins kalte Wasser hängen. Es pikst wie winzige Nadelstiche.

Lucien ist um das Boot herum zu mir geschwommen, wartet geduldig ab. Statt mich übermütig nass zu spritzen, wie ich es fast befürchtet habe, hebt er einladend die Hand aus dem Wasser. »Komm! Es ist herrlich, wenn du erst mal drin bist!«

Ich nicke. Atme ein und klettere auf die erste Stufe der Leiter. Lasse mich fallen und kreische auf. Kurz gehe ich mit dem Kopf unter, meine Beine rudern in die Tiefe. Schnell tauche ich wieder auf und schnappe nach Luft. Mein übermütiges Quieken wird von den Wänden zurückgeworfen.

Andere Ausflügler schippern grinsend an uns vorbei. Sie rufen irgendetwas, heben ihre Gläser in die Höhe und prosten uns zu. Lucien und ich winken zurück, schwimmen dann Seite an Seite einmal zum gegenüberliegenden Felsen und zurück. Unsere Haut ist von dem Kälteschock gerötet, und wir lachen uns an. Er hatte recht. Es ist herrlich. Nie zuvor habe ich mich derart frei gefühlt.

Luciens Lippen sind blau, und meine Zähne klappern, als wir wieder auf dem Boot sind. Er ergreift mein großes Handtuch und legt es mir fürsorglich um die Schultern. Ich ziehe die Zipfel nach vorne, kuschle mich darin ein und setze mich auf die Liegefläche, auf der ich die Beine Richtung Heck ausstrecken kann. Meinen Körper überzieht eine Gänsehaut. Lucien rubbelt sich nur mit seinem Handtuch durchs Haar, lässt sich neben mir nieder. Die Wasserperlen glänzen auf seiner dunklen Haut, rollen über sein Schlüsselbein hinab in Richtung Bauch und tiefer. Ich ziehe kaum hörbar die Luft ein. Dann rückt er den Korb für uns heran. Dankend nehme ich eine Cola von ihm entgegen, außerdem zaubert er zwei Sandwiches und eine Plastikschüssel mit Pfirsichstückchen hervor.

»Eine tolle Idee zu picknicken«, sage ich. »Ich hab leider gar nicht daran gedacht, was mitzunehmen.«

»Wir müssen uns doch stärken.« Beherzt beißt er vom Weißbrot ab. »Immerhin wollen wir gleich ja noch weiter.«

In diesem Moment beschließe ich, ihn Samstag mit zum Essen einzuladen.

»Hast du nicht Lust, morgen Abend zum Grillen zu kommen? Cleo besucht mich gegen sechs mit ihrem Freund und ihrer Mutter.«

»Mais oui!«, nimmt Lucien kauend die Einladung an.

»Gern! Kann Cleo sich denn samstagabends freinehmen?«

»Ja. Wenn keine Feiern oder Ähnliches anstehen, läuft der Laden auch mal ohne sie, sagt sie.«

»Okay. Soll ich was beisteuern?«

»Nicht nötig.«

Alles, was wir brauchen, habe ich schon mit dem Fahrrad besorgt. Ein Grill ist beim Bungalow vorhanden, und Grillkohle wollte Cleo mitbringen.

Die samtigen Pfirsiche schmecken tausendmal intensiver, als ich es von zu Hause gewohnt bin. Satt lehne ich mich zurück. Nach der Erfrischung im Wasser ist es eine Wohltat, sich in der Sonne wieder aufzuheizen.

Lucien blinzelt zu mir herunter. »Bleib liegen. Ich schaukle dich zurück.«

Ich nicke dankbar.

Das Boot eiert ein wenig, als er sich nach vorne begibt. Er wendet es und führt es gemächlich durch die Wellen, während ich hin und her gewiegt werde wie in einer Nussschale. Ich sehe die Stelle, wo wir geschwommen sind, sich mehr und mehr entfernen. Etwas daran macht mich melancholisch. Die schattigen Bereiche sind größer geworden, das Licht wird bald so fallen, dass es die Tiefe der Schlucht nicht mehr erreicht. Wir haben den letzten Sonnenmoment abgepasst.

Beinah sind wir auch die Letzten, die mit dem Boot zurückkommen. Kurz bevor wir das Ufer erreichen, ziehe ich mich wieder an. Mein Haar ist schon so gut wie trocken. Lucien hilft mir beim Aussteigen, in einer Hand den Korb.

Im Auto ist es brütend heiß, wir lassen die Fenster herab. Ich halte meinen Arm in den Fahrtwind, und weiter geht es Richtung Norden. Nach einer Viertelstunde lenkt er den Wagen von der Hauptstraße weg. Es geht um ein paar Kurven, bis er mich auffordert, meine Augen zu schließen. Erst denke ich, er macht einen Scherz, doch er lächelt wissend und wiederholt seine Bitte, sodass ich gespannt Folge leiste.

Bald merke ich, dass er den Wagen ausrollen lässt, er zieht die Handbremse. »Moment«, sagt er.

Ich höre ihn aussteigen, taste selbst nach dem Hebel an meiner Seite, aber da wird mir die Tür schon von außen geöffnet.

»Nicht gucken!«, vernehme ich Luciens Stimme. Er berührt meinen Arm, während ich aussteige. Ich fühle seine Nähe. Dann legt er die Hände auf meine Ohren, die leise zu rauschen beginnen, wie das Innere einer Muschel. So führt er mich ein paar Schritte vom Auto weg, und ich widerstehe dem Impuls, durch meine Lider zu linsen. Der Boden ändert sich unter meinen Sohlen, wird uneben, doch Lucien ist bei mir, und ich fühle mich sicher. Etwas kratzt an meinen Waden.

»Lass die Augen zu!«, befiehlt er und löst feierlich die Hände von meinen Ohren. »Nur hören!«

Und ich höre. Es ist völlig anders, als ich erwartet habe. Kein Rauschen in den Zweigen. Kaum ein Knistern. Was ich vernehme, ist ein unendliches Summen. Der riesige Chor von Insekten. Bienen vermute ich. In einer Anzahl, die unvorstellbar sein muss. Nie zuvor habe ich ein solches Konzert vernommen. Die Töne verweben sich mit dem Duft des Lavendels, der berauschend intensiv an meine Nase dringt.

Ich öffne die Augen und schaue in Luciens feierliches Gesicht. Lächle ihn an. Und wende den Kopf in die Weite. Es ist gewaltig. Ich bin sprachlos. Vor uns erstreckt sich ein endloses Lavendelfeld. In Wellen legt es sich über die langen Hügel. Eine violette Decke, die bis zum Horizont reicht und in der frühen Abendsonne in tiefem Purpur leuchtet. Ein paar Wölkchen neigen sich dem Lila zu, die Farben des Himmels tauchen die Szenerie in ein beinah mystisches Licht. Ein Band aus begrünten Hügeln legt sich zwischen Himmel und Lavendel, schafft dem Feld in der Ferne einen geschwungenen Rahmen. Mir steht der Mund offen. Lucien hat es gewusst. Ich habe nie, niemals zuvor etwas vergleichbar Schönes gesehen. Es sieht aus wie gemalt. So überwältigend, dass mein Atem schneller geht.

Oder liegt es an Lucien, der dicht bei mir steht, sodass ich neben dem Aroma der Blüten seinen schon vertrauten Duft wahrnehme? Er geht ein paar Schritte hinein ins Feld, ich vorsichtig hinterher. Dabei schaue ich zu Boden, denn wir müssen einige Zweige niedertreten, an denen die Bienen schwirren. Sie bleiben unbeirrt und friedlich. Als wir tief genug vorgedrungen sind, weit weg von der Landstraße, setzt Lucien sich hin. Blickt zu mir nach oben. Seine Augen funkeln mir entgegen.

»Du siehst wunderschön aus, in dem gelben Kleid, vor diesem Panorama. Mit der Sonne hinter deinem blonden Haar«, sagt er mit belegter Stimme.

Mein Herz will hüpfen. Ich schlucke und tue es Lucien gleich, setze mich auf den sandigen Boden. Wir sind ganz still. Ich lasse meinen Kopf an seine Schulter sinken. Wieder schließe ich die Augen, nehme den vibrierenden Summton der Insekten in mir auf. Lucien regt sich nicht. Dieser Moment ist unendlich, ich verliere das Zeitgefühl. Die Lavendelzweige kitzeln an meinen Beinen, die Bienen nehmen uns in ihrer Mitte auf, als wären wir ein Teil von ihnen. Irgendwann richtet Lucien sich kaum merklich auf. Ich hebe die Wange von seiner Schulter, nehme wahr, wie er mir sein Gesicht zuwendet. Sich mir zuneigt. Und dann geschieht es. Ich spüre seine Lippen auf meinen, sanft und fragend, innig und behutsam. Das Gefühl trifft mich unvorbereitet und doch auch nicht. Zaghaft zieht er seine Lippen zurück, verharrt mit dem Gesicht vor meinem. Es ist an mir, die zärtliche Frage zu bejahen. Oder zu verneinen.

Ich lege meine Hand an seine Wange, taste mit den Fingern die Haut entlang, fühle die Bartstoppeln, während mein Puls immer schneller geht. Ich sage Ja. Meine Lippen suchen die seinen, und wir versinken in einem langen Kuss. Luciens Zärtlichkeit überschwemmt mein Innerstes, ich vergesse alles, und mein Herz schwimmt mit ihm fort.

*Liebe, lavendelblau*

In ein Meer von Bienen
trittst du.
Dein Blick malt Wellen
von dir zu mir.

Ich, blind gestochen,
Du, mit Herzstriemen im Auge.

Wie ich dich sehen kann
durch unser Netz aus Narben.
Die Sonne webt Gold,
und Wind hebt uns an.

Überall Blütentau,
und endlos:
ein Kuss
aus Liebe,

lavendelblau.

# 24

Es ist Samstag. In den Stunden bis zum Abend, an dem meine Freunde und Lucien zum Essen kommen, gehe ich wie auf Wolken. Mein Hirn ist vernebelt, und der Verstand springt mir wie ein Kaninchen im Zickzack davon. Ich bin verwirrt, gleichzeitig tief beseelt.

Was ist gestern nur geschehen? Meine Gedanken zappeln durcheinander, umschlingen die Erinnerung an unseren Kuss. Diesen innigen, zärtlichen, der tiefes Begehren in mir weckte. Ich gab ihm nicht nach. Die verlegene Stimmung zwischen uns, als wir irgendwann den Rückweg antraten. Benommen und stumm.

Zum Abschied umarmten wir uns. Mehr nicht. Sagten: »Bis morgen!«

Abends, allein in meinem Gästehaus, habe ich den einzigartigen Moment mit Lucien im Lavendelfeld in einem Gedicht festgehalten. Ich war viel zu aufgewühlt, um weiter am Roman zu schreiben.

Und ich bin es noch. Ich habe keine Ahnung, wie wir uns nachher begegnen werden. Was der Kuss zu bedeuten hatte, wie er uns zueinander stellt. War er der romantischen Szenerie geschuldet und nicht weiter von

Belang? Ich weiß nicht, ob ich das erhoffen oder eher fürchten soll.

Ganz zu schweigen davon, dass die Situation mit Tobias ja in der Luft schwebt. Ob das unser endgültiges Beziehungs-Aus bedeutet? Habe ich mich so schnell entliebt, weil er mir zu wehgetan hat?

Ich wage keine Antwort auf diese Frage, konzentriere mich stattdessen auf meine Vorbereitungen für den Abend. Einen klassischen deutschen Kartoffelsalat möchte ich auf den Tisch bringen. Nach einem Rezept meiner Mutter, denn wenn sie eines kann, ist es dieser Salat. Dazu gibt es mariniertes Grillfleisch, Bratwürstchen und große Champignons, die ich mit Lauchzwiebeln und klein gehackten Tomaten befülle. Außerdem ziehe ich Auberginenscheiben, Paprika- und Zucchinistücke für den Grill auf Holzspieße.

Kurz vor sechs ist der Tisch draußen gedeckt. Soßen und Dips stehen schon darauf verteilt, Roséwein und Bier liegen im Kühlschrank. Beim Gedanken, gleich Lucien gegenüberzustehen, klopft mein Herz schneller. Nervös ziehe ich meinen kurzen Rock glatt, dazu trage ich eine ärmellose Bluse. Ich bin erleichtert, als ich Cleos Wagen höre, sie ist also vor Lucien hier. Meine Freundin ahnt nichts von den Geschehnissen gestern. Doch da ich selbst noch nicht weiß, wie ich mich dazu stellen soll, ist es vielleicht besser so.

Fröhlich gehe ich meinen Gästen entgegen, umarme Cleo und Nicolas. Er hebt Margrits Rollator aus dem Kofferraum. Cleo hilft ihrer Mutter aus dem Auto, die genießerisch ihr waches Gesicht in die Sonne hält und mir vergnügt zulächelt. Erst als sie sich halbwegs stabil gegen den Rollator stützt, wage ich es, auch sie zu umarmen. Dann helfe ich ihr die zwei Stufen zur Terrasse herauf und ziehe ihr den Stuhl zurecht, auf dem sie sich dankbar niederlässt.

»Wie herrlich das hier ist!«, stößt sie aus und schaut andächtig in die Landschaft. »Ein wunderbares Fleckchen.«

Ich versorge alle mit Getränken und stelle den Salat auf den Tisch, während Cleo und Nicolas sich um die Grillkohle kümmern. Die Flammen züngeln bald vor sich hin, als ich endlich Lucien entdecke, der sich uns nähert, natürlich mit zwei Weinflaschen bewaffnet.

Sein Blick saugt sich in meinen. Ich fühle, dass meine Wangen sich röten, und das liegt nicht an der heißen Kohlenglut.

»Bonsoir«, sagt er leise zu allen, hebt die Flaschen mit beiden Händen seitwärts in die Höhe.

Ich nehme sie ihm ab. »Danke!«

Er zeigt mir ein Lächeln, ich schicke ihm eins zurück.

Die anderen scheinen nichts von der Zartheit in unserem Umgang zu bemerken. Obwohl, eine doch. Margrit. Sie betrachtet uns aufmerksam, als würde sie konzentriert einer kaum hörbaren Konversation lauschen. Schon prostet sie wohlwollend mit ihrem Glas in unsere Richtung.

Lucien hilft mir drinnen, Fleisch und Grillgemüse auf einer Platte anzurichten, knisternde Spannung zwischen uns. Wir sprechen kaum. Worte würden uns zwingen, den Dingen eine Definition zu geben. Es wäre schade, diesen unwirklichen Schwebezustand zu beenden.

Draußen setzen wir uns zu den anderen, die munter durcheinanderplappern. Die Kohlenglut ist nun stark genug, und kurz darauf duftet das Essen verführerisch auf dem Rost. Der Wein fließt, nur Nicolas bevorzugt kaltes deutsches Bier. Er lobt den Kartoffelsalat in höchsten Tönen, die anderen stimmen mit ein. Wir reden meist Englisch, damit Nicolas sich nicht ausgeschlossen fühlen muss. Manchmal fordert mich Margrit im Spaß auf, einen Satz, der fällt, auf Französisch zu übersetzen. Das gelingt mir mal mehr, mal weniger, doch ich mache Fortschritte, denn Cleo reagiert mit einem anerkennenden Daumen hoch. Lucien scheint es auch zu gefallen, denn er betrachtet mich dabei mit einem andächtigen Gesichtsausdruck. Erst ist er zurückhaltend, das ist er in Gesellschaft mehrerer Menschen ja meistens. Aber er scheint sich wohlzufühlen und findet einen guten Draht zu Nicolas. Die beiden unterhalten sich angeregt über Musik. Sie mögen Kings of Convenience, so wie ich auch. Also holt Nicolas nach dem Essen seine Gitarre aus dem Auto und beginnt, einen Song dieser Band zu spielen. Die Klänge werden von der Abendluft empor- und weit über die Hänge getragen, es ist, als stünde die Zeit still. Lucien und ich stimmen mit in Nicolas' Gesang ein. *»Don't look back, don't think of the other places you should've been, it's a good thing that you came along with me … You'll shine like gold in the air of summer …«*

Cleo und Margrit lauschen andächtig. Auf meinen Armen bildet sich eine Gänsehaut. Die Harmonie, die mich hier umgibt, wird mir unendlich fehlen. Meine Brust zieht sich zusammen, wenn ich an meine Abreise denke, um die ich mich dringend kümmern muss. Ob ich will oder nicht.

Ich nehme mein Weinglas, während Nicolas weiterspielt. Werde gewahr, dass Lucien mich beobachtet. Er zieht eine Augenbraue in die Höhe, eine stumme Frage. Ich wedle leichthin mit der freien Hand. »Ich habe nur an meine Abreise gedacht«, erkläre ich leise. »Spätestens nächste Woche sollte ich einen Flug buchen.«

Lucien sieht mich an. Seine Lippen formen ein lautloses Wort. »Bleib!«

Es fliegt mir wie ein Pfeil mitten ins Herz. »Das würde ich zu gern«, flüstere ich.

»Dann tu es. Du meintest, es komme nicht auf das Datum an.«

Ich atme aus. »Es ist nur so, dass –«

»Du brauchst mir keine Miete zahlen. Könntest frei hier wohnen. Solange du willst.« Seinem Gesicht sehe ich an, dass ich ihm wirklich fehlen würde.

Margrit hat ihren Kopf zu uns gewendet und lächelt still.

»Danke, Lucien! Ich werde darüber nachdenken.«

Er lehnt sich nickend zurück, während Nicolas die letzten Takte zupft.

»Worum geht's?«, fragt Cleo.

Ihr Freund stellt seine Gitarre gegen das Geländer.

»Darum, ob ich eventuell länger hierbleibe.«

Cleo klatscht in die Hände. »Das wäre fantastisch! Mach das!«

Der Gedanke fühlt sich wunderbar an. »Ja, mal schauen.«

In diesem Moment hören wir das Geräusch heranrollender Wagenräder auf dem Kiesweg. Fragend schaue ich zu Lucien, er zuckt mit den Schultern. Vielleicht Antoine? Doch es ist ein Taxi.

»Wer kommt denn um diese Zeit mit dem Taxi hier an?«, fragt Cleo.

Der Wagen verharrt eine Weile bei laufendem Motor, nahe bei Luciens Haus. Als sich die Beifahrertür öffnet, steigt ein Mann mit einem Rucksack aus. Er steht mit dem Rücken zu uns, während er an Luciens beleuchteter Hausfassade hochsieht und das Taxi vom Hof fährt. Dann dreht er sich suchend um und entdeckt uns auf der von Teelichtern beleuchteten Terrasse.

Fassungslos erkenne ich ihn im Halbdunkel, den Mann mit dem Rucksack.

Es ist Tobias.

Lucien steht auf.

# 25

Halluziniere ich? Das kann nicht sein. Und doch. Es ist Tobias' federnder Gang, mit dem er auf uns zuläuft, die Hände in den Taschen seiner Jeans vergraben.

Niemand sagt ein Wort. Cleo blickt mich fragend an. Klar, sie hat ihn nie kennengelernt.

»Tobias«, flüstere ich, und ihre Augen weiten sich ungläubig.

Ich zwinge mich aus meiner Starre und stehe auf, stelle mich neben Lucien.

»Du bekommst Besuch?«, fragt er mich.

»Sieht ganz so aus.« Meine Stimme klingt belegt, ich schlucke. Gehe Tobias mit langsamen Schritten entgegen. Ich weiß nicht, ob mein Herzrasen ein Ausdruck von Freude oder Beklommenheit ist, ihn völlig unerwartet hier zu sehen. Vermutlich beides.

Ich höre Cleo und ihre Mutter hinter mir tuscheln, während sich Tobias' Gesicht immer deutlicher aus dem Dunkel schält. Ein Ausdruck von Triumph zeichnet sich darin ab. Er weiß, die Überraschung ist ihm gelungen.

Endlich steht er vor mir. Mit einem kecken Lächeln. Kaugummi kauend. »Hi, Sarah!«

Nie zuvor war ich derart sprachlos. Er schlingt seine Arme ganz selbstverständlich um mich, gibt mir einen Kuss.

Zögerlich erwidere ich seine Umarmung, sein vertrauter Geruch trifft mich mit Wucht. »Du bist ja verrückt«, stoße ich hervor.

»Klar. Das weißt du doch. Du sagtest, wir sollten reden.« Er breitet die Arme seitwärts aus. »Also, da bin ich!«

Ich kann nicht anders, als zu lachen, ganz benommen von dem Schock. Dann drehe ich mich zu den anderen um, die still die Szene beobachtet haben. Luciens Blick irrt zwischen Tobias und mir hin und her.

»Und ihr feiert ’ne Party?« Tobias steigt hinter mir die Stufen nach oben und grinst in die Runde. »Hi! Ich bin Tobias. Du musst Cleo sein, richtig?«

Meine Freundin nickt. »Salut.«

Nicolas hebt nur die Hand, Lucien entschließt sich nicht, sich wieder zu setzen. Stattdessen sagt er: »Alors, ich denke, es ist Zeit zu gehen. Das war ein schöner Abend. Merci und au revoir!« Er sieht mich kurz an, wendet sich ab und marschiert zu seinem Haus, ohne sich noch einmal umzudrehen.

Mein Herz sinkt zu Boden. Es stimmt. The party is over. Tobias scheint sich nicht an dem allgemeinen Unwohlsein zu stören, er lässt seinen Rucksack zu Boden gleiten und plumpst auf den Stuhl, auf dem vorher Lucien gesessen hat.

»Cet homme«, wendet Margrit sich bewusst nicht auf Deutsch an mich. »Est-ce que quelqu’un l’a invité?«

*Hat irgendwer diesen Mann eingeladen?* Ihre Stimme ist scharf wie ein Messer. Gut, dass Tobias kein Französisch kann. Doch wenn er es verstehen könnte, wäre es Margrit vermutlich egal. Sosehr ich ihre Ehrlichkeit schätze, die kann ich gerade nicht brauchen.

Ich schaue Cleo bittend an.

Sie begreift. »Maman, on y va. Les deux ont beaucoup à se dire.« *Gehen wir, die beiden haben viel zu besprechen.*

Margrit brummt nur, lässt sich aber von ihrer Tochter aufhelfen, nicht ohne Tobias einen tödlichen Blick zuzuwerfen. Nicolas greift sich seine Gitarre, wir verabschieden uns alle mit den üblichen Küsschen.

Tobias winkt allen unbeeindruckt fröhlich zu. Und ich frage mich, wie es sein kann, dass ihm die Stimmung nicht auffällt oder gar nicht unangenehm zu sein scheint. Doch ich müsste eigentlich glücklich darüber sein, ihn wiederzusehen. Er hat diese Reise auf sich genommen, um mit mir ins Reine zu kommen. Eine typische Tobias-Aktion, mit der er das Unmögliche möglich gemacht hat. Das, was ich immer besonders an ihm geliebt habe.

Das Auto von Cleo verschwindet hinter den Bäumen, und ich setze mich ratlos zu Tobias. Die Teelichter sind heruntergebrannt, bald werden sie ausgehen. Er weist über den Tisch mit den Resten: »Sieht lecker aus!«

Natürlich, er muss Hunger haben. »Warte. Ich hol dir einen Teller und Besteck.«

Ich bringe ihm auch ein Glas und schenke ihm Wein ein.

»Du bist ein Engel!«, sagt er und tätschelt meinen Po. Dann schiebt er Luciens leer gegessenen Teller beiseite, klebt seinen Kaugummi darauf und langt nach dem Kartoffelsalat.

»Das würde ich so nicht sagen.« Ich setze mich wieder.

Tobias ignoriert die Zwischentöne.

»Bist du direkt aus L. A. hierhergeflogen?«

»Genau«, sagt er kauend. »Wir haben ein paar Tage Drehpause. Da dachte ich, ich nutze die Zeit für uns!« Er zwinkert mir zu, spießt ein Stück erkaltetes Fleisch von der Grillplatte auf und lässt es auf seinen Teller fallen.

»Woher wusstest du denn, wo ich bin?«

»Na ja, wir haben gute Freunde, schon vergessen?« Er trinkt einen Schluck Wein.

»Kim?«

»Na klar Kim. Sie wollte erst nicht mit der Sprache rausrücken, aber als sie hörte, dass ich zu dir fliegen will, hat sie mir verraten, wo du steckst. Weil sie möchte, dass bei uns alles ins Lot kommt. Und ich möchte das auch.« Tobias nimmt meine Hand.

Ich lasse es zu, doch ich vermisse das Gefühl von Geborgenheit, das sonst damit einherging. Seine Finger fühlen sich wie Fremdkörper an.

»Ich hatte Kim aber gar nicht die Adresse gegeben«, erwidere ich.

Tobias nimmt die Hand wieder weg. »Köpfchen!« Er tippt sich gegen den Schädel. »Provence wusste ich ja schon von Kim. Dein Insta-Account hat mir den Rest verraten. Hashtag Domainedevèbre?«

Auf mich wirkt seine Geste derart selbstgefällig, dass ich innerlich rebelliere. Was erwartet er? Dass ich ihm nach allem, was war, vor Begeisterung über seine Kombinationsgabe um den Hals falle?

Tobias isst und isst, während mein Magen sich verkrampft.

»Du hättest nicht herkommen müssen. Es hätte schon gereicht, wenn du dich nur mal gemeldet hättest.«

Er lehnt sich entrüstet zurück. »Das habe ich! Mehrmals sogar. Du musst mich blockiert haben. Erst später konnte ich auch deine Accounts wieder einsehen.«

Ja. Ich hatte ihn blockiert. Aber nur für eine kurze Zeit. Und dann wollte er lieber seinen großen Auftritt inszenieren. Mir wird kalt. Ich sollte meine Strickjacke holen.

»Sarah.« Er tupft seinen Mund mit irgendeiner Serviette ab. »Kim hat mir auch erzählt, dass du eigentlich zu mir fliegen und mich überraschen wolltest. Das finde ich großartig! Da wurde mir klar, dass ich das alles nur wiedergutmachen kann, indem ich dasselbe für dich tue.«

Ich reibe mir über die Oberarme. »Ich weiß das zu schätzen, Tobias. Aber –«

»Bevor du weiterredest, warte bitte! Ich bin ja nicht mit leeren Händen gekommen.« Aus dem Rucksack zieht er eine Klemmmappe mit Papieren hervor. »Tadaa!«

In dem müden Lichtflackern der Teelichter kann ich nicht gleich erkennen, worum es genau geht. Bis ich an einigen fett gedruckten Zeilen hängen bleibe.

Also ziehe ich mich zurück. »Ich weiß nicht, was ich sagen soll. Das ist wunderbar!« Ich lege den Vertrag auf eine saubere Ecke des Tisches.

»Da gibt es noch was, das ich dir sagen will.« Tobias' Stimme wird feierlich, wieder beugt er sich über seinen Rucksack. Wühlt darin herum. Es ist ein kleines schwarzes Kästchen, das er kurz darauf in der Hand hält.

Bitte nicht. Bitte, bitte nicht.

Aber er tut es. Er geht auf die Knie. Wie in einem Hollywoodfilm älteren Datums, mit ihm als Hauptfigur. Er klappt die Schachtel auf, und im Schein der Flammen glitzern sternenförmig geschliffene Steinchen, eingefasst von einem schmalen Kranz aus ... ich schätze, Platin.

»Möchtest du Seite an Seite mit mir, Tobias Hofmann, dem angehenden Starregisseur, als erfolgreiche Drehbuchautorin durch die Galaxien Hollywoods fliegen?« Er sieht mir in die Augen, und ein scharfer Schmerz schießt durch mich hindurch.

Ich hole tief Luft. »Tobias, das ist alles furchtbar schmeichelhaft. Und toll. Wirklich. Aber weißt du, ich habe noch viele Fragen.«

»Klar, Sarah! Du brauchst auch erst mal gar nicht antworten.« Pragmatisch klappt er das Kästchen zu, steht vom Boden auf und lässt sich wieder auf dem Stuhl nieder.

»Der Ring ist wunderschön!«

»Ja, erinnerst du dich, was ich dir über L. A. erzählt habe?« Daran, dass Tobias so schnell plappert, kann ich erkennen, wie ihn meine Reaktion doch trifft. »Eine

Stadt, die ihr Funkeln sternenförmig ausstrahlt. Wie ein Diamant.«

Seine Worte berühren mich. »Das ist ein schöner Vergleich, Tobias. Und eine schöne Idee. Nur –«

»Klar! Kein Problem. Denk einfach drüber nach.«

Ich schaue ihn prüfend an.

»Boah!« Er fährt sich hektisch durch die Haare. »Jetzt merk ich den Jetlag.«

Die Sprunghaftigkeit, mit der er vom Thema ablenken will, irritiert mich. Will er wirklich nur überspielen, dass ich ihn verletzt habe? Oder gehen seine Gefühle nicht tief genug? Er müsste doch verstehen, dass ich nicht Ja zu seinem Antrag sagen kann, wenn noch so viel zwischen uns steht.

»Wo hast du denn eigentlich gebucht?«, frage ich, um auf seinen Themenwechsel einzugehen.

An der Art, wie er mich anschaut, wird mir klar, dass es keine Buchung gibt. Auch blöd von mir zu fragen. Ich meine, er bleibt Tobias. Offiziell nach wie vor mein Freund.

»Na ja. So kurzfristig habe ich hier in der Nähe nichts bekommen. Ist dein Haus nicht groß genug?« Ein schelmischer Ausdruck legt sich auf sein Gesicht.

»Doch, natürlich. Ich dachte bloß … Du konntest ja nicht wissen, ob du mich antriffst. Aber klar schläfst du bei mir.«

»Ist verdammt toll, die Gegend!« Tobias steht auf, stellt sich an das Geländer und starrt durch die Dunkelheit hinüber zu Luciens Anwesen. »War das eben der Winzer? Dem das alles hier gehört?«

Ich nicke stumm.

»Nicht schlecht, Herr Specht!«

»Wie lange wirst du denn bleiben?«, frage ich vorsichtig. Ich möchte, wenn irgend möglich, im Moment nicht mit ihm über Lucien sprechen.

Tobias dreht sich wieder zu mir um. »Nur bis übermorgen. Am Mittwoch geht es schon mit dem Dreh weiter.«

»Wie läuft es damit denn?«

Er winkt ab, setzt sich erneut. »Lass uns über was anderes reden. Das stresst mich gerade zu sehr. Hast du noch einen Wein? Der ist echt gut. Wir müssen schließlich auf deinen Vertrag anstoßen.«

Ich schenke uns beiden nach. Wir erheben die Gläser, sie klirren leise aneinander. »Danke, Tobias! Ich kann das noch gar nicht glauben. Du musst mir erzählen, wie es zu dem Vertrag gekommen ist. Und was da alles dranhängt.«

Und Tobias erzählt und erzählt. Er schmückt den Moment in bunten Farben aus, als die Zusage von Jack Garry kam. Der mir den Vertrag eigentlich online zuschicken wollte. Doch Tobias hat ihn davon überzeugt, was für ein einmaliger Moment es für mich werden würde, wenn er ihn mir persönlich brächte. Mir, seiner Verlobten.

Irgendwann drifte ich beim Zuhören ab. Tobias' Lippen bewegen sich, ohne dass ich die Worte höre. Sie reden um all das herum, was mir in Wahrheit auf der Seele brennt. Der Fehltritt mit der Urheberschaft ist doppelt und dreifach ausgebügelt. Gar keine Frage. Obwohl nach wie vor ein leiser, fieser Gedanke in mir kneift, ob es dazu auch gekommen wäre, wenn ich Tobias nicht unter Druck gesetzt hätte. Womöglich würde dann sein Name im Vertrag stehen.

Und da ist noch die Geschichte mit Monica, die mir keinen Frieden lässt. Irgendwann hebe ich die Hand, wie in der Schule, um mich zu Wort zu melden, und unterbreche Tobias' Wortfluss.

»Ja?« Er blickt mich an.

»Du hast das alles super für mich arrangiert. Ich bin dir echt dankbar. Aber wir müssen auch mal über Monica reden.«

»Monica?« Er zieht die Stirn in Falten, tut so, als müsste er überlegen, wer das ist.

»Eure Praktikantin«, entgegne ich trocken.

»Ach so, die!« Er stößt die Luft aus. »Vergiss die Ziege.«

Misstrauisch hebe ich eine Augenbraue. »Wieso Ziege? Du sagtest, sie habe nur eine Nacht bei dir geschlafen. Weil sie nicht mehr allein nach Hause wollte.«

»Na ja, eben. Ist doch egal, die Frau.«

Seine Reaktion kommt mir merkwürdig vor. Wenn alles angeblich unbedeutend war, warum sollte er sie dann so niedermachen? Es wirkt, als wäre er ihr wegen irgendetwas böse. Gleichzeitig tut er so, als erinnerte er sich kaum. Das passt überhaupt nicht zusammen.

Ich werde nun doch, sagen wir, zart wütend. »Jetzt hör auf, mich zu verarschen. Sie war nicht nur ein Gast. Und lag bei dir, als wir telefonierten. Darling! Das habe ich genau gehört!«

»Meine Güte!« Tobias wirft genervt die Hände in die Luft und verdreht die Augen. »In Amerika nennt man sich ständig so! Das hat da überhaupt keine Bedeutung. Jeder liebt jeden, und jeder ist Everybody's Darling.«

»Ich war selbst ein Jahr in den USA. Und weiß, wie manche Amis ticken. Aber dass eine berufliche Anfängerin ihren Kollegen Darling nennt, wäre mehr als ungewöhnlich. Sie klang rollig wie eine Katze! Du hast mit ihr geschlafen, oder?«

Tobias blinzelt nur.

Die Wut muss raus. Ich knalle mein Glas auf den Tisch. »Sei doch nicht so feige! Gib es wenigstens zu!«

Dass ich lauter werde, damit hat Tobias eindeutig nicht gerechnet. Und ich irgendwie auch nicht. Der Knoten ist geplatzt, ich sehe meinen Stolz von mir wegschlingern wie ein Stück Treibholz auf trübem Gewässer.

Für einen Moment sagt er nichts. Eines der Teelichter gibt auf und erlischt.

Dann höre ich ihn wie von ferne seufzen. »Meine Güte! Okay.«

Also doch. Ich bin nicht hysterisch.

»Was willst du jetzt hören, dass es keine Bedeutung hatte? Es hatte keine! Kein bisschen! Und für sie auch nicht. Sie hüpft längst bei anderen durch die Betten.«

In meinen Ohren rauscht es. »Soll ich dich jetzt darum bemitleiden?«

»Verdammt nein, so mein ich das nicht. Ich will dir nur zeigen – hey, du hast keinen Grund zur Eifersucht.«

»Ich habe keinen Grund?!«

»Sie ist 'ne dumme Tussi.« Wieder seufzt Tobias auf.

»Und ganz ehrlich, Sarah. Was hast du dir denn vorgestellt? Dass ich ein halbes Jahr auf Sex verzichte? Ich bin ein Mann.«

Mein Puls schnellt so hoch, gleich hüpft er über mich hinweg, auf und davon. »Allerdings, ja!«, gebe ich mit rauer Stimme zurück. »Das habe ich tatsächlich gehofft. Ich wäre gar nicht darauf gekommen, dass du das anders siehst. Und dann, als es passierte, hätte ich mir wenigstens gewünscht, dass du ehrlich mit mir umgehst! Und es bedauerst.«

»Ich wusste nicht, dass das so ein Problem für dich sein könnte.«

»Wie wäre es denn umgekehrt für dich?« Der Kuss mit Lucien. Lüge ich mir gerade in die Tasche? Ist das nicht vergleichbar?

»Wir sind halt länger räumlich getrennt«, sagt Tobias achselzuckend. »Da kann das schon passieren. Dir doch auch, obwohl Frauen vielleicht anders sind.«

Mir klingeln die Ohren. »Na, deine Monica scheint ja schon mal nicht anders zu sein! Und würde es dich nicht kratzen, wenn ich dich betrügen würde?«

»Toll würde ich's nicht finden. Aber ich würde damit klarkommen, irgendwie.«

»Aha. Gut zu wissen.« Trotzig lehne ich mich zurück. Diese Gleichgültigkeit, mit der er das sagt, schmettert mich nieder. Wo ist die Leidenschaft füreinander? Das Bedürfnis, den anderen mit nichts und niemandem zu teilen? Vielleicht sollte ich ihm mein Erlebnis mit »dem Winzer« um die Ohren hauen. Ich hätte nicht übel Lust dazu. Doch ich stoppe mich. Ja, ich werde ihm davon erzählen. Weil alles andere feige wäre und ich Unehrlichkeit nicht mag. Aber nicht in diesem Moment, wo es wie eine abgeschmackte Retourkutsche rüberkäme.

»Sarah, echt.« Er gähnt. Gähnt! »Ich bin ehrlich gesagt fix und fertig von der Reise. Lass uns uns mal beruhigen und pennen gehen. Wir können morgen weiterreden.«

Ich weiß nicht, ob ich überhaupt noch das Bedürfnis habe, mit ihm zu sprechen. Und erst recht möchte ich ihn nach seinem Geständnis nicht mehr bei mir übernachten lassen. Nur habe ich keine Wahl. In die Nacht hinausschicken werde ich ihn natürlich nicht.

»Im Wohnzimmer steht ein großes Sofa.« Ich zeige nach drinnen. »Da kannst du schlafen.«

»Auf dem Sofa? Hast du nicht …« Er fängt meinen Blick auf, der ihn zum Schweigen bringt. »Okay. Klar.«

Drinnen gebe ich ihm eine Wolldecke, die im Schrank lag. Kissen sind genug auf der Couch verteilt.

»Da drüben ist das Bad. Handtücher liegen parat.«

»Schicke Bude hier!« Er pfeift durch die Zähne, während er mit seiner Kulturtasche im Bad verschwindet. Wenig später höre ich die Dusche rauschen, und irgendwie sträuben sich mir die Nackenhaare. Ich räume den Tisch ab, stelle alles zum Spülen für morgen bereit. Die Mappe mit dem Vertrag nehme ich auch mit ins Haus.

Dreißigtausend Dollar. Mein Drehbuch. Es wird verfilmt. Wunderbar. Doch nach dem aufreibenden Gespräch mit Tobias fühlt sich alles unwirklich an.

Ich frage mich, wer dieser Mann ist, mit dem ich seit über zwei Jahren zusammen bin. Oder war. Für den ich bis vor Kurzem beinah alles getan hätte. Wie kann ein Mensch nur beides sein? Bemerkenswert und zugleich zum Kotzen?

# 26

In der Nacht schlafe ich kaum. Meine Gedanken rotieren.

Da ist zum einen die Freude über meinen Erfolg mit dem Drehbuch, der mit einem Schlag die Sorgen über das restliche Jahr zerschlagen hat. Ich werde genug Geld auf meinem Konto haben. Das schenkt mir Ruhe und Zeit, mich nach einem neuen Job umzusehen. Ich schrecke hoch. Verdammt! Mein bevorstehender Termin beim Arbeitsamt. Den hatte ich völlig vergessen. Doch unter den neuen Umständen kann ich die Beratung guten Gewissens verschieben und den Urlaub verlängern. Seufzend lege ich mich zurück. Das alles habe ich also Tobias zu verdanken. Und ich vergesse nicht, was er mit dieser Reise hierher auf sich genommen hat. Von dem Verlobungsring ganz zu schweigen.

Zum anderen bleiben da aber auch die Enttäuschung und Wut, über die ich nicht hinwegsehen kann. Die Ungerührtheit, mit der er mich über seine Ansichten von Treue aufklärte, hat mich erschreckt. Ich hatte als selbstverständlich vorausgesetzt, dass er ähnlich empfindet wie ich. Ganz davon abgesehen, dass er mich tatsächlich belogen hat nach dem Seitensprung. Knallhart. Selbst wenn ich ihm diesen Fehltritt verzeihe, wäre es nicht eine Frage der Zeit, bis es wieder geschieht? Wenn er derart leichtfertig lügen kann, würde ich es dann beim nächsten Mal überhaupt bemerken?

Ich höre Tobias im Nebenzimmer schnarchen. Früher hat mich das kaum gestört. Jetzt halte ich es kaum aus. Die ganze Situation fühlt sich fremd und falsch an. Wie weit weg wir sind von unseren verschmusten Stunden unter der Dachschräge in Hamburg. Unserem vertrauten Alltag.

Und was bedeutet mein Erlebnis mit Lucien für all das? War es nur eine Flucht, weg von meiner Beziehung? Ein unbedachter Augenblick? Ich glaube, nein. Und sollte ich deshalb ein schlechtes Gewissen haben? Vielleicht. Natürlich werde ich Tobias der Fairness halber davon erzählen. Morgen. Allerdings mag ich diesen Kuss nicht mit Tobias' Seitensprung vergleichen. Als er mich betrog, war zwischen uns alles eitel Sonnenschein. Zumindest glaubte ich das. Seitdem habe ich mich innerlich von ihm entfernt, wusste nicht, ob ich überhaupt mit ihm zusammenbleiben möchte. Davon abgesehen ist Lucien alles andere als eine dumme Nuss, wie anscheinend diese Monica. Sondern der sensibelste Mann, der mir seit Langem begegnet ist. Es war nicht nur der Augenblick. Ich fühle mich tief zu ihm hingezogen. Das ist der Grund, warum mein Herz bei der Erinnerung an unseren Tag am See und im Lavendelfeld schneller klopft.

Irgendwann nicke ich doch kurz ein, und der Schlaf ist wie ein Tod, aus dem ich erst gegen zehn Uhr am

Morgen erwache. Tobias schnarcht noch immer, als ich mich in meinen Morgenmantel hülle und auf leisen Sohlen in die Küche gehe, wo das reinste Chaos herrscht von gestern Abend. Ich koche erst mal Kaffee. Der Vertrag liegt nach wie vor auf dem Küchentisch. Ich setze mich, schlürfe das heiße Gebräu und lese die Paragrafen aufmerksam durch. Nicht alle Punkte verstehe ich, aber es ist ein Angebot, das sich im Optimum dessen bewegt, was ich als blutige Anfängerin erwarten kann. Das verdanke ich ohne Frage Tobias' Geschäftssinn. Mein allererstes Projekt überhaupt, und dann gleich so ein Treffer!

Mit zitternden Händen greife ich nach meinem Stift, setze meinen Namen auf die gestrichelte Linie. Ein Gefühl von Stolz, wie ich ihn noch nie empfunden habe, durchströmt mich. Es ist auch eine zweite Ausführung des Vertrags dabei, die ich ebenfalls unterschreibe.

Nebenan wühlt Tobias sich vom Sofa. Seine Gelenke knacken, wie immer, wenn er sich streckt. Nur in Boxershorts gekleidet, kommt er zu mir, mit verwuschelten Haaren, das Gesicht noch knitterig vom Schlaf. Ja, ich habe ihn geliebt, und etwas in mir liebt ihn noch. Das hört nicht einfach auf. Aber diese Stimme ist leise geworden.

Eben drückt er mir einen Kuss auf den Kopf und beugt sich über die Papierbögen.

»Du hast unterschrieben!«, stellt er zufrieden fest.

»Natürlich. Es ist ein Wahnsinnsangebot.«

»Absolut!« Er hebt den Daumen in die Höhe. »Und weißt du, was das Beste ist?«

»Na?«

Tobias macht eine Kunstpause, während er sich eine Tasse vom Regal nimmt und gluckernd Kaffee einschenkt. Er trinkt ihn schwarz, auch wie immer.

»Jack sprach von einer Filmidee, die er danach gern verwirklichen würde. Vorausgesetzt, es läuft gut. Er fände es großartig, wenn du das Drehbuch dafür schreibst.« Damit hebt er die Tasse in meine Richtung, als wollte er mit mir anstoßen.

»Puh ... im Ernst?« Ich weiß so schnell nicht, was ich dazu denken soll.

»Jupp!«

»Was ist das für eine Filmidee?«

Tobias winkt ab, lehnt noch immer mit der Hüfte gegen den Küchentresen. »Davon kann er dir selbst berichten. Ihr solltet euch kennenlernen, meinst du nicht?«

»Schon. Aber wie soll das so schnell gehen?« Gut. Man könnte skypen.

Nun zieht Tobias einen Stuhl heran, setzt sich. »Das ist es ja, was ich dir gestern eigentlich sagen wollte. Ich werde auswandern, Sarah. Nach L.A. Da liegt meine Zukunft. Und ich möchte sie mit dir verbringen!« Er nimmt meine Hand in seine beiden.

»Du möchtest – auswandern?«

»Ja. Ich weiß, dass es der richtige Weg ist. Für mich. Für uns! Ein kompletter Neuanfang, Sarah!«

Ich bleibe stumm, dafür meldet sich mein Puls wieder zu Wort. Tobias scheint zu denken, *für ihn* bedeute dasselbe wie *für uns.* Und mir bleibt nur die Wahl, ob ich ihn in *seine* Zukunft begleiten möchte oder nicht.

»Du musst das alles sehen und erleben. Komm mit

mir! Ich kann mir eine Karriere aufbauen, und du könntest weiter Drehbücher schreiben. Wir wären das neue Dream-Team Kaliforniens!« Seine Augen leuchten wie die eines kleinen Jungen, als schaute er einem Papierflieger hinterher, der einen kunstvollen Salto in der Luft macht.

Noch immer pochen mir die Adern am Hals. Ich winde mich. Und fühle mich völlig überrumpelt. Ein weiteres Mal. »Ich hatte das gestern gar nicht verstanden«, beginne ich vorsichtig. »Ich dachte, du sagst das einfach so, um einen Heiratsantrag hübsch zu verpacken.«

»Natürlich! So war es auch gemeint. Heirate mich, Sarah, und dann werden wir ein wunderbares Leben in L. A. führen.«

»Wow!«

Tobias versteht meine Ironie nicht, er nickt triumphierend. »Wäre das nicht großartig?«

»Sag mal …«

»Ja?«

»Ich meine, dein Entschluss steht fest, oder?«

»Felsenfest.«

»Ohne dass du je vorher mit mir darüber gesprochen hast.«

Er zieht einen Mundwinkel hoch. »Du hattest mich ja blockiert. Was ich dir immer noch ein bisschen übel nehme, aber Schwamm drüber.«

Mir entweicht ein kurzes Schnaufen. »Wer hier wem etwas übel nehmen könnte, lassen wir mal dahingestellt sein.«

»Na gut. Eins zu null für dich!« Er lacht.

»Ich wusste nicht, dass wir in einem fröhlichen Punktespiel sind«, erwidere ich trocken.

»Sarah, nun leg doch nicht immer alles auf die Goldwaage.«

»Gut.« Verbissen trinke ich von meinem Kaffee, der inzwischen lau ist. Würge den bitteren Geschmack herunter, der sich in meinem Mund gebildet hat. »Das heißt also, ich habe nur die Wahl, mit dir auszuwandern. Bliebe ich nämlich in Deutschland, würden wir uns trennen. Verstehe ich dich da richtig?«

»Schon irgendwie. Wie sollte unsere Beziehung auf Dauer funktionieren, mit dem Ozean zwischen uns?« Tobias zwinkert bedauernd. »Glaub mir, das würde mich sehr unglücklich machen. Tu mir das also bitte nicht an!«

Er hat das richtige Stichwort geliefert. Der Ozean zwischen uns, genauso fühlt es sich an. Und in diesem Moment glaube ich, dass ich dieses Meer niemals durchschwimmen könnte, selbst wenn ich mich bemühen würde. Tobias' Egozentrik ist größer, als ich dachte. Ich werde ihn nur erreichen können, wenn ich mich ihm anpasse und mein eigenes Glück zeit meines Lebens hintenanstelle.

Das kann ich auf Dauer nicht. Und ich kann auch nicht an der Seite eines Mannes leben, für den meine Bedürfnisse, wie das nach Treue, eine Nebensache darstellen. Dann würde ich permanent über einen Abgrund wandeln. Ich möchte meinem Partner vertrauen können. Tobias möchte alles so unkompliziert wie möglich haben. Im Grunde sollte mich das nicht überraschen, so kenne ich ihn ja. In manchen Bereichen kann das hilfreich und befreiend sein. Aber nicht in puncto Beziehung. Nicht für mich.

Während ich wie gelähmt am Küchentisch sitze, in der Hand die Tasse mit kaltem Kaffee, und sich diese Erkenntnis schwer auf meine Schultern legt, steht Tobias vom Stuhl auf und schaut in den Kühlschrank.

»Ich hab einen Bärenhunger. Du hast Toast da und Eier. Bock auf Rührei?«

Ich schüttle den Kopf, verspüre null Appetit. Wie soll ich ihm sagen, dass es keine Perspektive für uns gibt? Und wie soll ich die Zeit bis morgen, bis zum Abschied, überstehen?

Nachdem Tobias gefrühstückt hat, bewältigen wir das Küchenchaos. Ich spüle, er trocknet ab. Von außen betrachtet könnte man meinen, wir seien ein harmonisches Paar.

Es kommt mir entgegen, dass Tobias keinerlei Ambitionen hat, etwas zu unternehmen. Weil er in Kalifornien genug auf Achse und sein Bedarf an Sightseeing gedeckt sei. Er hat eine Badehose dabei und aalt sich lieber im Pool. Sonnt sich. Statt mich daneben zu legen, verstecke ich mich ein paar Meter von ihm entfernt auf der Terrasse hinter meinem Manuskript. Natürlich komme ich nur schlecht voran. Immer wieder blinzle ich zu ihm hin und versuche meine Gefühle zu ordnen.

Am Nachmittag machen wir einen kleinen Spaziergang über die Hügel. Wir reden kaum. Auf dem Weg zurück nimmt Tobias meine Hand. Obwohl mir unwohl dabei ist, entziehe ich sie ihm nicht. Wir sind schon fast am Gästehaus angelangt, als ich schräg hinter uns Lucien entdecke. Er steht an seinem Auto und schaut uns mit ernster Miene nach, die Brauen zusammengezogen. Mein Herz poltert. Tobias zieht mich in die ganz falsche Richtung. Wenig später höre ich Luciens Wagen starten und davonbrausen, Tobias winkt ihm mit einem Schulterblick kurz hinterher.

Die Situation ist völlig verfahren. So geht das alles nicht. Ich ziehe meine Hand aus seiner.

»Tobias.« Wir bleiben stehen.

Er schaut mich erwartungsvoll an.

»Es tut mir leid. Aber ich muss dir etwas sagen.«

Bestürzung zeichnet sich auf seinem Gesicht ab. »Du kommst nicht mit nach Kalifornien. Stimmt's?«

»Ja. Und mehr noch. Ich glaube, ich kann nicht mehr mit dir zusammen sein.« Jetzt ist es raus.

Für einen Moment schweigen wir beide. Tobias' Schultern hängen auf eine Weise herab, die ich an ihm noch nie wahrgenommen habe. Es trifft ihn. Ich bin ihm nicht gleichgültig. Und doch nicht wichtig genug.

Behutsam führe ich ihn am Arm mit mir in Richtung des niedrigen Mäuerchens, das den Vorplatz von der Landschaft abgrenzt. Wir lassen uns darauf nieder. Die Idylle, die uns umgibt, passt nicht zu Tobias' düsterem Gesicht.

»Du siehst deine Zukunft in Kalifornien, und das verstehe ich«, beginne ich. »Ich sehe dort aber nicht meine.«

»Und warum, Sarah? Es ist großartig, da zu leben!«

»Daran habe ich keinen Zweifel! Es muss traumhaft sein. Nur –«

»Warum schaust du es dir dann nicht wenigstens mal an?«

»Weil das nicht der einzige Grund ist, dass wir uns trennen müssen.«

»Also sag mir den Grund! Ist es wegen Monica? Das ist sie gar nicht wert. Es hat nichts bedeutet, wirklich!«

»Das glaube ich dir sogar. Und doch: Für *mich* bedeutet es etwas. Es ist mir wichtig, dass ich dem Mann an meiner Seite vertrauen kann. Was nicht heißt, dass keine Fehler passieren können. Aber ich wünsche mir dann wenigstens Ehrlichkeit.«

»Was willst du denn noch?« Tobias' Hände landen klatschend auf seinen Oberschenkeln. »Ich habe es doch zugegeben!«

»Nach langem Leugnen und Hin und Her. Angenommen, ich hätte dich in dieser Nacht nicht angerufen, dann hätte ich niemals davon erfahren.«

»Und wäre das so schlimm?«

»Für mich schon.«

»Na dann.« Er verschränkt die Arme und stiert grimmig in die Luft. »Ich stehe auf dem Standpunkt: Was ich nicht weiß, macht mich nicht heiß.«

»Du findest es also besser, sich gegenseitig was vorzumachen? Mir geht es da anders, und ich hätte mir gewünscht, dass du auf meine Gefühle Rücksicht nimmst. Genauso mit dem Auswandern. Du hast dich im Grunde längst für ein anderes Leben entschieden. Ob mit oder ohne mich, das ist für dich zweitrangig. Du träumst davon, dass ich dich begleite. Ja. Aber wenn ich es nicht tue, wirst du es eben trotzdem machen. Du kommst nicht auf den Gedanken, mir zuliebe vielleicht deinen Kurs zu ändern. Einen Kompromiss zu finden, der uns beide glücklich macht.«

Tobias sagt nichts. Weil es stimmt.

»Dafür nimmst du unsere Trennung in Kauf. Was bin ich dir denn wirklich wert?«

»Meine Karriere ist mir wichtig. Ja. Aber du mir auch. Hast du das etwa nicht gemerkt? Ich meine, ich sitze hier, bei dir. Mit ’nem schrecklichen Jetlag und ’nem teuren Klunker in der Tasche! Und einem Vertrag, der eine Riesenchance für dich ist.«

»Ich weiß! Und ich kann dir auch nicht oft genug dafür danken. Es ist nur …« Verkrampft kämpfe ich um die passenden Worte. »Ich glaube, du hast deine festen Pläne und Ziele, und ich bin noch auf der Suche. Vielleicht kannst du mit einer Frau viel glücklicher sein, die auch im Filmgeschäft aufgeht. Und ähnlich locker gestrickt ist wie du.«

Tobias knirscht mit den Zähnen.

»Das meine ich ganz ernst. Ohne Vorwurf. Weißt du, dieses Business, das ist nichts für mich. Die Vorstellung, noch ein Drehbuch zu schreiben, mit vorgegebener Handlung, gefällt mir nicht. Ich habe mit einem Roman begonnen. Das wollte ich schon immer mal tun. Es ist nicht leichter, aber es liegt mir mehr.«

»Einen Roman schreiben kannst du genauso gut in Kalifornien.«

»Stimmt.« Ich berühre ihn sacht am Ellbogen. »Aber ganz ehrlich. Ich glaube, es ist zu viel passiert. Mit uns.«

Meine Worte bleiben in der Luft schweben. Wir starren in die Landschaft, die so bezaubernd und verträumt ist. Ein Ort, um Liebe zu leben. Nicht, sie zu beenden. Eine tiefe Traurigkeit bohrt sich durch meine Seele. »Und da ist noch was.«

Seine Lippen sind zu einem schmalen Strich gezogen. Ich habe kein Interesse daran, den Scherbenhaufen zu vergrößern. Tobias mehr zu verletzen als nötig. Doch es wäre feige, ihm nichts davon zu erzählen. »Der Franzose und ich … also Lucien, der Winzer. Wir haben uns geküsst.«

Es vergehen einige Sekunden, ehe Tobias antwortet. »Da hast du es! Und du regst dich auf wegen Monica? So was passiert eben.« Seine Stimme klingt rau.

»Das stimmt. Aber mir ist es passiert, weil das mit uns nicht mehr stabil war. Ich hatte längst begonnen, mich innerlich von dir zu trennen, Tobias. Es tut mir leid.«

Sein Gesicht sieht eingefallen aus. »Mir auch«, sagt er schließlich.

Damit ist alles ausgesprochen. Unfähig, das Aus länger zu leugnen, lässt er seine Arme in den Schoß hängen. Wir müssen nicht mehr argumentieren. Weil es unausweichlich ist. Weil er es einsieht. Und weil auch er seinen Stolz hat.

Es ist vorbei.

# 27

Dann werde ich mal meine Sachen packen.«

»Wann geht morgen dein Flug?«, frage ich leise, während Tobias und ich durch die Tür ins Haus treten.

»Kurz nach zehn.«

»Und wie kommst du hin?«

»Taxi und Zug, nehme ich an. Wie gestern.« Er versucht, sachlich zu bleiben.

»Cleo hatte mal angeboten, mir ihren Wagen zu leihen. Ich werde sie fragen, ob ich ihn morgen nutzen kann. Und dich hinbringen.« Auch wenn mir der Gedanke ein bisschen Muffensausen macht, denn ich bin ja lange nicht gefahren.

Sein Blick wird milder. »Das wäre nett.«

Während er seinen Kram zusammensucht, rufe ich Cleo an. Dass ich ihr Auto nehme, ist kein Problem. Sie wird es morgen um sieben herbringen, dann setze ich sie zu Hause ab und fahre mit Tobias weiter.

Natürlich stellt Cleo mir am anderen Ende die Frage, wie es mir ginge. Und ob wir uns ausgesprochen hätten. Ich sage nur: »Haben wir.«

Sie merkt, dass ich in Tobias' Gegenwart nicht viel

dazu sagen möchte. »Wir quatschen, wenn du morgen aus Nizza zurück bist!«

Schweigsam bereite ich Tobias und mir aus den Resten vom Vorabend ein Abendbrot zu. Unser letztes gemeinsames Essen. Ich werde darüber hinwegkommen. Genau wie er. Dessen bin ich mir sicher.

Lange liege ich wach und blinzle in die Dunkelheit. Lausche wieder Tobias' Schnarchen. Ich denke an seinen Scherz per WhatsApp über Jeff Goldblum im Nebenzimmer. Als ich den Entschluss fasste, den Flug nach Kalifornien zu buchen. Als alles zwischen uns noch lustig und leicht war. Nur kann keine Beziehung der Welt ein Leben lang immer lustig und leicht bleiben. Das ist Tobias' Erwartung, die ich nicht erfüllen kann.

Am anderen Morgen steht Cleo pünktlich um sieben vor der Tür. Sie und Tobias heben die Hand zum Gruß. Merkwürdig, dass zwei Menschen, die in meinem Leben viel bedeuten, nur kurz aneinander vorbeischweben.

Cleo setzt sich auf den Rücksitz. Mich erfasst ein nervöses Kribbeln, als ich den Motor starte. Mal sehen, wie ich mich durch den französischen Verkehr schlagen werde. Zum Glück hat Cleo ein Navi, das vorn an der Scheibe klemmt. Den Weg zu ihrer Wohnung finde ich ohne dessen Hilfe, während Tobias und Cleo einen unbedeutenden, hilflosen Small Talk führen. Ich rufe ihr ein »Danke noch mal, bis später!« zu, als sie aussteigt und uns eine Kusshand zuwirft. Ich freue mich jetzt schon auf den Moment, wenn ich zurück bin und mit ihr über alles reden kann.

Das Navi führt uns ohne Staus bis zum Flughafen Nizza. Während der Fahrt reden wir über die geplante Verfilmung des Drehbuchs. Tobias erzählt, wer wahrscheinlich alles an dem Projekt beteiligt sein wird. Die Namen sagen mir nichts, aber ich werde sie recherchieren.

Ich parke dort, wo Lucien sein Auto hingelenkt hatte, als wir meinen Koffer abholten. Beim Gedanken an diesen Mann strömt eine wärmende Welle durch meinen Körper, was mir hinsichtlich des bevorstehenden Abschieds von Tobias beinah schamlos vorkommt. Wir steigen aus, und er hebt seinen Rucksack aus dem Wagen.

»Ich begleite dich noch rein«, sage ich.

»Nicht nötig, Sarah.« Er bleibt stehen und sieht mir fest in die Augen. »Das war es dann wohl.«

Ich nicke stumm. Es ist, als würde jemand mein Herz in seiner Faust zusammenquetschen.

»Danke, dass du mich gefahren hast.«

»Das war das Mindeste.«

Er strafft sich, klopft gegen den Rucksack, der ihm locker über einer Schulter hängt. »Den feinen Vertrag habe ich hier drin. Die Abschrift habe ich auf deinen Couchtisch gelegt. Jack wird sich bei dir melden.«

»Ja, ich bin sehr gespannt!«

»Soll ich dich mit allem auf dem Laufenden halten, was sich da noch ergibt?«

Seine Frage schickt eine Welle der Erleichterung durch meine Brust. »Das wäre schön. Ich würde mich freuen, wenn wir das schaffen. Uns nicht aus den Augen zu verlieren, meine ich.«

Tobias lächelt, wenn auch verkrampft. »Klar! Irgendwann musst du auch mal nach Kalifornien fliegen. Du verpasst sonst was.«

»Das werde ich. Spätestens zur Premiere!«

Wir lachen leise.

»Vielleicht sehen wir uns, wenn ich wieder nach Deutschland komme«, ergänzt er. »Ich muss ja meinen Kram aus der WG abholen, mein Auto verkaufen und alles regeln.«

»Ja. Gern.«

Einen Moment lang schauen wir uns schweigend an. Tobias breitet seine Arme aus, und ich lehne mich gegen ihn, umschließe seinen Rücken, wie er den meinen. Ich nehme Abschied von seinem Geruch. Seinem Körper. Und lege den Kopf zurück, um in sein Gesicht zu sehen. Er berührt mein Kinn und küsst mich kurz auf die Lippen.

»Mach's gut, Sarah.«

»Du auch.«

Dann rückt er seinen Rucksack auf der Schulter zurecht, dreht sich um und geht.

Zurück in Cleos Wagen, lege ich die Stirn gegen das Lenkrad und fange an zu schluchzen. Ich kann nicht anders. Alles, was die letzten Tage in mir gekämpft hat, muss raus. Hier, wo mich niemand hören kann.

Es vergehen locker zwanzig Minuten, bis ich mich halbwegs gefangen habe. Ein Flugzeug hebt gerade ab, macht sich mit tosendem Lärm auf in Richtung Himmel. Ich möchte jetzt auch weg von hier. In die tröstliche Umarmung der Weinberge, in die meiner Freundin.

Ich hätte Ja sagen können zu allem. Und würde fortan ein aufregendes Leben führen. Nur glücklich hätte es mich nicht gemacht. Mit diesem inneren Schlusswort drehe ich den Zündschlüssel und programmiere das Navi. Ich lasse das Fenster herabsurren, spüre den warmen Wind an meinem Arm. Eins steht nun fest: Ich werde meinen Urlaub verlängern, und zwar für weitere vier Wochen.

Was für ein Luxus! Was für ein freies Leben! Ich gebe Gas, und die Geschwindigkeit und Freude lässt meinen Puls höhergehen, verdrängt den Trennungskummer. Weitere vier Wochen in diesem Paradies, in denen ich schreiben, schöne Dinge mit Cleo unternehmen kann und … bei Lucien sein werde. Was auch immer sich daraus entwickelt, ich werde seine Nähe genießen. Natürlich bin ich unsicher, wie er inzwischen zu mir steht, nun, wo er mich mit Tobias gesehen hat. Er muss völlig falsche Schlüsse ziehen. Aber das lässt sich ja klären. Und ich bin Lucien letztlich keine Rechenschaft schuldig. Schließlich war das zwischen uns beiden nur ein Kuss.

# 28

Das war nicht nur ein Kuss!«, stößt Cleo aus, als ich endlich aus Nizza bei ihr angekommen und alles losgeworden bin, was sich in den letzten Tagen ereignet hat. Das verkaufte Drehbuch, meine Trennung von Tobias. Und der Ausflug mit Lucien.

Wir sitzen mit zwei Cafés au Lait auf ihrem Sofa. Meine Freundin starrt ungläubig in die Luft, die Augen weit aufgerissen. Die Sache mit Lucien bringt sie mehr aus der Fassung als die beiden anderen Neuigkeiten zusammen.

»Niemals war das nur ein Kuss!«, wiederholt sie mit Nachdruck. »Nicht bei Lucien! Donnerwetter.«

»Tja … Es ist eben passiert. Und ich habe keine Ahnung, wie wir jetzt zueinander stehen.«

»Lass es auf dich zukommen.« Sie klopft mir ermunternd auf das Knie. »Hauptsache, du bist erst mal Tobias los!«

Ich lächle gequält. »Bitte, er hat mir trotzdem viel bedeutet. Und wird das immer tun.«

»Oui, oui, ich verstehe schon. Ich meine ja nur: Du hast alles richtig gemacht.«

Wir reden lange weiter, bis Cleo mich zurück in mein Gästehaus fährt, weil sie ins Restaurant muss. Ihren Wagen hatte ich vorhin noch neu betankt.

»Deinen Erfolg mit dem Drehbuch müssen wir noch feiern«, sagt sie mir bei laufendem Motor zum Abschied. »Und nun kümmer dich mal nur um dich. Nicht um Tobias und auch nicht um Lucien.« Cleo schüttelt den Kopf. »Frech, dieser Kerl! Sich einfach meine Freundin zu schnappen.«

»Niemand schnappt mich. Never.«

Sie lacht. »Das ist meine Sarah! Und wirklich, mach nichts Unüberlegtes. Ich mag Lucien, aber ich glaube, er ist mit Vorsicht zu genießen. Nicht, dass auch er dir wehtut.«

»Keine Sorge, Mama. Ich bin schon groß.« Mit diesen Worten küsse ich sie auf beide Wangen und steige aus dem Wagen.

Luciens Haus liegt still da, als wäre alles wie immer. Ich freue mich, zurück in meinem kleinen Reich zu sein. Mit einem Joghurt setze ich mich auf das Sofa, wo die Wolldecke zerwühlt in einer Ecke liegt.

Als Erstes schreibe ich eine Mail an meinen Sachbearbeiter vom Bundesamt für Arbeit und sage den Termin ab, weil ich länger als geplant im Ausland sei. Ich erwähne den Verkauf meines Drehbuchs. Bestimmt ändern sich dadurch meine Ansprüche, falls ich länger arbeitslos bleibe. Ich habe keine Vorstellung von alldem, denke aber, es ist wichtig, das Amt zu informieren.

Außerdem rufe ich bei Frau Winkler an, meiner Untermieterin.

Sie freut sich hörbar. »Wie geht's Ihnen in Kalifornien?«

Stimmt, woher sollte sie wissen, wo ich gerade bin? »Alles gut, ich bin allerdings in der Provence gelandet.« Bevor sie fragen kann, warum, fahre ich schnell fort: »Ist eine lange Geschichte. Übrigens können wir gerne Du sagen.«

»Klar, gerne.«

»Fühlst du dich wohl in Hamburg?«

»Und wie! Deine Wohnung ist klasse.«

»Hast du denn inzwischen was Eigenes gefunden?«

Sie seufzt. »Es ist leider schwerer, als ich dachte. Vielleicht sind meine Ansprüche auch zu hoch, seit ich deine Wohnung kenne.«

»Also hast du bis jetzt kein Angebot?«

»Schon. Ich bräuchte bloß zu unterschreiben, aber ich hoffe, dass ich noch was Schöneres –«

»Unterschreib nicht«, falle ich ihr ins Wort.

»Wie bitte? Warum?«

»Nicht unterschreiben. Ich möchte auch den Juli über in der Provence bleiben. Wenn du willst, kannst du also länger bei mir wohnen und in Ruhe weitersuchen.«

»Im Ernst? Das wär ja super!« Die Erleichterung in ihrer Stimme schwappt förmlich durch den Hörer.

»Wäre eine Win-win-Situation für uns beide.«

»Perfekt!«

Wir verabreden, dass sie mir die Mietkosten rückwirkend überweisen kann, je nachdem, wie lange sie bleibt. Dann verabschieden wir uns.

So. Zufrieden lehne ich mich zurück. Meine Gedanken wandern nach Hamburg, zu meiner Wohnung, die mir im Moment gar nicht fehlt. Und zu Kim, die sich die vergangenen Tage verdächtig still verhalten hat. Nun weiß ich warum. Wahrscheinlich war sie unsicher, weil sie Mitwisserin von Tobias' Überraschung war und ihm verraten hatte, wo ich stecke. Ich weiß, dass sie es in bester Absicht getan hat.

*Hi, Kim! Es war lieb von dir, Tobias und mich wieder zusammenbringen zu wollen*, tippe ich eine Nachricht an sie. *Danke! Trotzdem sind wir jetzt – im Guten – auseinandergegangen. Es ist zu viel passiert. Ich erzähl dir alles, wenn ich zurück bin. Komme allerdings doch erst Ende Juli. Hab dich lieb, küss Flo und Frieda von mir, und bitte seid nicht traurig!*

Wo ich gerade dabei bin, meine Versäumnisse nachzuholen, schicke ich auch eine Nachricht an Mella, dass ich mich von Tobias getrennt habe. Sie wird das befürworten. Von meinem verkauften Drehbuch schreibe ich auch kurz. Und sie müsste doch mit den Klausuren durch sein? Wir müssen uns dringend auf Stand bringen. Prompt antwortet sie mit einem *Wahnsinn!!* und Daumen hoch. Außerdem schreibt sie, sie sei auf dem Weg nach Pinneberg und würde mich die Tage mal anrufen. *Alles klar! Grüß Mama und Papa!*, antworte ich.

Eben will ich vom Sofa aufstehen, als ich eine weitere WhatsApp bekomme. Von Kim. *Oh nein!*, schreibt sie. *Das tut mir so leid. Ich hatte gehofft, ihr findet in der Provence wieder zusammen. Wir brauchen euch beide!*

Ja. Mir tut es auch wirklich leid. Und ich hoffe, dass wir unsere Freundschaft neu sortieren können.

Irgendwie muss ich mich beschäftigen. Ich raffe einen Teil meiner Schmutzwäsche zusammen und stopfe sie in die alte Waschmaschine in der Küche. Unschlüssig bleibe ich vor der wirbelnden Trommel stehen. Heute noch zu schreiben vermag ich nicht. Stattdessen denke ich an Lucien. Morgen muss er auf Dienstreise gehen, und ich wollte Anouk versorgen, doch den Schlüssel hat er mir bislang nicht vorbeigebracht. Vielleicht weiß er nicht, wie er mir begegnen soll und ob unsere Abmachung nach wie vor steht. Oder er hat es vergeblich versucht, als ich noch unterwegs war.

Also gehe ich hinüber zu seinem Haus, nähere mich der Fassade mit den burgunderroten Fensterläden. Die Bougainvillea neben der Tür blüht in kräftigem Lila. Ich klingele, das nervöse Gefühl in mir niederkämpfend, was er nach Tobias' Besuch von mir denkt. Kurz darauf vernehme ich Schritte. Die Tür geht auf, und Lucien steht vor mir, die treue Hündin dicht an seiner Seite. Im Unterschied zu ihm scheint sie sich zu freuen, mich – wenn auch mit schwachen Augen – zu sehen. Ihr Schwanz wedelt sanft hin und her. Luciens Blick dagegen ist kalt und abweisend. Mir fährt ein Schauder über den Rücken, das Herz sinkt mir in die Kniekehle. So vergrämt hat er nicht mal geschaut, als wir uns noch gar nicht richtig kannten.

»Hallo«, beginne ich eingeschüchtert. »Ich wollte ja ab morgen Anouk versorgen. Da dachte ich, komm ich mal vorbei. Wegen des Schlüssels, und vielleicht zeigst du mir kurz, wo ich das Hundefutter finde.«

Lucien zieht die Stirn in Falten.

»Oder hat sich das erledigt?«, frage ich verunsichert.

Er hebt die Schultern. »Ich hatte jetzt eigentlich doch vor, Pépin zu bitten. Dachte, es passt dir nicht mehr, weil du *Besuch* hast.« Das Wort »Besuch« schießt scharf zwischen seinen Lippen hervor.

Auch wenn ich verstehen kann, was in ihm vorgeht – was soll diese schroffe Art? Sie nimmt mir jeden Mut, ihm mehr zu erklären. »Mein *Besuch* ist wieder gefahren«, entgegne ich knapp.

»Hmhm.«

Puh! Nun stehe ich hier wie eine Idiotin, die darum bettelt, sich um seinen Hund kümmern zu dürfen. »Aber wenn es sich erledigt hat, dann gehe ich wieder.«

Anouk trottet ein paar Schritte auf mich zu, stupst mich an. Ich hocke mich in die Knie und streichle ihren Kopf. Sie leckt mir einmal über den Handrücken.

Lucien schaut zu uns beiden herunter. Er wirkt hin- und hergerissen. Ich richte mich auf.

»Na gut. Jetzt bist du eben hier«, sagt er sachlich. »Und für Anouk wäre es besser, wenn du das machst. Komm rein!«

Eigentlich sollte es mich freuen, dass ich sein Haus mal von innen sehen kann. Doch in Anbetracht von Luciens übler Laune fühle ich mich unbehaglich. Dabei kann ich es ihm ja nicht verdenken, dass er so reagiert. War unser Kuss für ihn also wirklich mehr?

Ich folge ihm stumm. Anouks Krallen klackern auf den Terrakottafliesen. Vom Flur gehen alte, weiß lackierte Holztüren ab, die bis auf die der Küche geschlossen sind. Die Wände sind mit kunstvollen Schwarz-Weiß-

Fotografien behängt, die Küche ist sonnendurchflutet und geräumig. Getrocknete Kräutersträußchen und Kupfertöpfe hängen von der Decke und bilden einen wirkungsvollen Kontrast zu den hellen Einbauschränken mit Glasfronten. Rustikales Geschirr stapelt sich darin. Hinter einer schmalen Tür, die Lucien quietschend öffnet, liegt die Vorratskammer.

Er zeigt auf einen großen Sack, zieht ihn hervor. »Das ist das Trockenfutter. Wenn du ihr Nassfutter gibst, freut sie sich. Steht hier im Regal. Muss aber nicht.«

Ich nicke und betrachte Anouks Schälchen, die auf einer Matte in einer Küchenecke angeordnet stehen.

»Sie muss immer genug zu trinken haben.«

»Klar.«

»Das war's.« Er wendet sich um, geht in den Flur voraus und nimmt einen Schlüssel aus einem Hängekasten an der Wand. Wortlos drückt er ihn mir in die Hand.

»Und wie oft soll sie raus?«

»Sie kann selbstständig rein und raus, durch die Hundeklappe. Die anderen Zimmer bleiben geschlossen.« Er zeigt auf die Türen im Flur. »Dann kann Anouk keinen Unsinn machen, wenn sie alleine ist.«

»Kann ich sie auch mal mit zu mir nehmen?«

»Von mir aus.«

»Und ein paar Schritte mit ihr gehen?«

»Nur wenn es nicht zu weit ist«, sagt er streng. Seine Mundwinkel zucken unwillig. Mit den Lippen, die mich vor wenigen Tagen noch sanft geküsst haben.

Ich nehme nun doch meinen Mut zusammen. So will

ich nicht mit ihm auseinandergehen. »Hör mal, Lucien. Wegen Tobias, ich –«

Mit einer abrupten Handbewegung stoppt er mich. »Non! Das führt zu nichts.«

Wo ist seine Zuneigung hin? Vergeblich suche ich nach einem Hauch Wärme in seinen Augen. Sein Gesichtsausdruck lässt jedes weitere Wort von mir ersterben. Ich möchte nur noch weg. Immerhin begleitet er mich zurück durch den Flur. Mir fällt ein, dass ich nicht einmal weiß, wohin er morgen fährt.

»Freitag komme ich wieder.« Demonstrativ weit öffnet er die Tür und fügt ein »Danke« hinzu, aber das Wort verkommt zu einer Floskel.

»Na dann, bis Freitag!«, sage ich trotzig.

# 29

Verdammt! Lucien kann ein echter Eisklotz sein. »Mit Vorsicht zu genießen«, sagte Cleo vorhin. Die Situation eben war demütigend. Wie verschlossen er sein kann, wusste ich vorher. Aber derartig verstockt wie eben habe ich ihn noch nicht erlebt. Damit hat er meinen Ansatz, ihm alles zu erklären, im Keim erstickt. Dieser oberlehrerhafte Tonfall. Kein Wunder, dass seine Freundin das Weite gesucht hat. Oder wenn er sie tatsächlich rausgeschmissen haben sollte, passt es auf einmal doch ins Bild.

Wütend schleudere ich seinen Schlüssel auf den Küchentisch. Ich hätte verstehen können, wenn er mich verschnupft nach Tobias gefragt hätte. Und wenn er verunsichert, verwirrt – was weiß ich – wäre, genau wie ich. Sich so zu verhalten wie eben ist dagegen übertrieben. Er kennt mich und die Situation nicht, und selbst wenn Tobias noch mein Freund wäre, hätte Lucien nicht das Recht, mich von oben herab zu behandeln. Als wäre ich eine Schwerverbrecherin. Ich bin ihm gegenüber zu nichts verpflichtet, wir haben uns nur geküsst! Aus dem Moment heraus. Das war es, basta! Ich bin das verdammte Ego sämtlicher Typen gerade leid. Gut, dass er erst mal weg ist, so wie Tobias. Ich atme hörbar ein. Ja, mehr als gut! Ab jetzt werde ich mich um mich selbst kümmern, genau wie Cleo mir geraten hat.

Eine leise Stimme in mir flüstert etwas, aber ich boxe sie beiseite. Klar, ich werde mich auch um Luciens Hund kümmern. Liebevoll. Weil die arme Anouk dafür nichts kann. Danach werde ich dem Kerl einfach keine Beachtung mehr schenken.

Um mich abzureagieren, gehe ich eine Runde im Pool schwimmen, setze mich danach in den Schatten und schreibe. Stunden vergehen, in denen ich tatsächlich meinen Ärger vergesse.

Am nächsten Morgen gehe ich früh zu Anouk, nicht ohne mich zu vergewissern, dass Luciens Auto nicht mehr auf dem Parkplatz steht. Nichts wäre mir unangenehmer, als ihm vor seiner Abfahrt noch einmal zu begegnen. Auf dem Weg sehe ich Pépin bei der Gartenarbeit, er zupft selbstvergessen am Unkraut. Ich rufe ihm einen Gruß zu. Er winkt zurück. Beinah schelmisch blickt er noch einmal auf, als ich die Tür aufschließe und ins Haus trete.

Innen ist es still und kühl. Gut möglich, dass Lucien die Hündin vor seinem Aufbruch gefüttert hat, aber ich möchte sie von ihrer Einsamkeit erlösen. Keine Ahnung, wo sie sich gerade aufhält. Sie zu rufen wäre allerdings zwecklos. Ich schaue mich um. Ihr Körbchen in der Diele ist verwaist, der Futternapf in der Küche leer. Eine Tür mit Glasfenstern führt in den hinteren Garten, unten ist die Hundeklappe eingelassen. Ich öffne die

Tür und spähe hinaus. Da sehe ich Anouk verschlafen in der Sonne liegen, mitten auf der großen Terrasse, auf der ein paar Korbmöbel stehen. Mein Blick schweift bewundernd über den prächtigen Garten. Überall wippen Blüten in den buntesten Farben und Formen und verströmen betörende Düfte. Ich könnte ihre Namen gar nicht alle benennen, aber der Anblick ist bezaubernd.

Anouk richtet den Kopf in die Höhe und erhebt sich träge. Ich hocke mich hin, halte ihr meine Hand entgegen und streichle sie. Sie folgt mir langsam zurück in die Küche, wo ich ihr Nassfutter gebe und warte, bis sie aufgefressen hat.

»Möchtest du mit mir kommen?«, frage ich sie, obwohl sie mich nicht hören kann. Mit den Händen locke ich sie bis zur Haustür, und tatsächlich trabt sie neben mir her nach draußen. Es tut gut, ein bisschen spazieren zu gehen, ganz mit mir und der Hündin allein. Morgen möchte ich eine größere Wanderung unternehmen, zu dem Wasserfall, von dem ich gelesen hatte. Natürlich ohne Anouk.

Weil heute Markttag ist, radle ich eine Stunde später nach Cotignac. Ich schlendere über den Cours Gambetta, und neben schimmernden Aprikosen, luftgetrocknetem Schinken und meiner Lieblings-Melonensorte erstehe ich einen kleinen Rucksack für die geplante Wanderung. Dann bleibe ich vor dem Stand mit den Blumenkleidern stehen. Die Verkäuferin grüßt mich mit einem freundlichen »Bonjour, Madame«. Ich kann mir in Ruhe alles ansehen, mache schließlich ein Kompliment über ihre Ware.

Die Händlerin betrachtet lächelnd mein Haar und angelt zielsicher nach einem Bügel, an dem ein hinreißendes Kleid hängt. Blumen ranken sich in Dunkelrot, Meerblau und Apricot über den leichten Baumwollstoff, an dessen Seiten beinah unsichtbar Taschen eingenäht sind. Die Ärmel sind luftig und öffnen sich trompetenförmig. Als die Frau das Kleid gegen meinen Körper hält, berühre ich den Stoff. Er fühlt sich wunderbar an. Sie ermuntert mich, es mir überzustreifen, und weist zu dem Spiegel hin. Ich kann es ohne Probleme über meine Shorts ziehen und schaue in den Spiegel. Ja!

Während die Verkäuferin das Kleid einpackt, fragt sie mich, woher ich komme, und ich schaffe es, mich auf Französisch mit ihr zu unterhalten.

Zurück im Gästehaus, gebe ich das gute Stück mit meiner restlichen Wäsche in die Maschine, und bald bauscht es sich zum Trocknen an der Leine, die hinter dem Haus zwischen zwei Bäumen gespannt ist. Wie eine Fahne, die neues Terrain absteckt. Genauso fühlt es sich an, als ich mich wieder in meinem Manuskript versenke. Ich habe ein Stück Erde erobert, in mir selbst. Meine Freiheit und ein eigenes Ziel.

Anouk liegt mir zu Füßen, während ich unentwegt tippe und die Insekten um uns herum summen. Als würde sie spüren, dass Lucien so schnell nicht zurückkommt, hat sie sich selbstverständlich zu meiner Terrasse begeben. Manchmal seufzt sie im Schlaf auf, zuckt leicht mit den Pfoten, und der Moment ist unendlich friedlich. In ihren Träumen ist sie bestimmt wieder jung und sprintet über die Felder.

Irgendwann am Abend drehen wir eine Minirunde, danach bringe ich Anouk in Luciens Haus und füttere sie. Zufrieden rollt sie sich in ihrem Körbchen zusammen, ich lasse sie dort zurück. Falls sie Sehnsucht bekommt, steht es ihr frei, mich zu besuchen.

Ich sitze noch eine Weile mit einem Glas gekühltem Rosé auf meiner Terrasse. Die Sonne vollzieht ihr wunderbares Schauspiel und stippt die Landschaft in orangerotes Feuer. Der Geschmack des Weins und die Abendstimmung lassen mich melancholisch werden. Ich denke an Lucien und vermisse ihn gegen meinen Willen. Hoffentlich können wir die Dinge zwischen uns klären, wenn er zurück ist. Ich habe mich wohl mit ihm gefühlt, es wäre schön, ihn wenigstens als Freund nicht zu verlieren. Nach einer Urlaubsromanze steht mir jetzt kurz nach der Trennung von Tobias sowieso nicht der Sinn. Noch einen Herzschmerz kann ich nicht brauchen, und es geht mir gut mit mir allein. So gut und so allein, dass ich wieder ein Gedicht schreibe, während die Dämmerung sich tiefer über die Hänge legt und der Mond sich klar aus den verblassenden Farben hervorschält.

*Allein*

Nicht mehr lang,
und der Mond
wird das Rot
mit Schatten bemalen.

Am erkaltenden Himmel
erlischt die Glut.

Wenn Sterne zählen
ein Spiel wär –
ich könnte gewinnen.
Die fernen Blumen
im Dunkeln
sind mein.

Die Nacht frisst alle Farben auf.
Nicht mal den Horizont
kann ich noch fühlen,
nur dieses Gewand aus Finsternis.

Sag mir ein Wort –
wo bist du?

# 30

Am Mittwoch besucht mich Cleo, um gemeinsam zu frühstücken. Ich erzähle ihr von meinem Schreibprojekt und sie mir von ihrer Arbeit und Nicolas. Als sie zurück nach Cotignac muss, nimmt sie mich mit, weil ich von dort loswandern möchte. Im Internet habe ich eine Wegbeschreibung für einen Rundweg gefunden, der an mehreren Wasserfällen vorbeiführt. Cleo verabschiedet sich ins Restaurant. Nachher möchten wir uns dort zum Essen treffen, gemeinsam mit Margrit.

Den neuen Rucksack auf den Schultern, wandere ich an Cotignacs hohem Uhrenturm vorbei in Richtung Norden. Eine verwahrloste Katze liegt auf einem Autodach und knabbert sich die Flöhe aus dem struppigen Fell. Ich sehe Reste einer alten Ölpresse und folge einem Stufenweg die Felsen hinauf. Eine Weile später belohnt mich ein herrlicher Ausblick über den Ort. Der Himmel wölbt sich tiefblau über die braunen Dächer und ockerfarbenen Fassaden, die sich kreuz und quer zueinander stellen. Zu meinen Füßen streut blutroter Klatschmohn Farbkleckse in das krautig bewachsene Geröll.

Ich nehme ein paar kräftige Schlucke von meinem

Wasser und wühle meine Sonnenbrille hervor. Vorbei an den zwei Turmruinen, die ich schon von unten über Cotignac thronen gesehen habe, wandere ich weiter, bis ich endlich zwischen den Bäumen den ersten Wasserfall hindurchblitzen sehe, der sich in den See im Vallon Gai stürzt. Es ist beeindruckend, aber der faszinierendere Teil erwartet mich, als ich den Weg zurück Richtung Ort nehme und von dort in ein Waldgebiet komme, das regelrecht verwunschen wirkt. Von ferne höre ich ein Rauschen, das mit jedem Schritt deutlicher wird. Das Wasser glänzt an manchen Stellen in hellem Türkis, bildet winzige Seen und Pfützen, spielende Strudel. Endlich stehe ich am Ufer und schaue zu den atemberaubenden Fontänen empor, die sich in mehreren Armen die Felswand hinabstürzen. Mitten hinein in den spiegelklaren See, der sich zitternd vor meinen Füßen erstreckt. Das Tosen trägt alle anderen Geräusche des Waldes mit sich fort, Spritzer treffen mein Gesicht. Die Luft legt einen kühlen Film auf meine Haut.

Erschöpft und glücklich sinke ich auf eine schattige Bank und trinke meine Flasche leer. Ein verliebtes Pärchen spaziert dicht an mir vorbei in Richtung See, nickt mir wortlos zu. Der Anblick schmerzt mich nicht. Stattdessen lächle ich beide an, stecke meine Flasche wieder ein und wandere zurück.

Es ist eine Wohltat, sich schließlich an einem Außentisch des *La maison violette* unter den Platanen niederzulassen. Ich habe einen Bärenhunger. Margrit hat mich schon erwartet, und Cleo setzt sich bald dazu. Mit einem Crémant, den ich spendiere, stoßen wir auf meinen

Drehbuchvertrag an. Margrit freut sich über meinen Erfolg, lässt sich alles erzählen und stellt mir unendlich viele Fragen. Über meine Trennung von Tobias, die für sie überfällig und längst geritzt war, verliert sie dagegen wenig Worte. Wir essen Hühnchen mit Knoblauch, Tomaten und schwarzen Oliven, dazu hausgemachte Frites, mit denen Maurice sich regelrecht übertroffen hat. Es ist Florence, die uns bedient, und manchmal nimmt sie sich einen kurzen Moment, mit uns zu quatschen. Doch zusammen mit dem zweiten Kellner hat sie viel zu tun. Die Nebentische werden nach und nach besetzt, Stimmengewirr umgibt uns. Gerne würde ich länger hier sitzen, bis es dunkel wird. Im Licht der Laternen muss dieser Platz besonders schön sein. Trotzdem denke ich an Anouk und ordere ein Taxi, auch wenn Cleo mich fahren möchte. Beim Abschied verabrede ich mit Margrit, sie am kommenden Samstag für eine weitere Französischstunde zu besuchen.

Zurück in den Weinbergen, versorge ich die Hündin in Luciens Küche. Als ich gehen möchte, weicht sie mir nicht von der Seite. Also nehme ich sie mit zu mir. Sie schnüffelt herum, ich lege ihr die Wolldecke auf dem Sofa zurecht, wo sie sich dankbar einkuschelt. Für den restlichen Abend setze ich mich mit dem Laptop an den Küchentisch und surfe ein bisschen rum. In einem Autorenforum lese ich von einem Literaturstipendium, das von einer Berliner Stiftung vergeben wird. Man muss ein Exposé, eine Kurzvita mit bisherigen Veröffentlichungen und eine Leseprobe einreichen. Veröffentlichungen … hm. Gilt ein Drehbuch, das verfilmt wird, auch als Veröffentlichung?

Immer wieder lese ich die Ausschreibung, während es in meinem Bauch aufgeregt kribbelt. Was hätte ich zu verlieren? Bewerbungsschluss ist der 31. Juli. Zeit genug.

»Was meinst du, Anouk? Soll ich es versuchen?«

Natürlich rührt sie sich nicht. Ich sehe, wie sich ihr krauses Fell in ruhigem Rhythmus auf dem Sofa hebt und senkt, und beantworte mir die Frage selbst. Natürlich versuche ich es. Alles andere wäre dumm.

In dieser und der folgenden Nacht schläft Anouk bei mir. Zum Füttern laufen wir hinüber, ansonsten verbringe ich die Tage damit, mein Manuskript zu überarbeiten. An einem Exposé bastle ich auch, verzweifle aber daran und bin dankbar, als ich Freitagnachmittag einen Anruf von Mella erhalte. Es tut gut, ihre Stimme zu hören, wir quatschen beinah anderthalb Stunden, bis wir alle Neuigkeiten ausgetauscht haben. Mellas Prüfungen waren ihrem Gefühl nach okay, darauf verlassen mag sie sich allerdings nicht. Ich bin überzeugt, dass sie ihr Studium mit Bravour abschließen wird. Als ich nach ihrem letzten Besuch bei unseren Eltern frage, sehe ich Mella förmlich mit den Augen rollen. Die Aufregung bei Ma sei groß, dass ich so mir nichts, dir nichts in die Provence aufgebrochen bin und außerdem noch mit Tobias »gebrochen« habe. Mein Erfolg, von dem Mella ihnen auch erzählte, war hingegen wohl kaum der Rede wert. Eigentlich wollte ich mich endlich ausführlicher bei ihnen melden, aber nun vergeht mir jede Lust dazu.

Von Lucien sage ich Mella nichts. Zu tief sitzt der Stachel meiner letzten Begegnung mit ihm. Einerseits freue ich mich auf seine heutige Rückkehr. Andererseits steht sie mir bevor.

Nach dem Telefonat checke ich meine Mails. Ein Antwortschreiben vom Bundesamt für Arbeit segelt in mein Postfach, mit einem neuen Beratungstermin Anfang August. Der Termin passt perfekt. Vielleicht haben sie ja ein paar Jobangebote für mich. Erleichtert strecke ich meine Glieder, was Anouk wahrgenommen haben muss, denn sie reckt ihren Kopf in die Höhe. Es ist früh am Abend, Fütterungszeit. Ist Lucien schon zurück? Er hatte mir nicht gesagt, wann genau er kommen würde. Mein Herz klopft leise. Mit seinem Schlüssel in der Hand gehe ich ein paar Schritte vor das Haus, um zu prüfen, ob sein Auto da ist. Ein schwüler Wind pustet mir die Haare ins Gesicht, Anouk läuft unruhig neben mir her. Ob es wieder ein Gewitter gibt?

Der Wagen steht nicht auf seinem Platz. Also werde ich schnell rüberhuschen, die Hündin hat eindeutig Hunger. Eine neue Böe erfasst uns, Anouks Fell wird regelrecht zerzupft. Dann höre ich einen Rums. Der Wind hat die Tür zum Gästehaus zugeschlagen. Verdammt! Natürlich steckt der Schlüssel diesmal nicht außen, wie sonst, wenn ich auf der Terrasse bin. Wir sind ausgesperrt. Ich schnalze genervt mit der Zunge. Aber keine Katastrophe, Lucien hat garantiert einen Zweitschlüssel. Vielleicht finde ich einen in seinem Schlüsselkasten.

Anouk fiept leise und bittend, und ich laufe mit ihr hinüber. Hungrig macht sie sich über ihren Napf her.

Derweil gehe ich zurück in den Flur, wo der Schlüsselkasten hängt. Ich denke, ich befinde mich in einer kleinen Notlage und darf wohl darin suchen. Wieder fallen mir die künstlerischen Schwarz-Weiß-Aufnahmen an den Wänden auf. Ansichten von Ortschaften, vermutlich in der Provence, das Meer und einige Großaufnahmen von Blumen. Ein Spiel mit Licht und Schattierungen. Ob Lucien diese Fotos gemacht hat?

Im Kasten hängen weit mehr Schlüssel als erwartet. Ich stöhne auf. An einige sind Schildchen mit Aufschriften befestigt. Einen nach dem anderen nehme ich in die Hand. Was heißt »Gästehaus« auf Französisch? Anouk streift an mir vorbei, leckt sich die Schnauze und verschwindet in einem Zimmer, dessen Tür offen steht. War Lucien zwischenzeitlich doch schon da? Ich glaube nicht. Wahrscheinlich war seine Reinigungskraft heute hier. Er wollte ja, dass die Türen geschlossen bleiben, damit Anouk keinen Unsinn macht. Ich rufe sie zurück. Natürlich zwecklos, ich vergesse immer wieder, dass sie nichts hört. Also gehe ich ihr hinterher, betrete den Raum. Und erstarre.

# 31

Ich stehe in einem Babyzimmer. Eine Wiege mit weißen Holzverstrebungen zeigt schräg in den Raum, darüber hängt ein Stoffhimmel mit zartbeiger Krone. Die Wände ziert eine Bordüre mit Sternen, in der Ecke thront ein Wickeltisch. Die Vorhänge nehmen das Sternenmuster wieder auf, und ein Holzmond mit einem bunten Glasstein hängt im Fenster. Von einem Regal schaut ein alter Steiffteddy hinunter, mit dem Rücken gegen ein paar Bilderbücher gelehnt. An einer Wand stapeln sich Kartons, und mit offenen Türen gähnt mich ein leerer Schrank an. Es wirkt, als wäre das Zimmer noch nicht fertig eingerichtet. Oder nicht zu Ende ausgeräumt. Nach dem, was Cleo mir erzählt hat, muss Letzteres zutreffen. Es stimmt also. Lucien hat ein Kind, das nicht mehr hier lebt.

Anouk lässt sich schnaubend auf dem Teppich vor der Wiege nieder und schaut mich aus trüben Augen an. Sie scheint das Baby zu vermissen. Mir zieht sich das Herz zusammen. Dass Lucien das Zimmer bislang nicht geräumt hat, zeigt, wie viel ihm das Kind bedeuten muss – warum ist es trotzdem nie hier?

Verwirrt löse ich mich aus der Grübelei.

»Komm, Anouk, sei nicht traurig«, versuche ich sie zu trösten und mache eine lockende Handbewegung, damit sie mich verstehen kann. »Lass uns gehen.«

Erstaunlich rasch erhebt sie sich und wedelt mit dem Schwanz. Ich drehe mich um, und abermals bleibt mir die Luft weg. In der Tür steht Lucien. Ich habe ihn überhaupt nicht kommen hören und schnappe erschrocken nach Atem. Sein Gesicht ist vor Verblüffung, mehr noch vor Unmut verzerrt, die Augen sind geweitet. Es ist nicht nur ein Vorwurf darin zu lesen. Ich sehe so etwas wie Scham.

»Lucien, ich … Du hast mich erschreckt«, versuche ich mich zu fassen.

Anouk dagegen begrüßt ihn freudig. Lucien streichelt ihr durchs Fell, doch es wirkt mechanisch, und er wendet den Blick nicht von mir ab. Warum sagt er nichts?

»Es tut mir leid«, rede ich weiter. »Aber die Tür stand offen, und Anouk …« Nervös streiche ich mein Haar zurück. Alles Unsinn. Jede Erklärung sieht wie eine billige Ausrede aus, weshalb ich hier herumschnüffle. »Ich habe mich ausgesperrt. Und hatte gehofft, im Hängeschrank einen Ersatzschlüssel zu finden.«

Lucien lässt mich an sich vorbei in den Flur gehen, noch immer stumm. Sein Schweigen irritiert mich.

»Hast du einen für mich?«, betone ich umso sachlicher.

»Oui.« Seine Stimme klingt angeknackst. Wie bei einer alten Schallplatte, auf der ein Staubkorn liegt.

Er wendet sich dem Kasten zu, durchsucht ihn.

Schon hält er mir den Schlüssel zwischen zwei Fingern entgegen.

»Danke!«

»Ebenso.« Mehr sagt er nicht. Keine Frage, wie es mit Anouk war. Oder dazu, wie es ihm – wo auch immer – ergangen ist. Ich bin in sein Allerheiligstes eingedrungen. Sein Innerstes, und da gehöre ich nicht hin. Diese Erkenntnis schießt schmerzlich durch mich hindurch, binnen einer Sekunde.

Ich schlucke. »Den Schlüssel bringe ich dir gleich zurück.«

Kopfschüttelnd winkt er ab. »Behalt ihn. Ich habe noch einen.« Möchte er nicht, dass ich wieder bei ihm aufkreuze?

»In Ordnung. Dann bis bald!«

»Au revoir.« Sein Abschied klingt in seiner Förmlichkeit abweisend und endgültig. Die Unnahbarkeit in seiner Stimme macht mich traurig und zornig zugleich.

Ich verschwinde durch die Haustür und drehe mich nicht um. Im Gästehaus sinke ich an den Küchentisch. Ein Gefühl von Einsamkeit überkommt mich. Kein wohltuendes Alleinsein. Sondern ein Ausgesetzt-Sein auf einem fernen Planeten, weit ab von allem, das mir vertraut und wichtig ist.

Lucien behandelt mich wie eine Aussätzige. Unsere Freundschaft, die Zuneigung – was auch immer zwischen uns war: Es endete, bevor es richtig begann. Doch wer weiß, wozu es gut ist? Lucien scheint nicht einfach zu sein. Vielleicht stimmen die Gerüchte sogar, und er kümmert sich nicht um sein Kind. Auch wenn es mich nichts angeht, wäre das kein guter Zug von ihm und würde Rückschlüsse auf sein ganzes Wesen zulassen.

Entschlossen klappe ich meinen Laptop auf. So oder so. Ich werde aufhören, meine gedankliche Energie an Kerle zu verschwenden. Und meine Bewerbung für das Stipendium heute noch fertig machen. Mehr noch, losschicken. Ohne lange nachzudenken.

An diesem Abend vervollständige ich das Exposé, setze eine Kurzvita auf, in der ich die bevorstehende Verfilmung meines Drehbuchs erwähne. Wenn das nichts hermacht, weiß ich auch nicht. Dann schicke ich alles mitsamt der Leseprobe und einem Anschreiben per Mausklick los. Mein Herz rast wie ein galoppierendes Pferd, doch anschließend bin ich erleichtert, mich überwunden zu haben. Es ist nach Mitternacht, als ich ins Bett falle. Ja, ich bin erleichtert. Aber ein Gewicht in meiner Brust bleibt zurück. Es ist Luciens abweisendes Gesicht, das ich vor mir sehe, sobald ich die Augen schließe. Und ich kann mich nicht gegen dieses Bild wehren.

Als ich am nächsten Morgen in Margrits Wohnzimmer an ihrem Esstisch sitze, ist das Gewicht noch immer da. Wieder und wieder schiebe ich es weg, versuche mich auf die grammatischen Übungen zu besinnen, die die beste Lehrerin der Welt geduldig mit mir macht. Doch der Stein in meiner Brust schnellt jedes Mal zurück.

Ich starre auf das Buch, das vor uns liegt, und merke erst jetzt, dass Margrit schon länger verstummt ist. Keine Ahnung, was sie zuletzt erklärt hat. Sie betrachtet mich aufmerksam, und ich fühle mich ertappt.

»Was ist los mit dir, Kindchen?«, fragt sie gütig.

»Tut mir leid.«

»Das ist keine Antwort auf meine Frage.« Sie schenkt mir Limonade nach. »Also?«

»Na ja. Es war alles ein bisschen viel in letzter Zeit.«

»Was genau?«

»Du weißt doch. Die Sache mit Tobias. Und so weiter.«

Sie schüttelt milde den Kopf. »Das glaube ich nicht. Dass er fort ist, tut dir gut. Es ist Lucien, nicht wahr?«

Verblüfft schaue ich sie an. »Hat Cleo dir davon erzählt?«

»Nein. Das braucht sie auch nicht. Ich habe doch Augen im Kopf.«

Ich schnaube leise auf. Stimmt. Ihr wissender Blick.

»Wie er dich neulich angesehen hat, an deinem Grillabend, oh, là, là!«

»Ja. Da waren wir uns noch nah. Aber jetzt ...« Meine Schultern sinken herab.

»Was ist geschehen? War er nicht gut zu dir?«

»Nicht direkt. Nur abweisend. Es ist ja auch nicht viel zwischen uns passiert, und trotzdem ...« Ein Knoten löst sich, und ich plappere los. »Also, da war dieser Kuss, als wir im Lavendelfeld waren. Dann kam Tobias, und er hat natürlich gedacht ... Jetzt habe ich das Babyzimmer gesehen, obwohl die Tür immer zubleiben sollte. Lucien ist sauer auf mich, einmal wegen Tobias und dann, weil er bestimmt denkt, ich hätte geschnüffelt. Aber immerhin habe ich mich um Anouk gekümmert, da kann er doch nicht wie ein Stinkstiefel –«

»Gemach, gemach!« Margrit lacht leise auf. »Ich muss schon noch mitkommen. Was genau ist passiert?«

Ich trinke von meiner Limonade, stelle sie ab. Und beginne von vorne. Unsere ganze halbe Geschichte. Die ersten Begegnungen am Gästehaus. Unsere Annäherung auf der Fahrt nach Monaco und zurück, wo die Reifenpanne passierte. Ich erzähle von unserer gemeinsamen Arbeit im Weinberg, den Gesprächen im Kontor. Seiner Hilfe, als das Wildschwein mich bedrohte. Von seinem sanften Trost. Und ich fasse unseren Ausflug zum See zusammen, den zärtlichen Moment im Lavendelfeld und dass mit Tobias' Erscheinen alles zerschlagen wurde.

Margrit lauscht und unterbricht mich kein einziges Mal. Manchmal geht ein Leuchten durch ihre Augen, sie beginnen zu schimmern und blicken hin und wieder in die Ferne. Aber ich weiß, dass sie genau hinhört. Inzwischen bin ich bei dem gestrigen Abend angekommen, wie peinlich es mir war und wie verärgert ich über Luciens Starrsinn bin.

»Findest du es, von alldem abgesehen, nicht auch befremdlich, Margrit?«, schließe ich meinen Bericht. »Dass jemand sein Kind im Stich lässt und trotzdem das unbewohnte Zimmer hütet, fast wie einen heiligen Schrein?«

Sie schnalzt mit der Zunge. »Befremdlich ist nur eines, Sarah, und das merke dir bitte für alle Zeiten: Befremdlich ist, wie schnell Menschen glauben, die Wahrheit zu kennen.«

Meine Brauen ziehen sich unwillig zusammen.

»Ich werde mit Cleo schimpfen, was sie dir da für

einen Floh ins Ohr gesetzt hat. Ich dachte, ich hätte sie besser erzogen.«

Ich lache. Sie redet, als wäre ihre Tochter noch ein Kind. »Margrit, was meinst du bitte? Cleo kann doch nichts dafür!«

»Das nicht!« Margrit hebt ihren Zeigefinger in die Luft und lächelt verschmitzt. »Aber sie erzählt herum, was die Leute denken. Und hat dich damit verunsichert. Dabei gibt es nur einen, der dir sagen kann, was wirklich passiert ist. Und das ist Lucien.«

Ich kneife die Lippen aufeinander. Möchte ich es überhaupt so genau wissen?

»Wenn du in dich hineinhörst, Sarah. Was glaubst du? Dass Lucien ein schlechter Mensch ist?«

»Nein, das nicht. Aber ich finde es verletzend, wie er sich verhält. Er fragt gar nicht, was es mit Tobias' Besuch auf sich hatte. Ob die Dinge anders liegen.«

»Und du? Fragst du denn, was es mit dem Kind auf sich hat?«

»Da hast du recht. Aber das geht mich ja auch eigentlich nichts an. Ich mache mir bloß meine Gedanken.«

»Genau das meine ich. Und Lucien macht sich eben die seinen. Vielleicht seid ihr alle beide auf dem Holzweg.«

Ich lasse die Luft durch meine Lippen ausströmen.

»Man muss immer hinter die Fassade blicken, Kind. Das weißt du doch. Oft sehen wir nur ein Zerrbild dessen, was wirklich ist.«

»Das stimmt.« Natürlich. Und trotzdem …

»Du liebst ihn doch, n'est-ce pas?«

Ihre Frage durchbohrt mich in diesem Moment wie ein Pfeil. »Liebe«, murmle ich skeptisch, obwohl ich mich ertappt fühle. »Ich kenne ihn doch kaum. Gerade mal ein paar Wochen. Außerdem sitzt mir die Trennung noch in den Knochen.«

Die vertraute Wegwerfbewegung von Margrits Hand bringt mich wieder zum Lachen. »Was bedeutet Zeit? Und was bedeutet sie, wenn die Liebe dich trifft? Weißt du, wie lange ich mit Pierre zusammen war, als wir zusammenzogen?« Ihre Augen funkeln mich an.

»Nein. Wie lange?«

Sie hebt vier Finger in die Höhe.

»Vier Monate?«

»Wochen, mein Schatz. Vier Wochen.«

»Wow!« Ich kichere ungläubig und betrachte Margrits kühnes Gesicht, das in Erinnerung an ihre Zeit mit Pierre zu leuchten beginnt. »Erzähl mir mehr von ihm. Von euch«, bitte ich sie.

»Nun, ich studierte an der Sorbonne, als ich ihn traf. Die Geschichte kennst du doch.«

»Schon.« Sie hat früher oft davon erzählt. »Aber ich möchte sie gern noch mal hören.«

Und Margrit beginnt. Mit ihrem mutigen Start in Paris, alleine und fern der Heimat. Sie beschreibt die Sehnsucht, die sie nach dem Dorf an der Ostsee verspürte, wo sie aufwuchs. Dann kam der Tag, als sie Pierre kennenlernte. Er brachte sie auf andere Gedanken. Als sie sich zum ersten Mal begegneten, machte er einen charmanten Scherz über ihre Kunstfertigkeit, auf Plateauschuhen zu gehen, und sie lachte ihn an. Unter dem Arm trug sie ein Buch von Simone de Beauvoir. Da war es schon um ihn geschehen. Unausweichlich, dass sie zusammenzogen. Irgendwann ein Kind bekamen – Cleo. Heirateten. In dieser Reihenfolge. Den größten Liebesbeweis erbrachte Pierre ihr Jahre später. Als er für Margrit sein Restaurant zurückließ, um mit Cleo und ihr nach Deutschland zu ziehen. In dieser Zeit schlug er sich als Kellner durch, während sie unterrichtete. Bis, ja bis … Das traurige Ende der Geschichte kenne ich, und Margrits Stimme wird schmaler. Ihre Krankheit. Die Rückkehr nach Frankreich, das neue Restaurant, das heute in Cleos Händen ist. Der plötzliche Herzinfarkt, sein früher Tod.

Der Raum wird leise, ich höre nur die antike Uhr an der Wand ticken. Margrit legt die Hände in den Schoß, ihre Augen glänzen.

Ich setze meine Hand auf ihr mageres Knie, streichle es. »Sie ist schön, eure Geschichte.«

»Oh ja. Das ist sie. Pierre war mein größtes Glück. Ein Geschenk.« Sie lächelt. »Aber weißt du, es ist auch an uns, das Geschenk anzunehmen. Dem Glück nicht im Weg zu stehen.«

»Natürlich.«

»Wir müssen es zulassen. Und erkennen, wenn es da ist.«

»Ich werde es versuchen.«

Margrit sieht mir fest in die Augen. »Versuchen reicht nicht. Das ist zu lasch. Du musst hingehen.«

»Hingehen«, sinniere ich. »Wohin?«

»Zu ihm!«

Ich blinzle.

»Zu Lucien, Sarah. Rede mit ihm. Ihr beide habt geleuchtet wie zwei Glühwürmchen in der Nacht. Es wäre Verschwendung, wenn ihr aneinander vorbeischwebt.«

Bei dem Bild muss ich lächeln. »Margrit, natürlich kann ich mit ihm reden. Nur, ich kenne Lucien zu wenig. Ich weiß fast nichts über ihn. Abgesehen davon lebe ich in Deutschland. Es hätte keine Zukunft und würde bloß Kummer bringen, wenn ich mich auf mehr einlassen würde. Zumal er ja gar kein Interesse mehr zu haben scheint.«

»Du meinst, es wäre unvernünftig?« Ihr linker Mundwinkel zieht sich nach oben.

»Ja. Das denke ich.«

Eine Falte bildet sich auf Margrits Stirn. »Schau, meine Beine sind zu nichts mehr zu gebrauchen. Deine schon. Benutze sie. Und auch deinen Kopf. Es ist ein Irrglaube, dass der Verstand gegen das Herz kämpft, nur die Unvernunft sperrt sich gegen das Glück.«

»Ich verstehe, was du meinst, aber ich –«

»Er hat doch längst dein Herz.«

Ich stoße die Luft aus.

Margrit stupst mit der flachen Hand gegen meine, die auf dem Schoß ruht. »Geh gefälligst, wohin dein Herz dich ruft. Und bleib, verdammt noch mal, wo es gedeiht!«

Ihre Worte hallen auf dem Rückweg in mir nach. Seit Margrit es ausgesprochen hat, scheint alles so klar. Natürlich, ich fühle mich zu Lucien nicht nur hingezogen.

Ich habe mich verliebt. Sonst hätte mich sein Verhalten nicht derart getroffen. Im Unterschied zu ihr wage ich es allerdings nicht, von Liebe zu reden. Oder denke ich wirklich zu viel? Ihm muss ich jedenfalls auch etwas bedeuten. Sonst hätte ihn Tobias' Besuch nicht so gekränkt.

In meiner Brust flattert es, als ich durch den Torbogen der Domaine de Vèbre fahre. Das Rad schlingert auf dem unebenen Weg. Ich steige ab, schiebe es und gehe die restlichen Meter zu Fuß. Meine Sandalen sind staubig, der lange Sommerrock flattert mir um die Beine. Trotz des sanften Windes ist es heute wieder sehr warm. Ein leichter Schweißfilm hat sich auf meiner Haut gebildet, und mein Haar klebt im Nacken. Auf jeden Fall möchte ich duschen und mich umziehen, bevor ich zu Lucien gehe. Vielleicht das neue Kleid?

Auf seinem Grundstück ist alles still, auch hinter der Mischhecke, wo sich sein Garten verbirgt. So wie sich in diesem Mann etwas verbirgt. Und das ist bei aller Ungewissheit etwas Besonderes. Alles, was ich tun muss, ist herauszufinden, was eigentlich los ist. Warum er manchmal dermaßen verschlossen und ablehnend ist. Margrit hat mir Mut gemacht. Der mir sofort in die Knie sinkt, als ich mich dem Bungalow nähere. Niemand anders als Lucien hockt auf den Eingangsstufen und blickt mir entgegen.

# 32

Erstaunt schaue ich zu Lucien. Seine Anwesenheit bringt mich völlig durcheinander. Ja, ich wollte auf ihn zugehen, mit ihm reden. Allerdings nicht, ohne mich vorher noch mal zu sammeln. Frisch zu machen. Und mir meine Worte zurechtzulegen.

Ich streiche mit einer Hand mein wirres Haar zurück. Er lächelt. Leise zwar und ein wenig schief, aber er lächelt. Und erhebt sich, als ich unmittelbar vor ihm stehe, das Fahrrad an meiner Seite. Wie eine Stütze, ohne die ich sonst schwanken würde.

»Salut«, sagt er. Die Wärme ist in seine Stimme zurückgekehrt und erwischt meinen Bauch auf genau der richtigen Frequenz. »Ich hoffe, es stört dich nicht, dass ich hier gewartet habe. Hast du vielleicht einen Moment?«

»Natürlich. Ich wollte auch gern mit dir sprechen. Du bist mir nur zuvorgekommen.« Ich lächle nun auch, und er atmet aus, als würde ein großer Druck von ihm abfallen.

»Warte.« Ich schiebe das Rad an die Hausseite. Kurz darauf angle ich nach meinem Schlüssel und weise auf die Terrassenstühle. »Ich muss nur schnell ins Bad und hol uns was zu trinken. Setz dich doch.«

Lucien rückt sich den Stuhl zurecht, und ich flüchte ins Haus. Tatsächlich muss ich vor lauter Nervosität aufs Klo, danach wasche ich mich rasch am Waschbecken, nehme Deo und bürste mein Haar. Dann hole ich eine Flasche Wasser aus dem Kühlschrank und zwei Gläser, die ich mit Eiswürfeln fülle. Vor dem Einfrieren hatte ich Zitronenstücke und Melisse hineingeschnitten, die vor dem Haus wächst. Ich setze mich an den Tisch, schenke uns ein und schiebe ein Glas zu Lucien. Mein Herz pocht, leise und zaghaft. Seine Nähe lässt das Blut schneller in mir fließen, ich kann mich nicht dagegen wehren.

Er nimmt das Glas in die Höhe und betrachtet es bewundernd. »Eine hübsche Idee, mit den Zitronen und Kräutern!«

»Erfrischend vor allem.« Ich trinke fast ex. Seit ich in Frankreich bin, habe ich den ungeheuren Luxus kalten Wassers erst richtig zu schätzen gelernt. Schon schenke ich mir nach, Lucien hat nur genippt.

»Ich möchte mich –«

»Es muss gestern komisch –«

Wir lachen, weil wir beide gleichzeitig zu sprechen begonnen haben.

»Du zuerst!«, sagt er.

»Nein. Du.«

»Okay.« Seine Brust hebt sich beim Einatmen. »Ich möchte mich entschuldigen bei dir. Dafür, dass ich so verstockt war. Das war nicht richtig. Du hast Anouk für mich versorgt. Ich musste mich wohl erst mal sortieren. Wegen … uns?« Er schaut mich unsicher an, eine sich vergewissernde Frage, ob es überhaupt ein Uns gibt. Bevor ich antworten kann, fährt er fort: »Dass du einen Freund hast, hat mich irgendwie aus der Bahn geworfen. Dabei habe ich gar keinen Anspruch auf dich. Und wegen gestern: Was du da gesehen hast, das …«

Ich mache eine abwehrende Handbewegung. »Bitte, lass mich kurz erklären. Es muss für dich seltsam ausgesehen haben. Aber ich würde nie so dreist durch die Zimmer gehen. Die Tür stand offen. Wahrscheinlich war die Putzfrau da. Und Anouk ist hineingehuscht, ich wollte sie nur zurückholen.«

»Das war auch völlig in Ordnung.« Er fährt sich durch sein Haar, es fächert sich sofort wieder in die gebräunte Stirn zurück. »Du hast nichts falsch gemacht. Es war mir bloß unangenehm. Kam dir bestimmt merkwürdig vor.«

Stumm ziehe ich die Schultern nach oben.

»Ich meine, weil hier kein Kind lebt. Zumindest nicht mehr. Es ist so, Sarah. Ich habe einen Sohn. Noël.«

Es wäre unpassend, ihm jetzt zu sagen, dass ich von seinem Kind schon wusste. Er würde fragen, woher, und Cleo würde wie eine Tratschtante daherkommen. »Wo ist Noël denn?«, frage ich stattdessen.

»Er lebt mit seiner Mutter und ihrem neuen Partner in der Normandie.«

»Das tut mir leid.« Natürlich würde ich gern mehr erfahren.

»Es gibt also keine Frau in meinem Leben«, betont Lucien. »Ich finde, das solltest du wissen. Nach unserem … Nach letztem Freitag. Ich weiß nicht, vielleicht hat es ja auch nichts bedeutet. Für mich allerdings schon.« Seine Augen öffnen sich wie ein Meer, in das ich nur eintauchen müsste.

»Danke, dass du mir das sagst. Mir hat es auch etwas bedeutet.« Ich halte den Atem an.

»Und du?«, fragt er. »Was wolltest du mir sagen?«

»Das, was ich eben erklärt habe. Wie es dazu kam, dass ich gestern in dem Zimmer stand.«

»Ach so.« Er sieht ein wenig enttäuscht aus. Natürlich. Es geht ihm um Tobias.

Ich knete meine Hände. »In meinem Leben gibt es übrigens auch niemanden.«

Lucien hebt stumm eine Augenbraue.

»Nicht mehr jedenfalls. Der Mann, der mich hier besucht hat, das war Tobias. Es ist viel passiert. Er kam, um mich zurückzugewinnen. Aber ich habe mich endgültig von ihm getrennt.«

Luciens Gesichtszüge werden weich. »Dann bist du also vor ihm hierher geflohen?«

Diese Interpretation verblüfft mich, doch sie ist gar nicht so verkehrt. »Als Flucht habe ich es bislang nicht bezeichnet. Aber ja. Könnte sein.«

»Alors, als ich dich das erste Mal gesehen habe – an diesem Abend in Cleos Restaurant –, da war so viel Schmerz in deinen Augen. Du sahst wund aus. Als wäre deine Welt zerbrochen. Dein Anblick hat mich an etwas erinnert. Und das hat mich erschreckt.«

Seine Worte wühlen mich auf. »Woran habe ich dich denn erinnert?«

»An mich selbst.« Seine Stimme klingt angespannt. »An das, was ich vergessen wollte. Was ich vor einem Jahr erlebt habe.«

Jetzt. Er wird mir erzählen, was passiert ist.

»Ich hatte diese Freundin. Die ich geliebt habe. Für die Ewigkeit, wie ich dachte. Noch mehr liebte ich das Kind, das wir bekamen, vor gut anderthalb Jahren. Mitten im Winter.« Kurz lächelt Lucien, doch der selige Ausdruck verflüchtigt sich. »Noël brachte so viel Wärme in die kalten Monate. Und Freude. Ich glaube, ich bin nie glücklicher gewesen. Und ich dachte, dass es immer so bleiben würde. Ich wollte heiraten und unser Glück besiegeln.« Seine Augen füllen sich mit Tränen. »Aber als ich sie fragte, ob sie mich heiraten möchte, da geriet sie in Panik. Und entfernte sich immer mehr von mir. Ich schob es auf den Stress mit dem Baby. Den Schlafmangel, all das. Und war sicher, dass es sich bessern würde. Dass wir natürlich auch ohne Trauschein glücklich sein würden. Doch dann hat sie mir etwas eröffnet, von einem Tag auf den anderen.« Er schluckt. »Sie sagte, dass sie mich verlassen würde. Weil sie einen anderen Mann kennengelernt habe. Einen, der verheiratet sei und sich für sie trennen würde.«

Ich schaue ihn voller Mitgefühl an.

Er nickt hilflos. »Und das war es. Es gab einen furchtbaren Streit zwischen uns. Danach verging nur eine Nacht. Am nächsten Tag schon hat sie ihre Sachen gepackt. Und die des Jungen. Um ihn für immer aus meinem Leben zu reißen. Ich kam nichts ahnend von der Arbeit im Weinberg zurück, und beide waren nicht mehr da. Sieben Monate lang hatte ich ihn gefüttert, gewickelt, ihn nachts in den Schlaf gesungen. Ihm alles gegeben, was ich zu geben habe, in jeder freien Minute. Dieses Kind, diese Familie, das war mein Leben.«

Ich beuge mich vor, schiebe meine Hand auf die seine, und er reagiert. Drückt meine Finger, streichelt sie mit dem Daumen.

»Aber«, flüstere ich, »dein Sohn, er ist noch da. Auch wenn er woanders lebt. Du kannst ihn besuchen. Ihn sehen. Und für ihn da sein.«

»Eben nicht. Das ist es ja, Sarah.«

»Wie meinst du das?« Mein Hals wird trocken. Ist er etwa tot?

»Es war so …« Lucien kämpft mit den Worten. »Lange Zeit habe ich nicht gewusst, wo meine Freundin überhaupt ist. Sie hatte mir nur einen Zettel auf dem Küchentisch hinterlassen mit der Bitte, nicht nach ihr zu suchen. Das habe ich natürlich trotzdem getan. Ich hätte doch nie meinen Sohn im Stich gelassen. Egal, was zwischen seiner Mutter und mir passiert war. Ich war unendlich wütend auf Danielle. Sie hatte kein Recht dazu, ihn mir einfach wegzunehmen!«

»Nein. Das hatte sie nicht.«

»In dieser Zeit ging es mir sehr schlecht. Auch das Geschäft hat darunter gelitten. Deshalb habe ich zum Beispiel das Kontor geschlossen. Es wurde mir zu viel.«

»Kann ich gut verstehen.«

»Trotzdem wollte ich kämpfen. Bevor es zu einem Sorgerechtsstreit gekommen wäre, wollte ich den Konflikt unter uns klären. Aber sie hatte jeden Kontakt gekappt. Erst eine gemeinsame Freundin sagte mir schließlich, wie der Mann heißt, mit dem Danielle durchgebrannt ist. Und dass beide ein neues Leben in Deauville begonnen hätten. Als ich das endlich erfuhr, war schon über ein halbes Jahr vergangen.«

Was für eine schreckliche Geschichte! Und an Luciens Gesicht sehe ich, dass sie noch lange nicht zu Ende ist.

»Am Wochenende darauf bin ich dort hingefahren. Viele Stunden. Ohne Ankündigung. Nicht um Danielle zu drohen, sondern um in Ruhe mit ihr zu reden, ohne dass sie sich mir entziehen konnte.«

»Und dann? Habt ihr miteinander gesprochen?«

»Non«, antwortet Lucien leise. »Es war so. Ich kam völlig durch den Wind in Deauville an. Spät am Nachmittag. Alors, obwohl es sehr kalt war, entdeckte ich sie im Garten. Sie haben mich nicht bemerkt. Ich sah den Kleinen … und …« Eine Träne tropft aus seinem Auge. »Also, mein Junge«, fährt er mit rauer Stimme fort, »er war so gewachsen. Und er konnte laufen. Er rannte zu ihm. Dem anderen Mann. Und warf sich in seine Arme. Er rief: ›Papa!‹«

Lucien bleibt reglos, während eine weitere Träne sich von seinem Auge löst.

Ich streichle stumm seinen Unterarm, bis er weiterspricht.

»Weißt du, in dem Moment habe ich entschieden, nicht zu ihm hinzugehen. Wie hätte ich dem Kind das antun können? Erst wurde es mir weggenommen. Es hat sich an den neuen Vater gewöhnen müssen. Und dann komme ich ohne Vorwarnung zurück und verwirre Noël erneut? Bringe seine ganze heile Kinderwelt durcheinander?« Lucien wirft eine Hand in die Luft. »Und wie oft hätte ich ihn sehen können, bei der Entfernung? Hätte ich ihn regelmäßig aus seinem vertrauten Umfeld reißen sollen, damit ich ein paar Tage mit ihm verbringen kann? Ich war ein Fremder für ihn geworden. Auf einmal kam es mir egoistisch vor, auf meinem Recht zu beharren. Dem Jungen geht es gut. Ich würde nichts besser machen. Ihm fehlt nichts, solange er nichts von mir weiß.«

Ich bin verblüfft. Seine Entscheidung ist radikal und ungewöhnlich.

»Also habe ich den Kleinen nur still beobachtet. Um mir seinen Anblick für immer einzuprägen. Dann bin ich zurück nach Hause. Ich habe einen langen Brief für Noël geschrieben und das Kuvert einem Notar übergeben. Der soll ihn ihm schicken, wenn der Junge volljährig ist. Wenn es so weit ist, kann Noël selbst entscheiden, ob er Kontakt mit mir möchte. Falls er meine Entscheidung versteht. Ich meine, ich würde ihm das alles hier so gern einmal zeigen. Und es könnte eines Tages ihm gehören. Er könnte ein sorgloses Leben führen.«

»Das ist eine schöne Idee mit dem Brief. Er wird dich sicher eines Tages verstehen.«

»Ich hoffe es.«

»Aber weshalb hat deine Freundin Hals über Kopf alle Brücken abgebrochen? Ich meine, sie hatte doch keinen Grund, sich vor dir zu verstecken?«

»Das hat mich auch beschäftigt. Mehr noch, es hat mich gequält. Denn ich finde keine Antwort darauf.

Deshalb konnte ich so lange keinen Frieden damit machen. Vielleicht bis heute nicht richtig.«

»Das glaube ich dir. Ghosting nennt man das wohl.«

»Genau. Das ist etwas Fieses. Es lässt dich mit tausend Fragen allein zurück.«

»Vielleicht hängt es mit diesem verheirateten Mann zusammen?«, überlege ich laut.

»Das wäre möglich.« Lucien nickt. Und lächelt mich an. »Danke, dass du mir zugehört hast. Weißt du, warum ich dir das alles erzähle? Damit du mich nicht für einen Psychofreak hältst. Ich habe es bislang nicht über mich gebracht, dieses Zimmer auszuräumen. Einmal hatte ich damit begonnen und ein paar Kartons gepackt, sie erst mal im Gästehaus untergestellt. Wahrscheinlich in der Hoffnung, dass Noël eines Tages wiederkehren würde. Dann kamst du, und ich habe sie einfach ins Zimmer zurückgeräumt. Nun stehen sie wieder da. Ich bin ein feiger Idiot!«

»Das bist du nicht! Deine Entscheidung war selbstlos und mutig.«

»Vielleicht. Aber ich war feige mit dir. Statt dir zu sagen, was du mir bedeutest, stoße ich dich vor den Kopf. Nur, als dein Freund hier ankam und ich euch zusammen gesehen habe, war das wie ein Flashback! Ich dachte, du bist in festen Händen. Und ich möchte auf keinen Fall jemand sein, der sich in eine Beziehung drängt.«

»Das tust du nicht.«

»Neulich im Lavendelfeld, da habe ich dich … ich meine. Wir haben uns geküsst. Dabei konnte ich gar nicht wissen, ob du liiert bist.«

Ich betrachte Lucien. Seine hohe Stirn, die markanten Gesichtszüge, die sich mit jedem seiner Worte leicht verändern. Diese Worte, mit ihrem weichen, verwaschenen Klang, dem Sch statt Ch, dem französischen Singsang. Margrit hatte recht. Er hat längst mein Herz.

»Weißt du«, fügt er hinzu. »Ich möchte Anstand haben. Nach dem, was mir passiert ist, noch viel mehr.«

Ich blicke fest in Luciens fragende Augen. »Das mit Tobias und mir ist vorbei. Endgültig.«

»Darf ich fragen, was bei euch los war? Warum ist er da gewesen?«

»Natürlich kannst du das fragen.« Einen Moment überlege ich, wo ich beginnen sollte. Nach dem, was Lucien mir anvertraut hat, möchte ich genauso offen und ehrlich zu ihm sein. Allerdings kommt mir meine Geschichte mit Tobias dagegen harmlos und lächerlich vor. Deshalb fasse ich mich so kurz wie möglich, jedoch ohne etwas auszulassen. Der geplatzte Kalifornienurlaub und warum es so kam. Mein spontaner Entschluss, hierherzufliegen. Dass ich in dieser Zeit den Kontakt zu Tobias mied, um mich innerlich zu lösen. Und ich berichte von dem, was in den Tagen geschah, als er mich besuchte.

Lucien hört schweigend und ernst zu, er rührt sich kaum. Diese Intensität, mit der er jedes Wort von mir aufnimmt. Er ist ganz bei mir.

»So ist es gewesen. Jetzt weißt du alles«, schließe ich meinen Monolog. Mein Mund ist trocken, ich trinke von meinem Wasser. Es hat gutgetan, Lucien meine Geschichte zu erzählen. Fast fühlt es sich an, als würden sich all die unguten Gedanken und Gefühle der letzten Wochen in der sonnigen Luft um uns herum auflösen.

»Danke, dass du mir das alles anvertraut hast«, antwortet er nur. Ich rechne damit, dass er noch irgendein Statement abgibt. Etwas in der Art von »Unmöglich, der Typ!«. Aber Lucien sagt kein Wort über Tobias, was ich ihm hoch anrechne. Stattdessen fügt er nach einer Weile hinzu: »Ich gratuliere dir zu dem verkauften Drehbuch. Hab ich doch gewusst, dass du eine Schriftstellerin bist!«

»Ja. Vielleicht«, gebe ich verlegen zu.

»Sag mal, Sarah«, sagt er und nimmt meine Hand. »Wie lange bleibst du noch? Hast du es dir überlegt?«

Mein Herz fliegt mitten in seine warme Hand. »Ich bleibe. Für einen Monat noch.«

Ein Lächeln segelt über sein Gesicht. Wie ein Schiff, das hinter der Erdkrümmung verborgen war und sich endlich in den Horizont schiebt. »Ich hatte solche Angst, dass du in diesen Tagen fahren könntest! Deshalb bin ich gekommen. Ich dachte, wenn ich dich so ziehen lasse, verzeihe ich mir das mein Leben lang nicht.«

Er beugt sich zu mir, streichelt meine Wange und jagt mir ein Kribbeln durch den Körper. Wir neigen unsere Köpfe einander zu, verschließen mit den Lippen gegenseitig unsere Münder. Unendlich zärtlich. Denn der Worte sind genug gesagt.

# 33

Niemals zuvor bin ich so geküsst worden wie von Lucien. Es ist, als würde er mich in eine andere Erdumlaufbahn katapultieren. Ihm muss es ähnlich gehen, er blickt mich wie entrückt an.

»Du hast mir schrecklich gefehlt. Auch bei der Arbeit, seit du nicht mehr dabei bist«, flüstert er.

»Ich habe dich auch vermisst. Und das Gewühle im Weinlaub.« Ich lache.

»Möchtest du sehen, wie weit die Trauben sind?«

»Ja!«

»Dann komm. Ich zeig sie dir.« Er steht auf, nimmt mich bei der Hand.

Zusammen spazieren wir über den Vorplatz, vorbei an den niedrigen Mauern zu den Weinstöcken. Die Nachmittagssonne breitet ihren wärmenden Mantel weit über die Hügel aus. Inzwischen ist es ganz windstill, und es ist, als gäbe es nur uns beide in dieser friedlichen Welt. Wir gehen tief in eine der Reihen hinein, die Reben erheben sich hoch über unsere Köpfe. Irgendwann hält Lucien inne, legt die freie Hand hinter eine der Trauben, wo die Beeren besonders reich hängen und formvollendet schimmern. Sie zeigen schon eine zartrote Färbung.

»Voilà«, sagt Lucien.

»Wie schön! Kann ich eine probieren?«

»Hm … wenn du möchtest, greif zu!«

Beherzt knipse ich mir eine Beere ab und stecke sie erwartungsvoll in den Mund. Sofort zieht sich alles in mir zusammen, so sauer und ungenießbar ist sie. »Bah!«

Ich spucke sie aus. Wie blöd von mir, natürlich können die Trauben noch nicht reif sein. Lucien stößt ein belustigtes Glucksen hervor. Dafür boxe ich ihn in die Seite. »Blödmann!«

»Ich wollte nur kein Spaßverderber sein.« Noch immer lacht er frech, doch er zieht mich liebevoll zu sich heran. Seine Umarmung ist fest, ich umschlinge ihn. Hebe den Kopf und rieche an seinem Hals, dort, wo die Haut besonders zart ist. Wieder küssen wir uns, lange. Unsere Zärtlichkeiten und Luciens Duft schießen mir wie Stromstöße Richtung Unterleib.

Ich wage es, meine Hände seinen Rücken hinabwandern zu lassen, umfasse den festen Po und schmiege mich enger an seinen Körper. Es ist mehr als spürbar, wie sehr Lucien mich will. Und ich will ihn auch.

Also ziehe ich ihn mit mir zu Boden, bis wir beieinanderliegen. Mitten auf der staubigen Erde, die hart gegen meine Hüfte drückt, geschützt vom grünen Laub der Weinstöcke. Der Himmel spannt sein tiefblaues Segel über uns. Lucien beugt sich zu mir, vergräbt eine Hand in meinen Haaren und lässt die Lippen über meinen Hals wandern. Ich werde berauscht von seiner Liebkosung, immer wieder finden sich unsere Münder. Alles um mich herum versinkt, wird unsichtbar, als seine Finger an mir herabgleiten und den Saum meines Rockes erfassen, meine Beine erfühlen. Überall, wo Lucien mich berührt, schießen Flammen über meine Haut. Ich schiebe meine Hand unter sein T-Shirt, das er sich daraufhin über den Kopf zieht. Wie schon damals am See bewundere ich seinen makellosen festen Oberkörper, die braune Haut. Verführerisch verdichtet sich das dunkle Haar unterhalb seines Bauches, um wie ein Wegweiser in Richtung Lenden unter dem Bund seiner Jeans zu verschwinden. Das Sehnen überschwemmt mich, ich nestele an Luciens Gürtel, öffne seine Hose und fühle die Wärme darunter. Er stöhnt leise, streift sich die Hose ab, ich befreie mich von Top und BH.

Dann hält Lucien inne. Zärtlich betrachtet er meine Brüste, lässt einen Finger sanft daran entlangkreisen, streichelt mein Dekolleté. Den Hals, das Kinn und mein Gesicht. Ruhig und ohne Eile, als wollte er sich jede kleine Wölbung für immer einprägen.

»Comme tu es belle«, flüstert er. *Wie schön du bist!*

Ich küsse ihn und ziehe seine Boxershorts herab, berühre ihn bald an seiner empfindsamsten Stelle. Er schließt die Augen. Schiebt seine Hand wieder unter meinen Rock, lässt sie hinaufwandern, und als sie ihr Ziel findet, kann ich ein lautes Seufzen nicht mehr zurückhalten. Luciens Atem geht schneller, als er mir den Slip herabstreift, unsere Küsse werden fordernder. Nie zuvor habe ich einen Mann so sehr gewollt wie ihn. Jetzt. Hier. Sofort.

Kurz verständigen sich unsere Blicke. Benommen tastet er zu seiner Jeans, die neben uns am Boden liegt. Er zieht sein Portemonnaie hervor, dem er ein Kondom entnimmt.

»Nicht, dass du denkst, ich hätte es darauf angelegt«, flüstert er verlegen. »Ich hab das immer im Portemonnaie, weil –«

Mit einem leidenschaftlichen Kuss verschließe ich seine Lippen. Als er endlich in mich dringt, erschüttert mich das überraschende Gefühl im Innersten. Erst halten wir still, spüren unserer Nähe nach. Dann bewegen wir uns. Sein Körper, seine Stöße loten Untiefen in mir aus, die ich vorher nicht kannte. Die Laute unserer Lust werden davongetragen über die Ebenen. Und während die Weinblätter über uns ein Muster aus Licht und Schatten auf unsere Haut malen, finden wir Erlösung.

Lange bleiben wir liegen, Staub in unseren Haaren, auf der vibrierenden Haut. Es stört mich nicht, dass ein Käfer über meine Wade krabbelt, ein Steinchen mir in die Rippen drückt. Es ist ein Moment, der niemals enden soll. Lucien bleibt eng an meiner Seite, einen Arm um mich geschlungen. Er lässt mich nicht los, auch als unser Atem längst ruhig und gleichmäßig geworden ist, als würden wir schlafen. Doch nie war ich so wach und so am Leben. Mir treten Tränen in die Augen, Lucien bemerkt es und tastet behutsam über den äußeren Winkel meines rechten Augenlids. Er sagt nichts. Ich war noch nie so glücklich. So erfüllt. Und so bei mir.

Irgendwann stützt Lucien sich mit dem Ellbogen

halb auf, sieht mich lange an. »Du machst mich sprachlos«, sagt er endlich.

Ich lächle. »Aber du sagst doch was, jetzt.«

Und dann ist es mein Magen, der sich in den Moment mischt. Er knurrt vernehmlich, es hört sich an wie ein grimmiges Gemecker.

Lucien streichelt fasziniert meinen nackten Bauch und lacht. »Was will er denn? Er hat nun wirklich keinen Grund, sich zu beschweren. Ich finde diesen Bauch nämlich hinreißend. Wie alles an dir.«

»Ja?«

Lucien nickt. »Das dachte ich schon, als ich dich in deiner verführerischen Badekluft am Pool gesehen hatte.«

Ich schlage meine Hand vor die Augen. »Erinnere mich nicht daran!«

»Oh, ich erinnere mich sehr gern daran. Du hast mich ganz schön durcheinandergebracht an dem Morgen.«

»Ich fand es einfach nur peinlich.«

»Und ich fand dich einfach nur umwerfend.«

Ich knuffe ihn in die Seite. »Du stehst also auf Snoopy und gelbe Schlüpfer mit *Mardi*-Aufdruck?«

»Natürlich. Absolut unwiderstehlich. Dann weiß ich wenigstens, welchen Wochentag wir gerade haben.« Wieder lacht er, hemmungslos und laut.

Ich stimme mit ein. Erinnere mich an das erste Mal, als ich diese Laute aus seiner Kehle hörte, während wir den geplatzten Reifen wechselten. Sofort verspüre ich den Impuls, seine Lippen zu küssen, und der Rest seines Lachens schallt in meinen Mund, hüpft in mich hinein. Wir ergeben uns und lieben uns ein zweites Mal, diesmal leicht und sacht, wie ein Boot, das über sanfte Wellen schaukelt. Danach liegen wir lange beieinander. Lucien streichelt mein Gesicht, legt die Lippen nah an mein Ohr. Flüstert.

»Ich war lange nicht mehr so glücklich wie jetzt, Sarah. Mein Drähmomonschlüssäll.«

Die Sonne ist tiefer gesunken und schickt ihre glutroten Strahlen hinter uns her durch die Weinstockreihen, lässt Luciens Haar aufleuchten, als wir Hand in Hand zurück zum Haus schlendern. Mit schmutzigen Kleidern und durstig wie nach einer Wüstenwanderung.

Wir überqueren den Platz vor seinem Haus, als Lucien unvermittelt stehen bleibt. Ein fremdes Auto parkt auf dem Kies. Fragend schaue ich ihn an, er starrt mit düsterer Miene geradeaus, die Augenbrauen wieder zu einem düsteren V zusammengezogen. Ich habe diesen Ausdruck schon so oft bemerkt, dass ich spontan einen liebevollen Scherz machen möchte, doch jetzt sehe ich den Puls an seinem Hals klopfen und bin alarmiert. Mein Blick folgt dem seinen.

Vor seiner Haustür, auf der Treppe, sitzt eine Frau, die ich nicht kenne. Sie hat einen dunklen Kurzhaarschnitt, trägt Shorts und mag wenige Jahre älter sein als ich. An der Art, wie sie in unsere Richtung blinzelt, sich langsam und unsicher erhebt, erahne ich, wer sie sein muss. Luciens Hand umschließt meine enger, ich drücke zurück.

»Ist sie das?«, flüstere ich.

Er nickt. Sein Kehlkopf bewegt sich auf und ab, als er schluckt.

»Geh hin.«

Doch er rührt sich nicht, wie jemand, der zwischen Angriff und Flucht gefangen ist.

»Geh doch hin zu ihr«, wiederhole ich leise.

»Lucien?« Die Frau macht einige zögerliche Schritte in unsere Richtung, bis sie innehält.

»Ich warte im Gästehaus«, raune ich ihm zu.

»Non, reste!« *Bleib hier!* Er umschließt meine Hand noch fester, aber ich entziehe sie ihm.

»Doch. Sprich mit ihr. Allein.«

»Lucien, je t'en prie.« *Ich bitte dich.* Die Stimme der Frau klingt beschwichtigend.

Ich wende mich wortlos ab, lasse den Mann, mit dem ich eben das Intimste geteilt habe, hinter mir zurück und gehe zum Gästehaus. Erst vor meiner Tür drehe ich mich verstohlen um und nehme wahr, wie beide langsam aufeinander zugehen. Lucien sieht vollkommen durcheinander aus. Und auf einmal bekomme ich es mit der Angst zu tun.

# 34

Es war richtig, die beiden allein zu lassen. Dennoch wird eine kleine fiese Stimme in mir lauter. Was, wenn Luciens Ex-Freundin reumütig zu ihm zurückwill? Und alte Gefühle in ihm neu entfacht? Er muss sie einmal sehr geliebt haben. Gerade erst habe ich mein Herz, meinen Körper, mein Innerstes an Lucien verschenkt. Es wäre unerträglich, ihn jetzt schon wieder zu verlieren.

Um mich zu beruhigen, trinke ich ein Glas Wasser, zwinge mich, eine Kleinigkeit zu essen, und nehme eine Dusche. Obwohl ich den Duft, den Lucien überall auf meiner Haut hinterlassen hat, gar nicht wegspülen mag. Aber ich bin vollkommen staubig und verschwitzt.

Draußen sammle ich unsere Gläser von heute Mittag ein, schaue hinüber zum Parkplatz. Das Auto steht noch immer da. Mein Herzschlag stolpert. Verdammt! Es ist vollkommen unsinnig, dass Lucien sich nach all dem, was gewesen ist – auch zwischen uns –, plötzlich wieder zu dieser Frau hingezogen fühlt. Oder? Andererseits, sie ist und bleibt die Mutter seines Kindes. Auf diese Weise werden sie ewig verbunden bleiben. Der

Stich, der mich bei diesem Gedanken durchbohrt, lässt mich erschauern.

Es ist ein Rest Roséwein im Kühlschrank, und ich kippe ihn in mein Glas, das ich ex trinke. Ich knalle es zurück auf den Küchentisch. Einen schlechteren Zeitpunkt, um die Vergangenheit zu klären, hätte sich diese Frau nicht aussuchen können. Sollte ich doch mal rübergehen? Vielleicht braucht Lucien mich gerade? Zeit genug hatten sie mittlerweile, sich auszusprechen. Oder etwa nicht?

Aber wie ein wütender Racheengel in der Tür stehen? Nach dem Motto: Deine Zeit ist abgelaufen, Bitch. Hinfort, ab jetzt gehöre *ich* zu Lucien! Ich kichere verzweifelt.

*Sei nicht albern, Sarah.*

Stunden vergehen, in denen ich den Fernseher im Wohnzimmer anschalte, obwohl ich fast nur französische Sender empfange und das einzig verständliche Schweizer Programm mir gehörig auf die Nerven geht. Ein Werbespot, der ladylike unsichtbaren Komfort bei »Blosenschwächche« verspricht, brennt sich mir unangenehm in den Schädel ein. Ans Schreiben ist momentan nicht zu denken. Die Gedanken kreisen wie eine Motorsäge durch mein Hirn und kappen jeden Anflug von Kreativität.

Ich greife mir das Handy und tippe eine Nachricht an Lucien. *Alles in Ordnung?*

Minutenlang sitze ich da und schaue auf das Display, doch nicht mal die zwei Häkchen erscheinen, dass er sie empfangen hat. Das hat sich auch nicht geändert, als ich eine Stunde später beschließe, nicht länger auf Lucien zu warten, sondern mich ins Bett zu legen, denn dieser Tag hat mich mit all seinen Höhen und Tiefen müde gemacht. Ich schiebe meinen Stolz beiseite und tippe eine zweite Nachricht: *Lege mich schlafen. Ich hoffe, ihr könnt euch aussprechen. Ich küsse dich und freue mich auf morgen. Sarah.*

Perfekt. Er wird sehen, dass ich an ihn gedacht habe, und es wirkt nicht beleidigt. Es wäre schrecklich, unseren ersten Tag als – ja, was eigentlich, als Paar? – mit einem Eifersuchtsanfall zu beenden.

Zum Glück schlafe ich tatsächlich rasch ein und habe gar keine Gelegenheit mehr, mir irgendwelche Szenarien auszudenken, die sich in seinem Haus abspielen könnten. Natürlich wandert mein erster Blick, als ich um halb neun wach werde, zum Handydisplay. Zwei Nachrichten. Mein Puls pocht schneller, als ich sie öffne.

Die erste hat er mir spät in der Nacht geschrieben. *Ich hätte dich so gerne noch gesprochen. Aber es ist alles dunkel bei dir, ich möchte dich nicht mehr wecken. Ich bin völlig durcheinander und muss dir morgen dringend was erzählen.*

Mein Bauch zieht sich zusammen. Hektisch lese ich die zweite Nachricht. Er hat sie vor einer halben Stunde geschickt.

*Guten Morgen, Faultierchen! Komm zu mir, wenn du aufgewacht bist. Ich bereite uns ein Frühstück zu. Anouk wartet auch auf dich. Mit Sehnsucht, dein Lucien.*

Ich seufze befreit. Das würde er nicht schreiben, wenn er mir etwas Niederschmetterndes mitteilen müsste.

Schnell tippe ich *Komme gleich!* und schwinge voller Vorfreude die Beine aus dem Bett. Heute ist genau der richtige Zeitpunkt für das neue Kleid vom Markt. Es ist Sonntag, und ich hoffe, dass Lucien und ich ihn gemeinsam verbringen können. Im Bad singe ich leise vor mich hin. Schließlich schlüpfe ich in meine Flipflops und gehe zu ihm hinüber.

Danielles Auto steht nicht mehr da. Der Stoff des neuen Kleides schwingt mir um die Beine, ich könnte die Welt umarmen. Unwillkürlich kommt mir der alte Song von Katrina and the Waves in den Sinn, »Walking on Sunshine«. Es muss genau diese Stimmung sein, in der das Lied geschrieben wurde, genau dieses Gefühl, das mich gerade von den Haarwurzeln bis in die Zehenspitzen durchströmt. Ich könnte abheben vor Glück.

Ich klopfe lächelnd an Luciens Tür, und es vergehen nur wenige Sekunden, bis er sie öffnet und mich übergangslos in seine Arme zieht. Er versenkt seine Nase in mein Haar und drückt mich an sich, als wollte er mich nie wieder loslassen. Dann küsst er mich. Als wir uns voneinander lösen, wandert sein Blick an mir herab.

»Wow!«, stößt er hervor. »Du siehst aus wie eine Französin. Nein. Schöner.«

»Danke!« Ich betrachte aufmerksam sein Gesicht und erkenne, dass er wenig geschlafen hat. »Was hat sie gestern von dir gewollt?«

»Gleich«, antwortet Lucien. »Komm erst mal mit in den Garten.«

Er geht voraus. Anouk erhebt sich schwerfällig, als sie mich wahrnimmt, und eiert auf unsicheren Beinen auf mich zu. Der Tisch ist liebevoll und reich gedeckt, sogar eine kleine Blumenvase steht vor meinem Teller mit drei von Lavendelzweigen flankierten Rosen. Ich setze mich, während Lucien kurz in der Küche verschwindet, und lasse alles auf mich wirken. Die pastellenen Farben der Blüten, das Vogelgezwitscher. Und Anouk, die sich zu meinen Füßen zusammenrollt.

»Dein Garten ist herrlich«, rufe ich Lucien entgegen, der mit einer dampfenden Pfanne in der Hand zurückkommt.

»Das ist nicht mein Verdienst.«

»Pépin, oder?«

»Genau.« Er befüllt unsere Teller mit Rührei. »Meine Mutter hat den Garten früher angelegt, und seit meine Eltern nicht mehr hier leben, pflegt er ihn. Er hat ein Händchen für so was. Bei mir geht alles ein. Nur der Wein nicht.« Lucien lacht und stellt die Pfanne ab, setzt sich.

Das Rührei duftet fantastisch und ist mit frischem Liebstöckel garniert. Ich koste davon. »Das schmeckt toll! Übrigens mag ich Pépin sehr.«

»Oh ja. Auch wenn er ein seltsamer Kauz ist. Lebt, seit ich ihn kenne, allein in einem winzigen Haus in den Bergen. Ein Eigenbrötler, aber ein liebenswerter und tüchtiger.« Lucien schenkt Kaffee ein und weist quer über den Tisch. »Greif zu!«

»Du verwöhnst mich. Danke!« Ich kleckse mir Marmelade aus einem Glas mit handbeschriebenem Etikett aufs Croissant. Genussvoll beiße ich hinein. Erdbeere mit Rosmarin, himmlisch.

»Hast du die Marmelade selbst gemacht?«

Lucien schüttelt den Kopf, während er kaut. »Antoines Frau. Sie beschenkt mich immer mit solchen Sachen. Glaubt, dass ich das irgendwie brauche, weil ich alleine lebe.«

»Sag ihr, dass sie wunderbar schmeckt.«

»Du kannst es ihr sicher auch selbst noch mal sagen.« Er lächelt.

Ich lehne mich zurück. Natürlich könnten wir weiter um den heißen Brei herumreden, etwa über seine Familie. Wo seine Eltern heute leben zum Beispiel. Aber Lucien hat Wichtigeres auf dem Herzen.

»Möchtest du mir jetzt von gestern Abend erzählen?«, frage ich also.

»Ja.« Seine Schultern straffen sich kaum merklich. »Danielle war da, weil sie ihre Geburtsurkunde brauchte. Die hatte sie damals vergessen. Wir mussten gestern länger danach suchen.«

»Nur dafür ist sie den langen Weg hierhergekommen? Du hättest sie ihr doch auch schicken können.«

»Das stimmt. Aber es gab etwas, das sie mir sagen musste. Von Angesicht zu Angesicht. Damit sie sich besser fühlen und mit der Vergangenheit abschließen kann, wie sie sagte.« Lucien trinkt einen Schluck Kaffee. Ein bitterer Zug legt sich um seine Lippen. »Übrigens möchte sie den Mann heiraten, für den sie mich verlassen hat. Deshalb auch die Urkunde. Er ist inzwischen geschieden, ihrem Glück steht nichts mehr im Weg.«

»Das wollte sie dir persönlich sagen? Um dich zu quälen?«

»Nein, das ist es nicht.« Lucien richtet sich auf. »Also, es war so. Danielle hat wohl erst neulich von unserer Freundin erfahren, dass ich nach Deauville gefahren war und wieder umgedreht bin. Da hat es dann endlich klick gemacht bei meiner Ex. Dass sie mich nicht so behandeln und im Ungewissen lassen darf.«

»Kommt spät, diese Einsicht.«

Er nickt. »Sie sagte, sie habe Angst vor der Konfrontation gehabt. Angst, mir die Wahrheit zu sagen. Denn die Dinge stehen anders, als ich dachte.«

Ich werde hellhörig. »Inwiefern denn?«

»Der Junge, Noël«, sagt er leise.

»Ja?« Ich erahne die Wucht der Worte, die gleich aus Luciens Mund kommen werden.

»Er ist nicht mein Sohn.«

Wir verstummen beide. Mir ist, als würden selbst die Zikaden eine Atempause machen. Vielleicht höre ich sie auch nur für einen Moment nicht mehr, zu sehr trifft mich Luciens betrübter Blick.

Irgendwann fährt er fort. »Sie hatten bereits einen Vaterschaftstest gemacht, als sie noch bei mir lebte. Weil sie mich schon vor der Schwangerschaft mit ihm betrogen hatte.« Luciens Stimme wird rau. »Angeblich war es damals bloß ein Seitensprung. Ein Ausrutscher. Angeblich hat Danielle mich trotzdem geliebt. Wollte unbedingt, dass es mit uns klappt. Der Kerl war ja auch verheiratet. Doch als Noël dann da war, sah er ihm wohl ähnlich. Stell dir das mal vor, Sarah! Ich Idiot hatte mir sogar eingebildet, dass er nach mir käme!«

Ich schüttle benommen den Kopf.

»Daraufhin wollten beide Gewissheit haben. Haben sich wieder getroffen. Entdeckten, dass es Liebe war.« Er unterlegt das Wort Liebe mit einem ironischen Klang. »Und als klar war, dass er der Vater ist, beschloss er, seine Frau zu verlassen, und die beiden sind durchgebrannt.«

»Meine Güte!« Ich suche verwirrt nach Worten. »Das ist ja ein echter Schock.«

Und der steht ihm nach wie vor ins Gesicht geschrieben. Aber da ist noch etwas anderes in seinen Zügen. Eine Art Ernüchterung, die bitter, doch zugleich erleichtert wirkt.

»Ja. Ja und nein«, antwortet er. »Natürlich, es ist ein Schock. Wir haben lange zusammengesessen gestern, bis ich das überhaupt kapiert habe. Ich bin laut geworden, konnte es nicht glauben. Es ist schrecklich, dermaßen verarscht worden zu sein. Ich wollte verstehen, wie das alles passieren konnte und warum. Wir waren wohl zu unreif. Oder es war keine echte Liebe zwischen uns.« Er hebt die Hände. »Aber weißt du, obwohl sie mir gestern noch mal richtig wehgetan hat, ist jetzt ein anderer Schmerz von mir abgefallen. Und der war viel schlimmer. Der Schmerz, meinen Sohn verloren zu haben.«

Ich nicke langsam. »Das kann ich gut verstehen.«

»Ich habe seine ersten sieben Lebensmonate mit ihm geteilt. Auch wenn ich ihn geliebt habe: Er gehört zu diesem anderen Mann. Nicht zu mir.« Lucien sieht mir fest in die Augen. »Sie wird die Vaterschaft offiziell auf ihn umschreiben lassen. Ich kann nun endgültig damit abschließen.«

»Es ist gut, dass sie den Mut hatte, zu dir zu kommen. Dir all das zu sagen.«

»Oui. Ich werde ihr dafür keinen Preis verleihen und war froh, als sie endlich weg war. Trotzdem war es richtig.«

»Ist sie über Nacht zurückgefahren?«

»Non. Sie hat bei dieser Freundin von uns übernachtet. Heute kehrt sie zurück nach Deauville. Ich hoffe, für immer.«

»Ja. Hoffentlich für immer.« Ich schaue ihn an, sein verletzlicher Anblick bewegt mich. Deshalb stehe ich auf, gehe zu ihm und setze mich auf seinen Schoß. Ich berühre sein Gesicht, küsse seine Wangen. Halte ihn ganz fest, und er mich.

# 35

Mein Wunsch für diesen Sonntag erfüllt sich, Lucien hat Zeit für mich. Gemeinsam räumen wir ab, nachdem wir den Wespen dabei zugesehen haben, wie sie etwas von Estelles Marmelade stibitzen. Wir suchen nach Ablenkung, und Lucien möchte mit mir zu dem Kloster fahren, von dem ich schon gelesen hatte, der Abbaye du Thoronet. Er sagt, es sei ein Ort, der ihn beruhigt.

Auf dem Hinweg im Lieferwagen bekomme ich eine Nachricht von Cleo. Sie fragt, ob wir uns heute treffen wollen, weil sie erst abends arbeiten muss. Schnell tippe ich, dass Lucien und ich den Tag gemeinsam verbringen. *Am besten für uns allein*, schreibe ich mit einem Zwinkersmiley. Es kommt ein *Yehaaawww!* mit korkenknallender Sektflasche und Luftschlangen-Emojis zurück. Ich muss grinsen, füge noch ein *Müssen uns aber nächste Woche unbedingt wiedersehen!* hinzu und stecke das Handy weg.

»Gute Nachrichten?«, fragt Lucien und drückt meine Hand.

»Gute Nachrichten über *uns*!«, antworte ich nur, und er lächelt still.

Die alten Klostergemäuer liegen versteckt und einsam mitten in der wilden Landschaft. Der Kircheninnenraum empfängt uns mit kühler, erhabener Stille. Er ist schlicht gehalten, und Lucien und ich spazieren Arm in Arm durch den Mittelgang zwischen den Holzbänken hindurch. Bald stehen wir im Kreuzgang des Klosters, wo Säulen den Blick auf den Innenhof mit Buchshecken und einem Brunnenhaus freigeben. Die schnörkellose Klarheit weckt ein Gefühl von Andacht in mir, und Lucien muss es ähnlich gehen. Wir sprechen fast kein Wort, nur ab und zu beugt er sich zu mir und küsst mich auf den Mund, und jedes Mal hinterlässt es ein leises Kribbeln auf meinen Lippen. Vor dem Armarium bleiben wir stehen, einem leeren Raum mit gewölbter Decke, durchweg aus Steinen gemauert.

»Voilà. Darin haben die Mönche ihre Manuskripte aufbewahrt. Schriftsteller wie du.« Er küsst mich wieder.

Es geht eine Treppe hinauf, die uns zum Kapitelsaal und zum Parlarium führt.

»Nur hier durften sie miteinander reden«, erklärt mir Lucien mit Ehrfurcht in der Stimme. »Ich finde das faszinierend. Könntest du dir vorstellen, fast immer zu schweigen?«

Ich schmiege mich an ihn. »Mit dir schon.«

Er streicht mir durchs Haar.

Dann wandern wir oberhalb der Mauern entlang unter freiem Himmel, genießen den weiten Blick über das Land. Die Sonne schimmert in Luciens Gesicht, lässt seine Augen tiefblau aufleuchten, und ich möchte diesen Moment nie, nie vergessen. Die Art, wie er mich ansieht, sein dunkles Haar, das sich im Wind bewegt. Der Duft von Kräutern und trockenem Gras, das Summen der Insekten. Ich möchte nicht daran denken, was in ein paar Wochen geschehen wird. Wir haben diese Zeit. Eine Aneinanderreihung wunderbarer Augenblicke. Perlen, die uns niemand je nehmen kann. Sie bilden eine zarte Kette, die uns für immer binden wird, auch wenn wir uns trennen. Alles andere zählt nicht.

Ich nehme Luciens Hand, und langsam spazieren wir wieder zum Vorplatz, kühlen unsere Arme in einem der Brunnen. Lucien legt mir sanft zwei Finger in den Nacken, lässt ein paar kalte Tropfen unter dem Stoff des Kleides meinen Rücken herabrinnen, was mir einen wohligen Schauer über die Haut jagt. Meine Sehnsucht, mit ihm allein zu sein, wächst ins Uferlose.

Einen Moment verweilen wir, dann gehen wir zum Eingang zurück, um ein bisschen bei den Büchern, Spezialitäten und Spielzeugen zu stöbern, die in der Tickethalle verkauft werden. Unwillkürlich muss ich an den Buchladen denken. Daran, wie weit Barbara wohl inzwischen mit allem ist.

Von einem der Tische lacht mich ein Notizbuch an, das ich in die Hand nehme. Es hat einen lederartigen Einband und ist kunstvoll bedruckt. Mit einer Lasche lässt es sich an der Seite verschließen. Ich fächere die linierten Blätter auf. Früher habe ich in ähnlichen Büchern Tagebuch geschrieben. Meine ganzen albernen Teenagernöte.

»Gefällt es dir?«, holt Lucien mich aus meinen Gedanken.

»Ja. Ich habe eine Schwäche für solchen Kram.«

»Dann möchte ich es dir schenken«, verkündet er, nimmt es und geht, ehe ich ihn daran hindern kann, schnurstracks zur Kasse. Die Verkäuferin packt es in eine Papiertüte.

Feierlich überreicht er sie mir. »Für dich. Dann brauchst du deine Gedichte nicht mehr auf lose Zettel schreiben, die der Wind durch die Weinberge wirbeln muss, damit ich sie finde.«

Ich lache und küsse ihn. Wieder und wieder.

Für den Rest des Tages weichen wir einander nicht mehr von der Seite. Ich bleibe auch die ganze Nacht bei Lucien, in seinem Haus. Viel sehe ich davon nicht, denn wir verlassen das Schlafzimmer so gut wie nie. Unsere Liebe macht mich wie betrunken. Vor den Fenstern bauschen sich die weißen, langen Vorhänge leicht im Wind. Auf unseren Körpern schlängeln sich Schweißtröpfchen, die Haut an Haut ineinanderperlen. In einer ermatteten Atempause verlässt Lucien mich kurz, um etwas zu essen und zu trinken aus der Küche zu holen. Ich sehe vergnügt seinem nackten Po nach und bleibe liegen, mit Luciens Duft auf meiner Haut. Minuten ohne ihn, die beinah körperlich schmerzen. Die Intensität meiner Gefühle berauscht und verwirrt mich, doch um nichts auf der Welt möchte ich je aus diesen zerwühlten Laken hervortauchen.

Als wir am anderen Morgen früh aufwachen, die Arme umeinandergeschlungen, die kaum angerührten Teller auf dem Fußboden, glaube ich, jeden Zentimeter seines Körpers auswendig zu kennen. Nach einem langen Kuss beschließen wir, uns im Pool zu erfrischen. Als ich ankündige, meinen Bikini aus dem Gästehaus holen zu müssen, hält Lucien mich zurück. Stattdessen streift er mir liebevoll seinen Kimono über die Schultern, der für ihn knielang ist, mir reicht er bis zu den Waden. Lucien zieht Boxershorts an, und wir treten aus dem Haus. Die Luft ist noch herrlich kühl. Wir gehen einen Schleichweg in Richtung Pool, dessen Blau uns schon durch die Hecken entgegenblinzelt.

An der Poolleiter stehen wir uns gegenüber. Lucien betrachtet mich, öffnet den Stoff des Kimonos an meinem Bauch. Mit beiden Händen fährt er über meine Haut bis zum Schlüsselbein hinauf, wo er sanft den Stoff links und rechts anhebt und von meinem Körper gleiten lässt. Der Kimono fällt zu Boden. Vollkommen nackt stehe ich vor ihm.

Ich trete an Lucien heran, umfasse seine Hüften. Dehne den Bund der Boxershorts und ziehe sie langsam nach unten. Nacheinander steigen wir über die Leiter hinab, werfen uns in die Wellen. Lucien schwimmt unter Wasser, sein Haar klebt ihm wieder beinah schwarz am Kopf, als er vor mir auftaucht und mich umarmt. Dann tummeln wir uns vergnügt wie Kinder im Pool, bis wir ganz außer Puste sind. Wir bewegen uns zurück in Richtung Rand, wo wir stehen können. Dort halte ich mich mit den Armen hinten am Becken fest, schlinge meine Beine um Luciens Taille und ziehe ihn fest an mich. Unsere Küsse durchtränkt ein leichter Chlorgeschmack, doch das stört uns nicht.

Als Lucien später zur Arbeit muss, glaube ich für einen Moment, ein Reißen in meinem Herzen zu hören. An diesem Vormittag lege ich mich noch einmal hin, diesmal wieder in mein Bett im Gästehaus, obgleich er mir angeboten hat, in seinem Haus zu bleiben. Ich kuschle mich in das Laken und falle fast bis zum Mittag in einen herrlichen, satten, tiefen Schlaf.

*Mit dir*

Wenn du bei mir bist,
atme ich
leichtes Licht
auf neuer Erde.

Milchstraßen führen uns
kreuz und quer –
mit Feuerbällen im Mund,
wenn wir lachen,
und Funken tanzen auf unserer Haut.

Wenn du bei mir bist,
wiegt sich die Sonne
im Irgendwo
zwischen Dunkel und Gold.

Dein Lächeln malt
Erinnerungen an morgen,
weit wie der Sichelmond.
Darauf können wir spazieren,
immer im Fall.

Sag, liebst du mich?

# 36

Die nächsten zwei Wochen fließen wie in luftiges Gewebe gehüllt dahin. Lucien und ich verbringen jede freie Minute miteinander. Wir wissen, unsere gemeinsame Zeit wird bald ein Ende haben. Doch wir sprechen nicht darüber. Vielleicht bewirkt das Unausweichliche unserer Trennung die Intensität unserer Momente.

Manchmal treffen wir uns mit Cleo und Nicolas. An einem Abend gibt seine Band ein Open-Air-Konzert nah bei Cotignac, und wir lassen uns von der Musik mitreißen. Auf kleinere Ausflüge nehmen wir Margrit mit. In ihrem Gesicht lese ich, wie sie unsere Gegenwart genießt.

Wenn Lucien arbeitet, sitze ich an meinem Roman, schreibe Gedichte oder lerne Französisch. An manchen Vormittagen helfe ich Lucien spontan im Weinberg, oder ich kümmere mich um die Bestellungen und verpacke Weinflaschen in Kisten. Hin und wieder begegnet mir Antoine, wenn er die Weinkisten abholt, um sie zur Post zu bringen oder direkt auszuliefern. Bei einer dieser Gelegenheiten lädt er uns für einen Abend zu sich und Estelle ein, und wir verleben schöne Stunden auf ihrer

Terrasse. Estelle erweist sich als passionierte Köchin, und das bei ihrem ätherischen Aussehen. Während die Brüder sich unterhalten, mache ich ihr ein Kompliment über die Marmelade, die Lucien und ich oft zum Frühstück essen. Sogleich springt sie auf und bringt mir ein neues Glas mit dem vertrauten Etikett, stellt es neben meinen Teller.

»Pour toi! Pour que tu penses à nous en Allemagne.« *Für dich, damit du in Deutschland an uns denkst.*

Ich bedanke mich. Bevor ich traurig werden kann, flüstert sie mir zu, sie habe die Anziehung zwischen Lucien und mir gleich bemerkt und sei froh, dass ihr Schwager durch mich aus seinem Tief herausgefunden habe.

Lucien hört ihre Worte und lächelt mich an. »Oui, elle est mon Drähmomonschlüssäll.«

Die verständnislosen Gesichter bringen Lucien und mich zum Lachen, und er erklärt den beiden, welche Geschichte dahintersteckt. Dann wird seine Miene ernst, und er erzählt, was sie bislang noch nicht wussten: dass Noël gar nicht sein Sohn ist. Man könnte eine Stecknadel fallen hören, und es vergehen einige Sekunden, bis Antoine und Estelle die Information verarbeiten und ihn mit Fragen bombardieren.

Lucien nimmt meine Hand und streichelt sie unbewusst, während er von Danielles Besuch berichtet. Er wirkt gefasst dabei, hat das Vergangene hinter sich gelassen.

Auf dem Rückweg im Auto sind wir beide zunächst schweigsam, bis Lucien den Faden aufnimmt, der thematisch zwischen uns schwingt. »Der Brief an Noël liegt noch beim Anwalt. Ich werde ihm sagen, dass er ihn vernichten soll.«

»Stimmt, ja.«

»Und Noëls Zimmer. Ich möchte es auflösen. Endlich.«

Ich nicke erleichtert. »Das ist gut!«

»Würdest du mir dabei helfen?«

»Natürlich.«

»Danke!« Sein Blick ruht voller Wärme auf mir.

Am Wochenende machen wir uns daran, das Kinderzimmer auszuräumen. Ich hatte erwartet, dass Lucien zögerlich sein würde, aber er geht tatkräftig ans Werk. Gerade schraubt er das Bettchen auseinander, als ich mich nach dem Steiffteddy und den Büchern recke, die auf dem Hängeregal drapiert sind. Ich lege die Bücher erst mal auf dem Fußboden ab und drehe das leicht abgewetzte Stofftier in den Händen. »Der ist schon alt, oder?«

Lucien legt den Akkubohrer beiseite, steht auf und kommt zu mir. Er berührt den Teddy am Kopf. »Ja. Das war meiner.«

»Niedlich.« Ich versuche mir Lucien als kleinen Jungen vorzustellen. »Du musst mir mal Fotos von dir als Kind zeigen.«

»Oje! Lieber nicht. Ich war ein runder Pummel.«

»Wirklich?« Ich lache. »Du bist doch so schlank. Das kann ich mir gar nicht vorstellen!«

»Oh doch! Man nannte mich *Doudou.*«

»Und was heißt das?«

»Teddy.« Er grinst.

Amüsiert schaue ich ihn an. »Wie süß!«

»Für meine Eltern war ich allerdings *Häwelmann*. Weil ich das Buch so mochte.«

»Was machen deine Eltern eigentlich, wo leben sie heute?«

Lucien setzt sich auf den Boden, gegen die Wand gelehnt. Ich lasse mich neben ihm nieder.

»Die meiste Zeit segeln sie in der Welt herum. Das war immer ihr Traum. Sie haben sich eine Jacht gekauft, kaum dass sie die Weinberge an uns übertragen hatten.«

»Wow!«

»Früher haben sie mit uns in diesem Haus gelebt«, erzählt er. »Ich bin hier aufgewachsen und hab dann mit Antoine den Betrieb übernommen. Jetzt haben sie eine Einliegerwohnung oben.« Er zeigt kurz in Richtung Decke.

»Ist es ihnen schwergefallen, die Verantwortung an euch abzugeben?«

»Kein bisschen. Schwer fiel ihnen, glaube ich, nur, Anouk zurückzulassen.« Er lacht leise.

»Also ist sie eigentlich ihr Hund?«

Lucien nickt. »Trotzdem gehört sie auch zu mir. Sie kam vor fünfzehn Jahren zu uns. Kurz nachdem ich aus Deutschland zurück war.«

»Toll, dass deine Eltern ihr Leben so genießen.«

Er schaut mich an. »Ich finde, ihr solltet euch kennenlernen.«

»Heißt deine Mutter Hélène?«

»Ja, woher …?«

»Dann habe ich sie schon ein paarmal gesehen. Sie hat mir zum Beispiel die Tür geöffnet, als wir nach Monaco gefahren sind.«

»Ach, stimmt. Sie waren vor ein paar Wochen hier. Bald gehen sie in Saint-Tropez wieder vor Anker. Wollen wir da nicht mal hinfahren?«

»Gerne!« Die Stadt zu sehen und seine Eltern zu besuchen wäre schön. Allerdings macht mich der letzte Gedanke auch unsicher. Was heißt das für uns? Haben wir eine Zukunft?

»Und deine Familie? Wie sind sie so? Ich weiß zu wenig über dein Leben«, sagt er jetzt.

»Puh!« Ich lehne den Kopf gegen die Wand. »Sagen wir: Sie sind kompliziert.«

Lucien beäugt mich neugierig. »Was meinst du damit?«

»Na ja, meine Eltern zumindest. Meine Mutter ist ein spießiger Kontrolldrachen, mein Vater ein graues Männlein.«

Es ist wohltuend, wie Lucien den Kopf in den Nacken wirft und schallend lacht. »Das kann ich mir gar nicht vorstellen, dass zwei derart komische Menschen etwas so Wunderbares wie dich hervorbringen! So schlimm können sie nicht sein.«

Seine Worte wärmen mich. Trotzdem hebe ich warnend den Finger. »Oh doch! Aber meine Schwester ist mir nah. Du würdest sie mögen. Ohne sie wäre meine Kindheit nur halb so glimpflich verlaufen.«

»Ist sie älter als du?«

Ich schüttle den Kopf. »Jünger. Wir haben uns aneinandergeklammert und viel zusammen gespielt.«

»Erzähl mir mehr von deiner Kindheit.«

Also gebe ich Lucien ein paar Anekdoten von meinen Eltern zum Besten. Und zitiere meine ersten überraschten Kleinkindworte an Melanies Wiege: »Mella – so klein!« Berichte davon, dass sie trotzdem sofort den größten Platz in meinem Herzen hatte. Und wie sehr ich es liebte, mir Geschichten für sie auszudenken.

Bei diesem Stichwort fällt Luciens Blick auf die Bücher, die ich vorhin auf dem Fußboden abgelegt hatte. Er zieht eines aus dem Stapel hervor. »Von Geschichten bekam ich auch nie genug.«

Es ist eine alte Ausgabe von *Der kleine Häwelmann.* Ich kenne das Bild auf dem Cover mit dem Baby im blumenumrankten Rollbettchen, auf das eine gütig lächelnde Sonne herabschaut. Illustriert von Else Wenz-Viëtor, eine Neuauflage davon haben wir in unserem Laden geführt.

»Ich habe es von meiner Großmutter geschenkt bekommen. Sie hat es mir immer vorgelesen, wenn sie hier war.«

»Du hast mir schon mal von ihr erzählt. Sie hat dir viel bedeutet, oder?«

»Sehr viel. Manchmal hat sie Monate bei uns verbracht. Eigentlich war sie nach der Scheidung von meinem Opa zurück nach Berlin gezogen. Aber sie vermisste ihre Tochter und Enkel und kam oft zu uns.«

»Also war sie deine Oma mütterlicherseits?«

»Genau. Durch sie bin ich quasi zweisprachig aufgewachsen. Immer hatte sie Zeit für uns. Meine Eltern waren von der vielen Arbeit oft zu erschöpft, um sich mit uns zu beschäftigen. Meine Oma hat dagegen den ganzen Tag mit uns gespielt und ist mit uns durch die Natur gestreift, immer mit ihrer Kamera.«

»Sind die Bilder im Flur von ihr?«

»Oui.«

»Sie gefallen mir richtig gut! Aber sag mal, wie kommt es dann, dass Antoine kaum Deutsch spricht?«

Lucien hebt die Schultern. »Er war ja kleiner und hat es wohl vergessen, hatte auch kein Deutsch in der Schule. Außerdem ging er lieber toben, wenn unsere Oma wieder mit 'nem deutschen Märchenbuch wedelte.« Er lacht. »Wir waren schon immer sehr verschieden.«

»Wie ist es mit ihr weitergegangen?«

»Kurz vor meinem Schulabschluss wurde sie krank. Krebs.« Er streicht mit der Hand über das Bilderbuch. »Da hab ich beschlossen, nach Deutschland zu gehen. Wenigstens für dieses eine Jahr, nach meinem Abschluss. Ich wusste ja, dass ich eines Tages die Aufgaben meiner Eltern übernehmen würde. Das war für mich der einzige Zeitpunkt, an dem ich mal andere Luft schnuppern konnte. Die Familie, bei der ich Au-pair machte, wohnte auch in Berlin. Von da konnte ich gut für meine Oma da sein.« Er schluckt. »Sie starb, nachdem ich nach Frankreich zurückgegangen war, um meine Winzerausbildung zu beginnen.«

»Wie traurig.«

»Ja. Aber wir hatten in diesem letzten Jahr noch eine schöne, intensive Zeit.« Lucien berührt seine Brust. »Und ich habe sie immer bei mir.«

Eine Weile sitzen wir schweigend, gegen die Wand

gelehnt. Irgendwann klopfe ich auffordernd auf sein Knie. »Komm. Lass uns fertig werden.«

»Gleich«, antwortet Lucien und klappt das Buch vom kleinen Häwelmann auf, das noch immer auf seinem Schoß liegt. Er blättert zur ersten Seite. »Ich hatte mir immer vorgestellt, wie ich Noël eines Tages daraus vorlesen würde. Wenn er alt genug ist.«

Ich schmiege mich seitlich an ihn. »Dann liest du es jetzt mir vor!«

Belustigt zieht er die Augenbrauen nach oben. »Wirklich?«

Ich nicke.

»Na gut, schöne Häwelfrau!« Er küsst mich auf den Scheitel und beginnt: *»Es war einmal ein kleiner Junge, der hieß Häwelmann …«*

Luciens Stimme, sein wunderbarer Akzent, mit dem er das Märchen von Theodor Storm liest, lullen mich ein und füllen dieses fast leer geräumte Zimmer mit neuem Leben. Wenn er beim Lesen innehält, rufe ich wie das Kind im Buch: »Mehr, mehr!«, und er lacht und fährt mit der Geschichte fort.

Ich lege den Kopf an seine Schulter, die sich mit jedem seiner Atemzüge leicht bewegt, und schließe die Augen. Dieser Mann ist mir unendlich nah. Es ist eine Vertrautheit, die ich in dieser Intensität mit niemandem zuvor kannte. Sie spult so viel Sehnsucht und gleichzeitig so viel Glück in mir hervor.

Egal, was kommt. Ich werde diesen Moment nie vergessen. Keinen der Momente mit Lucien. Nie.

# 37

Inzwischen ist das Babyzimmer ausgeräumt. Estelle und Antoine haben einige Spielsachen und Möbel mitgenommen. Lucien meinte augenzwinkernd, unter dem Vorwand, sie zu verkaufen, aber er hat einen anderen Verdacht. Das Buch vom kleinen Häwelmann ist natürlich bei ihm geblieben.

Heute haben wir bereits Donnerstag, die Zeit schreitet unbarmherzig voran. Beim Frühstück frage ich Lucien, was aus dem frei gewordenen Zimmer werden würde.

»Keine Ahnung. Wahrscheinlich ein Gästezimmer.«

Eine Idee, die schon länger in meinem Kopf ihre Kreise zieht, will an die Oberfläche. »Sag mal, apropos Gäste. Wenn ich fort bin, also …«

Über Luciens Gesicht zieht eine dunkle Wolke.

Ich versuche, sie zu ignorieren, weil sie mich sonst selbst erdrückt. »Also«, fahre ich ausatmend fort, »dann ist der Bungalow ja unbewohnt. Wirst du ihn danach wieder vermieten?«

Er schluckt den Bissen in seinem Mund hinunter. »Darüber mag ich im Moment gar nicht nachdenken.

Eigentlich habe ich das Haus auch mehr oder weniger stillgelegt.«

»Warum eigentlich? Es ist ein Traum für jeden Urlauber.«

»Na ja, ich hab dir ja mal erzählt, dass ich nach der Trennung von Danielle und Noël keine Kraftreserven mehr hatte. Meine Arbeit konnte ich nicht vernachlässigen. Aber das Gästehaus vermieten und alles organisieren, was damit zu tun hat – das wurde mir zu viel. Genau wie das Kontor.«

»Ja, verständlich.« Ich schenke mir einen Kaffee ein. »Obwohl es schade ist. Die Probierstube ist so gemütlich.«

»Du hast recht. Vielleicht sollte ich sie wiedereröffnen. Werde mal mit Antoine darüber reden.«

»Und der Bungalow?« Ich trinke einen Schluck und blicke ihn zögerlich über den Tassenrand hinweg an.

»Was ist damit? Du führst doch was im Schilde!« Er zwinkert.

»Wie wäre es, wenn du ihn dauerhaft vermietest? Also nicht an Feriengäste, sondern fest. Dann hättest du nicht so viel Aufwand damit.«

»Hm. Aber dann weiß man nicht, wen man sich auf sein Grundstück holt und so schnell nicht wieder loswird. Könnte Ärger geben.«

»Und wenn du diejenige kennen würdest?« Ich lächle.

Freudig überrascht schaut er mich an, seine Mundwinkel zucken. »Sag mal, worauf möchtest du hinaus?«

Mir wird schlagartig klar, dass er mich missversteht. Er glaubt, die Rede sei von mir. Ihn so erwartungsfroh zu sehen, tut mir weh. »Ich meine Margrit, Lucien. Weißt du, sie lebt in dieser viel zu engen Wohnung. Eckt mit dem Gehwagen überall an, muss sich in den ersten Stock hinaufschleppen. Wenn sich ihr Zustand verschlechtert, wird sie bald ganz auf den Rollstuhl angewiesen sein. Dafür ist ihre jetzige Bleibe völlig ungeeignet. Und es gefällt ihr hier oben in den Weinbergen so gut! Das Gästehaus hat nur eine Ebene und weite Türen, ist viel einfacher geschnitten. Es hat sogar eine barrierefreie Dusche!« Meine Stimme hat sich immer höhergeschraubt vor Begeisterung, und ich muss mich zurückrufen. »Nur als Idee. Vielleicht magst du ja mal drüber nachdenken«, füge ich verlegen hinzu.

Lucien schaut mich nachdenklich an. »Warum eigentlich nicht? Das ist eine gute Idee.«

Mit dieser spontanen positiven Reaktion habe ich nicht gerechnet. »Wirklich? Du findest die Idee gut?«

»Sehr sogar!« Sein Lächeln ist aufrichtig. »Das wäre doch großartig! Lass es uns Margrit mal vorschlagen.«

Ich stehe auf und umarme ihn. »Danke!«

»Wieso denn danke?« Er streicht mir über den Rücken. »Ich mag es, dass du dir so viele Gedanken um andere Menschen machst. Es wäre die perfekte Lösung.« Dann gibt er mir einen Kuss.

Am Samstag setzen wir unser Vorhaben in die Tat um, Luciens Eltern in Saint-Tropez zu besuchen. Auf der Hinfahrt knibbele ich nervös an meinen Nagelhäuten. Als was werden sie mich betrachten? Luciens neue Freundin? Das kann ich nicht bleiben, wenn ich wieder in Hamburg bin. Oder als Abenteuer ihres Sohnes mit einer Urlauberin?

Ist Lucien mein Urlaubsflirt? Mein Magen zieht sich schmerzlich zusammen. Für mich fühlt sich das mit uns nach mehr an. Nur – wie soll es in Zukunft weitergehen? Lucien muss bei den Weinbergen bleiben, ich muss zurück in mein Leben. Es wäre doch Wahnsinn, eine Beziehung über die Entfernung zu führen. Und genauso verrückt wäre es, einfach alles aufzugeben, was ich mir in Hamburg aufgebaut habe. Meine Freunde, meine Wohnung zurückzulassen. Meine Familie, die zwar schwierig ist, aber trotzdem zu mir gehört. Letztlich kenne ich Lucien für so einen Schritt doch viel zu wenig. Worauf läuft das mit uns also hinaus?

Noch neun Tage, bis mein Rückflug geht, den ich inzwischen gebucht habe.

Lucien wendet den Blick zu mir. »Ist alles in Ordnung? Woran denkst du?«

Meine Zähne bohren sich in die Unterlippe.

»Sarah?«

Ich kämpfe mit den Worten. Auf keinen Fall möchte ich eine düstere Schwere auf diesen Tag werfen. »Ich habe daran gedacht, dass ich in neun Tagen von hier wegmuss. Von dir.«

Seine Miene verfinstert sich, er schluckt. »Ich weiß.« Mehr sagt er nicht.

Und das muss er auch nicht. Es reicht mir zu sehen, wie seine Kieferknochen sich aufeinanderdrücken, um zu wissen, dass es ihm genauso geht wie mir. Welchen Sinn hätte es auch, das Unausweichliche zu besprechen?

Es würde nur unsere Stimmung verdunkeln und diese gelösten Stunden überschatten. Die vielleicht deshalb wundervoll sind, weil wir uns nicht mit Verbindlichkeit gegenseitig anketten.

Ich nehme mir deshalb vor, nicht weiter nach Antworten zu suchen auf Fragen, die ich nicht beantworten kann. Wir können nicht in die Zukunft sehen. Es ist besser, die Momente mit Lucien so intensiv wie möglich auszukosten. Jetzt will ich leben. Diese neun Tage noch. Mit Lucien. Und dem geballtesten französischen Savoir-vivre, zu dem ich fähig bin.

Saint-Tropez macht es mir leicht. Der azurblaue Himmel und die Palmen links und rechts der Straßen nehmen nach und nach die Schatten aus meinen Gedanken. Wir stellen das Auto auf einem Parkplatz am neuen Hafen ab. Lucien hängt sich die Tasche mit Handtüchern um. Seine Eltern möchten mit uns aufs Meer hinausschippern. Den Bikini trage ich schon unter meinem provenzalischen Kleid, das Lucien so gerne an mir sieht.

Von hier überblicken wir die weite Bucht, an deren Rand sich in der Ferne ein hügeliger Landstrich abzeichnet. Die Luft riecht salzig. Lucien und ich spazieren Hand in Hand in Richtung Stadtkern, wo sich der alte Hafen befindet und seine Eltern ihre Jacht verankert haben. Bevor wir sie besuchen, machen wir einige Schlenker durch die Gassen aus sandfarbenen alten Häusern. Sie verbreiten eine gelassene Atmosphäre, trotzen dem Luxus der noblen Geschäfte. Genauso verschieden ist das Publikum. Die einen sind Durchschnittstouristen, andere wohl Bewohner des Ortes, und wieder andere machen augenscheinlich nur einen raschen Einkaufsbummel durch den Ort, um zurück auf ihre teuren Jachten zu kommen. Mit hellen Segeltuchschuhen und großen Sonnenbrillen im Gesicht laufen sie durch die Straßen, Tüten von Louis Vuitton, Chanel und Dior schwenkend. Ich könnte schwören, sie kommen gerade aus einem edlen Restaurant, wo sie Fisch mit einem kühlen Chablis zu sich genommen haben.

Ich umschließe Luciens Hand fester, schaue ihn von der Seite an. Er wendet mir sein Gesicht zu, lächelt.

»Was denkst du?«, fragt er mich.

»Wie schön es ist, mit dir hier zu sein.«

Er zieht mich seitlich an sich. »Möchtest du ein bisschen in den Läden stöbern?«

Ich nicke. Vielleicht finde ich ein paar Mitbringsel. Also biegen wir in ein Geschäft ein, in dessen Schaufenster Stoffe, Keramiken und Delikatessen ausliegen. Für Papa greife ich nach Calissons. Er liebt Süßigkeiten, und dieses mandelförmige Konfekt schmeckt wunderbar. Für Barbara kaufe ich ein schickes Halstuch mit einem in Grüntönen changierenden Farbenmuster, das ihr hervorragend stehen wird. In einem anderen Laden suche ich für Mella eine edle Hautpflege mit Olivenöl aus und für Kim eine duftende Lavendelseife. Eine klassische Savon de Marseille. Für Ma entdecke ich nichts Passendes, doch ich werde bestimmt in Cotignac noch etwas finden.

Ganz Gentleman, trägt Lucien für mich die Einkäufe, als wir weiterschlendern. Vorbei am *office de tourisme* gelangen wir zum alten Hafen, wo sich ein Café an das andere reiht. Lange Markisen beschatten die Tische, an denen Touristen die Aussicht auf das Meer genießen. Wir spazieren bis ans Ende des Kais, schießen ein Selfie vor einem rot-blau gestreiften Holzboot mit dem Schriftzug »Saint-Tropez« und bewundern die vertäuten Boote am Ufer, die Häuserfronten mit geschlossenen Fensterläden. Ob sie von den Zeiten träumen, als noch Maler und andere Künstler sich hier trafen und dieser Ort nichts weiter als ein Fischerdorf war?

»Eigentlich wäre ich gern länger mit dir allein«, raunt Lucien an meinem Ohr, als ich mein Handy wegstecke. »Aber meine Eltern erwarten uns.«

»Natürlich. Ich bin gespannt auf sie.«

Wir gehen zurück, bis Lucien auf ein weißes Boot zeigt. »Da sind sie.«

Die Jacht seiner Eltern wirkt bescheiden, dennoch modern und einladend. Lucien läuft voraus über den Steg. »Maman? Papa?«

Hinter der Reling taucht die Gestalt eines bärenhaften Mannes mit dunkelgrauem Haar auf. Die Freude, seinen Sohn zu sehen, vertieft die Falten um seine Augen, er ruft fröhlich zu uns herüber. Dahinter erkenne ich Hélène, Luciens Mutter. Damals trug sie ein Leinenkleid, nun hat sie eine Jeans und Sommerbluse an. Die langen Haare sind im Nacken zu einem Zopf gebunden.

Seine Eltern umarmen und küssen ihn herzlich, mir geben sie *bises* rechts und links. Luciens Vater stellt sich als Alexandre vor, seine Stimme klingt kraftvoll und tief. Natürlich wird Französisch geredet, und ich merke, dass es mir inzwischen leichter fällt, die Sprache zu verstehen. Selbst Sätze zu bilden dagegen ist noch immer schwierig. Ich bin eher zurückhaltend, als wir uns an Deck an einem eingelassenen Tisch auf zwei Bänken gegenübersitzen. Alexandre reicht jedem ein Glas mit kühl perlendem Crémant. Verstohlen sehe ich mich um, denn ich war noch nie auf einer Jacht. Obwohl sie weniger monströs ist als andere, die uns umgeben, verströmt das Ambiente einen Hauch von Glamour. Hélène und Alexandre wirken trotzdem bodenständig, die Stimmung ist locker, und irgendwann lehne ich mich entspannt zurück. Vielleicht liegt es auch am Crémant, den ich ein bisschen zu rasch hinuntergestürzt habe. Alexandre schenkt mir lächelnd ein zweites Glas ein.

Hélène serviert uns einen knackigen, bunten Salat mit Knoblauchgarnelen, dazu gibt es Baguette mit einem leckeren Kräuterdip. Ich genieße jeden Bissen, während Luciens Eltern von ihrem Trip nach Korsika erzählen. Dann fragt Alexandre mich, woher ich genau komme, und ich versuche mich in einigen Sätzen. Immerhin nicken die beiden verstehend, bis Hélène das Wort ergreift.

»Meine Mutter war Deutsche auch.«

Ich schwenke in meine Muttersprache. »Ja, Lucien hat mir schon viel von seiner Großmutter erzählt.«

»Ah. Sie war bei uns, wie sagt man, oft. Ein bisschen kann ich sprechen deine Sprache. Nicht gut wie Lucien, mais un petit peu.«

Eine Weile unterhalten wir uns zu zweit, während Luciens Vater sich bei seinem Sohn nach dem Geschäft erkundigt und dieser von der Arbeit erzählt. Irgendwann legt Lucien den Arm um mich und sagt zu seinen Eltern, dass ich ihn auf die Idee gebracht hätte, das Weinkontor neu zu beleben. Mit Antoine habe er überlegt, ob man es nicht bei einem großen Weinfest im frühen Herbst wiedereröffnen sollte. Seine Eltern sind begeistert. Ich beiße mir auf die Lippen in der schmerzlichen Erkenntnis, dass ich diesem Fest, sollte es stattfinden, nicht beiwohnen kann.

Der Moment ist gekommen, wo wir in See stechen. Kaum haben wir die ersten Meter zurückgelegt, werde ich euphorisch. Wie der Ort hinter uns davonschaukelt und vor uns das glitzernde Meer liegt, ist wunderschön. Bald nimmt das Boot schnelle Fahrt auf, wir halten uns an der Reling fest, die hinter unserem Rücken verläuft, und schwanken heftig auf und ab. Alexandre sitzt am Steuer und verlangsamt wieder das Tempo. Hélène wehrt es ab, dass ich ihr in der Kombüse behilflich bin, wo wir vor der Abfahrt das benutzte Geschirr verstaut haben. Stattdessen scheucht sie uns auf das Sonnendeck. Wir holen unsere Handtücher aus der Tasche, ich creme mich ein. Am Rücken ist mir Lucien behilflich, und ich genieße die sanfte Massage seiner Hand auf meiner Haut. Die Sonnenmilch duftet in meiner Nase, während die Wellen unter uns platschen und gurgeln. Ich lasse mich schläfrig in den Moment fallen. Manchmal blinzle ich nur, sehe Luciens Gesicht neben mir, sein Haar, das ihm im Rhythmus des Windes über die Stirn tippt. Ich würde mich furchtbar gern auf ihn legen.

Als wir mitten auf dem weiten Meer schippern, verstummt der Motor. Das Funkeln der Wellen, die sich am Horizont verlieren, verströmt eine betörende Magie.

Hélène sitzt am Tisch auf dem anderen Deck, schaut von ihrer Zeitschrift auf und winkt uns zu.

»Avez-vous envie de piquer une tête?«, ruft Alexandre. *Ob wir mal kurz ins Wasser springen möchten?*

»Bien sûr!«, antwortet Lucien. *Na klar!*

Vorsichtig tapsen wir in Richtung Bootsrand, wo die Leiter ins Wasser führt. Lucien braucht sie nicht, er nimmt meine Hand und zeigt hinab.

»Bist du bereit?«

Ein bisschen mulmig ist mir schon, von hier oben in die Untiefen des Meeres zu hüpfen. Doch der Anblick von Lucien neben mir nimmt mir die Beklommenheit.

Ich atme ein. »Bereit.«

»Auf drei. Eins, zwei, drei!«

Wir springen. Hand in Hand platschen wir johlend ins Wasser, tauchen tief unter. Die Frische der Wellen umspült mich mit unerwarteter Härte, das Gluckern in den Ohren ist betäubend, aber ich spüre Luciens Hand fest in meiner. Er zieht mich mit sich nach oben, und das Meer spuckt uns wieder an die Oberfläche. Unser Jubelgeschrei schallt weit über den Ozean, während Luciens Eltern uns von oben lächelnd zusehen.

# 38

Am Sonntag verlassen Lucien und ich sein Haus in den Weinbergen nicht. Obwohl der Tag zuvor in Saint-Tropez und auf dem Meer fantastisch war, genießen wir wieder unsere Zweisamkeit. Gestern Abend haben wir noch mit Luciens Eltern in einem Restaurant gegessen, nachdem wir in den Hafen zurückgeschippert waren. Natürlich sprachen sie mit Lucien über die Sache mit Noël, von der sie schon am Telefon erfahren hatten. Sie haben ihren Enkel zum zweiten Mal verloren. Dass ich zurzeit an einem Roman arbeite, beeindruckte Hélène und Alexandre, sie stellten mir viele Fragen. Beim Abschied zogen beide mich fest an sich.

Nun sitze ich in Luciens angenehm kühlem Wohnzimmer, während er duscht. Im Essbereich steht ein massiver Holztisch, auf dem mein Laptop mich anstarrt. Wenn es draußen zu heiß ist und Lucien zu tun hat, schreibe ich oft hier am Roman. Auch ein paar Gedichte sind hinzugekommen. Lucien gefallen sie so gut, dass ich ihm zum Abschied eine Abschrift davon dalassen werde. Damit er eine bleibende Erinnerung an mich hat, denn sie handeln von uns.

Eine herzliche Mail von Jack Garry ist eingegangen, er freut sich aufrichtig über meine Vertragsunterzeichnung und nennt mir einige Namen von Schauspielern, die er für das Projekt gewinnen möchte. Sie sagen mir nichts, aber natürlich war klar, dass es keine Produktion mit Tom Hanks wird. Neugierig google ich die Namen. Eigenartig, dass die Rollen und Figuren, die ich mir erdacht habe, konkrete Gestalt annehmen und reale Gesichter bekommen werden. Das alles ist ungeheuer aufregend, und ich verleihe meiner Freude in meiner Antwortmail an Jack überschwänglich Ausdruck.

Von Julia Winkler erhalte ich eine Sprachnachricht. Ich hatte ihr meinen Rückreisetag genannt. Sie erzählt mir, dass sie erst einmal in der Mansarde einer Kollegin in Hamburg unterkommen werde. Ich höre nur mit halbem Ohr hin. Wichtig ist nur, dass ich am Tag meiner Ankunft in meine Wohnung kann.

Am Dienstag fahre ich ein letztes Mal zum Markt. Die Händlerin, bei der ich mein Kleid gekauft hatte, erkennt mich wieder und winkt mir zu. Für Ma finde ich eine Tischdecke in provenzalischem Stil. Ich kann sie mir gut auf ihrer geheiligten Kuchentafel vorstellen. Unwillkürlich muss ich lächeln und spüre überraschenderweise einen Hauch von Sehnsucht nach zu Hause.

Dann meldet sich Mella. Sie hat ihr Examen bestanden, und zwar richtig gut! Mein Stolz auf sie schubst mir eine Glückswelle durch die Brust. Es fehlt mir, sie umarmen zu können. Sie staunt nicht schlecht, als ich ihr von Lucien erzähle, und kann kaum fassen, wie schnell sich mein Leben in eine andere Richtung entwickelt hat. Ihre Freude, dass es mir gut geht, ist groß. Noch mehr freut sie sich auf meine Rückkehr.

»Wann genau kommst du?«, fragt sie fröhlich, und ich sage ihr das Datum, das mir einen Stachel durch die Brust bohrt. Wir verabreden einen Termin für das Wochenende nach meiner Rückkehr, um uns bei unseren Eltern zu treffen.

»Super, ich kündige uns im Familienchat an!« Es ist meiner Schwester deutlich anzumerken, wie erleichtert sie ist, die Prüfungen hinter sich gebracht zu haben, und dass sie es kaum erwarten kann, mich endlich wiederzusehen. Und sie fehlt mir ja auch. Sehr sogar. Doch je näher mein Rückflug rückt, desto stiller werde ich.

Genau wie Lucien. Die letzten Tage vor meinem Abflug möchte er weniger arbeiten. Ausklinken kann er sich natürlich nicht, aber er möchte so viel Zeit wie möglich mit mir verbringen und mir ein paar seiner Lieblingsplätze in der Umgebung zeigen. Am liebsten bin ich mit ihm zu Hause, abgeschieden in den Hügeln, in der Hitze dieses Sommers, wo wir immer wieder Abkühlung im Pool finden.

Dann ist es da. Das letzte Wochenende, das Lucien und ich miteinander verbringen. Obwohl ich mir vorgenommen hatte, die Zeit mit ihm bis zuletzt auszukosten, lähmt mich immer mehr der Umstand, dass unsere Wege sich trennen müssen. Allerdings scheue ich mich davor, mit ihm darüber zu sprechen, und ihm scheint es genauso zu gehen. Wir schweben in unserer Liebe wie in einer Wolke, die wir nicht einfangen können. Nicht benennen, nicht definieren. Niemand von uns beiden sagt: »Ich liebe dich.« Oder: »Bleib bei mir.« Wir fühlen nur unsere Nähe. Etwas einzufordern würde sie vielleicht verjagen.

Für den Samstagabend haben wir Cleo, Nicolas und Margrit zu einem Abschiedsgrillen eingeladen. Lucien hat sich gewünscht, dass ich den Kartoffelsalat von neulich mache, und assistiert mir, schnippelt auf meine Anweisung hin saure Gurken und Zwiebeln klein. Ihre Schärfe beißt ihm in den Augen, er kneift eine Träne weg.

»Ich weiß auch nicht, warum ich in deiner Gegenwart ständig heulen muss!«, macht er einen Scherz.

»So schlimm bin ich doch gar nicht.« Lachend reiche ich ihm ein Stück Küchenkrepp.

»Nein, das bist du in der Tat nicht.« Ein Schmerz zieht sichtbar durch sein Gesicht, der nichts mit den Zwiebeln zu tun hat. Er legt das Messer beiseite, betupft sich die Augen und beobachtet mich stumm beim Kartoffelschälen. Dann tritt er hinter mich und umfasst meine Taille mit beiden Händen.

»Du bist vielmehr das Wunderbarste, das mir je begegnet ist«, flüstert er in mein Haar. Und dann, kaum hörbar: »Je ne veux pas te perdre.« *Ich will dich nicht verlieren.*

Seine Worte treffen mich ins Mark. Ich drehe mich um, wir sehen uns in die Augen. Nein, ich möchte ihn auch nicht verlieren.

Luciens Mund sucht meine Lippen, drängend. Eine Woge des Begehrens flammt in mir auf, ich will diesen Mann ganz schnell. Solange ich bei ihm bin. Solange er bei mir ist. Seine warmen Hände wandern unter meinen Rock, er hebt mich kraftvoll auf den Küchenblock, die Schale mit den Kartoffeln schabt quer über die Arbeitsplatte. Unser Puls wird zu einem, schnellt binnen Sekunden hoch. Voll Verlangen öffne ich seine Jeans und streife sie mitsamt Unterwäsche über seine Hüften. Er zieht meinen Slip herab. Ich lege meine Beine um seinen Rücken, umklammere Lucien, als wollte ich ihn nie wieder loslassen. Ich keuche auf, als ich ihn in mir spüre und wir uns bewegen, bis meine Seufzer zu spitzen Schreien werden.

Anschließend ringen wir nach Atem. Unsere verschlungenen Körper bilden eine Einheit. Ich möchte nie wieder woanders sein als hier, geborgen in seiner Umarmung.

Unwillig müssen wir uns voneinander lösen. Die Zeit schreitet unbarmherzig voran, und wir erwarten Gäste. Ich richte meine Kleidung, auch Lucien zieht sich wieder an. Meine Hände zittern, als ich weiter Kartoffeln schäle, während Lucien uns Wein einschenkt und mich mit einer Intensität betrachtet, die ich niemals zuvor mit dieser Hingabe bei einem Mann erlebt habe.

Am Abend sitzen Margrit, Cleo und Nicolas mit uns am Gartentisch, während Anouk sich mitten auf den Terrassenfliesen zusammengerollt hat. Nicht einmal der Fleischduft vom Grill kann sie aus dem Schlaf locken. Cleo hat zum Nachtisch eine verführerisch fluffige Mousse au Chocolat aus dem Restaurant mitgebracht. Die Stimmung ist fröhlich und trotzdem ruhiger als sonst. Manchmal kämpfe ich mit den Tränen, wenn ich die wunderbaren Menschen vor mir sehe, die ich bald verlassen soll. Nicolas ist mir genauso ans Herz gewachsen. Er erzählt von seinem letzten Gig, während die Mousse auf meiner Zunge schmilzt.

Dann erinnert Lucien mich an etwas. »Margrit«, beginnt er, »Sarah hatte neulich eine Idee. Du solltest sie dir anhören.«

»Ja? Was gibt es denn, Kindchen?«

»Na ja, es ist nur ein Vorschlag. Vielleicht magst du mal darüber nachdenken«, beginne ich befangen. »Du magst diesen Ort hier doch so. Oder?«

»Natürlich. Wer würde ihn nicht lieben? Er ist fantastisch!« Sie macht eine ausladende Armbewegung über die idyllische Landschaft, mit dem Dessertlöffel in ihrer Hand.

»Und deine Wohnung, sie ist nicht praktisch für dich.«

Kaum merklich schüttelt Margrit den Kopf. »Nein. Wahrhaftig nicht.«

»Na ja, und da dachte ich … also, wir, Lucien und ich, es gibt ja das Gästehaus.«

Cleo blickt auf. Ihre Mutter fixiert uns, beinah erschrocken.

»Es ist wie gesagt bloß eine Idee, Margrit«, übernimmt Lucien das Wort. »Der Bungalow ist frei. Wenn du möchtest, könntest du dort einziehen.«

Einen Moment lang sagt niemand etwas. Bis Cleo reagiert und ihre Mutter anstupst, wie um sie aufzuwecken. »Maman! Das wäre doch wunderbar, oder nicht?«

Margrit schnaubt die Luft aus. »Nun, meine Schätzchen, ich weiß nicht, wie ihr euch das vorstellt. Natürlich wäre es schön. Aber ich kann hier nicht allen zur Last fallen.« Wieder schüttelt sie den Kopf, diesmal tadelnd.

»Du fällst niemandem zur Last!«, schimpft Cleo. »Ich finde, das ist eine großartige Idee von den beiden! Und ich bin doch da, wenn du zum Arzt musst und so weiter. Wie bisher auch. Es würde sich für mich gar nicht viel ändern – aber für dich! Weil du es viel schöner hättest und dich sicher bewegen könntest. Ohne dass ich mir Sorgen machen muss, dass du über die Duschschwelle purzelst.« Sie drückt die Hand ihrer Mutter.

»Ich weiß nicht …«

»Musst du jetzt auch gar nicht wissen, Margrit«, beruhige ich sie.

»Wir möchten es dir nur anbieten«, ergänzt Lucien. »Überleg es dir einfach.«

*Wir*, hat er gesagt. *Wir möchten es dir anbieten.* Als wäre dies auch mein Zuhause.

Margrit kneift die Augen zusammen, betrachtet uns beide. »Ich danke euch. Und werde darüber nachdenken.« Dann lächelt sie still und genießt ihr Dessert weiter.

Nach dem Essen unternehmen Cleo und ich einen kurzen Spaziergang, um einen Moment allein zu sein, bevor sie wieder aufbrechen müssen. Wir nehmen Anouk mit, die treu neben uns hertrottet. Die Farbe des Abendhimmels ist heute beinah lila, das Licht surreal, vor dem sich die Zypressen scharf und dunkel abheben.

»Du hast dich verändert«, sagt Cleo jetzt.

»Ja? Hoffentlich zum Vorteil.«

»Und wie! Du strahlst von innen, weißt du das? Auch wenn du traurig bist.«

Der Kloß in meinem Hals wird größer.

»Wie wird es weitergehen, Sarah? Mit euch?«

»Ich habe mir lange verboten, darüber nachzudenken. Das Vernünftigste wäre, wenn wir getrennte Wege gehen. Keine Ahnung, ob wir das schaffen.« Ich verlangsame meine Schritte, denn Anouk wirkt angestrengt. »Wahrscheinlich nur, indem wir einen Cut machen und nichts mehr voneinander hören.«

Cleo berührt meinen Arm. »Habt ihr denn gar nicht darüber gesprochen?«

Wir bleiben stehen. Stumm hebe ich die Schultern.

»Hör mal«, fährt sie fort. »Zuerst dachte ich: Vorsicht mit Lucien. Als ich euch dann zusammen sah: Super, das ist genau das, was Sarah jetzt braucht. Ein heißer Franzose, ein romantischer Flirt, um Tobias zu vergessen. Aber das mit euch ist mehr. Margrit denkt genauso. Das kann doch nicht einfach zu Ende sein, wenn du gehst.«

»Wer weiß, vielleicht ist das mit Lucien und mir ja nur so schön, weil es eine Urlaubsliebe ist. Frei von allen Verpflichtungen. Frei vom Alltag. Davon abgesehen, wie lange könnte eine Fernbeziehung gut gehen?«

»Muss es denn eine Fernbeziehung bleiben?«

Unwillkürlich muss ich lachen. »Wie stellst du dir das vor? Lucien könnte schon mal nicht von hier weg.«

»Das stimmt. Aber du, du könntest bleiben!« Sie lächelt, vergnügt über ihren Einfall, der alle Widrigkeiten ignoriert.

»Das geht nicht so einfach, Cleo. Du weißt genau, dass ich zurück nach Deutschland muss. Ich habe Verpflichtungen. Wenn ich nicht beim Arbeitsamt auftauche, falle ich durchs Netz. Das Drehbuchhonorar hilft mir erst mal, doch langfristig muss ich eine neue Stelle finden. Dass ich so lange hier war, war schon unvernünftig genug. So leichtsinnig kann ich nicht ewig weiterleben.«

»Heißt das, wenn du zurück in Hamburg bist, ist es mit euch vorbei?«

Vorbei? Ich wiege bekümmert den Kopf. »Soll ich dir was sagen, Cleo? Ich weiß es einfach nicht. Und er sicher genauso wenig. Ich möchte ihm die Frage auch nicht stellen. Obwohl ich Angst davor habe, ihn zu verlieren. Aber wir kennen uns noch nicht lange. Und wenn diese Zeit hier mich eins gelehrt hat, dann, dass wir vieles nicht vorwegnehmen können. Dass es manchmal besser ist, das Leben auf sich zukommen zu lassen. Und zu sehen, was es mit einem vorhat. Deshalb …« Ich werfe die Hände auseinander. »Je ne sais pas.«

»Verstehe.« Cleo nickt. »Da hast du schon recht. Meine Mutter würde das sofort unterschreiben. Obwohl, vielleicht würde sie dich auch treten. Wenn sie könnte.«

»Das würde sie. Deine wunderbare Maman.«

Wir lachen beide. Ich hake mich bei meiner Freundin unter und schlendere mit ihr weiter. Wir machen nur einen kleinen Bogen um das Areal, um Anouk nicht zu überfordern, und nehmen einen Schleichweg zurück in den Garten, wo eine Eidechse gerade die Hauswand entlanghuscht. Die Hündin interessiert es nicht, sie lässt sich müde auf die Fliesen nieder und hechelt.

»Da seid ihr ja wieder!«, ruft Margrit uns vom Tisch aus entgegen.

Lucien schiebt Anouk besorgt einen Wassernapf hin, der immer für sie bereitsteht, und streichelt ihren Kopf.

Margrits Blick springt von ihm zu mir. Ich ahne, was sie gleich sagen wird. »Kinder, ich weiß nicht, wie ihr das seht, aber wenn's am schönsten ist, sollte man gehen. Sei so gut, mein Lieber«, wendet sie sich an Nicolas, der natürlich kein Wort versteht. »Bring mich nach Hause.«

Ich muss lächeln. Margrit vergisst ab und zu, in den Sprachen umzuschwenken, was heute wohl auch dem Wein geschuldet ist.

Meine Freundin begreift, dass Margrit Lucien und mir Zeit mit uns allein schenken möchte, und stimmt sofort zu, wiederholt die Bitte auf Französisch. Nicolas steht eilfertig auf. Einerseits möchte ich gar nicht, dass sie jetzt gehen. Andererseits habe ich tatsächlich Sehnsucht nach Zweisamkeit mit Lucien. Also trete ich hinter Margrits Rollstuhl und schiebe sie mit etwas Abstand hinter den anderen her.

Sie dreht sich mit dem Oberkörper zu mir um und tätschelt meine Hand, die den Griff hinter ihr umfasst. »Denk immer daran, was ich dir gesagt habe«, flüstert sie.

Ich beuge mich zu ihrer linken Schulter hinab. »Was genau? Du hast mir viel Wichtiges gesagt.«

»Och«, winkt sie fröhlich ab. »Na, dann erinnere dich

eben an alles. Irgendwas davon wirst du schon brauchen können.«

Ich lache leise und drücke ihr einen Kuss auf die Wange. Kurz streift mich ihr Vanilleduft, danach schiebe ich sie weiter bis zu Nicolas' Wagen. Der Rollstuhl holpert über den Kies, aber es geht erstaunlich gut.

Wir helfen Margrit, vorne einzusteigen, Nicolas klappt den Rollstuhl zusammen und lädt ihn hinten ein. An der offenen Beifahrertür bleibe ich stehen, Cleos Mutter sieht mich aus ihren klugen Augen an.

»Komm bald wieder«, sagt sie.

Ich beuge mich zu ihr und schließe meine Arme um sie. »Das mache ich. Und denk über Luciens Angebot nach, ja?«

»Das werde ich. Ich danke dir. Aber wehe, du lernst nicht weiter Französisch!« Gespielt streng hebt sie einen Zeigefinger in die Höhe.

»Ach du je! Da sagst du was. Ich muss dir noch dein Buch zurückgeben.« Gerade will ich ins Haus eilen, als Margrit mich zurückruft.

»Nein! Behalte es.« Sie hebt ihr Kinn vielsagend in Luciens Richtung.

Ich lächle traurig. »Okay. Danke!«

Sie nickt zufrieden und lehnt sich zurück, dann schließe ich sachte für sie die Autotür.

Cleo und Nicolas warten schon hinter mir, um sich zu verabschieden.

Erst umarme ich ihren Freund und gebe ihm zwei *bises.* Auch er drückt mir zeitgleich Küsschen auf die Wangen.

Danach schaue ich meine Freundin an. Meine geliebte Cleo. In ihren Augen glitzert es.

Ich ziehe sie fest an mich. »Nicht weinen. Sonst muss ich auch heulen.«

Sie nickt hastig und umschlingt mich. Küsst mich dann.

»Ich danke dir für alles«, beginne ich. »Ich hatte eine wunderbare Zeit mit euch. Und du warst meine Rettung in der Not.«

Schnell macht sie eine Handbewegung, um meine kleine Rede zu stoppen. »Arrête de déconner!« Dieselben Worte wie am Tag meiner Ankunft.

Ich grinse. »Okay. Ich hör auf mit dem Blödsinn.«

»Wir sehen uns schließlich wieder! Bald, gefälligst«, beschwört sie Hoffnung herauf, küsst mich noch einmal, und dann steigt sie in den Wagen. Fort aus meinem Sichtfeld. Mein Herz zieht sich zusammen.

Noch tröstet mich Luciens Nähe. Er tritt ganz dicht hinter mich, legt eine Hand auf meine Schulter, und gemeinsam winken wir unseren Freunden hinterher, bis das Auto hinter der Biegung verschwunden ist.

# 39

Am Sonntag suche ich meine Sachen in Luciens Haus zusammen und verbanne sie in den Trolley, dessen Verlust uns vor fast zwei Monaten nähergebracht hatte. Bei jedem Handgriff atme ich tief in den Bauch und halte die Schultern gestrafft, um meine Gefühle im Zaum zu halten.

Lucien hilft mir liebevoll, reicht mir Dinge an. Auch er reißt sich zusammen. Nur an seiner leisen Art, sich um mich herum zu bewegen, kann ich ablesen, wie er sich fühlt.

Im Notizbuch, das er mir geschenkt hat, ist schon manche beschriebene Seite, ich verstaue es in meinem Handgepäck. Keinesfalls möchte ich diese wertvolle Erinnerung an Lucien und unsere Zeit verlieren. Meine Gedichte habe ich mit einem Kalligrafie-Stift noch einmal auf edlem Papier abgeschrieben. Es sind Verse dabei, die Lucien noch nicht kennt. Die Zettel habe ich zusammengerollt und mit einem blauen Band umwickelt. Ich werde sie ihm morgen heimlich unter das Kopfkissen legen. Bevor er mich zum Flughafen bringt. Mein Abschiedsgeschenk an ihn. Abschied. Für immer?

Ich gehe allein hinüber ins Gästehaus, um die letzten Dinge zu holen. Beim Durchstreifen der Räume werde ich noch trauriger, ich habe mich darin so wohlgefühlt. Mich tröstet, dass vielleicht Margrit demnächst hier wohnen wird.

Als ich mit den Vorbereitungen für meine Rückkehr fertig bin, kann ich den Trolley nur mit Luciens Unterstützung verschließen. Die Mitbringsel drohen den Koffer zu sprengen. Lucien und ich müssen uns mit aller Kraft zu zweit dagegenstemmen. Danach bleiben wir ermattet darauf sitzen. Er legt den Arm um mich, neigt seinen Kopf gegen meinen.

»Kommst du irgendwann wieder?« Seine Stimme ist bloß ein Raunen.

Meine Mundwinkel zittern. Ist dies der Moment, über die unausweichliche Trennung zu sprechen? Darüber, dass ich glaube, wir sollten lieber erst mal auf Distanz gehen? Auch wenn es hart ist. Weil ich sonst nie damit fertigwerde, dermaßen weit weg von ihm zu sein. Muss ich es aussprechen, was er im Grunde genau weiß?

»Ich glaube, nicht so bald. Wünschen würde ich es mir.«

Lucien nickt. »Ich mir auch. Und weißt du was? Das hier«, er zeigt auf den Trolley, auf dem wir sitzen, »das ist ein Glückskoffer. Weil er uns zusammengebracht hat. Und wenn du darauf sitzt und dir ganz fest etwas wünschst, geht es eines Tages in Erfüllung.« Er streicht über die lila Verkleidung und schließt die Augen, öffnet sie wieder. »Ich habe mir was gewünscht.«

Ich versuche zu lächeln, spüre aber, dass es mir misslingt.

In dieser Nacht schlafen wir wenig. Wir liegen mit offenen Augen beieinander, nackt, murmeln uns in der Dunkelheit Worte zu, streicheln uns. Unser Laken ist ans Fußende gerutscht, es ist auch viel zu warm, um sich damit zu bedecken. Als wir uns voneinander lösen, fühlt es sich an wie die Ouvertüre unseres Abschieds.

Nur ein leichtes Hinübergleiten in einen unruhigen Dämmerzustand, in dem ich Luciens Atemzüge wahrzunehmen glaube – schon ist der frühe Morgen da und zerschneidet das letzte bisschen Wir.

Lucien bereitet ein Frühstück zu, während ich mich fertig mache und die Gedichte unter seinem Kissen verschwinden lasse. Wir essen beinah wortlos. Manchmal atmet Lucien tief durch. Ich sehe den Puls an seinem Hals, ich spüre, was er spürt. Es fühlt sich wie Ersticken an.

Mit einem großen Kloß in der Kehle verabschiede ich mich von der alten, lieben Anouk, die mir über die Hand leckt. Ich vergrabe mein Gesicht in ihrem struppigen Fell. Selbst wenn ich eines Tages wiederkäme – sie würde wahrscheinlich nicht mehr da sein.

Bevor ich das Haus verlasse, schaue ich mich noch einmal um. Den Strohhut, den Lucien mir gab, habe ich an der Garderobe an einen Haken gehängt. Er hat mir erzählt, dass er seiner Großmutter gehörte, und obwohl er ihn mir schenken wollte, lasse ich ihn hier zurück. Er würde im Koffer nur zerdrückt werden.

Als wir das Gut in Luciens Wagen verlassen, sehe ich im Rückspiegel sein Haus und dahinter, halb versteckt, meinen Bungalow. Mir ist unendlich schwer ums Herz. Ein letztes Mal fährt Lucien mich durch das schmiedeeiserne Tor und biegt nach links, und ich möchte die Zeit zurückdrehen, uns an den Anfang zurückkatapultieren, als ich das allererste Mal in Cleos feuerrotem Peugeot durch dieses Tor kam. Ich möchte »Stopp!« rufen, die Tür aufreißen und zurückrennen, gemeinsam mit diesem wunderbaren Mann neben mir. Aber der Weg führt gnadenlos geradeaus. Ich beiße mir auf die Lippen, und Lucien nimmt meine linke Hand in seine rechte.

Auf dem Weg nach Nizza passieren wir die schönen Landstriche, die mir inzwischen vertraut sind. Der Himmel verspricht einen neuen strahlenden Tag, den ich nicht mehr hier verbringen werde. Die ockerfarbenen Felder und Hügel wechseln mit rötlichen und tiefgrünen, von manchen winken uns die gelben Blütenkränze der Sonnenblumen zu. Immer wieder die stolzen Zypressen, die wie mit senkrechten Pinselstrichen gemalt in der Erde wurzeln. Die Pinien und Mandelbäume. Dieses Land ist unfassbar herzraubend.

Ich lehne meinen Kopf gegen die Scheibe.

Wir kommen an. Ich checke ein, bleibe aber noch bei Lucien. Bis zum Abflug ist Zeit, und wir setzen uns auf eine Bank, so lange wie möglich noch, halten uns eng im Arm, schweigend. Doch dann ist der Moment gekommen, wo ich durch die Sicherheitsschleuse gehen muss, wenn ich nicht den Flug verpassen möchte.

Lucien begleitet mich dorthin, wartet mit mir, bis vor mir nur noch wenige Menschen in der Schlange sind. Wir stehen uns gegenüber, er nimmt meine Hände.

»Reviens«, flüstert er dicht an meinem Ohr. »Reviens.« *Komm wieder.*

Unsere Lippen finden sich ein letztes Mal.

Wir lösen unsere Hände voneinander, Lucien bleibt zurück.

Ich lege meine Tasche in den Korb für den Scanner, meinen Schmuck. Bevor ich durch die Kontrolle gehe, drehe ich mich um, finde Luciens Gesicht in der Menge, mir zugewandt. Ich möchte ihm »Oui, je reviens« zurufen. Ein Versprechen geben: *Ja, ich komme wieder!* Aber ich kann es nicht.

Er nickt traurig, als würde er meine Gedanken lesen. Eine Antwort auf die Stimme in meinem Kopf. Ich habe ihn niemals so verloren gesehen.

Die Stimme einer Frau dringt an mein Ohr, fordert mich ungeduldig auf, mich in den großen Körperscanner zu stellen. Mit erhobenen Armen. Ich fühle mich wie ein hilfloser Hampelmann. Dieser Durchgang ist das Tor zu einer fremden Welt.

Und dann bin ich auf der anderen Seite.

*Abschied*

Ich weine still,
weil ich von dir segeln muss.
Nicht weil ich will.

Dein Lächeln
wiegt so schwer auf mir.
Eine lautlose Schranke –
kein Weg führt fort von dir.

Ich hoffe, ein Vogel singt Lieder,
– Lieder von uns,
wenn ich geh.
In diesem Ton der Kindheit:
Scheiden tut weh.

# 40

Den gesamten Rückflug über bin ich hellwach. Nicht erschöpft wie auf meiner Hinreise. Diesmal habe ich einen Fensterplatz, und als wir uns Hamburg nähern, starre ich wie hypnotisiert auf die Stadt hinunter, die schon so lange mein Zuhause ist. Sie liegt im Trüben.

Ich muss dringend die Menschen treffen, die mir guttun, um die Trennung von Lucien zu überstehen. Mit Barbara bin ich am Freitag verabredet. Wir möchten essen gehen, dann ins Musical. Wie versprochen lädt sie mich ein. Am Samstag fahre ich zu meinen Eltern und treffe dort auch Mella. Außerdem sind da noch Kim und Flo. Ja, ich werde genug Ablenkung haben, bete ich mir vor, während die Boeing schlingernd auf der Landebahn aufkommt.

Benommen warte ich, bis wir uns abschnallen dürfen. Ich atme einmal durch, bevor ich aufstehe und nach meiner Tasche greife.

Als ich am Gepäckband stehe, überkommt mich die Erinnerung an Nizza mit solcher Wucht, dass die Reisetaschen vor meinen Augen verschwimmen. Alles droht seine Kontur zu verlieren. Ich muss mich zusammenreißen. Mein Trolley gleitet langsam herbei. Der Glückskoffer, wie Lucien ihn nannte, auf dem wir gestern noch gemeinsam saßen. Ich schlucke gegen den Klotz an, der sich in meinem Hals verkantet.

Draußen empfängt mich die Hamburger Luft, die anders riecht als in Frankreich. Nicht würzig wie in den Weinbergen, sondern metallisch. Warum ist mir das früher nie aufgefallen? Kalt ist es nicht, nur diesig und grau.

Kurz darauf sitze ich in einem der schäbigen S-Bahn-Waggons. Die Bilder von meiner kleinen Irrfahrt kommen mir in den Sinn, als ich mich aufgemacht hatte, zu Tobias zu fliegen. War das wirklich ich? In diesem Jahr, in dieser Welt? Ich fühle mich Lichtjahre von der Person entfernt, die ich damals war.

Mein Herz pumpt spürbar, als ich in Altona aussteige und die vertrauten Straßen entlanggehe. Ein winziges Freudenpflänzchen wächst durch das Dickicht in mir empor, will an die Oberfläche: Gleich werde ich in meiner geliebten Wohnung sein. Sie wird meinen Kummer einschließen wie eine schützende Haut.

Unmerklich schüttle ich über mich den Kopf. Warum stolpere ich in diesem Sommer von einem Herzschmerz in den nächsten? Wobei mir die Trennung von Tobias rückblickend leichter fiel im Vergleich zu dem, was ich nun fühle. Ich glaube, mein Tiefschlag damals auf dem Hamburger Flughafen war mehr eine plötzliche Ernüchterung als echter Liebeskummer. Wut. Als hätte sich die Wirklichkeit wie ein Kübel Eiswasser über mich ergossen.

Die Verbindung mit Lucien dagegen öffnet Räume in mir, die ich vorher nicht kannte. War es mit Tobias keine echte Liebe? Sondern eher Achtung, Respekt, Bewunderung – eine zärtliche Freundschaft? Ich weiß es nicht. Und es fällt mir auch schwer, meine Gedanken zu sortieren, während der Trolley laut polternd hinter mir herrollt und Passanten beinah in mich hineinlaufen, weil sie auf ihre Handys starren. Der Autolärm geht mir auf die Nerven, und die Abgase stinken. Befremdet starre ich auf die rote Leuchte der Fußgängerampel, die mich zum Stehen zwingt, inmitten einer Traube ungeduldiger Menschen. Auf dem Markt in Cotignac ging es auch wuselig zu, aber etwas daran war anders. In der Provence schlägt ein natürlicher, ruhigerer Puls aus Leben. Aus Wärme und Düften. Und die Franzosen schauen einander an.

Schließlich habe ich es bis zu meiner Haustür geschafft. Der Geruch im Treppenhaus. Eine Mischung aus Putzmitteln und verkochtem Mittagessen. Aus dem Briefkasten krame ich Werbeprospekte und eine Rechnung hervor – wahrscheinlich eine Mahnung. Dahinter finde ich meinen Zweitschlüssel von Frau Winkler. Es ist anstrengend, den schweren Trolley all die Treppenstufen hinaufzuhieven. Oben angekommen, schnappe ich nach Atem und lasse die Tür hinter mir zufallen.

Wie eine Fremde sehe ich mich in meinem Zuhause um. Schön, wie immer. Und Julia Winkler hat alles in einem Topzustand hinterlassen. Nur, es ist so verdammt still hier. Und so verdammt weit weg von Lucien.

Auf dem ausgeklappten Küchentisch warten Pralinen und eine beschriebene Karte mit Blumenmotiv auf mich.

*Liebe Sarah! Ich habe mich in Deiner Wohnung sehr wohlgefühlt. Vielen Dank für alles. Das Bett ist frisch bezogen! Vielleicht sehen wir uns ja mal hier in Hamburg? Liebe Grüße, Julia.*

Gerührt ziehe ich mein Handy hervor, tippe Julia einen Dank für die liebe Geste und füge hinzu: *Wir können uns gern mal treffen, würde mich freuen.*

Falls ich mal mit Kim ausgehe, könnte Julia dazukommen. Bestimmt würde sie sich freuen, ein bisschen Anschluss in Hamburg zu finden.

Die Fotos hängen unverändert an der Küchenwand. Meine Cleo mit ihren dunklen Augen. Der Mund geöffnet, als wollte sie mir etwas sagen.

Ich reiße mich von ihr los, streife meine Schuhe ab und nehme den Koffer mit in mein Schlafzimmer. Mein Blick wandert durch den Raum. Müdes Licht fällt durch das Fenster, es wirft einen blassen Schimmer an die Dachschräge. Die, an der Tobias sich immer stieß. Ehedem Hulk.

Im Wohnzimmer sinke ich aufs Sofa. Eine Unruhe erfasst mich, die mir Angst macht. Lucien fehlt mir schrecklich. Wie soll ich diesem Gefühl entgehen, damit klarkommen?

Noch einmal zücke ich mein Handy, tippe eine Nachricht an ihn: *Bin angekommen und vermisse dich jetzt schon. Küsse aus der Ferne, Sarah.* Doch dann zögere ich, auf Senden zu gehen. Wie definieren wir uns von heute an? Er bat mich zurückzukommen. Aber das war vor allem dem Schmerz des Augenblicks geschuldet. Wir wissen beide, dass wir in unsere Leben zurückfinden müssen. Und keine Zukunft haben, weil zwischen uns mehr als eintausendfünfhundert Kilometer liegen. Wir sollten unsere Liebe wie einen goldenen Schatz bewahren, den wir vergraben. Fortan ohne Lucien zu sein kann ich nur lernen, indem wir Abstand finden. Ich kann nicht Tag und Nacht diese unerfüllte Sehnsucht nach ihm fühlen. Und auch Lucien hat eine Liebe verdient, die ich ihm aus der Ferne nicht geben kann. Sich monatelang nacheinander zu verzehren, um sich ein-, höchstens zweimal im Jahr zu sehen – diese Zukunft wünsche ich keinem von uns.

Also lösche ich die Nachricht. Stattdessen tippe ich: *Lieber Lucien, bin gut angekommen. Ich danke dir für alles, was du mir geschenkt hast. Die Zeit mit dir war wunderbar. Sie wird in meinem Herzen ewig dauern. Doch irgendwie müssen wir es schaffen, in unsere Leben zurückzufinden. Ich sehe keinen anderen Weg. Bitte verzeih mir – ich glaube, das Beste wird sein, wir hören erst mal nichts voneinander. Ich werde dich immer vermissen. Deine Sarah.*

Das ist nicht lieblos, rede ich mir ein. Lucien wird mich verstehen.

Hilflos stehe ich auf, Durst treibt mich in die Küche. Ich schalte das Radio ein, und kein anderes Lied erklingt als »Fix you«. Der Song, den Nicolas am Seeufer bei der Verdonschlucht sang. Als meine Zeit mit Lucien noch vor mir lag, ohne dass ich etwas von unserem Glück ahnte. Geradezu hypnotisiert bleibe ich am Radio stehen und starre vor mich hin. Ich schaffe es erst, mir zu trinken einzuschenken, als die Töne verhallt sind. Mit dem Glas setze ich mich zurück aufs Sofa. Reglos, bis das Signal einer eingehenden Nachricht ertönt. Lucien!

*Deine Worte, ich verstehe sie. Dich heute fortgehen zu sehen tat schrecklich weh. Doch zu verzeihen gibt es nichts. Ich habe dir viel mehr zu verdanken als du mir. Die Gedichte, die du zurückgelassen hast, sind die schönsten, die ich kenne. Ich küsse dich. Und werde dich nie vergessen. Dein Häwelmann.*

Meine Hände zittern, während das Gewicht auf meiner Brust mich zerquetscht. Lucien, er liebt mich. Und ich ihn. Ich rolle mich zusammen und lasse endlich den Tränen ihren Lauf.

# 41

Während der ersten Nacht zu Hause vermisse ich Lucien so sehr, dass meine Kehle brennt. Sogar das knarzende Kingsizebett im Gästehaus fehlt mir, die nächtlichen Laute vor dem Fenster. Das Scharren und Schnauben der Wildschweine. Die Farben der Morgensonne in der Provence, das nestelnde Geräusch der Olivenzweige. In meinem Schlafzimmer unter der Schräge zu liegen fühlt sich beengt an. Und statt der Zikaden höre ich in der Frühe die Autos durch die Straßen fahren. Dafür ist es nicht so drückend heiß, versuche ich mich in positivem Denken.

Gut, dass ich mich um vieles kümmern muss. Ich fange an auszupacken. Beim Anblick des provenzalischen Kleides werde ich so traurig, dass ich es rasch auf einen Bügel in den Schrank hänge. Später kaufe ich ein, kümmere mich um überfällige Rechnungen, die Julia auf der Flurkommode gestapelt hat. Und ich melde mich bei Kim. Sie freut sich hörbar, und wir verabreden uns für Donnerstagnachmittag.

Am Mittwoch bringe ich meinen Termin beim Arbeitsamt hinter mich. Danach bin ich erleichtert. Es gibt

Stellenangebote für mich. Falls nichts daraus wird, hätte ich wie erwartet wegen des Drehbuchhonorars zwar vorläufig keinen Anspruch auf Arbeitslosengeld, aber ich bin froh, nicht darauf angewiesen zu sein.

Auf dem Rückweg lasse ich Bewerbungsfotos anfertigen. Dass meine Haut sonnenverwöhnt ist, kommt meiner Ausstrahlung immerhin zugute. Zu Hause mache ich mich daran, meinen Lebenslauf zu aktualisieren und ein Bewerbungsschreiben aufzusetzen.

Am nächsten Tag stehe ich mit meinen Mitbringseln bewaffnet vor Kims und Flos Wohnungstür, und endlich regt sich ein leises Heimatgefühl in mir. Meine Freundin öffnet und strahlt mich an.

»Wie schön, dass du wieder da bist!«, ruft sie. Sie ist weit von dem Bild des nervlichen Elends entfernt, das sie bei meinem letzten Besuch bot. Keine Augenringe mehr, stattdessen verteilen sich Sommersprossen auf ihrer hellen Haut, und das rote Haar wirbelt kraftvoll glänzend über die Schultern.

Ich umarme sie. »Gut siehst du aus!«

»Und du erst! Komm, wir setzen uns auf den Balkon. Kaffee, Tee? Cola? Oder lieber Wasser?«

»Gerne Wasser.«

»Geh schon mal durch.« Damit verschwindet sie in der Küche. »Schöne Grüße von Flo!«, ruft sie von dort, und ich höre es klappern. »Er hätte dich gerne gesehen, kann aber leider erst spät nach Hause kommen. Besprechung im Büro.«

»Macht nichts, grüß ihn zurück nachher.«

Im Wohnzimmer entdecke ich Frieda auf einer

Krabbeldecke. Sie liegt auf dem Rücken und nestelt an Spielzeugen aus Stoff. Ich hocke mich zu ihr hin. Natürlich ist sie gewachsen. Zum Anbeißen süß blickt sie mich aus ihren Kinderaugen an. Zärtlich spreche ich mit ihr, streichle über das Köpfchen, auf dem sich das blonde Haar verdichtet hat. Sie grinst mich zahnlos an, dann verpasst sie der Rassel einen ordentlichen Hieb. Sogleich gluckst sie über ihre Leistung und strampelt vergnügt.

Kim steht mit zwei Gläsern hinter mir.

»Sie ist ja ein richtiger Sonnenschein geworden!«

Meine Freundin lächelt. »Ja! Es waren Dreimonatskoliken. Ist alles ausgestanden, sie schreit kaum noch. Kann aber nicht mehr lange dauern, bis sie zahnt. Dann wird's wieder lustig.«

»Darf ich sie mal nehmen?«

»Na klar! Trag sie einfach mit nach draußen.«

Vorsichtig hebe ich das Baby hoch, gebe ihm einen Knisterwürfel in die Hand und gehe hinter Kim her auf den Balkon, wo wir am Tisch gerade so Platz finden, ich mit Frieda auf dem Schoß. Kim hat Teller bereitgestellt und einen Kastenkuchen, der verdächtig nach ihrer leckeren Zitronenkreation aussieht.

»Jetzt hab ich die Geschenke für euch drinnen liegen lassen«, fällt mir auf.

Kim schneidet den Kuchen an. »Geschenke? Das ist ja lieb von dir.«

»Magst du sie vielleicht kurz holen?« Ich zeige entschuldigend auf die pummelige Frieda auf meinen Knien, mit denen ich auf und ab wippe, was die Kleine zum Jauchzen bringt. So schnell mag ich sie gar nicht hergeben.

»Klar!« Meine Freundin verschwindet kurz im Wohnzimmer und kehrt mit den Päckchen wieder zurück. Wenig später hebt sie den Babyanzug verzückt in die Höhe. »Wie niedlich ist das denn?«

»Ich hoffe, er passt noch.«

»Auf jeden Fall, da kann sie sogar noch reinwachsen. Ich wollte so was in der Art nähen, aber so einen tollen Stoff habe ich bislang nirgendwo gefunden. Vielen lieben Dank!«

»Gerne.« Mit Wehmut denke ich an den Tag, als ich den Zweiteiler bei meinem ersten Marktbesuch in Cotignac kaufte. Heute weiß ich, was Lucien kurz darauf so düster machte, als er die Babykleidung auf dem Gartentisch liegen sah. Sicher dachte er an Noël. »In dem anderen Päckchen ist noch was Kleines für euch«, füge ich schnell hinzu, bevor mich die Erinnerungen übermannen.

Kim packt auch die edle Seife aus und schnuppert hingebungsvoll daran. Sie liebt solche Naturprodukte. »Danke! Die riecht wunderbar. Lavendel – ist es so, wie man es sich immer vorstellt in der Provence? Überall lila Felder?«

»Es ist noch viel schöner. Vielseitiger. Die Lavendelfelder machen nur einen kleinen Teil der Gegend aus. Ihr solltet auch mal hinfahren. Ich glaube, es war mein bester Urlaub bislang.« Mein Blick verliert sich am Himmel über Hamburg.

»Das kann ich mir gut vorstellen.« Kim betrachtet

mich nachdenklich. »Du wirkst irgendwie verändert, weißt du das?«

»Das hat mir Cleo auch schon gesagt.«

»Du musst mir endlich erzählen, was alles passiert ist. Aus Tobias habe ich nicht viel herausbekommen. Warum habt ihr euch denn bloß getrennt?« Sie legt mir ein Stück Kuchen auf den Teller.

Natürlich, Kim weiß fast gar nichts von den Geschehnissen der letzten zwei Monate. Und ich stehe inzwischen an einem völlig anderen Punkt. »Ich weiß gar nicht, wo ich da am besten anfange.«

Frieda auf meinem Schoß schwenkt ihr Spielzeug und beißt herzhaft hinein, als wollte sie uns demonstrieren, wie egal das eigentlich alles ist.

»Ich würde sagen, du fängst damit an, warum du plötzlich in die Provence und nicht nach Kalifornien geflogen bist.«

»Okay. Also, das war so …«

Es vergeht viel Zeit, während ich Kim alles erzähle. Die Sache mit der Urheberschaft verkürze ich, denn Tobias hat diesen Fehler mehr als wiedergutgemacht. Kim kann kaum glauben, dass das Drehbuch demnächst verfilmt wird.

»Wahnsinn, hätte ich das gewusst, dann hätte ich einen Sekt gekauft zum Anstoßen!«, ruft sie aus.

Mit großen Augen hört sie mir weiter zu. Nach einer Weile wird Frieda auf meinem Schoß quengelig, und Kim nimmt sie mir ab, um sie zu füttern. Am größten ist ihre Verblüffung, als ich von Lucien erzähle. Es irritiert sie, dass ich mich so rasch von Tobias entlieben und auf jemand Neues einlassen konnte. Ich weiß ja selbst nicht, wie ich ihr das erklären soll.

»Die Trennung ging, glaube ich, deshalb so schnell, weil Tobias und ich auf Dauer nicht zusammengehörten. Es war eine gute Zeit mit ihm, und ich werde ihn als Freund immer schätzen. Nur ging es nicht richtig in die Tiefe.« Im Stillen denke ich auch an unseren Sex. Er war immer schön. Das schon. Aber die Intimität mit Lucien war von einer Intensität, die mich zum Weinen gebracht hat. Doch das behalte ich für mich.

»Hm«, sagt Kim jetzt, und ich bemerke, dass Frieda in ihrem Arm eingeschlafen ist. »Auf mich wirkte es gar nicht oberflächlich zwischen euch. Du hast Tobias ja förmlich angebetet.«

»Vielleicht ist genau das der Punkt. Ich habe ihn bewundert. Das hat nicht unbedingt was mit Liebe zu tun. Und man kann dabei leicht übersehen, dass man selbst auf der Strecke bleibt.«

»Meinst du?« Kim sieht mich prüfend an. »Du warst doch zufrieden mit deinem Leben. Dachte ich.«

»Das war ich auch. Nur …« Hilflos suche ich nach Worten. Ich spüre, wie schwer es meiner Freundin fällt, meine Entscheidung nachzuvollziehen. Und ich kann sie verstehen. Unser Vierergespann ist zerbrochen. »Es tut mir ehrlich leid, für uns alle. Aber ich habe während meiner Zeit in Frankreich zu mir gefunden. Zu dem, was ich vom Leben wirklich will. Und was ich mir von einem Partner wünsche. Von da war der Weg zu einem Neuanfang mit Tobias zu weit. Nicht nur, weil er fremdgegangen ist.«

»Was seine Untreue betrifft … Das ist natürlich verletzend. Keine Frage. Aber es scheint ihm wirklich nichts bedeutet zu haben.«

»Es ist ja auch nicht so, dass ich ihm das nicht verzeihen könnte. Aber er hat versucht, es zu vertuschen, und sieht das alles viel lockerer als ich. Ich habe gemerkt, dass wir nicht zusammenpassen. Das hatte auch mit Lucien zu tun. Mit dem, was ich durch ihn erfahren habe an Nähe. Seelisch. Und irgendwann auch körperlich.«

»Okay«, antwortet Kim. »Ich verstehe. Klingt ja echt nach 'nem Traumtypen.«

»Und weißt du«, werfe ich lachend ein, »Tobias möchte sowieso in Kalifornien bleiben. Von daher sei froh, dass wenigstens ich euch erhalten bleibe!«

»Im Ernst? Er bleibt dort?«

Ich nicke. »Er hat sogar gehofft, dass ich ihm folge. Hat er euch das nicht erzählt?«

»Nein. Kein Wort davon.« Meine Freundin schüttelt verärgert den Kopf. »Meine Güte! So viel Veränderung.« Dann blickt sie mich an. »Nennt man wohl das Leben.«

»Ja. Genau.«

»Weißt du«, rückt sie zögerlich heraus, »bei uns wird es nämlich auch eine Veränderung geben.«

Ist zwischen Kim und Flo etwas vorgefallen? Oder ist sie wieder schwanger? »Erzähl!«

»Florian und ich, wir …«

»Ja?« Mein Herz klopft.

»Wir ziehen weg aus Hamburg.«

Als ich an diesem Abend allein auf meiner Couch sitze, den Fernseher auf Dauerbetrieb, fühle ich mich unsagbar leer. Flo und Kim ziehen weg. Aufs Land, mit Frieda. Damit sie zwischen Kühen und Blumen aufwachsen kann. Die beiden haben ein renovierungsbedürftiges Häuschen in einem Dorf in Schleswig-Holstein gefunden. Eine gute Autostunde entfernt.

Diese Neuigkeit muss ich verdauen. Auch wenn es keine Weltreise ist, werde ich meine Freunde zwangsläufig seltener sehen. Natürlich habe ich versucht, mir meine Enttäuschung nicht anmerken zu lassen. Schließlich war es auch schön, Kim strahlen zu sehen, als sie mir von dem alten Haus und dem Garten vorschwärmte. Schon in zwei Monaten möchten sie einziehen und bis dahin versuchen, die Räume instand zu setzen. Ein wunderbares Zukunftsprojekt, und doch krampft sich meine Brust zusammen.

Um mich zu trösten, nehme ich das Notizbuch hervor. Streiche über den Einband, rieche an den Seiten und schließe die Augen. Versuche, nicht an Lucien zu denken, sondern das Gefühl von Einsamkeit, das mich überschwemmt, in ein Gedicht zu formen. Es gelingt mir nicht. Auch mein Romanmanuskript ist seit meiner Rückkehr wie eingefroren. Meine innere Stimme, die mir in der Provence mühelos Worte zuflüsterte – sie ist verstummt.

# 42

Am Freitag bin ich auf dem Weg zur S-Bahn Richtung Kiez, um Barbara zu treffen. In einem schicken knielangen Rock und Pumps, die meine Füße ungewohnt eng umfassen, stöckele ich über das Trottoir. Nur wenige Minuten reichen aus, um diese Unruhe in mir zu erzeugen, die ich seit meiner Rückkehr auf den Straßen hier empfinde. Diese Großstadt ist etwas Besonderes. Doch ihr Puls verkantet sich mit meinem, wir harmonieren nicht mehr, und ihre Mauern wirken kalt auf mich. Dass ich gleich Barbara sehe, gibt mir immerhin Auftrieb.

Als ich ins Restaurant eintrete, entdecke ich sie an einem der hinteren Tische. Sie winkt mir erfreut zu, steht auf und umarmt mich. Wir setzen uns gegenüber und lächeln uns zu.

»Ist das schön, dich wiederzusehen, Sarah. Die Zeit in Frankreich hat dir gutgetan, oder?«

»Ja. Sehr. Aber dazu später. Ich hab dir etwas mitgebracht.« Aufgeregt schiebe ich ihr mein Geschenk hin.

Barbara freut sich. »Für mich?«

»Pack aus! Die Karte lies am besten in Ruhe, zu Hause.«

Ich hatte ihr ein persönliches Gedicht zum Dank für unsere gemeinsame Zeit im Buchladen geschrieben. Barbara wickelt das Päckchen aus, beim Anblick des Tuches strahlt sie.

»Sarah!« Sie faltet es auseinander, hält es von sich weg. »Das ist ja schick!«

»Aus Saint-Tropez.«

»Oh, là, là! Wie edel!«

»Bei den Farben musste ich sofort an dich denken. Wie gut sie dir stehen würden.«

»Und sie passen perfekt zu meinem Outfit heute. Lege ich mir gleich um. Vielen lieben Dank!«

»Du siehst erholt aus«, mache ich ihr ein Kompliment. »Dabei waren die letzten Wochen bestimmt anstrengend, oder?«

»Schon.« Barbara zupft sich das Tuch zurecht. »Aber jetzt kann ich das alles endlich hinter mir lassen.«

»Ist der Laden denn schon fix und fertig geräumt?«, frage ich ungläubig.

»Ja. Ich wollte alles diesen Monat möglichst kurz und schmerzlos hinter mich bringen.«

»Verstehe.«

Barbara nickt. Dann geht ein Ruck durch sie hindurch. »Komm! Wir suchen jetzt was Leckeres zu essen aus und machen uns einen richtig schönen Abend!«

Wir bestellen und reden. Es gibt von beiden Seiten viel nachzuholen. Ich erfahre, dass Barbara tatsächlich in die Firma ihres Mannes einsteigen wird.

Meine Neuigkeiten sorgen bei Barbara für viele Fragen und Verwirrung, was meine Trennung von Tobias betrifft. Ich winke ab. »Ich habe damit abgeschlossen«, versichere ich ihr.

Nach dem Essen schlendern wir hinüber zum Operettenhaus. Die Luft im Saal ist stickig, die Aufführung grandios. Besonders mitreißend ist, als die Hauptdarstellerin alias Tina Turner einen Showauftritt auf der Bühne hinlegt und die Songs mit den Originaltexten auf Englisch schmettert. Gemeinsam mit anderen Zuschauern hält es uns nicht mehr auf den Stühlen, und wir wippen ausgelassen im Takt.

Nach der Vorstellung dröhnen meine Ohren, aber wir sind in Hochstimmung. Wir nehmen uns ein Taxi, das mich zuerst nach Hause bringt. Neben mir auf der Rückbank hebt Barbara die Hand in die Höhe.

»Ach, das hätte ich fast vergessen!« Sie wühlt in ihrer Handtasche und zieht einen Briefumschlag hervor, hält ihn mir vor die Nase.

Fragend blicke ich sie an.

»Na, dein Arbeitszeugnis!«

»Ach so!« Ich schlage mir die Hand auf die Stirn. »Daran habe gar nicht mehr gedacht.«

»Falls du Fragen dazu hast, melde dich. Ich kann dir aber garantieren, es ist eine glatte Eins.«

»Danke, Barbara!«

Sie lächelt. Wenig später hält der Fahrer vor meiner Wohnung, bei laufendem Motor. Barbara besteht darauf, die ganze Fahrt allein zu bezahlen.

»Das gehört zum Abschiedspaket!«

Unweigerlich muss ich schlucken. »Ich nehme das nur an, wenn sich der Abschied bloß auf unsere gemeinsamen Berufsjahre bezieht. Und wir uns bald mal wiedersehen.«

Barbara schaut mich liebevoll an, das Tuch um ihren Hals schimmert im Licht einer Straßenlaterne. »Natürlich. Versprochen.«

Ich umarme sie. »Tausend Dank für den tollen Abend! Nein. Für alles.«

»Ebenso, Sarah.«

Dann steige ich aus, werfe die Autotür zu und winke ihr nach.

In der Nacht, als die Ablenkung sich wie ein Dieb davonstiehlt und alles still und dunkel ist, verzehre ich mich nach Lucien. Wir sind Körperlose, deren Sehnsucht mehr als fünfzehnhundert Kilometer überbrücken … nein.

Ich habe ihm nicht mehr geschrieben, und er tut es auch nicht. Nicht, weil wir nicht aneinander denken, da bin ich mir seiner Gefühle sicher. Ich glaube, Lucien kennt mich ebenfalls gut genug, um zu wissen, dass ich ihn nicht vergesse. Sondern wir schweigen, weil es besser ist, der räumlichen Trennung die innere folgen zu lassen. So, wie wir es in unseren letzten Nachrichten vorweggenommen haben. Wir haben unserer Verliebtheit in den wenigen Wochen, die uns gegönnt waren, nie das Schweben genommen. Und jedes bange Festhalten, jede Anklage würde diese wunderbare Blase im Nachhinein zerplatzen lassen. Es ist der richtige Weg, doch immer wieder schieben sich die Gedanken an Lucien in mein Leben und meine Nächte, ich träume unruhig. Schweißgebadet erwache ich.

Dass ich heute meine Schwester wiedersehe, schwebt weich wie eine Feder in mein Bewusstsein. Mella wird mich erden, und ich lasse von der Versuchung ab, mich entgegen unserer Abmachung bei Lucien zu melden.

Wir sind am frühen Nachmittag in Pinneberg verabredet, wenn Mella aus Köln ankommt. Sorgsam packe ich die Geschenke ein. Die Tischdecke und die Calissons für meine Eltern und das Pflegeöl für Mella aus Saint-Tropez. Wie wunderbar der Tag dort war. Gegen meinen Willen schließe ich die Augen. Sehe Luciens gebräunte Haut, von der die Wasserperlen hinabrinnen, seinen Blick auf mir, glitzernd und funkelnd wie das Meer. Auf dem Boot seiner Eltern. Ich fühle das sanfte Schaukeln auf den Wellen, rieche das Salz, spüre die Sonne auf meinem Gesicht. Wir fahren in den Hafen ein, die ockerfarbenen Häuser der Stadt uns zugewandt.

Es kostet mich Anstrengung, die Augen wieder zu öffnen, mich aus der fernen Welt zu reißen. Ich fixiere mein stumpfes Wohnzimmerfenster. Kaum zu ertragen.

Als ich in Pinneberg vor meinem Elternhaus stehe, fühle ich mich nicht mehr so allein. Obwohl ich weiß, dass mich hinter diesen Mauern keine Wolke aus Geborgenheit umhüllen wird. Heute bin ich vor meiner Schwester da, es ist Ma, die mir die Tür öffnet. Und ja! Die Zornesfalte auf ihrer Stirn hat mich schon erwartet, aber ich sehe auch ein verhaltenes Blitzen von Freude in ihren Augen, als wir uns begrüßen.

»Na, Weltenbummlerin!«, höre ich eine leise Stimme aus dem Hintergrund. Pa steht im Flur, auch er legt den Arm um mich.

»Was schleppst du denn da alles an?« Ma zeigt auf die Geschenktüte in meiner Hand. Obwohl die Falte über ihren Augenbrauen sich vertieft, kann Ma ihre Neugier kaum verhehlen. Sie liebte es schon immer, beschenkt zu werden.

»Für euch. Aus der Provence«, antworte ich und übergebe ihr feierlich die Tasche.

»Du bist ja verrückt.« Mas amüsante Art, Danke zu sagen.

»Gerne. Da ist auch eine Flasche gekühlter Crémant drin. Damit wir gleich mit Mella aufs Examen anstoßen können. Das eine Päckchen ist für sie.«

»Sie müsste jeden Moment da sein. Lass uns rübergehen.«

Ich folge Ma zum Esstisch, wo schon der obligatorische Kiwi-und-matschige-Kirschen-aus-dem-Glas-auf-Fertigboden-Kuchen mit Gelatineüberzug und Sahne steht. Pa ist hinter uns hereingeschlichen und setzt sich auch. Fast habe ich das Gefühl, seit meinem letzten Besuch wäre hier die Zeit eingefroren. Vielleicht ist das noch derselbe Kuchen, und die Teller haben sich nie von diesem Tisch wegbewegt. Ich muss mir ein Grinsen verkneifen.

»Mit dem Kuchen und den Geschenken können wir ja auf Melanie warten«, sagt Ma, während sie mir Kaffee einschenkt.

»Klar.«

Wir sitzen vor unseren Tassen, und meine Eltern blicken mich fragend an.

»Und?«, ergreift Pa überraschend das Wort. »Wie war es in Fron-kreisch?« Er kichert.

»Ich hatte eine super Zeit. Die Provence ist herrlich. An der Côte d'Azur zum Beispiel, da habe ich –«

»Das ist ja alles schön und gut!«, unterbricht mich Ma. »Aber die Sache mit Tobias verstehe ich nicht. Wieso hast du diesen Mann denn bloß abserviert?«

Beherrscht atme ich ein. Ich hatte es fast vergessen. Ich hatte vergessen, wie es sich anfühlt, an Mas Kaffeetafel zu sitzen und ihren Verhören ausgesetzt zu sein, bei denen sie meist nicht mal meine Antworten abwartet.

»Mama, das ist schwer, in ein paar Sätzen –«

»Dieser Mann macht Karriere! An seiner Seite hättest du für immer dein Auskommen. Gerade jetzt, wo du keine Arbeit hast, solltest du dich fragen, ob du dir so einen Egotrip im Moment überhaupt leisten kannst.«

Ich verschlucke mich an meinem Kaffee. Mir bleibt die Luft weg, ich huste.

»Doris, nun lass mal die Kirche im Dorf«, schaltet sich Pa vorsichtig ein, und ich bin verblüfft über seinen Beistand.

»Das sagst du nur, weil du Tobias sowieso nie leiden konntest!«, schimpft Ma ihn aus, als wäre auch er ein unartiges Kind. »Das ändert aber nichts daran, dass er eine gute Partie für Sarah gewesen wäre.«

»Ach was!« Pa winkt grimmig ab, sagt jedoch nichts mehr.

»Diese Sache mit dem Film zum Beispiel«, setzt Ma erneut in meine Richtung an. »Also, dass dein Buch da irgendwie gekauft wurde. Das hast du ja nur Tobias zu verdanken. Oder nicht?«

Immerhin bekomme ich wieder Luft. »Er hat viel für mich getan, ja. Aber er hat auch viel verbockt. Was genau, das möchte ich gar nicht weiter ausbreiten. Es ist meine Entscheidung, und glaub mir, Ma – ich werde mich gut durchs Leben schlagen, ob mit oder ohne diesen Superman!« Obwohl ich mich innerlich zur Ruhe zwinge, ist meine Stimme laut geworden.

»Und wie? Statt dich nach einem Job umzusehen, vergnügst du dich an der Côte d'Azur und legst dich monatelang an den Strand. Das geht doch nicht!«

Gegen meinen Willen muss ich lachen. »Ich habe nicht monatelang am Strand gelegen. Genau genommen hab ich das fast nie getan. Das Meer war viel zu weit weg.«

Ma brummt unwillig. »Und was hast du dann gemacht?«

»Viel. Ich habe Cleo und ihre Mutter wiedergesehen und interessante neue Menschen kennengelernt. Wunderbare Orte entdeckt.«

»Davon kann man ja auch so gut leben.«

Ruhig bleiben und einatmen. »Ich habe auch im Weinberg mitgeholfen. Das ist eine sehr anstrengende, respektable Arbeit, für die ich bezahlt wurde. Und geschrieben habe ich.«

»Was denn? Wieder ein Drehbuch?«, fragt Pa, ich glaube, aus ehrlichem Interesse.

»Nein. Ich arbeite an einem Roman. Damit habe ich mich für ein Stipendium beworben.«

Wie erwartet schlägt sich Ma die Hand auf die Stirn. »Sarah«, sagt sie in einem Tonfall, als gälte es, eine Verrückte zur Vernunft zu bringen. »Tu, was du nicht lassen kannst. Aber das ist bloß ein nettes Hobby. Wie willst du damit ernsthaft Geld verdienen?«

Mein Puls klopft immer schneller. »Immerhin habe ich für das Drehbuch Geld bekommen. Und zwar nicht wenig. Ich dachte, Mella hätte euch davon erzählt?«

»Weil du Tobias hattest. Der war ein Glücksgriff, sag ich ja! Den du jetzt abgeschossen hast!« Ma scheint beinah zu triumphieren.

»Weißt du was? Ich bin es leid!«, schießt es ungebremst aus mir heraus, ich knalle meine Kaffeetasse auf die Untertasse zurück. »Ich bin es leid, dass du alles, was ich tue, immer nur anzweifelst und schlechtredest! Wirklich, ich habe mich richtig auf euch gefreut! Weil ich so lange weg war und sich so viel für mich verändert hat. Weil ich euch vermisst habe. Und weil ich eine schwere Zeit hinter mir habe. Denn glaub mir, es ist mir überhaupt nicht leichtgefallen, mich von Tobias zu trennen. Aber ich habe keine Lust mehr, mir deine ewigen Vorwürfe anzuhören. Lass mich mein Leben leben, wie ich das möchte! Trau mir endlich mal was zu! Und hör auf, dich in Dinge einzumischen, die du verdammt noch mal überhaupt nicht beurteilen kannst!« Meine Hand saust auf den Tisch, der ergeben zittert.

Das Klappern des Geschirrs verhallt. Im Raum ist es ganz still. Mas Augen sind aufgerissen, die Brauen beinah bis zum Haaransatz hochgezogen. Anscheinend habe ich sogar ihre Zornesfalte mit meiner Wut weggepustet. Papas Blick kann ich schlecht deuten. Erschrocken wirkt er nicht. Ist es Erleichterung, die sich auf seinem Gesicht abzeichnet? Seine Lippen liegen entspannt aufeinander, ein kaum merkliches Lächeln umspielt sie, das mir gilt. Und plötzlich verstehe ich seine Mimik. Pa, er ist stolz.

Und er nickt bestätigend. »Gut gebrüllt, Löwe!«

»Du nimmst sie auch noch in Schutz, Jens? Obwohl sie sich so aufführt? Das glaube ich jetzt nicht!« Mas Tonfall ist überraschend weinerlich. »Dabei mache ich mir doch nur Sorgen um das Kind! Warum versteht das denn keiner?«

»Ach, Doris, lass gut sein.« Er tätschelt sie am Arm. »Unsere Sarah wird sich schon zurechtjuckeln. Da hab ich gar keinen Zweifel.« Dann zwinkert er mir zu, und das Wunder geschieht: Ma sagt nichts mehr.

Kurz darauf klingelt es, und sie springt auf, wohl erleichtert, dass sie zur Haustür wetzen darf. Wie ein Abgang auf einer Bühne, dessen dramatischer Akt zu Ende geht.

Pa und ich sitzen uns benommen gegenüber, er guckt mich aus seinen sanften Augen an.

»Findest du, dass ich überreagiert habe, Paps?«

Er grinst, während Mellas muntere Stimme vom Hauseingang her zu uns herüberschallt. »Keineswegs«, flüstert er mir zu. »Endlich hat ihr jemand die Meinung gegeigt. Eure Mutter … so isse halt. Sie hat uns trotzdem lieb. Und ich will gar keine andere. Aber manchmal muss man ihr eben den Marsch blasen.« Mit diesen Worten hüpft ein meckerndes Lachen aus seiner Kehle, das ich selten von ihm höre.

Ich falle staunend mit ein. In diesem Moment steht meine Schwester in der Esszimmertür und funkelt uns fröhlich an. »Hier ist ja schon 'ne Superstimmung!«

Ich stehe auf und falle ihr um den Hals. »Die Stimmung könnte nicht besser sein!«, witzele ich leise und fange dabei Mas bitteren Blick auf.

Mella und ich lassen einander los, und kurzerhand ziehe ich meine Mutter in die Arme. Sie seufzt und drückt mich zögerlich zurück.

»Komisch seid ihr, alle miteinander«, gibt sie von sich, »komisch und launisch. Ich will doch nur euer Bestes.«

»Weiß ich, Ma«, beruhige ich sie. »Aber was mein Bestes ist, entscheide ich.«

Dann sitzen wir alle am Tisch, kauen den Kuchen, von dem ich wieder Pusteln im Mund bekomme, lassen uns von Mellas Prüfungen erzählen und stoßen mit dem Crémant auf ihr Examen an.

Anschließend packt meine Familie die Mitbringsel aus der Provence aus. Ma bestaunt erfreut die Tischdecke. Pa beißt sofort beherzt in ein Calisson und reicht die Schachtel mit der Köstlichkeit an alle weiter. Ich halte mich zurück, denn heute Abend wollen wir auch noch essen gehen, um den erfolgreichen Abschluss von Mella gebührend zu feiern.

Mit ihr an meiner Seite und nach der kurzen Versöhnung mit Ma fühle ich mich besser. Nie wird es so herzlich zwischen uns sein wie in anderen Mutter-

Tochter-Beziehungen. Trotzdem werden wir irgendwie miteinander auskommen. Sofern sie meine Grenzen künftig respektiert. Wenn nicht, muss ich ihr eben wieder den Marsch blasen.

## 43

Die Tage ziehen dahin. Manchmal beaufsichtige ich die kleine Frieda, während Kim und Flo sich in Schleswig-Holstein um die Renovierung ihres Häuschens kümmern. Das fröhliche Kindergebrabbel ist mir jedes Mal ein großer Trost.

Außerdem erledige ich etliche andere Dinge. Schicke meine Bewerbungen los und kümmere mich um etwas, das mir schon seit meiner Rückkehr im Kopf herumspukt: Ich suche nach einem Auto. Manche der Stellen, auf die ich mich bewerbe, sind außerhalb von Hamburg, und ich möchte mobil und flexibel sein. Erst recht, seit ich weiß, dass meine Freunde aufs Land ziehen. Bei einem Autohändler verliebe ich mich schließlich in einen fünftürigen, drei Jahre alten Opel Corsa. Scheckheft-gepflegt, in Metallicblau.

Als ich den Wagen eine Woche später mit dem Kennzeichen HH-SL abhole und vom Gelände fahre, fühle ich mich frei. Ich habe ein gutes Leben. Doch der Gedanke verklingt in meinem Inneren, wirft ein seltsam hohles Echo zurück. Als wäre ich ein leeres Gefäß, in das jemand eine Münze wirft. Dieses Gefühl verfolgt mich bis in meine Wohnung. Von meinem Balkon aus sehe ich das Dach des neuen Wagens unter mir am Straßenrand schimmern. Natürlich, ich freue mich. Und dennoch …

Ich nehme mir ein Glas Sekt und setze mich in die Sonne. Mir selbst auf den Autokauf zuprostend, trinke ich einen Schluck, bin aber nicht bei der Sache. Nicht zu wissen, wie es momentan in Lucien aussieht, was er tut und wie es ihm geht, belastet mich mehr, als ich bislang zugeben wollte. Er fehlt mir schrecklich, wie auch das französische Leben. Und Cleo und Margrit sowie die anderen Menschen, die ich dort kennengelernt habe. Von Cleo weiß ich, dass Florence nun wieder in Paris ist, entsprechend suchen sie neue Unterstützung im Restaurant. Meine Freundin hat es nicht einfach, denke ich erneut. Ja, das Leben in der Provence ist nicht generell müheloser. Das ist mir bewusst. Trotzdem fiel mir dort manches leichter. Wenn ich mich hier an meinen Laptop setze, bringe ich mittlerweile ein paar Seiten zustande, doch sie erscheinen mir blutleer. Wenn ich Margrits Französischbuch aufschlage, tanzen die Buchstaben sinnentleert vor meiner Nase. Und wenn ich mir Estelles Erdbeermarmelade aufs Brötchen tupfe, hallen die Worte in meinem Ohr nach: *Für dich, damit du in Deutschland an uns denkst.*

Ja, ich denke an euch. Und es tut weh. Sehnsüchtig rufe ich auf meinem Handy die Urlaubsfotos auf. All die schönen Orte. Und dann halte ich vor dem Selfie von Lucien und mir inne. Das aus Saint-Tropez. Ich betrachte seine Gesichtszüge, das vertraute Lächeln. Tränen wollen an die Oberfläche. Wie hatte Lucien zu mir gesagt, als mir damals das Gedicht und auch der Wein auf seinem Grundstück abhandengekommen waren? *Du verlierst allerhand in diesen Bergen, n'est-ce pas?* Er hatte recht. Ich habe noch etwas dort verloren.

Meine Brust schnürt sich zu. Ich vermisse ihn schrecklich, und jeder Versuch, die Erinnerung an ihn von mir wegzuschieben, misslingt.

Um mich abzulenken, rufe ich Mails ab und empfange zu meiner Überraschung eine Einladung zu einem Vorstellungsgespräch, das bereits nächsten Freitag stattfinden soll. Eine große Buchhandlung am Stadtrand. Wenn ich die Stelle bekäme, könnte ich schon ab Oktober dort arbeiten. Meine Stimmung hebt sich. Das wäre fantastisch. Postwendend antworte ich, dass ich mich sehr auf das Gespräch freue. Es geht aufwärts, die Worte bewege ich wie ein Mantra in meinem Kopf.

Danach durchforste ich meinen Schrank nach bewerbungstauglicher Kleidung. Falls ich nichts Geeignetes finde, müsste ich eine Shoppingtour machen. Ein weiterer Programmpunkt, der mich ablenken könnte.

Ich schiebe die Schranktür auf, lasse meine Hände über die verschiedenen Stoffe gleiten. Nehme Blusen heraus, Röcke. Hosen. Halte sie aneinander. Zufrieden machen mich die Kombinationen nicht. Ich hänge einen Teil davon zurück. Mein Blick streift das Kleid aus der Provence, das ich seit meiner Rückkehr vor fast drei Wochen nicht mehr getragen habe. Weil es mich traurig gemacht hätte. Die Farben leuchten bunt aus meiner Garderobe hervor. Ich nehme den Bügel von der

Stange. Das Kleid ist nicht geeignet für ein Bewerbungsgespräch. Aber ich möchte den Stoff einmal wieder auf meiner Haut fühlen. Ich lege es vor mir auf das Bett. Ziehe mein T-Shirt über den Kopf und die Jeans aus. Die Urlaubsbräune auf meinen Beinen ist verblasst. Ich nehme das Kleid auf und stutze. Etwas beult sich darin aus. Ich fahre mit der Hand darüber. In der Seitentasche steckt ein Gegenstand.

Ein Päckchen. Verblüfft ziehe ich es heraus. Es ist schmal und länglich. In cremefarbenes Seidenpapier eingewickelt, mit einer lilablauen Schleife. Mein Herz klopft. Es muss ein Geschenk von Lucien sein, das er unbemerkt für mich versteckt hat, damit ich es zu Hause finde. Ich setze mich aufs Bett und lege das Päckchen auf den Schoß, betrachte es lange, um den völlig unverhofften Moment auszukosten. Ein Gruß. Ein Gruß von ihm.

Dann löse ich vorsichtig die Schleife, wickle das Papier auf. Ein Kästchen. Ich öffne es und ziehe überrascht die Luft ein. Ein vertrauter Duft strömt mir entgegen, der sofort Erinnerungsbilder heraufbeschwört. Das Blau der leuchtenden, warmen Felder. Das Summen der Bienen. Unser erster Kuss. Lavendel.

Drei zarte Lavendelzweige stecken zwischen einer Kordel, die eine Papierrolle zusammenhält. Ich nehme die Rolle in die Hand, löse vorsichtig die trockenen Zweige ab. Öffne die Kordel und entfalte das Papier. Drei Bögen. Ich halte den Atem an. Luciens Handschrift.

*Liebe Sarah,*
*diesen Brief schreibe ich dir in der vorletzten Nacht, die du noch bei mir bist. Du schläfst tief und fest, und manchmal schnarchst du sogar. Nicht wie ein betrunkenes Walross, keine Sorge. Nur ganz leise und très charmant!*

Ein spitzes Lachen schießt aus mir hervor.

*Du kannst nicht wissen, wie oft ich dich so schon habe liegen sehen, ein Wunder neben mir, dein blondes Haar auf dem Kissen. Verletzlich und doch stark. Deine Wimpern zucken leicht, als würdest du auf etwas reagieren, das du im Traum siehst. Ich wäre gerne in deinem Traum. Vielleicht bin ich es ja manchmal. Noch lieber wäre ich in deinem Leben.*
*Sicher ahnst du gar nicht, wie gern ich dir nach Deutschland folgen würde. Aber die Verpflichtung, die ich habe, bindet mich an diesen Ort. Den ich eigentlich immer geliebt habe und nun verfluchen könnte. Denn es gibt etwas, das ich mehr liebe. Und das bist du.*
*Ich habe es dir bislang nicht gesagt, weil es mir zu früh schien. Wir kennen uns nicht lange. Trotzdem spüre ich, wer du bist. Nämlich die Frau, mit der ich gern für immer zusammen wäre.*
*Erschreckt dich das? Weißt du, ich habe viel nachgedacht in diesen Nächten, wenn du wie jetzt schlafend neben mir lagst. Was ich für dich empfinde und was du in mein Leben gebracht hast, habe ich*

*bislang so nicht erfahren. Und das, wo ich doch zu wissen glaubte, was Liebe ist. Es war ein Irrtum.*
*Ich hatte keine Ahnung von der Liebe, bis ich dich traf.*

*Ich glaube daran, dass unsere Begegnung kein bedeutungsloser Zufall war. Kein Abenteuer und keine Liebelei. Sondern ein Geschenk, das wir festhalten sollten. Sarah, du bist die wundervollste Frau, die ich kenne. Der wunderbarste Mensch. Dieser Moment, als ich dich im Lavendelfeld stehen sah, war für mich einer der unvergesslichsten in meinem Leben. Du kannst es nicht wissen, Sarah, aber du hast geleuchtet. Wie in dem Lied, das wir zusammen gesungen haben, bei dir auf der Terrasse. Gold in the air of summer … Du bist mein Gold. Mein Fixstern. Mein Drehmomentschlüssel (ich habe extra gegoogelt, wie sich dieses komische Wort schreibt!). Du hast meinem Leben eine neue Richtung gegeben. Und deshalb kann ich dich nicht gehen lassen, ohne dir diese Zeilen zu schreiben. Und dich zu fragen: Liebst du mich auch? Und könntest du dir ein Leben in der Provence vorstellen? Hier bei mir, mit mir?*
*Ich weiß, was dieser Schritt für dich bedeuten würde. Deshalb bitte ich dich nur, in Ruhe über deine Gefühle für mich nachzudenken. Wenn du keine Zukunft mit mir siehst, verstehe ich dich. Du hast deine eigenen Ziele. Du hast Freunde und Familie in Deutschland. Deine geliebte Schwester zum Beispiel, von der du mir so viel erzählt hast. Und einen tollen*

*Beruf, von dem ich mir sicher bin, dass du bald wieder darin arbeiten kannst, in deiner Heimat.*
*Das alles ist Grund genug für dich, in Deutschland zu bleiben. Trotzdem ist eine leise, verrückte Hoffnung in mir, dass du mich vielleicht liebst. Und dass du dir auch ein anderes Leben vorstellen könntest. Ein Leben mit mir.*
*Solltest du dich bedrängt fühlen, verzeih mir bitte. Keinesfalls bist du mir eine Antwort oder Erklärung schuldig. Nur um eins bitte ich dich: Wenn dein Herz nicht so für mich schlägt wie meines für dich, so hilf mir, mit uns abzuschließen. Für mich wäre es das Beste, dann nichts mehr von dir zu hören. Sonst schaffe ich es niemals, Abstand zu finden.*
*Falls es so kommt und wir uns nie wiedersehen, nimm mein Geschenk trotzdem an. Vielleicht trägst du es ja ab und zu. Ich hoffe, nur mit schönen Gedanken an mich und unsere gemeinsame Zeit.*
*Weißt du was? Eben gerade hast du doch laut geschnarcht. Fast wie ein Holzfäller.*
*Ich küsse dich.*
*Ich liebe dich.*

*Dein Lucien*

Die Briefbögen in meiner Hand zittern. Ich lasse sie auf meinen Schoß sinken.

Meine Lunge zieht die Luft, die mir lange weggeblieben ist, wie von allein wieder ein. Nach Atem ringend. Das Zimmer dreht sich.

Lucien. Lucien.

Tränen suchen sich ihren Weg über meine Wangen, tropfen auf das Papier, lösen einzelne Buchstaben auf. Sie verschwimmen in Lavendelblau. Ich bin dieser Woge kaum gewachsen.

Lange starre ich ins Zimmer. Nicht in der Lage, einen klaren Gedanken zu fassen. Nur dieses unsagbare Gefühl von Sehnsucht und Dankbarkeit. Von Hingabe.

Ich lese Luciens Zeilen ein zweites Mal. Und noch einmal. Halte inne. Er spricht von einem Geschenk. Einmal von dem unserer Begegnung. Aber auch von einem konkreten. Es muss noch etwas in der Schachtel sein.

Langsam ziehe ich sie neben meinem Bein vom Bett. Eine filigrane Lage Seidenpapier bedeckt etwas, das unter der Briefrolle verborgen war. Ich lüfte das knisternde Papier.

# 44

Vor mir auf Samt gebettet liegt eine zarte Silberkette mit einem zweigliedrigen Anhänger. Das Symbol einer Schreibfeder mit einem durchsichtigen Stein. Ich glaube, es ist ein Opal. Ich nehme die Kette in die Hand, bewege den Anhänger hin und her. Der Stein schimmert zauberhaft in verschiedensten Blautönen. Dann entdecke ich hinter der silbernen Einfassung eine winzige Gravur.

*Für Sarah –*
*schreibe mehr, mehr!*

Mehr, mehr. Das Zitat aus dem »Kleinen Häwelmann«. Vor Rührung bleibe ich wie gelähmt sitzen. Dies ist das schönste Geschenk, das mir je jemand gemacht hat. Zusammen mit dem schönsten Brief, der mir jemals geschrieben wurde. Lucien macht mich sprachlos.

Erst nach einer langen Weile gehe ich zum Kommodenspiegel, lege mir die Kette um. Stelle mir vor, es wären Luciens Hände, die sie in meinem Nacken verschließen. Der Anhänger schmiegt sich knapp unter meine Halsmulde. Ich lege meine Hand zärtlich darüber. Diesen Schmuck werde ich ab heute immer tragen. Immer.

Mit Herzklopfen greife ich nach meinem Handy und rufe Luciens Nummer an. Es klingelt ins Leere, ich lege wieder auf. Ob er unterwegs ist und es nicht hört? Oder will er vielleicht nicht mit mir reden? Er muss seit unserem letzten Kontakt geglaubt haben, dass ich seinen Brief gelesen und mich gegen eine Zukunft mit ihm entschieden habe.

Ich lese die Nachricht, die ich ihm geschickt hatte, noch einmal. … *Ich danke dir für alles, was du mir geschenkt hast. Die Zeit mit dir war wunderbar. Sie wird in meinem Herzen ewig dauern. Doch irgendwie müssen wir es schaffen, in unsere Leben zurückzufinden. Ich sehe keinen anderen Weg. Bitte verzeih mir – ich glaube, das Beste wird sein, wir hören erst mal nichts mehr voneinander …*

Natürlich. Lucien denkt, ich hätte ihm einen Korb gegeben, hat meinen Wunsch respektiert und sich deshalb nicht mehr gemeldet.

Und was ist mein Wunsch?

Mein erster Impuls ist, dass ich mit einer Freundin sprechen möchte. Oder mit Mella. Wen rufe ich an? Kim? Cleo? Eine Stimme in mir pfeift mich zurück. Ich kenne ihre Antworten schon. Kim würde sagen: Auf keinen Fall, bist du verrückt? Und Cleo würde rufen: C'est génial, komm schnell her!

Niemand kann mir sagen, was mein Wunsch ist. Nur ich selbst. Die Gedanken in meinem Kopf verheddern sich wie Schlingpflanzen. Ich muss zur Ruhe kommen, mich ordnen. Eine Antwort finden. Vielleicht hilft ein Spaziergang. Kurz entschlossen schnappe ich mir meinen Schlüssel und laufe hinunter auf die Straße. Und denke im selben Moment, dass es keine gute Idee war. Ich habe nicht bedacht, dass Hamburg und ich uns im Moment nicht gut vertragen. Doch nun bin ich hier. Auf meinem früheren Arbeitsweg in Richtung Buchladen.

Der Buchladen. Die grün lackierten Jugendstilsäulen am Eingang, das jetzt leere Schaufenster mit dem verzierten hölzernen Rahmen. Barbara hat ein Infoschild in die Tür gehängt, mit einem Abschiedsdank an unsere Kunden.

Ich schirme meine Augen mit der Hand ab, trete dicht an die Scheibe und stiere ins Dunkel. Der Tresen steht noch da, und die Holztür zu den hinteren Räumen, zu unserem Kaffee-Kabuff, ist halb offen. Alles ausgeräumt. Dieser verlassene Laden ist ein Sinnbild für mein altes Leben. Ich muss nur den Mut finden, damit abzuschließen.

Nicht nur Barbara geht andere Wege. Meine Freunde verlassen Hamburg. Tobias ist Geschichte und wird nach Kalifornien auswandern. Ich bin ohne Arbeit. Bleibe als Einzige in dieser Stadt zurück, die ich einst geliebt habe und die mir nun fremd geworden ist.

Was hält mich? Das, was ich bislang für Vernunft hielt, ist nichts weiter als feige Angst.

Ich trete einen Schritt vom Schaufenster zurück, stoße mit jemandem zusammen. »Entschuldigung!«, rufe ich aus, und dann erkenne ich die Frau. »Frau Teschner, grüße Sie!« Unsere schrullige Kundin, die halb blind ist und trotzdem einen Liebesschmöker nach dem anderen mit einer Lupe verschlingt.

Sie betrachtet mich ohne ein Lächeln, beinah glaube ich, dass sie tatsächlich böse ist. Nicht wegen unseres Zusammenstoßes. Sondern wegen des geschlossenen Ladens.

»Ich konnte es ja erst nicht glauben, als Ihre Kollegin es mir erzählte«, sagt sie, ohne meine Begrüßung zu erwidern. »Aber Sie haben wirklich zugemacht.«

Ich nicke bedauernd. »Ja, leider.«

»Na, ich geh jetzt immer in der Parallelstraße meine Bücher holen. Bei Ihnen war's netter.«

»Danke! Geht es Ihnen gut?«

Sie winkt ab, blickt mit halb zugekniffenen Lidern an mir herab. »Und Ihnen? Sie haben jemanden kennengelernt, was? Meine Augen sind zwar schlecht, aber so was erkenne ich!«

Ich bin überrascht. »Vielleicht liegen Sie da gar nicht falsch.«

Die alte Frau Teschner gibt mir einen spielerischen Schubs in den Arm. »Na dann, nichts wie hin! Ich wünsche Ihnen einen bezaubernden Abend!«

Ich verabschiede mich von ihr und schlendere weiter. Nichts wie hin. Wenn das so einfach ginge. Frau Teschner kann es nicht besser wissen.

Was soll ich tun? Lucien lädt mich ein, zu ihm zu ziehen. In dieses wunderschöne Haus in den Weinbergen. In einem anderen Land. Ein Wagnis, nicht zuletzt, weil wir uns noch nicht lange kennen. Aber ist Liebe nicht immer ein Wagnis? Und angenommen, wir würden eines Tages scheitern – mein Leben könnte in Frankreich trotzdem einen glücklichen Gang nehmen. Ich habe mich in dieses Land mit Haut und Haar verliebt, nicht nur in Lucien. Irgendeinen Job kann ich jedenfalls auch dort finden.

Ich denke wieder an Margrit. Den Tag, als mich Luciens Verhalten befremdet und sie mich aufgefordert hatte, mit ihm zu reden. Ich erinnere mich an das, was sie mir über die Liebe zu ihrem Mann erzählte. Über ihre gelähmten Beine. Und plötzlich weiß ich, auf welchen Rat sie anspielte, als ich sie nach unserem letzten gemeinsamen Abend in Richtung Auto schob. Die Worte, an die ich immer denken sollte.

*Geh gefälligst, wohin dein Herz dich ruft. Und bleib, verdammt noch mal, wo es gedeiht!*

In diesem Moment klingelt mein Handy in der Hosentasche. Ich ziehe es heraus. Lucien.

»Ja«, hauche ich in den Hörer.

»Sarah.« Seine Stimme klingt warm. »Du hast angerufen.«

Eine wohlige Gänsehaut prickelt über meinen Rücken. »Ja. Ich …« Die Worte kommen mir kaum über die Lippen.

»Sarah? Es funktioniert nicht.«

»Was meinst du?« Mein Herz klopft schneller. Nimmt er Abstand von allem, was er mir geschrieben hat?

»Ohne dich. Es funktioniert nicht.«

Ich atme aus. Wieder ein. »Lucien. Ich habe heute erst deinen Brief gefunden. Und die wunderschöne Kette.«

»Heute erst?« Er lacht verblüfft. »Und ich dachte –«

»Gilt er noch?«

»Alles. Alles, was ich geschrieben habe, gilt.«

»Gibst du mir Zeit?«

»Alle Zeit der Welt. Wie du dich auch entscheiden magst, es ändert nichts daran, dass ich dich liebe.«

»Ich liebe dich auch.«

Sanft küsse ich Lucien durch den Hörer, wir legen auf. Einen Moment lausche ich der Stimme in mir nach.

Und dann nehme ich meine Beine in die Hand. Margrit hat gesagt, ich solle sie benutzen.

## 45

Die Zeit, um die ich Lucien gebeten habe, brauche ich nicht für eine Entscheidung. Sie ist gefallen. Doch ich möchte Lucien überraschen. Zeit benötige ich nur, um meine Zelte abzubrechen.

Kaum bin ich zu Hause, rufe ich Julia Winkler an. Ich biete ihr an, meine Wohnung als Nachmieterin zu übernehmen. Wenn sie möchte, mitsamt der Einrichtung. Sie jubelt am anderen Ende, und wir verabreden einen Übergabetag Ende August. Ich hoffe, dass alles klappt, denn so könnte ich die Kündigungsfrist umgehen. Schon einen Tag danach erhalte ich das Go vom Hausverwalter. Weil Julia die Wohnung lieber selbst streichen möchte, muss ich nicht einmal renovieren.

Als ich meinen Eltern am Telefon von Lucien und meinem Entschluss erzähle, fällt Ma aus allen Wolken. Ich verschiebe die Diskussion auf den Tag, wenn ich ein paar Dinge von mir bei ihnen vorbeibringe. Außerdem kündige ich meine Mitgliedschaft im Fitnessstudio. Mit einem nervösen Klopfen im Magen sage ich auch das Bewerbungsgespräch ab. Und informiere die Behörden über meine Pläne, ins Ausland zu gehen.

Als ich einige Tage später meine Eltern besuche, habe ich ein paar Kartons dabei, die ich auf ihrem Dachboden zwischenlagern darf. Die Tischdecke aus der Provence liegt auf der Kuchentafel. Das freut mich und macht mir den Abschied nicht leichter. Mein Vorhaben trifft sie, das ist deutlich zu spüren.

Pa sieht mich stumm an und lächelt traurig.

»Ich bin nicht aus der Welt«, sage ich gespielt fröhlich, als ich mich von ihnen verabschieden muss.

»Stimmt. Das bist du nicht«, antwortet Pa und umarmt mich.

Und dann sehe ich Tränen in Mas Augen. Sie zieht mich an sich. Ich streichle ihren weichen Rücken und flüstere: »Ich komme wieder. Mit Lucien. Oder ihr besucht uns.«

Ma nickt wortlos, mit der kleinen Schlucht zwischen ihren Augenbrauen. Und schließlich schlüpfe ich aus der Haustür.

Dass Mella mittlerweile in Köln ist, kommt mir gelegen. Einen Abschied von ihr vis-à-vis könnte ich kaum ertragen. Ich weiß, dass es ihr ähnlich gehen würde. Als wir telefonieren, ist ihre Reaktion genau so, wie sie als Mensch immer war. Herzlich. Unkompliziert. Nach dem ersten Schock fängt sie sich schnell und freut sich mit mir.

»Ich werde dich schneller besuchen, als dir lieb ist«, sagt sie schelmisch. »Vielleicht finde ich da ja auch ’nen sexy Franzosen.«

»Klar! Da gäbe es einige.«

»Zum Beispiel?«

»Nicolas. Ein Traumtyp, der Gitarre spielt.«

»Nehm ich.«

»Er ist bloß leider mit Cleo liiert«, gebe ich zu bedenken.

»Na, scheidet aus. Next?«

»Hm. Cleos Koch. Maurice. Kocht nicht nur lecker, ist auch lecker!«

»Yeah! Gebongt!«

»Scheint allerdings schon um die vierzig zu sein.«

»Egal, wenn er doch gut kochen kann!«

Ich muss lachen. »Versprich mir, dass du Wort hältst und mich bald besuchst.«

»Versprochen.«

Noch an diesem Abend beginne ich, meine persönlichen Dinge, Unterlagen und alles, wovon ich mich nicht trennen mag, in weitere Kartons zu packen. Dokumente. Bücher natürlich. Schmuck. Kleidung. Erinnerungsstücke. Gerade so viel, dass ich das, was mich ausmacht, bei mir haben werde. Gerade so wenig, dass die Kisten in meinen neuen Wagen passen.

Auch die Fotos hefte ich von der Küchenwand ab. Die winzigen Löcher, die die Heftzwecken dort hinterlassen, stimmen mich eigenartig fröhlich. Denn ich nehme alles, was dort hing, mit mir. Ich schiebe das Foto von Cleo zwischen die anderen in den Karton.

Prompt tippe ich eine Nachricht an sie, denn sie ahnt noch nichts von meinen Plänen. *Kannst du immer noch Hilfe im Restaurant brauchen? Ich wüsste da jemanden. Mich.*

Die Antwort kommt kurz darauf. *Heißt es etwa das, was ich denke? Yehaaaw!! Wann kommst du? Wie lange bleibst du?*

Sofort schreibe ich zurück: *Sobald ich mit den Vorbereitungen fertig bin. Wahrscheinlich das letzte Wochenende im August. Verrate Lucien bitte nichts. Es soll eine Überraschung werden.*

Cleo antwortet mit zwei Smileys, eins legt den Finger vor den Mund, das andere hat Reißverschlusslippen. Dann: *Ich schweige wie ein Grab und freue mich. Was Maman erst sagen wird! Sie zieht übrigens bald ins Gästehaus.*

Meine Vorfreude verdreifacht sich. Margrit hat sich entschieden, sie wird ganz in meiner Nähe sein! *Super mit deiner Maman!*, antworte ich. Nach kurzem Zögern tippe ich hinzu: *Und ach ja, ich bleibe, wenn möglich, für immer.*

Lächelnd stecke ich das Handy weg und brauche gar nicht gleich lesen, was das Signal kurz darauf verkündet. Ich höre Cleos Jubelschrei auch so.

# 46

Erst geht Tobias und jetzt du. Das ist unfair.« Kim umklammert mich, die roten Haare locker zu einem Knoten gebunden, und zieht die Nase hoch. Ich werde ihre Sommersprossen vermissen, ihre bedachte nordische Art. Die hellen, cleveren Augen. Und ihren Zitronenkuchen. Sie hat mir für die Fahrt extra wieder einen gebacken.

»Ja echt. Verpisst euch doch alle«, ergänzt Flo grinsend, während er den Kinderwagen mit der schlafenden Frieda hin- und herschiebt. Zwei Frauen, die sich schniefend in den Armen liegen, das ist zu viel für ihn.

Behutsam löse ich mich von Kim. »Ich bin euch nur zuvorgekommen«, antworte ich krampfhaft lächelnd.

Wir stehen alle an der Straße vor meinem abfahrbereiten Auto. Kim und Flo haben mir heute früh geholfen, es mit meinen Kartons und Taschen zu beladen. Vorhin waren auch Julia und der Vermieter für eine Übernahme da. Julia hat gestrahlt, als ich ihr die Schlüssel in die Hand drückte. Ich denke, aus uns hätten Freundinnen werden können. Mit Flo und Kim bin ich danach noch frühstücken gegangen. Jetzt ist der Moment da, Abschied zu nehmen.

Ich schlucke schwer gegen den Kloß in meinem Hals an. »Ihr werdet mir schrecklich fehlen.«

»Und du uns!« Flo zwinkert, und Kim bringt fast kein Wort mehr heraus.

Sie zieht mich noch einmal zu sich heran und verharrt eine lange Weile. »Wehe, dieser Lucien ist es nicht wert«, sagt sie schließlich mit rauer Stimme.

»Genau«, setzt Flo hinzu. »Wenn der's verkackt, kriegt er's mit mir zu tun.«

Lachend stupse ich ihn in die Seite. »Ich werd's ihm ausrichten. Wie gut, dass ich einen Beschützer wie dich habe.«

Kim lacht nicht mit, sie wirkt wie versteinert.

Ich fasse ihren Arm. »Macht es mir nicht so schwer. Und vor allem, macht euch bitte keine Sorgen. Es wird mir gut gehen in der Provence.«

Meine Freundin nickt und versucht sich an einem schiefen Lächeln.

Ich drücke Flo an mich. Dann beuge ich mich über den Kinderwagen zu Frieda. Künftig von der Kleinen getrennt zu sein macht mich traurig, doch ich werde versuchen, ihr wenigstens aus der Ferne eine gute Patentante zu sein. Ich streichle ihre samtweiche Wange, behutsam, damit sie nicht aufwacht. Dieses schlafende Kind verkörpert den perfekten Frieden.

Dann richte ich mich auf. »Versprecht mir, mal zu kommen. In Luciens Haus ist genug Platz für euch, ihr könnt da wunderbar Urlaub machen.«

»Wir nehmen dich beim Wort!«, sagt Flo.

Ich nicke beiden zu, umrunde das Auto und steige ein. Drehe den Zündschlüssel, und das Aufbrummen des Motors lässt meinen Puls höhergehen: Ich tue es wirklich. Das Display des Navis, das ich vorhin schon programmiert habe, leuchtet an der Frontscheibe. Ich lasse mein Fenster hinabsurren, setze den Blinker und fahre los. Halte meinen Arm weit nach draußen, damit Kim und Florian mich winken sehen. Traurig winken sie zurück, während sie in meinem Rückspiegel immer kleiner werden und schließlich ganz verschwunden sind.

In der Nachmittagssonne des vorletzten Tages im August lasse ich meinen Wagen durch das weit geöffnete Tor der Domaine de Vèbre rollen. Gestern, spät in der Nacht, habe ich einen Zwischenstopp in einem wenig vertrauenerweckenden Autobahnhotel eingelegt und bin heute Morgen weitergefahren. Nun, wo ich endlich angekommen bin, schlägt mein Herz Purzelbäume. Noch nie war ich so aufgeregt. Alles, was mich je vorher herausgefordert hat, schrumpft ein gegen das Wagnis dieses Augenblicks.

Das Autofenster ist offen, warme Luft umspielt meine Wangen, meinen Arm. Vertrautes Vogelgezwitscher tönt zu mir herein, ich höre die Reifen über den Kies knirschen. Vorbei an den Zypressen, erreiche ich den Vorplatz.

Luciens Anwesen liegt still da, und die Bougainvillea blüht zu meinem Erstaunen an vereinzelten Zweigen noch immer. Ich ziehe die Handbremse, schiele zum

Gästehaus. Sie haben schon eine breite Rampe für Margrits Rollstuhl neben den Treppenstufen an der Vorterrasse eingebaut, es kann nicht mehr lange bis zu ihrem Einzug dauern. Eingeschweißtes Schwarzbrot für Margrit habe ich im Gepäck, denn ich erinnerte mich an ihre Sehnsucht nach rustikalem deutschem Brot. Zusammen mit grobem Ostseesalz aus ihrer Heimat werde ich es ihr zur Einweihung schenken.

Leise steige ich aus dem Wagen. In meinem Bauch hüpft ein Flummi, als ich die Stufen zu Luciens Eingang emporgehe. Auf mein Klingeln hin geschieht nichts. Auch nicht nach dem zweiten Mal. Ratlos schaue ich mich um. Nirgends ist er zu entdecken. Genauso wenig wie Anouk. Ich schlucke.

Es ist Sonntag. Vielleicht ist er mit ihr spazieren, denn sein Auto steht da. Statt hier auf ihn zu warten, möchte ich mir nach der langen Fahrt auch lieber die Beine vertreten. Mein Blick schweift über die herrliche Landschaft, die ich so vermisst hatte. Es ist wie nach Hause kommen.

Ich steuere den Weg in die Weinberge an, um zu schauen, wie weit die Trauben inzwischen sind. Denke voller Sehnsucht an den Nachmittag zurück, als Lucien und ich uns hier das erste Mal so unfassbar nah waren. Die Beeren sind prall und rötlich blau, die Ernte muss unmittelbar bevorstehen. Verstohlen pflücke ich eine von ihnen und stecke sie in den Mund. Ja, sie schmeckt wunderbar süß, nicht mehr sauer.

Ich schlendere tiefer durch die Reihen, in Richtung der Stelle, wo wir uns das erste Mal geliebt haben. Das gleißende Licht blendet mich, ich inhaliere die trockene Luft, rieche das Laub, das im milden Wind raschelt. Mit der Hand schirme ich meine Augen ab, um besser sehen und die Weite ganz in mich aufnehmen zu können. Ich halte inne. Mein Herz geht auf wie eine Blume im Zeitraffer.

Lucien. Er sitzt etwa dreißig Meter von mir entfernt auf der sandigen Erde, die unsere Spuren von damals nicht mehr preisgibt. Mit locker angewinkelten Beinen, den Rücken mir zugewandt. Reglos. Ich weiß nicht, ob er die Augen geschlossen hält oder in die Landschaft sieht, aber ich spüre: Alles an ihm ist traurig. Ich kann nicht erklären, woran das erkennbar ist. Vielleicht an der gebeugten Linie seines Rückens, der stummen Haltung. Der Art, wie er den Kopf hält.

Ich bewege mich nicht. Betrachte diesen Mann, der mein Leben komplett umgekrempelt hat. So wie ich seins.

Leise nähere ich mich. Am liebsten möchte ich mich nur still neben ihn setzen, um in seine überraschten Augen zu blicken. Doch es ist fast unmöglich, sich auf diesem unebenen Boden lautlos zu bewegen. Meine Schritte erzeugen ein scharrendes Geräusch, und Lucien wendet sich um. Erneut bleibe ich stehen. Sein Gesicht.

Diese blauen Augen, ungläubig aufgerissen.

Die halb geöffneten Lippen.

Das gewellte dunkle Haar, Luciens markante Züge umspielend.

Der Laut aus seinem Mund klingt undefiniert. Dann stößt er stockend meinen Namen hervor. »Sa-rah.« Und noch einmal: »Sarah!« Er steht auf, taumelt fast. Ruft etwas auf Französisch, ich verstehe nur »Tu es folle, tu es folle!«. *Du bist verrückt!* Seine Stimme überschlägt sich, die Worte vermischen sich mit seinem Lachen, während er zwischen den hohen Weinreben auf mich zuläuft, die uns wie grüne Mauern umschließen. Auch ich haste ihm entgegen. Wir fallen ineinander, zwei Puzzlestücke, die sich endlich zu einem fügen. Seine Arme umschlingen mich, und ich möchte, dass er mich nie, nie wieder loslässt.

Luciens Gesicht ist ganz nah, sein Blick taucht tief in meine Seele. »Sarah«, raunt er. »Ich kann es nicht glauben!«

Er lacht noch einmal, dieses Lachen, das mein Herz kitzelt, hebt mich in die Höhe, dreht sich mit mir. Ich jauchze wie ein Kind. Vorsichtig lässt er mich auf die Füße kommen. Berührt die Kette in meiner Halsmulde. Dann küsst er mich.

»Bitte«, flüstert er atemlos zwischen unseren Lippen, »geh nie wieder fort.«

Und ich nicke.

*Ankunft*

Bevor der Sommer stirbt,
komm ich zurück zu dir,
eine Flamme mit Haut und Haar.
Mein Herz rennt voraus,
es wollte blass werden
ohne dich.

Bevor der Sommer stirbt,
feiere ich das Leben.
Ein Fest nur mit dir.

Bevor der Sommer stirbt,
sollst du mein Gefährte sein.
Sonnenreif und duftend,
süß wie die Trauben.

Ich küsse dich
über den Winter
bis zum Frühling
und länger.

Damit wir zählen.
Du.
Und ich.

# Epilog

Das offizielle Weinfest, das wir auf dem großen Platz vor Luciens Haus ausgerichtet haben, ist verklungen. Viele Gäste waren zur Einweihung des Kontors gekommen. Nur Luciens Familie und unsere Freunde sind noch da. Die Oktobersonne schickt wärmendes Licht über die Hügel, legt einen orangefarbenen Schimmer auf die Herbstblumen und Gräser in Luciens Garten. Wir ruhen uns am Tisch auf der Terrasse aus, plaudern und trinken. Seine Eltern sind hier und Antoine, dessen Hand immer wieder liebevoll über Estelles kaum merklichen Babybauch streicht. Sie muss sich mit einem Traubensecco zufriedengeben. Cleo und Nicolas sitzen mit am Tisch, Pépin und Margrit uns schräg gegenüber. Vor drei Wochen ist sie ins Gästehaus eingezogen. Seitdem sehe ich sie beinah jeden Tag, und sie lobt meine Fortschritte in Französisch. Pépin hat bei der Ernte und den Vorbereitungen für den heutigen Tag kräftig mit angepackt, ich kann über seine Energie nur staunen. Nicht nur wir, sondern auch er hat Margrit dabei geholfen, sich in ihrem neuen Zuhause einzurichten, und ihr einen Geschirrspüler eingebaut, wofür er verdächtig lange brauchte. Ich glaube, die beiden verstehen sich prächtig, denn Margrit wird in seiner Gegenwart immer besonders fröhlich. Gerade legt Pépin lachend seine Zahnlücke frei, einen Arm scheinbar beiläufig an der Lehne ihres Rollstuhls abgelegt.

Für uns alle ist das Fest lange nicht vorbei. Es gibt nämlich noch mehr zu feiern als die ertragreiche Weinernte und die Wiedereröffnung des Kontors. Ich habe das Literaturstipendium für mein Romanprojekt bekommen und werde Fördergeld erhalten. Ich konnte es kaum glauben und habe beim Lesen der Nachricht geweint. Es zeigt mir, dass ich auf dem richtigen Weg bin, und ist ungemein ermutigend. Lucien ist so stolz auf mich, dass er die Gedichte, die ich ihm abgeschrieben hatte, in kunstvolle Rahmen gefasst und die leeren Wände des Kontors damit bestückt hat.

Und er hat noch etwas getan. Er hat mir das ehemalige Kinderzimmer als Büro eingerichtet. Einen Platz zum Schreiben für mich. Die Wände haben wir gemeinsam in zartem Lindgrün gestrichen. Über dem Schreibtisch habe ich Fotos aus meinem alten Leben aufgehängt, natürlich auch das Bild von Mella und mir als Kinder. Und mehrere von Frieda, Kim und Flo, mit denen ich regelmäßig skype, während die Kleine in Deutschland aufgeregt auf dem Monitor herumpatscht.

Die Dreharbeiten zu dem Film »To a Special Someone« werden bald beginnen. Von Tobias erhalte ich ab und an ein Update. Unser Umgang miteinander ist weitestgehend entspannt, und ich werde sein Fortkommen in der Branche mit Interesse verfolgen.

Schmerzlich ist, dass Anouk nicht mehr da ist. Sie ist wenige Tage vor meiner Rückkehr in die Provence gestorben. Ich habe es knapp verpasst, sie noch einmal zu sehen. Lucien war auch wegen ihr so traurig, als ich ihn im Weinberg sitzen sah. Er sagte mir, er habe an mich und die treue Hündin gedacht und sei von den vielen Verlusten der letzten Jahre überwältigt gewesen. In dem Moment, unmittelbar bevor ich kam, habe er sich unendlich einsam gefühlt.

Doch das ist Vergangenheit. Vielleicht legen wir uns demnächst einen Welpen zu. Am besten einen Wachhund, der die Wildschweine abschreckt.

Neben dem Schreiben helfe ich Lucien, wo ich kann. Als Nebenjob kellnere ich außerdem bei Cleo, um Florence zu vertreten, bis sie in den Semesterferien wieder da ist. Anfangs habe ich mich ziemlich unbeholfen angestellt, doch inzwischen komme ich gut zurecht.

Am meisten Sehnsucht habe ich nach meiner Schwester. Über Weihnachten werde ich sie wiedersehen, wenn ich mit Lucien zu meinen Eltern fahre, damit alle sich einmal kennenlernen. Zwei Welten werden aufeinanderprallen. Ich vertraue aber darauf, dass Lucien alles mit Fassung und Humor hinnimmt. Bestimmt kann er bei Ma das Eis brechen, wenn er ihr erzählt, wie sehr er den Kartoffelsalat liebt, dessen Rezept von ihr stammt.

Die Menschen, die mich hier umgeben, sie sind jetzt meine Familie. Ihre fröhlichen Stimmen füllen den Garten, verwirbeln mit den umherschwirrenden Blättern, die sich von den Bäumen lösen. Ich bin dankbar, diese Freunde bei mir zu haben. Und am dankbarsten bin ich für Lucien, der eng an meiner rechten Seite sitzt. So nah, dass ich die Härchen seines Unterarms an meinem spüren kann.

Ich sehe lächelnd von einem zum anderen. Dann hebe ich mein Weinglas über den Tisch, um noch einmal feierlich mit allen anzustoßen. »À votre santé! Merci beaucoup à tous! Merci pour votre amitié.«

*Vielen Dank an alle! Danke für eure Freundschaft.*

# Danksagung

Mein herzlichster Dank gilt …

Der fabelhaften Kathrin Nehm von der Agentur Schlück. Weil du meine Ideen bereicherst, sie auf tragfähige Beine stellst und ihnen in die Buchwelt verhilfst.

Dem wunderbaren Ullstein Verlag, insbesondere Monika Boese für die inspirierenden Gespräche und das kluge Lektorat.

Meinen Freundinnen Leonie Lastella und Maja Schendel – für eure Unterstützung, eure Kritik und euren Humor. Einen Schreiballtag ohne unsere WhatsApp-Hörbücher kann ich mir gar nicht mehr vorstellen.

Meinem ehemaligen Schulkameraden Alexander Linn. Du hast aus meinem miserablen Französisch etwas »Landechtes« gezimmert.

Meiner Mutter Annegret. Weil du in deiner Fürsorge das Gegenteil von Doris bist und mir deine Freude an meinen Geschichten immer Mut macht.

Holger, Merit und Julie. Ohne euch wäre alles nichts – ihr seid das Gold in meinem Leben.